CW01637779

I Paid
£27.00
for this
book !!

Then it appeared
on Amazon
for £7.99

oh well!

Couldn't be
bothered
to return it

Alexander Sinowjew

Homo sovieticus

Roman

Aus dem Russischen
von G. von Halle

Diogenes

Titel der Originalausgabe:
ГОМО СОВЕТИКУС
(›gomo sowjetikus‹)

Covermotiv: Illustration
von Tomi Ungerer

Veröffentlicht als Diogenes Taschenbuch, 1987

www.diogenes.ch
LM/21/852/2
ISBN 978 3 257 21458 1

Inhalt

Vorwort des Autors

Gegenstand vorliegenden Buches ist der Sowjetmensch als ein neuer Menschentyp, ist der homo sovieticus oder kurz Homosos*. Mein Verhältnis zu diesem Wesen ist zwiespältig: ich liebe und hasse, achte und verachte es gleichzeitig, bin von ihm entzückt und entsetzt zugleich. Selbst ein Homosos, bin ich schonungs- und mitleidlos in seiner Darstellung. Richtet uns, denn ihr selbst werdet von uns gerichtet werden!

München 1981

Wahre Liebe fließt nicht gleichmäßig dahin.
(Westliche Volksweisheit)

Liebte er nicht, schlüg' er auch nicht.
(Russische Volksweisheit)

Wir werden so lange für den Frieden kämpfen, bis kein Stein mehr auf dem andern bleibt.
(Sowjetische Volksweisheit)

* Wörtlich »Menschensauger« (Anm. des Übersetzers)

Erste Warnung

Eines Nachts wurde ich wach und versank in einen Zustand fiebrigen Phantasierens. Mir schien, als schleife man mich irgendwohin.

»Wohin?« fragte ich tonlos.

»Vor Gericht!« dröhnte eine Stimme ebenso tonlos.

»Was für ein Gericht?«

»Das Letzte.«

»Wofür soll ich vor Gericht, wo doch jeder Augenblick meines Lebens von euch im voraus bestimmt worden ist?«

»Für dein Leben.«

»Womit soll ich dafür bezahlen?«

»Der Preis fürs Leben ist der Tod. Deine Stunde ist gekommen. Zahle!«

»Nicht so stürmisch, ich könnte vielleicht doch noch herauskommen aus dieser Klemme. Noch habe ich nicht die ganze Bitternis des Daseins ausgekostet.«

Sie gaben mich frei. Und ich schaffte es sogar, mich irgendwie herauszulavieren. Und begann, über allerlei Ungereimtheiten nachzudenken.

Lust oder Nichtlust

Ich habe häufig Lust, irgend etwas zu tun, höchst selten aber, das zu tun, was ich tun möchte. Glauben Sie ja nicht, das sei tote Sophisterei. Das ist lebendige Dialektik. Ich will meinen Gedanken gleich noch einmal, nur anders formulieren, und Sie werden geradezu enttäuscht sein, wie banal und klar er nun erscheint: ich habe den Wunsch, irgend etwas zu tun, möchte aber, daß mich die Durchführung meines Wunsches keinerlei Kraftanstrengung kostet. Sehen Sie, wie einfach das ist. Im übrigen trifft das im großen und ganzen auf alle »ewigen Fragen« zu, ungeachtet der Tatsache, daß sie von den bedeutendsten Denkern der Vergangenheit und ihren jämmerlichen Interpreten unserer Gegenwart zu den fundamentalsten und kompliziertesten hochstilisiert worden sind. Man braucht sie nur ein wenig umzuformulieren, und schon zeigt sich, wie leer und überflüssig sie sind. So stellt sich beispielsweise die ewige Frage »Sein oder Nichtsein?« für einen Russen in der Form »Einen rein oder nicht rein?«, wobei es nur eine Antwort geben kann: einen rein, natürlich! Immer nur rein in die Gurgel. Und dann noch einen. Und noch einen. Und dann das Ganze wieder von vorn. Diese existenzielle Frage Numero eins läßt sich auf Russisch auch noch anders formulieren, nämlich: »Eine rein oder nicht rein?« Und wieder kann es nur eine Antwort geben: eine rein, was denn sonst! Und meistens direkt in die Visage. Der Westen kann das selbstverständlich nicht verstehen, da sich russische Fragen nun mal nicht in westliche Sprachen übertragen lassen: der romantische Anstrich und die psychologische Tiefe gehen dabei verloren.

Öfter noch als die Lust, etwas zu tun, überkommt mich die Lust, nichts zu tun. Und dann lasse ich es nicht an gewaltigen Anstrengungen fehlen, meine Lust in die Tat umzusetzen. Und immer mit Erfolg. Westliche Denker betrachten das als »ganz gewöhnliche russische Faulheit«. Hier irren sie – wie immer.

Politroman

Gerade habe ich Lust bekommen, einen Roman zu schreiben. Warum nicht? Alle sowjetischen Emigranten schreiben irgendwas. Bin ich etwa schlechter als sie? Also: einen Roman. Und zwar einen über die Liebe im ursprünglichen Sinne des Wortes, wenn auch über eine ganz besondere Liebe, die zwischen der Sowjetunion (oder Moskau, kurz gesagt) und dem Westen nämlich. Von was für einer Liebe kann da schon die Rede sein, werden Sie empört einwenden, wenn ... Eben dieses »wenn« gestattet uns, hier von wahrer Liebe zu sprechen. Von Liebe bis zum Grab gewissermaßen. Wenn Sie die diesen Ausführungen vorangestellten Mottos gelesen haben, werden Sie verstehen, worum es dabei geht. Sollten Sie jedoch versäumt haben, sie zu lesen, holen Sie es unbedingt nach. Es kostet Sie nur eine Minute, während Sie an Weisheit fürs ganze Leben gewinnen.

Die Liebe zwischen meinen Romanhelden erweist sich nicht nur als wahre, sondern auch als eine moderne Liebe: sie ist homosexuell, wobei Moskau den aktiven Partner darstellt. Fragen Sie irgendeinen x-beliebigen Sowjetmenschen, was Moskau mit dem Westen macht, und Sie werden etwas zu hören bekommen, was diese Behauptung bestätigt. Westliche Bürger sagen genau dasselbe, nur drücken sie sich gewählter aus. Lediglich die jeweilige Einstellung zu dieser Beziehung ist grundverschieden. Der Westen hält sie für gesund und hat wollüstige Befriedigung an ihr, während wir dabei ein Gefühl der Scham und des Ekels empfinden. Freilich nicht uns, sondern dem Westen gegenüber.

Aussage eines Augenzeugen

Einer meiner Bekannten war zehn Jahre lang in einem westlichen Land als Spion tätig. Unlängst hat man ihn entlarvt – und zwar ganz zufällig: er war gerade dabei, in betrunkenem Zustand mit seinem Saufkumpanen, einem Journalisten des Ortes, zu wetten, daß er es fertigbrächte, zu irgendeinem x-beliebigen Thema eine Protestdemonstration zu organisieren. Die Angelegenheit wurde publik, und mein Bekannter wurde des Landes verwiesen – wenn auch ungern und ohne sonderliche Eile: das Land war an der Aufrechterhaltung freundschaftlicher Beziehungen mit Moskau interessiert. In Moskau angekommen, sagte mein Bekannter (in betrunkenem Zustand, versteht sich), »allen diesen Frühgeburten« – er meinte die westlichen Linken, Pazifisten, Neutralen und Intellektuellen – »gehört eins...« Und er gebrauchte genau die Worte, die oben anzuführen ich mich gescheut habe.

Überzeugung und stereotypes Verhalten

Und nun etwas Rätselhaftes für Sie: Das, was ich hier sage und von mir gebe, ist nicht meine Überzeugung. Das Rätsel ist indessen nur ein scheinbares: ich habe einfach keinerlei Überzeugung. Was ich aufzuweisen habe, ist lediglich eine mehr oder weniger zuverlässige Reaktion auf das, womit ich gezwungenermaßen in Konflikte gerate, ist nichts als ein stereotypes Verhalten. Überzeugungen sind ein Charakteristikum des westlichen, nicht des sowjetischen Menschen. Letzterer nennt anstelle von Überzeugungen stereotype Verhaltensweisen sein eigen, die keinerlei Überzeugungen erfordern und sich daher mit jeglicher Art von Überzeugung vereinbaren lassen. Diese Verquickung von Überzeugung und stereotypem Verhalten ohne jede Überzeugung führt bei den Menschen im Westen zu vielerlei Mißverständnissen hinsichtlich des Verhaltens der Sowjetmenschen. Wenn das, was ich hier äußere, irgendein anderer sagen würde, würde ich mit ihm zu polemisieren anfangen: Wenn du die Wahrheit wissen willst, ringe doch erst einmal mit dir selber! Selbstverständlich versichere ich das nicht etwa aus Überzeugung, sondern um der schönen Rede willen, denn mir geht es genauso wenig um Wahrheit.

Das Vorhandensein von Überzeugungen ist bei einem Menschen ein Zeichen dafür, daß er intellektuell unterentwickelt ist. Überzeugungen sind nichts weiter als eine Kompensierung des Unvermögens, ein gegebenes Phänomen schnell und präzise in seiner Konkretheit zu erfassen.

Es sind apriorische Richtlinien im Hinblick darauf, wie in einer konkreten Situation vorzugehen ist, ohne ihre Konkretheit begriffen zu haben. Ein Mensch mit Überzeugungen ist unbeugsam, dogmatisch, langweilig und in der Regel dumm. Häufiger jedoch ist es so, daß Überzeugungen auf das Verhalten der Menschen gar keinen Einfluß haben. Sie dienen lediglich dazu, seine Eitelkeit zu schmücken, sein unsauberes Gewissen zu rechtfertigen und seine Dummheit zu kaschieren.

Ich und Moskau

Ich bin ein sowjetischer Emigrant im Westen. Die Worte »im Westen« könnte man ebensogut weglassen, denn im Osten gibt es logischerweise keine sowjetischen Emigranten: wir sind ohnehin im Osten. Ich lasse aber die Worte »im Westen« dennoch stehen, da sich viele Leute aus dem Westen aus Angst vor dem Anrücken der Sowjetarmee in Richtung Osten auf und davon machen und der Meinung sind, wir könnten das ebenfalls.

Ich lebe jetzt im Westen und habe das Gefühl, in die tiefste russische Provinz versetzt worden zu sein. Hierzu einige Gedanken: für mich gibt es nur eine Hauptstadt auf der Welt, und das ist Moskau. Alles andere ist für mich Provinz. Moskau ist nicht einfach nur die Hauptstadt eines Staates. Es ist die Hauptstadt der Geschichte. Und ich habe eine große Dummheit begangen, als ich sie verließ: ich bin aus der Geschichte herausgefallen.

Ich und der Westen

Wozu braucht ihr Westeuropa? sagte mir ein Ortsansässiger. Ihr habt doch eigenes Land mehr als genug. Erschließt doch euer Sibirien und laßt uns in Ruhe. Wir wären froh, sagte ich. Aber versetzen Sie sich mal in unsere Lage. In Sibirien ist es kalt, matschig, öd und leer, und man wird von Schnaken heimgesucht. Und bei euch all die Schönheiten und Bequemlichkeiten, all der Reichtum! Wo könnte es besser sein? Nach Sibirien kriegt ihr uns nicht, das steht uns bis zum Hals. Wir wollen hierher, nach Europa. Nach Sibirien werden wir dann mit der Zeit euch schicken. Wir werden euch aber nicht nach Europa lassen! schreit mein Gesprächspartner ebenso erschrocken wie aufgebracht. Sie sind der erste und, wenn Sie erlauben einzige, der das sagt, sage ich. Aber leider kommen Sie bereits zu spät: wir sind nämlich schon da.

Denunziation

Der Mechanismus meiner Wünsche ist höchst kompliziert. Eigentlich müßte ich anfangen, mich an meinen Roman zu setzen, da kommt mir der Hintergedanke: warum ausgerechnet einen Roman? Wäre es nicht besser, eine Denunziation zu verfassen? Genau das Richtige, sagen Sie. Ist schließlich das Gewohntere. Aber ich muß Sie enttäuschen: ich habe noch nie eine Denunziation geschrieben. Das glauben Sie nicht? Einer meiner Bekannten (nicht der, den ich bereits erwähnt habe – ein anderer) hat auch noch keine Denunziation geschrieben, obgleich er KGB-Offizier war und man für ihn Denunziationen geschrieben hat. Ich war kein KGB-Offizier. Aber im Zusammenhang mit meiner Tätigkeit hatte ich Einblick in Denunziationen, so daß ich auf diesem Gebiet Erfahrungen habe. Ich bin Spezialist für Denunziationen, aber kein Denunziant. Ich bin Theoretiker auf diesem Gebiet, aber kein Praktiker.

Zweifellos ist das Verhältnis zur Denunziation heutzutage nicht mehr wie früher von heiligem Schauer erfüllt: ihr revolutionär-romantischer Anstrich ist verlorengegangen. Und schon gibt es auch niemanden mehr, der in der Lage wäre, die Rolle der Denunziation in der großen Geschichte zu würdigen. Indes, ihren gewaltigen Erkenntniswert hat sie bewahrt – nicht zuletzt als die wohl einzige Erscheinung auf kulturellem Gebiet, zu der jedermann ohne Ausbildung und literarische Fähigkeiten Zugang hat. Um eine Denunziation zu verfassen, braucht man nicht Mitglied des Sowjetischen Schriftstellerverbandes zu sein. Und, wie es in einer populären Oper heißt: der Denunziation fügt sich jedes Alter.

Zu meiner Zeit gab es beim KGB eine Unmenge Denunziationen. Die KGB-Mitarbeiter konnten ihrer gar nicht Herr werden und sahen sich gezwungen, außenstehende Spezialisten hinzuzuziehen. Auch ich wurde herangezogen und so wie ich Hunderte! Wieviel ungelesene Denunziationen sich allein in der Zentrale des Staatssicherheitsdienstes türmten! Und wieviele erst in den Abteilungen und Unterabteilungen der Republiken und Rayons! Und zwischen den Aktendeckeln und in den Safes der tatkräftigen Abteilungsfunktionäre! Und in den Gängen und Korridoren! Und wieviele während des Krieges vernichtet worden sind! Wieviele beseitigt! Und was für gewaltige Energien an menschlichen Gedanken und Gefühlen dafür investiert worden sind!

Meine Aufgabe bestand darin, aus den vielen Tausenden Denunziationen diejenigen herauszusuchen, die Beachtung verdienten, und die übrigen zur Beseitigung freizugeben oder wie es damals hieß »verschwinden zu lassen«. Ich las Denunziationen unschuldiger, erst am Anfang des Lebens stehender Kinder, durch Erfahrung weise gewordener, gebrechlicher Greise, junger, nüchtern denkender Karrieristen, Denunziationen von Alkoholikern, die vor Hoffnungslosigkeit den Verstand verloren hatten, von exponierten Wissenschaftlern, von Hausfrauen, jungen, unschuldigen Mädchen, alten Wüstlingen, Parteifunktionären, debilen Analphabeten, Professoren, Pensionären und Künstlern ...

Und alle glichen sie eine der anderen wie Münzen, die ein und denselben Wert haben, glichen sich wie eine Wanze der anderen. Als wären sie von Anfang an in unseren Genen angelegt und nicht das erhabenste Produkt der menschlichen Geschichte! Damals begriff ich, daß die Denunziation, eben gerade die Denunziation die fundamentalste, allseitigste und aufrichtigste Form der persönlichen Selbstdarstellung ist. Schade, daß Tausende von Tonnen davon in jenen liberalen Jahren vernichtet worden sind. Das schöpferische Werk eines riesigen Volkes verschwand in der interessantesten Periode seiner Geschichte spurlos. Gewiß, auch in Zukunft werden Denunziationen geschrieben werden. Doch in diesem Ausmaß, mit einem solchen Aufwand an Intellekt und Leidenschaft, mit einer solchen Erfindungsgabe wie damals zu unserer Zeit – das wird es niemals wieder geben! Traurig!

Zweifel

Aber weshalb eine moralisch diskreditierte Denunziation schreiben, wo wir doch eine andere, kristallklare literarische Form, den Rechenschaftsbericht hervorgebracht haben? Es besteht keine Notwendigkeit mehr, sich mit Gewissensbissen herumzuquälen (wenn sie uns jemals gequält haben!), wenn wir höflich gebeten werden, einen Rechenschaftsbericht über eine Reise, eine Begegnung oder ein Gespräch zu liefern ... Ja, man braucht uns nicht einmal zu bitten, da wir ganz von selbst wissen, daß es unsere heilige Pflicht ist, über alles und jedes einen Rechenschaftsbericht zu liefern. Warum nur ist man nicht schon zu Stalins Zeiten darauf gekommen? Dafür gibt es eine höchst simple Erklärung: weil es weder Papier noch Schreibmaschinen gab. Eine Denunziation läßt sich auch auf einen Papierfetzen und mit einem Bleistiftstummel schreiben. Für einen Rechenschaftsbericht braucht man immerhin einigermaßen anständiges Papier und eine Schreibmaschine.

Wir und der Westen

Besagter Freund, den man aus einer westeuropäischen Hauptstadt ausgewiesen hat, schrieb in seinem Rechenschaftsbericht über seinen zehnjährigen Aufenthalt im Westen, nach der Besetzung Westeuropas durch die Sowjetarmee gelte es in erster Linie, alle unsere freiwilligen Helfer, seien es Kommunisten, Linke, Pazifisten, Neutrale, Intellektuelle, liberale Schriftsteller, Professoren, die bärtige Jugend und alles übrige Gesindel mundtot zu machen. Weshalb? Weil sie sonst womöglich auf die Idee kommen könnten, aufzumucken und sich gegen uns zu verschwören. Überhaupt, bewahre uns Gott vor unseren Freunden – vor unseren Feinden retten wir uns schon selber. Übrigens, riet mein Bekannter, sind die Feinde zweckmäßigerweise zu verschonen, da wir schließlich einen gewissen Nutzen von ihnen haben. Aber wenden wir uns doch lieber der Theorie des Rechenschaftsberichtes zu.

Rechenschaftsbericht

Die Sowjetmenschen sind gehalten und daran gewöhnt, über alles und jedes einen Rechenschaftsbericht zu schreiben. Der Rechenschaftsbericht ist ein unentbehrliches Element der kommunistischen Arbeitsorganisation. Es gibt Monats-, Vierteljahres-, Jahres- und Fünfjahresrechenschaftsberichte … Ein alter Bolschewik, der in unserer Dienststelle in der Parteiregistratur angestellt war, hat einen Rechenschaftsbericht über sein Leben nach der Revolution verfaßt: dreitausend Seiten in winzigen Buchstaben! Er schleppte sein epochales Werk in zwei zerrissenen Einkaufsnetzen ins Parteibüro, verlangte, daß man es eingehendst studiere und Lehren daraus ziehe. Der Sekretär des Parteibüros übertrug diese edle Mission – mir. Ich schrieb innerhalb einer halben Stunde meinen Rechenschaftsbericht über den Rechenschaftsbericht des alten Bolschewiken, ohne auch nur einen Blick hineingeworfen zu haben. In den Jahren der Sowjetherrschaft, schrieb ich, hat der Autor vorliegenden Rechenschaftsberichts soundsoviel Tonnen Brot und Kascha konsumiert, soundsoviel Fässer Wein getrunken, soundsoviel geheime Denunziationen verfaßt und soundsoviel nicht geheime öffentlich vorgebracht, soundsoviel Jahre in Versammlungen gesessen und soundsoviel Jahre Schlange gestanden... Du machst dich lustig, sagte der Sekretär. Ich weine, sagte ich. Was sollen wir machen? fragte der Sekretär. Wir lassen dem Autor ein offizielles Schreiben zukommen des Inhalts, daß wir sein Manuskript an die Geheimabteilung des zentralen Parteiarchivs weitergeleitet haben, sagte ich. Wozu ein offizielles Schreiben? fragte der Sekretär. Damit es der Autor rahmen lassen und sich neben seine Ehrenurkunden, von denen er ein halbes Hundert für sein ebenso ungeheuer langes wie dämliches Leben bekommen hat, übers Bett hängen kann, sagte ich. Und warum an die Geheimabteilung? fragte der Sekretär. Damit er uns nicht länger mit seinen Erinnerungen belästigen kann, antwortete ich. Und wohin damit? fragte der Sekretär mit einem Blick auf die Einkaufsnetze mit der kostbaren Lebenserfahrung einer ganzen Generation. Auf den Müll, sagte ich. Also mach schon, sagte der Sekretär. Und dann schreib mir einen kurzen Rechenschaftsbericht über die geleistete Arbeit.

Ein anderes Mal drückte man mir die Rechenschaftsberichte von Teilnehmern einer unserer wissenschaftlichen Delegationen an einem internationalen Kongreß zur »Bearbeitung« in die Hand. Die Delegation bestand aus fünfzig Leuten, Rechenschaftsberichte waren aber sechzig eingereicht worden: einige bedeutende Gelehrte wollten ihre Ergebenheit unter Beweis stellen und hatten jeweils zwei Rechenschaftsberichte verfaßt. Fünfzig Schreibmaschinenseiten pro Rechenschaftsbericht! Und was da nicht alles allen möglichen Organen kundgetan wurde! Daß man beispielsweise denundden westlichen Professor auf unsere Seite ziehen könnte, wenn man sein Buch in Moskau herausbrächte, daß man den Chef eines Geheimlabors nach Moskau einladen und ihm eine zuverlässige Schöne anhängen müsse...

Die erwähnten Rechenschaftsberichte der Delegation waren ebenso wahrheitsgetreu wie lehrreich. Indes schreiben wir normalerweise unsere Rechenschaftsberichte nicht etwa, um Bilanz oder Lehren zu ziehen, sondern aus irgendwelchen höheren mystischen Erwägungen heraus. Rein formal, der Ordnung halber, weshalb wir sie gewöhnlich einfach drauflosschreiben, aufs Geratewohl und ohne groß nachzudenken, so daß Dichtung und Wahrheit darin faktisch nicht mehr auseinanderzuhalten sind. Was aber auch nicht nötig ist, denn unsere Rechenschaftsberichte liest sowieso kein Mensch. In einem Vierteljahresbericht von mir habe ich einmal geschrieben, ich hätte zehn neue Elementarteilchen entdeckt – und das in der schlichten Absicht, meine Theorie des Rechenschaftsberichts zu prüfen und zu testen. Ich wurde zum Abteilungsleiter bestellt und war schon drauf und dran, meine Theorie für falsch erklären zu wollen, doch erwies sich meine Sorge als unbegründet. Der Rechenschaftsbericht war nur ein wenig zu kurz geraten, und der Abteilungsleiter bat mich, noch einige Seiten dazuzuschreiben. Ich konterte demagogisch, der Wert eines Rechenschaftsberichts hänge nicht von der Zahl seiner Seiten, sondern von seinem Inhalt ab. Lies, was ich geschrieben habe, sagte ich, und vergleiche es mit dem, was andere geliefert haben. Mach mir nichts vor, sagte er seelenruhig. Glaubst du etwa, andere hätten weniger geleistet als du? Also schrieb ich noch ein paar Seiten dazu, und zwar, daß ich eine Methode entdeckt hätte, wie man den Inhalt sämtlicher Moskauer Mülldeponien in vollwertige Lebensmittel umwandeln könnte. Bravo, sagte der Abteilungsleiter und legte meinen Bericht auf den Haufen mit den gleichfalls ungelesenen Rechenschaftsberichten der anderen Mitarbeiter. Wer gut Rechenschaft ablegt, der arbeitet auch gut.

Glauben Sie aber nur nicht, ein Rechenschaftsbericht sei eine überflüssige bürokratische Angelegenheit. Er ist vielmehr ein großartiges Beispiel dafür, wie man die Menschen zu einer einzigen großen kommunistischen Gesellschaft zusammenschließt. Wichtig ist nicht der Inhalt des Rechenschaftsberichts, sondern die Tatsache, daß er existiert.

Zur Psychologie des Rechenschaftsberichts

Wenn man nichts getan hat, ist es höchst einfach, einen Rechenschaftsbericht zu verfassen. In diesem Fall hat man nämlich das gute Recht, sich für seinen Bericht all dessen zu bedienen, was sich in der Zeit, für die es Rechenschaft abzulegen gilt, im Kollektiv oder Land überhaupt und nicht zuletzt im Universum zugetragen hat. Man hat ein Recht darauf, weil man ja in der Tat an all dem, was in der Welt vorgegangen ist, beteiligt war. Schwieriger hingegen ist es, einen Rechenschaftsbericht zu schreiben, wenn man irgend etwas getan hat. Und wenn man womöglich auch noch viel getan hat, ist es eine geradezu die Kräfte übersteigende Aufgabe. In diesem Fall konzentriert sich nämlich das Bewußtsein ausschließlich auf die eigene Tätigkeit, die einem selbst der Mittelpunkt der Welt, den Kollegen hingegen nur eine lächerliche Bagatelle zu sein scheint und für den Rechenschaftsbericht höchstens von sprachlichem Belang sein kann. Aber auch in ersterem Falle ist die Leichtigkeit, einen Rechenschaftsbericht aufzusetzen, nicht gerade angeboren. Es bedarf jahrelanger Übung, um ein qualifizierter Rechenschaftsberichtverfasser zu werden und mit Mozartscher Leichtigkeit einen solchen Bericht niederzuschreiben.

Nun denn, das, was ich zu schreiben beabsichtige, wird gleichzeitig auch ein Rechenschaftsbericht nach allen Regeln der sowjetischen Rechenschaftsberichtskunst sein. Und betrachten Sie ihn bitte auch als einen solchen, das heißt, suchen Sie nicht nach Wahrheiten darin, doch strafen Sie mich auch nicht Lügen und Irrtümer. Ein Rechenschaftsbericht ist ein Rechenschaftsbericht und weiter nichts, er ist nichts als eine Etappe im Leben. Mein Rechenschaftsbericht wird Rechenschaft ablegen über eine Arbeit, die ich hätte tun sollen, aber nicht getan habe, da meine Arbeit unter anderem darin bestand, sie nicht zu tun. Ich werde daher über alles mögliche auf der Welt reden – nur nicht davon, wovon ich eigentlich zu berichten hätte. Ich werde beispielsweise von einem Attentatsversuch auf den amerikanischen Präsidenten reden, von einer Bombenexplosion in Bologna, von einer Friedensdemonstration in Bonn und Jugendkrawallen in London – und zwar so, als wäre das alles mein Werk. Und das Komische daran ist, daß das gar nicht so unbedingt jeder Grundlage entbehrt, da ich ja einer Organisation angehöre, die auf die eine oder andere Weise ihre Hand immer mit dabei im Spiel hat, nämlich – dem KGB. Mit anderen Worten: es wird ein psychologischer Rechenschaftsbericht werden, und zwar der psychologische Bericht eines Wesens bar jeder eigenen Psychologie über seinen Aufenthalt in einer fremdartigen Umgebung, der man es im Interesse einer gewissen Sache ausgesetzt hat, um es dann mitsamt der Sache selbst zu vergessen.

Zur Methodologie des Rechenschaftsberichts

Suchen Sie ja nicht nach einem verborgenen Sinn in meinen Worten! Ich rede stets ohne jede Anspielung und Allegorie und lasse nichts, aber auch nichts unausgesprochen. Ich glaube überhaupt weder an Gedanken zwischen den Zeilen noch an literarische »Eisberge«. Wenn die Leute nichts zu sagen haben, verbergen sie ihr armseliges Unvermögen hinter einer verlogenen Scheinheiligkeit, als verfügten sie über irgendein gewaltiges verborgenes Fundament und geheime Gedankentiefe. Ein glänzendes Beispiel hierfür bieten nicht nur Schriftsteller, sondern auch Filmregisseure. Wir hatten in unserer Dienststelle einmal einen Mitarbeiter, den man eben aus dem Grunde für einen großartigen Denker hielt, weil er ein Meister war im Reden in »Eisbergen« und »zwischen den Zeilen«. Als er dann seine Kunst auf die Spitze trieb, das heißt gänzlich ohne Zeilen auskommen zu können meinte, zwischen denen seine Gedankentiefe verborgen sein sollte, sowie ohne die über dem Wasser sichtbaren Spitzen seiner »Eisberge«, wurde uns klar, daß er weiter nichts war als ein mittelmäßiger Parasit und Schwachkopf. Seine Reputation als Denker hat sich nichtsdestoweniger bis heute gehalten. Meine Lage besitzt im Vergleich mit Denkern dieser Art den Vorzug, daß meine »Eisberge« keinerlei Spitzen über dem Wasser aufweisen und zwischen meinen Zeilen keine Abstände sind. Als erfahrener Schreiber von Rechenschaftsberichten weiß ich, daß mein Bericht von niemandem gelesen wird. Diese Form, sich an den Leser zu wenden, ist eine spezifisch sowjetische Gewohnheit. Der alte Bolschewik, dessen Rechenschaftsbericht ich auf den Müll geworfen habe, hat sich ebenfalls an einen imaginären Leser gewandt – an das »Leninsche ZK«, die »teure Partei« und die »gesamte fortschrittliche Menschheit«. Und wer hat seine unschätzbare Lebenserfahrung zur Kenntnis genommen und sich zunutze gemacht?? Was bleibt da schon zu berichten von einem menschlichen Wesen, das weder in zaristischen Kasematten gesessen noch sein Blut auf Barrikaden vergossen, das weder die Perekop-Landenge gestürmt noch Komsomolsk erbaut, das sich weder mit der Brust feindlichen Maschinengewehren in die Arme geworfen noch irgendeinem Neuanfang den Weg geebnet hat?!

Schöpferische Initiative

Wir Sowjetmenschen sind gewöhnt, alles, aber auch alles schöpferisch initiativ in Angriff zu nehmen. Diesbezüglich kommt mir folgendes lehrreiche Vorkommnis in den Sinn: Unsere Spione hatten im Westen Pläne von Werkzeugmaschinen für höchst komplizierte und spitzfindige Arbeitsvorgänge gestohlen. Gleichzeitig ließen sie die Bestandteile der Maschine mitgehen. Zu diesem Zweck war im Interesse der Führungsdirektion eigens ein Spezialtrupp zusammengestellt worden, da man die Maschine für die Panzerindustrie benötigte. Dem Trupp wurde der Befehl erteilt, schöpferisch initiativ, mit Neuerermethoden und auf Rationalisierung bedacht vorzugehen. Und sie gingen mit Neuerermethoden ans Werk! Beim Zusammensetzen der Maschine erwiesen sich fünf Teile als überflüssig. Die Maschine lief aber trotzdem. Sie nahmen sie noch einmal auseinander und setzten sie wieder zusammen. Diesmal erwiesen sich zehn Teile als überflüssig. Und die Maschine lief. Sie nahmen sie noch einmal auseinander und setzten sie wieder zusammen: zwanzig überflüssige Teile! Und die Maschine lief! Haben die sich über die »gepriesene westliche Technik« lustig gemacht! Einer machte den Vorschlag, das Ganze noch fünfmal auseinanderzunehmen und wieder zusammenzusetzen, und man werde sehen, daß die Maschine ohne einen einzigen Bestandteil funktioniere. Wäre das eine Entdekkung! Die Mitglieder des Spezialtrupps warfen diesem Superrationalisator einen mißtrauischen Blick zu und beschlossen, es bei dem errungenen Erfolg zu belassen. Ihre Vorgesetzten ließen sie wissen, daß der Trupp als Ergebnis seiner schöpferischen Initiative die unnötig komplizierte Konstruktion der Maschine wesentlich vereinfachen konnte. Die Maschine war danach in der Lage, primitivste und gröbste Arbeitsgänge auszuführen, stand aber schon nach einem Monat völlig (und auf immer) still. Doch zu diesem Zeitpunkt hatte die Direktion bereits das Interesse an ihr verloren, zumal uns inzwischen westliche Firmen Fertigteile für Panzer lieferten, wodurch sich die Maschine als restlos überflüssig erwies.

Ein noch lehrreicherer Vorfall ereignete sich in der sogenannten »Leninschule«, wo unsere Spione, aber auch die Führer der kommunistischen Parteien sowie die künftigen prosowjetischen Staatsbeamten für die Länder des Westens ausgebildet werden. Einer der Hörer aus dem Westen nahm im Bestreben, unserer Schulleitung gefällig zu sein, die Forderung nach schöpferischer Initiative ernst und fing an, ein solches Zeug zusammenzureden, daß man die Schule als Brutstätte des Eurokommunismus auflösen wollte. Besagter Hörer war zwar Kommunist, aber dennoch ein Mensch des Westens und hatte das Wesen der schöpferischen Initiative nicht begriffen. Auf einer geschlossenen ZK-Sitzung, auf der das unkorrekte Verhalten der westlichen Kommunisten erörtert wurde, äußerte der Ideologiefunktionär, die Ursache hierfür sei offenbar in der »Unfähigkeit zu sehen, schöpferische Initiative entfalten zu können«.

Die zuständigen Genossen von den Organen, die mich hierher abkommandiert haben, haben mir neben allen möglichen guten Wünschen die Order mit auf den Weg gegeben, schöpferisch initiativ an meine Mission heranzugehen. Als Sowjetmensch habe ich selbstverständlich den eigentlichen Sinn dieser Geleitworte richtig erfaßt: stillsitzen und kein Aufhebens machen! Und was die schöpferische Kreativität anbelangt, so ist sie lediglich für den Rechenschaftsbericht vonnöten. Der schlechteste Rechenschaftsbericht ist immer noch interessanter als die beste Sache, wenn er auf Kenntnis beruht... nein, nein, nicht auf Kenntnis der Sache, von der im Rechenschaftsbericht die Rede ist, sondern der Sache im Sinne von Rechenschaftsberichtstechnik. Mein tatsächliches Leben hier ist im Vergleich zu dem, was ich in einem Rechenschaftsbericht darüber von mir geben könnte, reinste Fadheit und Langeweile. Man stelle sich vor, was alles auf dieser Welt passieren würde, wenn wir anfingen, Rechenschaftsberichte über unseren Erdenaufenthalt zu schreiben!

Wissenschaftliches Traktat

Vielleicht aber wäre es noch besser, ein wissenschaftliches Traktat zu verfassen? Schließlich bin ich ein professioneller Wissenschaftler. Gewiß, meine Kollegen und ich haben den gänzlich unwissenschaftlichen Zielen des ZK und KGB gedient. Doch haben wir das mit wissenschaftlichen Methoden getan. So war zum Beispiel der Beschluß gefaßt worden, die Dissidentenbewegung abzuwürgen, was aber gar nicht so einfach ist. Unsere Aufgabe bestand unter anderem darin, die Gesetzmäßigkeit dieses Beschlusses theoretisch zu untermauern und hierfür effektive Maßnahmen auszuarbeiten. Glauben Sie nur nicht, das sei so einfach und ginge ohne Konflikte ab. Auch auf diesem Gebiet brechen sich ernst zu nehmende wissenschaftliche Entdeckungen nur in harten Kämpfen Bahn. Der Vorschlag, die Dissidenten vor den Augen des Westens durch Abschieben in eben diesen Westen zu diskreditieren, stieß anfangs auf harten Widerstand. Später dann machte sich die höhere Obrigkeit diese Idee zu eigen, und zu guter Letzt verkehrte sie sich auf einmal in die Idee des

Politbüros. Was das aber an Energie gekostet hat! Und wieviel Opfer! Im übrigen übersteigt die Zahl der Opfer im Kampf um effektive Methoden, die Dissidenten in den Würgegriff zu kriegen, die Zahl der Opfer unter den Dissidenten selbst um ein Vielfaches.

Wieviel Energie und Talent ich für die Ausarbeitung von Ideen dieser Art vergeudet habe! Ich fertigte Diagramme an, stellte Tabellen zusammen, arbeitete Formeln aus und lieferte Beweise für Theoreme. Anhand solcher Formeln konnte beispielsweise der Beweis erbracht werden, daß das Auftauchen eines einzigen Kritikers des Sowjetregimes für das Regime negativ sei, wenn auch nicht besonders. Zwei Kritiker sind schon schlimmer als einer. Aber nicht etwa um das Doppelte, sondern um ein Ganzes und acht Zehntel. Zwanzig Kritiker sind für das Regime bereits besser als fünf, da man nun den Kampf gegen sie zum Teil ihnen selbst überlassen kann: schon drei Regimekritiker kratzen sich gegenseitig die Augen aus. Für zehn Regimekritiker ist das Regime nur noch ein Vorwand, sich gegenseitig eins in die Fresse zu geben. Von dreien ist mindestens einer ein Helfershelfer des KGB. Und von zehnen kann man mindestens fünf als freiwillige Helfer oder nebenamtliche Mitarbeiter der Organe betrachten. Und wieviel hauptamtliche Mitarbeiter in diesen Kreisen agieren, darüber braucht man gar keine Worte zu verlieren. Es stimmt natürlich, daß sich mit wachsender Regimekritikerzahl unvorhersehbare Konsequenzen abzeichnen. Als die wichtigste Konsequenz erscheint hierbei, daß die Regimekritiker mit den Apologeten des

Regimes im Verstehen des Regimes selbst zu konkurrieren anfangen. Ein Ideologiefunktionär des ZK hat vor Wut losgeheult, als ihm zugetragen wurde, daß ein in den Westen emigrierter Kritiker des Sowjetregimes gesagt hat, das Sowjetregime sei stabil. Schurke der! schrie der Funktionär. Wir, die wahren Marxisten-Leninisten, behaupten, das Sowjetregime sei stabil. Und da kommt dieser gemeine Verräter und nimmt sich die Frechheit heraus zu behaupten, unser Sowjetregime sei stabil! Unsere Führer hassen die Regimekritiker nicht etwa, weil sie das Regime untergraben (keine Kritik ist in der Lage, das Regime zu untergraben, im Gegenteil, sie stärkt und festigt es!), sondern weil sie sich an dem unveräußerlichen Privileg der Sowjetführung vergreifen, Kritik üben zu dürfen.

Gewiß, ein wissenschaftliches Traktat wäre in meiner Lage am interessantesten. Nur fehlt mir das Geld für Tabellen und Diagramme – in Moskau konnte ich sie auf Kosten des Staates anfertigen lassen.

Zweifel

Wie aber soll ich mein Roman-Denunziations-Rechenschaftsberichts-Traktat betiteln? Glauben Sie nur nicht, das sei nebensächlich. Hierfür gibt es wiederum ein lehrreiches Beispiel. Ein bekannter Moskauer Spezialist für den wissenschaftlichen Kommunismus beschloß eines Tages, ein enthüllendes Werk zu verfassen. Aber er konnte nicht damit beginnen, da er seine ganze Energie auf die Lösung des Problems verwendete, welchen Titel das zu schreibende Buch tragen sollte – »Himmel und Stein« oder »Stein und Himmel«? So ging er dann, ohne das enthüllende Werk geschrieben zu haben, in den Westen – sehr zu seinem Schaden. Er hat bis zum heutigen Tag keine feste Stelle gefunden, obgleich niemand seine Zugehörigkeit zum KGB bezweifelt. Seltsam, nicht wahr? Ein sowjetischer Agent – und ohne Arbeit! Der Westen beginnt, sich unkorrekt zu verhalten. Zeit, ihn zur Ordnung zu rufen.

Indem mir also das traurige Beispiel des erwähnten Enthüllers in den Sinn kam, beschloß ich, das Titelproblem erst einmal auf Eis zu legen. Wer weiß, vielleicht schreibe ich überhaupt nichts und das Problem erledigt sich ganz von selbst. Aber schon tat sich ein zweites, nicht minder quälendes Problem auf: wem soll ich mein ungeschriebenes Werk widmen? Meiner verstorbenen Mutter oder der sich bester Gesundheit erfreuenden Partei? Dem letzten Parteitag oder dem nächsten ZK-Plenum? Meinem geliebten Volk oder meiner verhaßten früheren Frau? Den wenigen Regimeopfern oder meinen zahllosen Saufkumpanen? Zu guter Letzt entschloß ich mich für eine patriotische Variante: Uns, die wir fern der Heimat wirken – den sowjetischen Kundschaftern widme ich mein Buch.

Eine vortreffliche Widmung! Und so aufrichtig! Was aber, wenn man mich falsch interpretiert? Zweifel sind unsere Staats- (nicht National-) eigenschaft. Sie hindern uns daran, eine Sache in Angriff zu nehmen, und wenn wir sie dann in Angriff genommen haben, hindern sie uns, sie ordentlich durch- und zuendezuführen, und wenn wir schließlich damit am Ende angelangt sind, hindern sie uns daran, rechtzeitig Schluß zu machen. Deshalb streben wir beispielsweise nach dem Indischen Ozean, bleiben auf halbem Wege in Afghanistan stecken und tun so, als wollten wir dem Ränkespiel der amerikanischen Imperialisten ein Ende bereiten und der rechtmäßigen Regierung dabei helfen, Ordnung im Lande zu schaffen. Und machen das so großartig, daß die Ränke der Imperialisten und die Unordnung im Lande von Tag zu Tag größer werden. Aber keine Macht der Welt ist in der Lage, diesem langweiligen Spiel ein Ende zu setzen. Meine selige Mutter hat dreimal versucht abzutreiben, hat ein Kilo Chinin geschluckt, fünfmal die Beine in kochendes Wasser gehalten und vieles andere mehr unternommen, um zu verhindern, daß ich auf die Welt komme. Als sie dann zu der Überzeugung gelangt war, daß all ihre Bemühungen vergeblich sind, erklärte sie, es gebe kein größeres Glück auf Erden als die Mutterschaft, um danach bis zu ihrem seligen Ende unermüdlich zu wiederholen, wenn sie geahnt hätte, daß aus mir einmal ein so erbarmungsloser Egoist wird, hätte sie ganz bestimmt abgetrieben. Im übrigen hat sich inzwischen auch der Westen von unserer Krankheit anstecken lassen: er hat sich buchstäblich verzehrt in dem Verdacht, die Versprechungen und Appelle der heimtückischen Sowjetführung die Abrüstung betreffend seien völlig aufrichtig.

Nachdem ich diese Erwägungen angestellt hatte, beschloß ich: sollen sie doch meine Widmung ruhig falsch auslegen, schlimmer wäre es nämlich, wenn sie sie richtig interpretierten. Man stelle sich einmal vor, was auf der Welt passieren würde, wenn der Westen die sowjetischen Vorhaben in Afghanistan richtig interpretieren würde?! Alle würden sich dermaßen in die Hosen machen, daß man es vor Gestank nicht mehr aushalten könnte. Und deshalb – weg mit den Zweifeln! Der Westen wird deine Widmung sowieso nicht richtig interpretieren, wird es nicht wagen! Und unseren Leuten ist ohne erst groß interpretieren zu müssen klar, was gemeint ist.

Das Problem, was ich uns denn nun eigentlich widmen werde, ist ganz einfach zu lösen. Wie sich mein Stiefvater, Vorsteher eines riesengroßen Friedhofs bei Moskau, auszudrücken beliebte: ist erst einmal das Epitaph da, findet sich schon der Verstorbene.

Über den Zugang zum Ozean

Das Problem des Zugangs zum Indischen Ozean haben wir schon unter Chruschtschow diskutiert. Allerdings mehr im träumerischen als im aktiven Sinne. Schließlich sind wir unter Peter bis zum Meer vorgedrungen, also wird es jetzt Zeit, zum Ozean vorzustoßen. Wobei wir vergessen haben, daß wir selber an die zehntausend Kilometer Ozeanzugang besitzen. Aber das zählt nicht, denn dort ist es kalt und ungemütlich. Uns steht ein warmer Ozean zu, und der Indische Ozean ist genau das, was wir brauchen. Die Engländer haben sich lange genug Indiens und anderer Länder des Ostens bedient, genug damit. Jetzt sind wir an der Reihe. Damals wußten wir noch nicht, daß sich das Problem als weit weniger schwierig erweisen sollte, als wir es uns vorgestellt hatten, da sich keiner von uns die Zeit genommen hatte, einen Blick auf die Landkarte zu werfen. Wir dachten, man müsse zu diesem Ozean über den Altai, Pamir und Himalaja klettern. Aber dann zeigte sich, daß es nur ein bißchen weiter als Sotschi war und viel einfacher hinzukommen. Hätte uns damals doch bloß jemand einen Schulatlas zugesteckt! Dann hätte es keine Iran-Krise gegeben. Und es gäbe überhaupt keinerlei Araber. Wo die bloß auf einmal hergekommen sind?

Einen warmen Ozean haben wir zu guter Letzt sogar gefunden. Nur etwas reichlich weit weg – direkt vor den Küsten Amerikas, auf Kuba.

Wir und der Westen

Vor einigen Jahren versah in Moskau der Mitarbeiter einer westlichen Botschaft seinen Dienst in der Nähe des Kremls. Zu seinen Obliegenheiten gehörte es, die Regierungswagen zu beobachten, die im Kreml ein- und ausfuhren. Westliche Spezialisten für Kremlologie arbeiteten seine Informationen aus und zogen tiefsinnige Schlußfolgerungen die Politik des Kremls betreffend. Aber ein KGB-Mitarbeiter ließ sich für den westlichen Aufpasser einen Bluff einfallen, und zwar programmierte er genau, welche »Breschnews«, »Suslows«, »Gromykins« und anderen Mitglieder der Regierung zu welchem Zeitpunkt und in welcher Reihenfolge in den Kreml rein und aus dem Kreml rausfuhren. Dieser KGB-Mitarbeiter lachte Tränen, als er von seinen Manipulationen mit den sowjetischen »Führern« erzählte. Einmal hat er drei »Breschnews« in den Kreml reingelassen und fünf raus. Wäre interessant zu wissen, wie die westlichen Kremlologen dieses Rätsel gelöst haben.

Morgen

Als erster schaute der Zyniker, einer von den Pensionsbewohnern, bei mir rein.

– Was ist mit Ihnen? Soll ich einen Arzt rufen?

– Nicht nötig, ich werde mich schon allein wieder hochrappeln.

– Oder vielleicht die Polizei benachrichtigen? Hier laufen so finstere Sachen!...

– Und was soll das bringen?

– Wahrscheinlich nichts. Ein Typ hier hat selber zugegeben, zwei von unseren Leuten mit Hilfe irgendwelcher Bakterien ins Jenseits befördert zu haben. Bei der Polizei haben sie ihm das nicht abgenommen. Haben gesagt, er hätte keine ausreichenden Beweise. Das nennt sich Demokratie. Also gut, mit viel können Sie nicht rechnen, aber eine Stulle bringe ich Ihnen.

Der Zyniker ging. Ich stellte mir vor, daß diese Stulle vielleicht meine letzte irdische Angelegenheit sein werde. Meinetwegen! Muß ich wenigstens für diesmal nicht selber die Entscheidung treffen – Sowjetmenschen sind nicht gewöhnt, selbst Entscheidungen zu treffen.

Darauf erschien der Witzbold, ein anderer Mitbewohner unserer Pension. Er spendierte mir ein Päckchen Zigaretten. Er war für eine antisowjetische Organisation in Spanien und Italien, die ihm einen Pappenstiel zahlt, dafür aber die Reisespesen ersetzt. Wäre er auf eigene Kosten gefahren, hätte er allein für die Reise nach Spanien Minimum fünf Jahre sparen müssen.

– Wie ist es da?

– Wie immer. In England ist, wie Sie wissen, Linksverkehr. In Italien dafür Quer- und in Spanien Gegenverkehr. Kein einziges heiles Auto. Abfälle. Regierungskrisen. Lassen Bomben in die Luft gehen. Morden. Entführen Kinder und Politiker. Klauen. Betrügen. Streiken. Aber essen ausgezeichnet. Und widmen sich voller Eifer ihren Liebesangelegenheiten. Mit einem Wort, Freiheit. Habe einen Ihrer Moskauer Bekannten getroffen. Er sagte, Sie seien ein sowjetischer Agent.

Als ich wieder mit mir allein war, begann ich über ein für uns, die sowjetischen Emigranten, höchst aktuelles Problem nachzudenken: was ist ein Sowjetagent?

Sowjetagent

Der Begriff »Agent des KGB« ist ein behördlicher, kein wissenschaftlicher Begriff. Er ist zu eng gefaßt, zu unbestimmt und ruft negative Emotionen hervor. Ich würde dem allgemeineren und präziseren, wissenschaftlich unvoreingenommenen, soziologischen Begriff »Sowjetagent« oder »Agent der Sowjetunion«, abgekürzt »As« den Vorzug geben. Die Schärfe dieses Begriffs ist unerreicht.

Von jedem x-beliebigen Menschen auf der Welt läßt sich mit absoluter Sicherheit sagen, ob er ein As ist oder nicht. Hingegen ist es sogar bei einem offensichtlichen Agenten des KGB bisweilen unmöglich, mit Sicherheit zu behaupten, daß er ein KGB-Agent ist. Und gefährlich dazu: er ist damit abgeurteilt! Mehr noch: es ist eine verleumderische Beleidigung. Ein Agent des KGB sein ist verabscheuungswürdig, ein As sein – nicht im geringsten. Wenn ein Mensch ein As ist, folgt daraus noch lange nicht, daß man ihm nicht die Hand gibt. Ist er aber keiner, heißt das keineswegs, daß man sich ihm an den Hals wirft. Merken Sie, was für Vorteile der Gebrauch des Begriffs »As« gegenüber dem Begriff »Agent des KGB« verheißt? Und wie Sie sehen, wird das Problem auf rein semantischer Ebene gelöst.

Das Verhältnis zwischen den beiden zu betrachtenden Begriffen ist folgendermaßen. Nicht jeder As ist ein Agent des KGB. Sie können ein As sein, selbst wenn man beim KGB von Ihrer Existenz keine Ahnung hat, man Sie von der Liste der Agenten gestrichen hat und sich mit Händen und Füßen von Ihnen distanziert. Den Fall, daß ein Mensch keine Ahnung von der Existenz des KGB hat, schließe ich aus, da dergleichen Fälle in der Natur nicht vorkommen. Ein Mensch kann ein As sein, ohne selbst zu wissen, daß er ein As ist. Andererseits ist nicht jeder Agent des KGB ein As. Mir sind dergleichen Parasiten begegnet, die im Westen lebten und sich als KGB-Offiziere ausgaben, für ihr Parasitendasein riesige Gelder, Orden und Ehren kassierten, aber keinen Finger für ihre Dienststelle und ihr Land krumm machten, ihnen manchmal sogar merklich schadeten. Hier können Sie mit eigenen Augen den Unterschied zwischen behördlichem und soziologischem Zugang zum Verständnis der Wirklichkeit feststellen.

Asse unterscheiden sich nach Kategorie, Rang, Grad, Profil und anderen Kennzeichen. Ich will Sie hier nicht mit solchen Feinheiten behelligen, die nur von rein professionellem Interesse sind. Der Unterschied zwischen einem Unteren und einem Höheren As zum Beispiel ist dem des Unteren und des Höheren Wissenschaftlichen Mitarbeiters analog, und der Verdiente As und der Volksas entspricht dem Verdienten Künstler beziehungsweise dem Volkskünstler. Um hinreichend genau beschreiben zu können, was ein As ist, wäre es nötig, eine ganz neue Wissenschaft aufzubauen. Für diejenigen jedoch, die nicht in der Lage sind, theoretische Lehrgebäude zu begreifen (und das ist die überwiegende Mehrheit der Menschen, Wissenschaftler eingeschlossen), kann ich mich auf konkrete Beispiele beschränken, anhand derer Sie im Handumdrehen einen As von anderen Sterblichen unterscheiden lernen können. Im folgenden werde ich mehrere solcher Beispiele aus meiner derzeitigen Umgebung und einer Anzahl von Leuten, von denen dort gesprochen wird, anführen.

Erläuternde Beispiele

Der Schriftsteller, ein Höherer As, war mit dem Etikett eines Juden und genialen Schriftstellers aus der Sowjetunion in den Westen ausgereist. Schon bald wurde er als Nichtjude entlarvt. Daß er kein Genius war, das aufzudecken war gar nicht erst erforderlich. Die Frau des Schriftstellers, ein Unterer As, war mit dem Etikett der getreuen Ehefrau des genialen Schriftstellers von dort nach hier ausgereist. Sie war ihm auch in der Tat treu, da sich im Westen kein einziger Mann fand, der Lust hatte, sie zu verführen, ein Zeichen offenkundiger Schwäche des Westens. Der Professor, ein Volksas, hatte zu seiner Zeit irgendeine sowjetische Parteidelegation in den Westen angeführt, war dann (die Freiheit wählend) im Westen geblieben und leitet nun die sowjetischen Aktivitäten in dem Raum Europas, in dem ich mich inzwischen aufhalte. Er gilt als ein ehemaliges ZK-Mitglied, obgleich er nicht einmal in einem Büro der untersten Parteiorganisation angestellt gewesen ist. Er war im Einverständnis mit dem KGB-Agenten irgendeines westlichen Spionagedienstes in Moskau gewesen. Als er im Westen auftauchte, wurde er im Einverständnis mit diesem westlichen Spionagedienst Agent des KGB. Die Dame, ein Verdienter As, ist Stellvertreter des Professors. Der Mann der Dame, ein Volksas, ist Chef des sowjetischen Spionagedienstes in diesem Teil Europas. Der Enthusiast, der Nörgler, der Witzbold, der Zyniker, der Dissident und seine Frau und der Künstler und seine Frau sind sowjetische Emigranten und Untere Asse.

Ich spann meine Idee weiter aus und bezog den Besitzer unserer Pension (er gibt Emigranten aus dem sozialistischen Lager Unterkunft) mit in die Zahl der Asse ein, ebenso wie die Frau des Pensionsbesitzers (sie schläft mit einsamen Pensionsbewohnern, ohne dafür Geld zu nehmen) sowie die Putzfrau in der Pension (sie schläft mit denselben Personen, doch für ein geringes Entgelt). Das Wort »schläft« habe ich hier aus reiner sowjetischer Keuschheit gebraucht. Die Pensionswirtin nimmt nicht etwa aus Selbstlosigkeit kein Geld – so blöd ist hier kein Mensch –, sondern deshalb, weil ihr sowieso keiner einen Pfennig geben würde. Sie ist alt, abstoßend und lüstern. Und bei uns zählt jeder Pfennig. Die Putzfrau nimmt Geld, weil sie jung ist und einigermaßen anziehend. Ihr Mann hat nichts gegen diesen Nebenverdient: sie sparen auf ein Haus.

Des weiteren bezog ich das Oberhaupt einer angesehenen Kirche, das seine Kirche zu persönlichen Reklamezwecken benützte, mit in die Zahl der Asse ein, dann den Bruder eines Präsidenten, der gutes Material für sowjetische Propaganda abgibt, sowie den Chef einer politischen

Partei, der sich ständig unter dem Deckmantel eines Friedensstifters, in Wirklichkeit jedoch mit wichtigen Instruktionen in Moskau herumtreibt. Ich bezog sämtliche Sowjetologen, Kremlologen und alle übrigen »Ologen« (oder auf gut Russisch Priemeltoppologen) mit ein, da sie vom Sowjetsystem keine blasse Ahnung haben, aber so tun, als kapierten sie alles. Ich schloß die westlichen Journalisten mit ein, Professoren, Politiker, Geschäftsleute, die der Sowjetführung redlich dienen und so tun, als ob sie sie entlarvten und betrögen. Ich bezog die Soldaten des Sonderlandebataillons mit ein, die Moskau allein dadurch Hilfestellung leisten, daß sie auf die schwierige internationale Lage pfeifen und sich auf jede nur mögliche Weise vor einer ernsthaften Vorbereitung auf einen künftigen Krieg drücken.

Und schließlich wäre es ungerecht, wenn ich zwei weitere Personen mit Schweigen überginge. Das ist der Chef, ein Verdienter As und Mitarbeiter irgendeiner Spionageorganisation, welcher genau, das weiß nicht mal er selber. Er hat seine Tätigkeit als As in einer westlichen Spionageorganisation begonnen, die sich aber nur als eine für den sowjetischen Spionagedienst arbeitende Organisation entpuppte. Und Madame Anti, ein Verdienter As, die der Sowjetunion damit einen unschätzbaren Dienst erweist, daß sie eine ungewöhnlich dumme antisowjetische Zeitschrift herausgibt und das verleumderische Gerücht verbreitet, ich sei ein Agent Moskaus, der sich im Westen mit dem Ziel und der Absicht aufhält, hier ein kommunistisches Regime aufzubauen.

Der Zyniker

Der Zyniker kam mit ... höchste Zeit, daß er sich an westliche Gepflogenheiten gewöhnt! ... mit Sandwichs zurück. Er hatte eine Neuigkeit mitzuteilen: noch ein Pärchen war aus Moskau eingetroffen. Eindeutige Schizos. Und das schon lange. Wozu läßt man solche Leute raus? Eben deshalb, weil sie dämliche Schizos sind und das schon lange, sagte ich. Um Verwirrung zu stiften. Als lehrreiches Beispiel. Sie sind illegal aus Österreich hierher gebracht worden, sagte der Zyniker. Und weshalb das? Eben deshalb, sagte ich. Im Trüben läßt sich leichter fischen. Ein einziger kluger Kopf kann in der Masse solcher dämlicher Schizos große Dinge bewerkstelligen. Und wer ist der kluge Kopf? fragte er. Wer weiß, sagte ich. Vielleicht ich. Vielleicht Sie. Ich fürchte, so ein Leckerbissen ist nicht für uns, sagte er. Wissen Sie, es gibt ein gewisses Zeitgesetz. Wenn einer im Laufe einer bestimmten kritischen Frist nicht seine Machenschaften in Szene gesetzt hat, kann man über ihm das Kreuz machen. Sie und ich haben diese kritische Frist mindestens um das Zweifache überschritten. Aber man muß die Sache trotzdem der Polizei melden. Auf alle Fälle. Schon aus statistischen Gründen. Wenn sich solche Fälle zu halben Hunderten häufen, wird man womöglich Verdacht schöpfen und glauben, da stimme was nicht.

Offenes Geständnis

Wie sich von selbst versteht, bin auch ich ein As. Gewiß, der allerunterste, erst am Anfang stehende oder besser – mit dem Wunsch anzufangen, da es mir noch nicht gelungen ist anzufangen. Meine Funktion als As war bis jetzt höchst primitiv, nämlich: die Rolle des Beobachtungspunkts und des Versuchskörpers zu spielen, der in ein fremdartiges Medium geworfen worden ist. Genau so hat es auch der KGB-Offizier formuliert, der mir die nötigen Instruktionen gegeben hat: Betrachte dich als Beobachtungsgerät und Experimentierkörper, der auf einen anderen, uns unbekannten Planeten verschlagen worden ist. Für uns ist alles, was du dort beobachtest, wichtig, ebenso wie deine Beziehungen zu deiner Umwelt und deine Eindrücke und Erlebnisse in dieser Umwelt. Uns steht eine große Sache bevor. Wir werden eine große Attacke gegen den Westen reiten. Du bist ein Teilchen dieser großen Sache, dieser großen Attacke. Verstanden? Ich hatte natürlich verstanden. Aber ich erklärte mich nicht wegen dieser Sache einverstanden, ein Teilchen dieser großen Sache zu sein, sondern ... Weshalb eigentlich, begreife ich selbst nicht. Ich habe bisher noch keine angemessene Rechtfertigung für mein Einverständnis gefunden.

Doch halten Sie mich deshalb noch nicht gleich für einen Verbrecher. Bei jeder großen Sache gibt es unvorhersehbare und nicht unter Kontrolle zu haltende Folgen. So ist es mit unserer Revolution gegangen, die von der

Konzeption her das Paradies auf Erden hätte bringen sollen, statt dessen... Sie wissen schon selber, was sie gebracht hat. Etwas Ähnliches könnte auch mit unserer großen Sache passieren: sie kann ein Resultat zeitigen, das dem erwünschten entgegengesetzt ist, eben kraft ihres übermäßigen Elans und ihrer übermäßigen Kühnheit. Zudem kenne ich die Leute aus dem Stab der großen Attacke sehr gut. Ein erstaunliches Phänomen: Alle großen Ereignisse und Prozesse in der Geschichte der Menschheit sind von Dilettanten und Scharlatanen hervorgebracht, stimuliert und in Gang gebracht worden.

Tag

Der Enthusiast kam vorbeigerannt. Genau: vorbeigerannt, da er sich nur im Laufschritt (wie ein Rekrut) im Raum bewegt, obgleich er um die Sechzig ist und wegen seiner Plattfüße, seiner Kurzsichtigkeit und seines Schielens nie gedient hat. Noch zwischen Tür und Angel brüllte er los (das ist bei ihm die normale Art zu sprechen), daß sie (wer ist das, sie?) mir nur so, für alle Fälle einen Schreck eingejagt hätten, daß sie aber versuchen würden, ihn, den Enthusiasten, bei der ersten passenden Gelegenheit zu beseitigen. Sie seien schon längst hinter ihm her. Er hätte da eine Liste von Personen, Personenkreisen und Zeitungen aufgestellt, die ich unverzüglich zu benachrichtigen hätte, wenn ihm, dem Enthusiasten, irgend etwas Ernsthaftes zustieße. Polizei und Sicherheitsdienst hätte er bereits gewarnt, auf der Hut zu sein. Ich fragte, was ich tun solle, wenn er Durchfall kriegt. Er war beleidigt und rannte davon, nicht ohne das Päckchen wieder mitzunehmen, in dem er mir, dem Kranken, irgend etwas Eßbares mitgebracht hatte. Schade.

Quälende Frage

Der Enthusiast hält sich für einen echten Marxisten. Wäre interessant zu wissen, ob Marx selber sich mit ihm unterhalten hätte? Und mit Breschnew? Ich glaube, er hätte. Sogar mit dem Chef vom KGB hätte er geredet. Er hätte ihm einen Haufen nützlicher Ratschläge den moralischen Zerfall des Westens betreffend gegeben. Und hätte ihm eine Liste mit Namen russischer Marxisten im Westen zur Verfügung gestellt. Und Engels hätte durchaus ein Sowjetagent in England werden können. Aber mit mir hätten Marx und Engels nicht gesprochen. Sie hätten mich für einen KGB-Agenten gehalten, selbst wenn ich gar keiner gewesen wäre. Und hätten mich verfolgt und schikaniert, wie sie Dühring verfolgt und schikaniert haben. Nachdem er von Engels öffentlich denunziert worden war (vgl. »Anti-Dühring«), wurde er von der Universität relegiert und verkümmerte in der Provinz. Und was für Denunziationen Marx selber erst gegen russische Revolutionäre abgeschossen hat! Und Lenin hat sämtliche Revolutionäre, die ihm als Konkurrenten erschienen, der zaristischen Regierung ausgeliefert. Es geht das Gerücht, selbst Stalin sei ein Agent der zaristischen Ochranka gewesen. Allerdings gibt es hier auch Zweifel: Stalin – und ein gewöhnlicher Agent? Das kann nicht sein! Chef der Ochranka, das wäre ja noch irgendwie vorstellbar. Aber selbst, wenn das Gerücht stimmen sollte, kann das nur eins besagen: die Oktoberrevolution war nicht nur gesetzmäßig, sie war fatal. Wenn schon der Zarismus den Denunziationen Stalins persönlich nicht geglaubt hat, dann waren seine Tage ganz offensichtlich gezählt. Als der Enthusiast mir mitteilte, daß »selbst Stalin ein Denunziant gewesen« sei, schweiften seine Augen seltsam zur Seite.

Und in welcher Sprache hätte Marx wohl mit dem Enthusiasten gesprochen, wenn dieser doch, wie es so schön heißt, weder vom Deutschen noch vom Englischen auch nur einen blassen Schimmer hatte? Mein Gott, auf Russisch natürlich! Kurz vor seinem Tode hat Marx angefangen Russisch zu lernen, um die Werke von Koryphäen des Marxismus wie dem Enthusiasten im Original lesen zu können. Aber über russische Mutterflüche ist er nicht hinausgekommen. Das ist Voraussicht! Der Enthusiast hat schließlich selbst erklärt »doitscha schpraka – schwera schpraka« und ist im Gespräch mit Ortsansässigen zur internationalen Sprache des Gestikulierens übergegangen.

Ich besann mich darauf, daß es Frauen gibt – ein sicheres Zeichen dafür, daß ich mich auf dem Wege der Genesung befand. Doch schlugen meine Gedanken weniger eine praktische als eine theoretische Richtung ein.

Die praktische Sachlage mit dem Sex ist gar nicht so schlecht. Auf alle Fälle haben wir das Problem des Koitus unter schwierigen Witterungs- und Wohnverhältnissen, aber auch bei Vorhandensein nicht vorhandener ordentlicher Nahrungsmittel, Toiletten, Kosmetika sowie empfängnisverhütender Mittel glänzend gelöst. Hier haben wir den Westen um ein ganzes Jahrhundert überrundet. Dafür sind wir in der Theorie um eben dieses Jahrhundert hinter dem Westen zurück. Das gewagteste Niveau, auf das sich die sowjetische Sexologie erhoben hat, ist der Rat an die Männer, Geschirr zu spülen und Windeln zu waschen. Der führende sowjetische Theoretiker auf diesem Gebiet hat nach einem Aufenthalt im Westen, der schöpferischen Zielen galt, eine Broschüre verfaßt, in der er gegen die sogenannte »sexuelle Revolution« als ein Zeichen für den endgültigen Bankrott des Kapitalismus eiferte. Er gab indessen zu, daß wir nicht unbesehen eine gewisse positive Rolle intimer Damenunterwäsche verwerfen sollten. Er wurde anfangs in der »Literaturnaja gaseta« nur ein bißchen kritisiert, dann jedoch in der Zeitschrift »Kommunist« wegen »Unterschätzung«, »Überschätzung«, »Konzessionen«, »unkritischer Haltung«, »Mangel an Wachsamkeit« und vielem anderen mehr fix und fertig gemacht. Der Theoretiker galt ein ganzes Jahr als »Opfer des Regimes«. Die Dissidenten versuchten, eine Unterschrift von ihm unter irgendein enthüllendes Dokument zu bekommen und ausländische Journalisten – ein Interview. Er aber widerstand diesen Verlockungen und erhielt dafür die Erlaubnis, noch einmal in den Westen zu reisen. Diesmal brachte er einen ganzen Haufen intimer Sächelchen für seine Geliebte und einen ganzen Koffer empfängnisverhütender Mittel für seine Vorgesetzten mit. In seiner neuen Broschüre erlaubte er sich nicht mehr die früheren Fehler. In der »Literaturka« wurde er diesmal scharf wegen seiner Rückständigkeit angegriffen, und im »Kommunist« warf man ihm leichten Mangel an schöpferischer Initiative vor. Darauf fuhr besagter Theoretiker jeden Monat in den Westen, um die höhere Obrigkeit und die fortschrittliche sowjetische Intelligenz mit allem möglichen Zubehör des modernen Sex zu versorgen. Damit endete aber auch unsere »sexuelle Revolution« in der Theorie. In der Praxis dafür, ich wiederhole, haben wir...

Wir lösen unsere sexuellen Probleme hier ungefähr so wie in Moskau, müssen uns aber eher bescheiden. Das ist auch verständlich: unsere soziale Lage in der Gesellschaft hier sinkt im Vergleich zur Sowjetunion in der überwiegenden Mehrzahl der Fälle. Eine Ausnahme stellt der Enthusiast dar. Seine ehemalige Frau war mit einem Haufen Verwandter in Moskau geblieben. Man hatte ihm versprochen, sie alle zu ihm zu lassen, sobald er Fuß gefaßt hat. In der Zwischenzeit befriedigt er seine fleischlichen Bedürfnisse mit seiner Putzfrau. Er kann sich einen solchen Luxus leisten, da er hin und wieder kleine Honorare bekommt. Er macht keinerlei Geheimnis aus diesem Verhältnis, ja ist sogar stolz darauf, da die Putzfrau zweimal jünger ist als seine Frau und, wie man sich denken kann, fünfmal besser aussieht. Der Zyniker sagt, er würde an Stelle des Enthusiasten seine Frau nicht nachkommen lassen und lieber die Putzfrau heiraten – es sei eine Sünde, sich so ein üppiges Weib entgehen zu lassen. Der Enthusiast seufzte und sagte, die Putzfrau hätte leider Mann und Kinder. Und außerdem hätte sie einen ernsthaften Fehler: Sie sei moralisch labil. Und als ehemaliger alter Kommunist mißbillige er das aufs schärfste.

Ein anderes Extrem stellt die Lage des Nörglers dar. Für die Putzfrau fehlt ihm das Geld, und, so traurig es ist, die Pensionswirtin ignoriert ihn als Mann. Die anderen »Junggesellen« schweigen über ihre Abenteuer. Ich als Theoretiker jedoch weiß, daß sie nicht über diese beiden Extreme hinausgehen können: den rasenden Erfolg des Enthusiasten und den tiefen Fall des Nörglers.

Abend

Der Nörgler kam niedergeschlagen vorbeigeschlendert. Genau so: vorbeigeschlendert, da er im Unterschied zum Enthusiasten sich nicht im Laufschritt, sondern mühsam schleppend im Raum bewegt. Er sah auf dem Tisch das letzte der Sandwichs, die der Zyniker mitgebracht hatte. Und schlang es runter. In wehleidigem Ton berichtete er, in irgendeiner Zeitschrift sei der Aufsatz eines bekannten westlichen Schriftstellers abgedruckt, in dem er sich brüstet, im Laufe seines Lebens mit zehntausend Frauen geschlafen zu haben. Darüber reden jetzt sämtliche Pensionsbewohner. Ich kam anfangs zu dem Schluß, daß der Schriftsteller lügt. Als mir aber einfiel, daß der Schriftsteller westliche Menschen Sitte und Moral lehrt, also überhaupt nicht lügen kann, war ich noch viel niedergeschlagener als der Nörgler. Unter unseren sowjetischen Verhältnissen, sagte der Nörgler, muß man nicht weniger als fünfhundert Jahre leben, um zu solchen Resultaten kommen zu können. Da kann man nichts sagen, Zivilisation ist nun mal Zivilisation! In unserem Rayon hatten alle Männer zusammengenommen in der gesamten sowjetischen Geschichte nicht so viele Weiber. Das ist vielleicht was. Zehntausend!! Und hier kommt man nicht mal an ein einziges elendes Weibsstück ran! Nein, längst Zeit, hier Ordnung reinzubringen! Übrigens, besorgen Sie mir doch eine, Sie können doch deren Sprache!

Ich wurde in Moskau für einen großen Weiberhelden gehalten. Viele meiner Kollegen sahen den Hauptgrund dafür, daß ich emigriert bin, darin, daß ich »westliche Grazien ausprobieren« wollte. Nachdem ich von den bescheidenen sexuellen Erfahrungen des westlichen Schriftstellers und Moralisten hörte, wurde ich mir meiner totalen sexuellen Nichtigkeit bewußt und stellte mich auf soziale Themen um. Auf diesem Gebiet sind wir jedem hergelaufenen westlichen Schreiberling um hundert Längen voraus! Dem Nörgler riet ich zu zählen, wieviel

Kopulationen durchschnittlich pro Kopf der Bevölkerung in der Sowjetunion entfallen und mit wieviel Weibern der Sowjetmann durchschnittlich Geschlechtsbeziehungen hat. Und das Ganze mit den entsprechenden Zahlen im Westen vergleichen. Eine bessere Agitation gegen den Kommunismus läßt sich gar nicht denken.

Emigrantenwunder

Ich bin fast gesund. An der Zeit, über Wesentliches zu sprechen. Und das Wesentlichste für uns ist mit einem Wort gesagt: Emigration. Für westliche Menschen klingt dieses Wort ganz gewöhnlich. Für uns Sowjetmenschen jedoch klingt es wie eine Sturmglocke, wie das Brüllen eines Orkans, wie Donnergrollen, wie ein Kanonenschuß. Wir sind uns selbst noch nicht ganz über Ursache, Wesen und Auswirkungen dieses historischen Orkans im klaren. Eines präzedenzlosen Orkans, da dieses Phänomen nur äußerlich einer Emigration ähnelt und die Bezeichnung Emigration trägt, während sie eigentlich etwas anderes darstellt.

Nehmen Sie ein Lexikon, schlagen Sie es beim Buchstaben E auf und suchen Sie das Wort »Emigration« heraus. Lesen Sie: ›Emigration ist die zwangsweise oder freiwillige Übersiedlung eines Menschen aus seinem Heimatland in ein anderes Land aus politischen, wirtschaftlichen oder anderen Gründen.‹ Mit dieser Definition glauben die Autoren des Lexikons alle möglichen Fälle von Emigration erfaßt und erledigt zu haben.

Und was ist mit meinem Fall? Mich hat niemand gezwungen, mein Vaterland zu verlassen. Aber auch von freiwillig kann kaum die Rede sein. Ich hatte weder politische noch wirtschaftliche noch irgendwelche andere Gründe, mein Vaterland zu verlassen. Und habe mich nicht in einem anderen Land, sondern in einer anderen Welt, einer anderen Epoche, einem anderen Abschnitt des Raumes, einem anderen Strom der Zeit befunden. Und trotzdem bin ich ein Emigrant. Wie aber kommt es zu einer solchen logischen Ungereimtheit? Dadurch, daß ich ein Sowjetmensch bin, für den eben nur eine Scheinemigration möglich ist.

Warum ich hier bin

Warum ich hier bin? Nun, und sei es nur, um den weit verbreiteten Mythos zu zerstören, der Sowjetmensch sei ein verblödetes und eingeschüchtertes Wesen. Diejenigen, die mich hierher rausgeschmissen haben, wollten mit dieser Maßnahme in etwa folgendes sagen. Sehen Sie sich diesen Menschen an! Er ist ziemlich gescheit und gebildet. Man hat ihn weder verblödet noch eingeschüchtert noch demoralisiert. Eher umgekehrt – er hat das seinerseits mit anderen getan, die sich jedoch weder für verblödet noch für eingeschüchtert noch für demoralisiert halten. Es besteht überhaupt keinerlei Notwendigkeit, Sowjetmenschen einer solchen Bearbeitung zu unterziehen, da sie selbst die Fähigkeit besitzen, egal wen zu verblöden, einzuschüchtern und zu demoralisieren. Das ist ihre Natur, und deshalb tun sie das freudig und nur zu gern sowohl mit sich selbst als auch mit anderen. Sie stellen den neuen, vollkommenen Typ eines denkenden Wesens dar und bringen dieses Muster von Menschentyp anderen. Hütet euch!

Von seiner Sorte gibt es viele in der Sowjetunion. Sie haben in unserer Gesellschaft ihren Teil an allen möglichen Segnungen des Regimes, an der Macht und an Freiheiten. Keinen so großen Teil, um zu den privilegierten Schichten zu gehören. Aber auch keinen so geringen, um zu den niederen Schichten zu zählen. Man kann nicht sagen, daß sie warm in der Wolle sitzen. Aber sie sind auch keine Opfer. Sie spielen eine besondere Rolle in der Gesellschaft. Sie sind der Kern dieser Gesellschaft, ihr Salz, ihre Fermente und Vitamine, ihre Inspiratoren, ihre Katalysatoren. Sie sind die Träger und Apologeten dieser Gesellschaft. Und gleichzeitig sind sie ihr passives Element. Sie akzeptieren diese Gesellschaft und richten sich in ihr auf ewig ein, ohne jegliche Hintergedanken und ohne alle Bedingungen. Werden sie in den Westen abgeschoben, fassen sie ihre Lage als Dienstreise und Erholung von dieser Gesellschaft auf, obgleich ihr Verstand ihnen sagt, daß das das Ende ist. Sie streben weder nach Wahrheit noch nach Tugend. Sie leben einfach ihrer Zeit gemäß, teilen ihre Irrungen und Untugenden. Aber Menschen und historische Epochen zeichnen sich nicht so sehr durch Wahrheiten und Tugenden aus, die etwas Allgemeines und Abstraktes darstellen, als durch Irrungen und Untugenden, die individuell sind und konkret. Sehen Sie sich dieses Wesen an und staunen Sie: Es ist das, was Sie Homo sovieticus nennen!

Homosos

Im Westen bezeichnen uns Kluge und gebildete Leute als Homo sovieticus. Sie sind stolz darauf entdeckt zu haben, daß dieser Typ Mensch existiert und haben sich diese schöne Bezeichnung für ihn ausgedacht. Im übrigen gebrauchen sie diese Bezeichnung in abschätzigem und verächtlichem Sinne. Es ist für sie unvorstellbar, daß wir etwas Besseres gemacht haben könnten, daß wir als erste diesen neuen Menschentyp kreiert haben und der Westen erst gerade fünfzig Jahre danach dieses neue Wort eingeführt hat und diesen seinen Beitrag zur Geschichte weitaus höher einschätzt als wir selbst es tun. Der Eigendünkel des Westens ist einfach lächerlich.

Was solls, Homo sovieticus sei Homo sovieticus. Ich gehe noch weiter in dieser Richtung und wische damit dem Westen eins aus. Ich führe für diesen langen Ausdruck die weitaus passendere Abkürzung Homosos ein. Klingt zumindest sowjetisch.

Der Homosos ist ein ziemlich widerliches Geschöpf. Das weiß ich von mir selbst. Als ich noch in der Sowjetunion lebte, träumte ich davon, in einem demokratischen Staat zu leben. Trittst in irgendeine Partei ein oder gründest deine eigene, gehst auf Demonstrationen, nimmst an

Streiks teil, prangerst an! Kein Leben – eine Pracht! Nachdem ich einige Zeit im Westen gelebt hatte, änderte ich die Richtung meiner Träume um hundertachtzig Grad. Jetzt träume ich davon, in einem gut funktionierenden Polizeistaat zu leben, in dem linke Parteien verboten sind, Demonstrationen auseinandergetrieben und Streiks niedergeschlagen werden. Mit einem Wort, nieder mit der Demokratie!

Wieso ich davon träume? Eben weil ich – ein Homosos bin. Ich bin ein extremer Reaktionär, der dem äußersten Fortschritt vorangeht. Wie das möglich ist? Für einen Homosos ist nichts unmöglich. Im Westen haben sogar wilde Reaktionäre Angst um die Demokratie, da für sie die Demokratie die letzte Möglichkeit ist, gegen die Demokratie zu kämpfen. Wir hingegen sind gegen die Demokratie, weil sie uns hindert, ehrlich und ohne verlogenes Spektakel für die Demokratie zu kämpfen. Und deshalb: Nieder mit der Demokratie!

Wir beginnen eine neue Geschichte. Aber wir beginnen sie nicht von vorn, sondern von hinten. Zum Anfang kommen wir erst am Ende. Und deshalb nochmals: Nieder mit der Demokratie!

Nacht

Vor dem Einschlafen schaute der Zyniker vorbei, um sich nach meinem Ergehen zu erkundigen. Sie sind ein Prachtkerl, lobte er mich, ein richtiger Iwan. Andere geben bei sowas ihre Seele gleich in Gottes Hand, und die russischen Iwans werden davon bloß noch gesünder. Wollen Sie den letzten Moskauer Witz hören? Die sowjetischen Dissidenten haben sich an die westlichen Bewohner mit dem Aufruf gewandt: Errichtet bei euch das Sowjetregime, und wir werden zusammen mit euch gegen das Sowjetregime kämpfen. Komisch? Sie waren doch sicher auch Dissident? Ein bißchen, sagte ich. Weshalb hatten Sie das nötig? fragte er. Um rauszukommen, sagte ich. Aha, sagte er, wie sich zeigt, läßt sich alles höchst einfach erklären.

Gedanken über die Zukunft

Zu Ehren meiner Genesung beschloß ich, keine Zeitungen und Illustrierten mehr zu lesen. Ich meine nicht sowjetische, sondern hiesige Zeitungen und Illustrierte, westliche also. Westliche und auf einmal für mich – hiesige! Daran werde ich mich nie gewöhnen können. Bei dem Wort »hiesige« schleichen sich mir Wörter wie »Tambower«, »Saratower« und »Rjasaner« ins Bewußtsein und nicht etwa »deutsche«, »französische« und »englische« Zeitungen. Nur mit größter Willensanstrengung, die ich erst seit kurzem an den Tag lege, vermag ich diese in Fleisch und Blut gehenden Assoziationen auszulöschen. Denke daran, sage ich mir, du lebst jetzt im Westen. Auch Rußland ist nun Ausland für dich. Und du wirst hier bis zum letzten Atemzug leben. Und wirst hier, im Westen, krepieren. Und man wird dich nicht in russischer, sondern in westlicher Erde begraben. Bist du neugierig zu wissen, wo sie dich verscharren werden? Schließlich haben sie kaum Platz, ihre eigenen Leute irgendwo zu begraben. Werden dich wohl eher verbrennen. Und deine Asche werden sie als Düngemittel freigeben, denn deine Urne wird irgendwem zur ewigen Aufbewahrung übergeben.

Man könnte sich natürlich auch eine optimistischere Zukunft nach dem Tod sichern. Hierfür würde es genügen, sich als christlich-orthodox zu erklären, in die Kirche zu gehen und sich an alle kirchlichen Vorschriften zu halten. Viele sowjetische Emigranten tun das inzwischen. Unlängst ist eine gewichtige Dame aus Moskau hier eingetroffen. In Moskau hat sie die Geheimabteilung eines höchst geheimen Instituts geleitet. Parteimitglied. Wurde sogar ins Parteibüro des Gebietskomitees gewählt. Sie hätten sehen sollen, wie sich alle möglichen Spionagedienste auf sie gestürzt haben! Mit welcher Fürsorglichkeit und Aufmerksamkeit man sie umschwänzelt hat! Auf der Stelle hatte sie Paß, Wohnung und die nötigen Einnahmequellen. Begreifen Sie? Nein? Ich auch nicht. Aber darum geht es auch nicht. Wer weiß, vielleicht hat besagte Dame das Geheimprotokoll der letzten Sitzung des Parteibüros ihres Gebietskomitees mitgebracht, in dem Maßnahmen zur Unterbindung oppositioneller Tendenzen beschlossen worden sind. Besagte Dame erklärte sich unverzüglich zu einer eifrigen Christin, einer orthodoxen, wie sich von selbst versteht. Darauf gründete sie ein Komitee für den Kampf um Verleihung des Ehrentitels »Verdienter Heiliger der Republik für hervorragende

Verdienste als Märtyrer der Bolschewiken« an den ehemaligen russischen Zaren Nikolaj den Zweiten. Diese Formulierung der Aufgaben des Komitees stammt von mir. Diejenige der Dame war noch dämlicher. Sie versuchte mich für diese Sache zu gewinnen, hat mir sogar den Posten eines Sekretärs in diesem Komitee angeboten. Darauf habe ich den Vorschlag gemacht, die Formulierung der Ziele besagtem Komitees zu korrigieren. Daraufhin erklärte die Dame, daß meines Bleibens in diesem Lande, wenn man sie frage, auf die Dauer nicht sein dürfe. Sie sei ein Mensch von solidem Parteischrot und -korn und halte ihr Wort. Ob wohl, wenn sie dermaleinst das Zeitliche segnet und mit allen Ehren auf dem Friedhof der hiesigen orthodoxen Gemeinde begraben wird, auf ihrer Grabplatte auch ihre Titel und Verdienste, die sie sich in Moskau erworben hat, stehen werden?

Mit einem Wort, ungeachtet der offenkundigen Segnungen, die mir durch die Annahme des orthodoxen Christentums beschieden gewesen wären – ich tat es nicht. Das war vermutlich mein erster Fehler, den ich hier im Westen begangen habe. Der KGB-Mann, der mir die Instruktionen mit auf den Weg gegeben hat, sagte mir, ich solle mir auch nicht die kleinste Möglichkeit entgehen lassen, irgendwo reinzukommen, so unsinnig diese Möglichkeit auch auf den ersten Blick scheinen möge. Wenn sich dir die Möglichkeit bietet, Repräsentant der Kirche zu werden, werde es, sagte er. Wenn es dir nützlich erscheint, dich beschneiden zu lassen, laß dich beschneiden! Ich habe seinen Rat nicht befolgt. Warum nicht? Weil ich ein überzeugter Atheist bin: lieber soll meine Asche als Düngemittel verwendet werden, als daß ich in Gesellschaft alter russischer Emigranten, ihrer im Westen geborenen Kinder und Kegel und unter frischgebackenen Christen wie der Dame, dem ehemaligen Parteibüromitglied des Bezirkskomitees, im Morgengottesdienst rumhocke. Soll ich die Resultate der größten Revolution der Geschichte und die Errungenschaften der großartigsten Lehre in mich eingesogen haben, um am Ende zu einem Bastard der orthodoxen Kirche zu werden? Alles, nur das nicht!

Über das Knien

Allem voran: Ich verachte jeden, der freiwillig kniet. Schließlich habe ich nie und vor niemandem gekniet. Und werde es auch nicht. Im übrigen bin ich da nicht der einzige. Das ist eine Eigenschaft des Sowjetmenschen. Das ist das Produkt und Resultat unserer Revolution. Etwas, was die im Westen nicht verstehen können. Sie beobachten und erforschen unser Verhalten und deuten es nach ihren Vorstellungen und in für sie gewohnten Termini. Und deshalb sind sie davon überzeugt, daß das Sowjetvolk vor seiner Obrigkeit kniet. Dabei ist unser Verhalten alles andere, nur kein Knien vor der Obrigkeit. Knien kann man vor Popen, vor Zaren, vor Herrschaften. Wobei man das auch tun kann, ohne äußerlich sichtbar zu knien. Doch vor unserer Obrigkeit knien ist, selbst wenn wir es wollen, unmöglich, denn diese Obrigkeit – sind wir selbst. Der Kommunismus befreit den Menschen vom Knien – das ist psychologisch gesehen das Wesen der Sache. Selbst wenn wir vor der Obrigkeit knien wollten, würde letztere das einfach nicht zulassen. Wir kriegten dafür dermaßen eins verpaßt, daß wir nicht einmal an so etwas Freiheitliches wie Knien zu denken wagen. Im Kommunismus ist Knien verboten. Im Kommunismus hat der Mensch in Habachtstellung zu stehen, das heißt Fersen geschlossen, Fußspitzen auseinander, Hände an der Hosennaht, Augen weit auf und untertänigst auf die Obrigkeit gerichtet.

Ich konnte den Sowjetmenschen in mir nicht überwinden und dem Beispiel der Dame folgen. Hätte ich mich in Moskau in Parteiangelegenheiten aktiver betätigt, hätte ich möglicherweise diese Schwäche überwinden können.

Presse

Aber kehren wir zu Zeitungen und Illustrierten zurück. Der Vorsatz, mit ihnen Schluß zu machen, reifte vom ersten Tag meines Aufenthalts im Westen in mir. Zumal ich jahrelang Erfahrung im Ignorieren der sowjetischen Presse vorweisen kann. Kaum war ich den Folterkammern des Bolschewismus in die freie Welt entronnen (wie der Vertreter einer antisowjetischen Organisation mein Eintreffen hier willkommen hieß), stürzte ich mich als erstes auf die lokale Presse. Ich begann, versteht sich, mit dem Spannendsten: dem Betrachten nackter Weiber und Sexszenen. Und hatte schnell genug. Bald schon huschte mein Blick gleichgültig darüber hin, wobei ich hin und wieder Zwischenrufe von mir gab, die hier anzuführen ich mich schäme. Das ist was für Impotente, Sexomanen, verdorbene Gören und Nichtstuer, die sich langweilen, faßte ich meine Beobachtungen zusammen. Wenn wir Sowjetmänner ein Weib haben, wissen wir auch ohne Anleitung des Westens, wie und was wir mit ihm tun sollen. Nebenbei noch etwas zu der oben erwähnten antisowjetischen Organisation. Der Vertreter einer anderen antisowjetischen Organisation flüsterte mir am selben Tag zu, ich solle mich vor dem Vertreter der ersteren hüten, denn das sei ein Sowjetagent. Genau dasselbe und mit genau denselben Worten sagte mir später der Vertreter eben dieser antisowjetischen Organisation vom Vertreter der anderen. Was ist das – ein Etikett unseres Landes oder sowjetische Trägheit? Im großen und ganzen – eine Szene für einen surrealistischen Film: Ein Sowjetagent lebt unter dem Deckmantel eines Kritikers des Sowjetregimes im Westen, wo er auf Sowjetagenten unter dem Deckmantel, Mitglieder einer antisowjetischen Organisation zu sein, trifft... Na, fragt man sich, und was nun? Unschwer vorauszusehen: Es folgt der typisch sowjetische Kampf zwischen Individuum und Kollektiv. Die Dame hat das auf mich gemünzt (Gerüchte verbreiten sich hier genauso schnell wie in Moskau), ja sehr treffend formuliert: Wir (wer sind »wir«?) werden den hier im Handumdrehen rumkriegen! Hier ist er nicht in der Sowjetunion! Wir werden nicht zulassen, daß er hier den dicken Wilhelm spielt! Beachten

Sie die Ausdrucksweise. Das stammt offenbar noch aus der Komsomolvergangenheit der Dame.

Zu guter Letzt stieß ich auf einige Artikel zur sozialpolitischen Einstellung der westlichen Gesellschaft. Und von den ersten Zeilen an stellte ich fest, daß der Westen nicht den Weg geht, den er nach meiner Vorstellung vom Westen zu gehen hätte, daß sich die Menschen hier nicht so verhalten, wie sie das nach eben dieser meiner Meinung tun müßten. Da haben Sie noch ein Paradox des Sowjetmenschen: Ich bin als Sowjetagent hierher gekommen, im Grunde daran interessiert, daß sich der Westen, was seine eigenen Interessen anbelangt schlecht und was die sowjetischen Interessen anbelangt gut benimmt. Ich kam, um den Westen zu schwächen und zu untergraben. Doch kaum hatte ich die Grenze überschritten, als ich mich gezwungen sah, entgegengesetzt zu denken. Das Gehabe des Westens und der Westler forderte mich eben gerade durch ihre prosowjetische Ausrichtung heraus.

Meine Erregung über die unkorrekte Haltung des Westens nahm mit jedem Tag zu. Heute morgen habe ich gelesen, daß ein bedeutender politischer Repräsentant des Westens es für möglich hält, die Sowjetführung mit etwas zum Umdenken bringen zu können, wodurch sich die Sowjetführung nie und unter gar keinen Umständen zum Umdenken bringen lassen wird. Das geht zu weit, sagte ich mir. Ich schmiß die Zeitung weg und gab mir das Wort darauf, keinen Pfennig mehr für so was zu verschleudern. Aber in einer anderen Zeitung, die hier als auf hohem intellektuellen Niveau stehend gilt, las ich ein Gespräch zwischen einem westlichen Sowjetologen und einem sowjetischen »Regimekritiker«. Der Regimekritiker, der im dritten Studienjahr aus einem runtergekommenen technischen Institut gefeuert und fünf Jahre Gefängnis abgesessen hatte (was als unumgängliche und hinreichende Bedingung für Kenntnisse auf dem Gebiet der Sowjetgesellschaft gilt), erklärte, die Sowjetführer hätten den Marxismus verdreht. Der Sowjetologe, der zwanzig Jahre lang eingehend den Marxismus und die Sowjetgesellschaft in Bibliotheken studiert hatte, fügte seinerseits hinzu, das soziale System der Sowjetunion sei überhaupt kein Sozialismus. Ihr Idioten, schrie ich. Wenn in der Sowjetunion etwas richtig und gut gemacht wird, dann ist es der Sozialismus. Zu etwas anderem ist man dort überhaupt nicht in der Lage. Und ich beschloß, was ich bereits am Anfang des Kapitels gesagt habe.

Der gesunde Homosos

Beschneiden lassen habe ich mich auch nicht, da ich jegliche Art von Nationalismus hasse. Hier gibt es einen russischen Schriftsteller, der seine unbedarften Werke über jüdische Themen und unter einem jüdischen Pseudonym erscheinen läßt. Er wird dafür auf Händen getragen. Und ein anderer, noch unbedarfterer Schreiberling, gibt sich als Vertreter der russischen Kultur aus, obgleich er Jude ist. Er wird hier ebenfalls dafür auf Händen getragen. Ich dagegen bin ein gesunder Homosos, das heißt ein übernationales Wesen. Und ein gesunder Homosos freut sich jedesmal, wenn irgendeiner Nation Schaden zugefügt wird. Die Buddhisten haben in Pakistan Millionen Muselmanen niedergemetzelt? Geschieht ihnen recht, sind auch viel zu viele geworden. In Indien sind zwei Millionen Männer kastriert worden? Geschieht ihnen recht, sind auch viel zu viele geworden. In Kambodscha sind drei Millionen Menschen umgebracht worden? Recht so, sollen nur alle sehen, wohin der Kommunismus führt. Während des Krieges sind zwanzig Millionen Sowjetmenschen umgekommen? Geschieht uns recht, werden in Zukunft klüger sein. Wieso das? Weil ein gesunder Homosos eben ein wahrer Internationalist ist und alle Menschen für Brüder hält. Und mit Brüdern braucht man nicht groß Federlesens zu machen.

Hier lebt ein Tatare, der während des Krieges mit den Deutschen kollaboriert hat. Aus irgendeinem Grunde ist er des Antisemitismus bezichtigt worden. Wieso fühlst du dich beleidigt, sagte er, ich habe nicht bloß Juden, sondern auch Russen abgeknallt. Er ist ein gesunder Homosos. Und übrigens nicht einmal ein russischer – zu kund und wissen für diejenigen, die den Sowjetismus für einen nationalrussischen Charakterzug halten. Unter den jetzigen Emigranten, die sich über und über aus hervorragenden Homosossen zusammensetzen, gibt es auch nur ein, zwei Russen und damit Schluß. Hieraus folgt nicht etwa, daß die Russen keine Homosossen sind. Schließlich haben gerade wir als eben die Ausgangsbasis für die Selektionierung des modernen Homosos gedient. Doch sind wir auf halbem Wege zum modernen Homosos stehengeblieben und haben uns in haarspalterische Selbstanalyse verloren. Andere Völker haben uns auch hier überrundet.

Wir und der Westen

Ich lebe in einer Pension, die mir irgendeine Organisation bezahlt. Obgleich ich nur ein winziges Zimmerchen ohne Telefon und Schreibtisch bewohne, zahlt diese Organisation ein wahnsinniges Geld dafür. Ich habe ihnen folgende Möglichkeit vorgeschlagen: Sie sollen mir das Geld geben, und ich miete mir selber ein Zimmer. Das ist dreimal billiger, und von dem, was übrigbleibt, kaufe ich mir Essen, Kleidung und Papier. Aber aus irgendeinem Grund geht das nicht. Der Witzbold, der die Finessen des westlichen Lebens bereits durchschaut hat, behauptet, daß der Grund für dieses »geht nicht« genau derselbe ist wie in der Sowjetunion. Und überhaupt erinnert hier vieles an unser Sowjetdasein.

Die Pensionsbewohner unterteilen sich in kurzzeitige und langzeitige. Kurzzeitig wohnte hier vor meiner Einquartierung der Professor, und schon die ganze Zeit meines Langzeitaufenthalts wohnt auch die Dame mit ihrem völlig farblosen Ehemann hier. Mir reichte ein Blick auf ihren rachitischen Ehemann, um zu sehen, was das für ein Vogel ist. Ich bin überzeugt, daß die Mitarbeiter des hiesigen Sicherheitsdienstes über die Zugehörigkeit des Ehemanns zum KGB Bescheid wissen. Aber sie glauben, wenn er ihr Mann ist (und er ist ganz sicher auch ihr Mann), dann spielt seine Zugehörigkeit zum KGB eine zweitrangige Rolle. Sich an sämtliche Spionagedienste der Welt verkaufen ist Berufs- (und sogar Bürger-)pflicht des Sowjetspions. Und hierbei geht es nicht darum, daß seine Tätigkeit zum Nutzen des KGB im Endeffekt das angerichtete Übel übersteigt. Es geht darum, daß selbst das angerichtete Übel dem KGB nützt. Selbst wenn der Chef des KGB persönlich in den Westen abhauen würde und sämtliche KGB-Sekretäre mitnähme, würde sich seine Flucht letztlich zum Nutzen der Sowjetunion auswirken. Der sowjetische Spionagedienst und die westlichen Spionagedienste haben für ihre Tätigkeit verschiedene Wertmaßstäbe. Die sogenannten wechselseitig gewinnbringenden Beziehungen zwischen dem KGB und den westlichen Spionagediensten sind sowieso immer zum Nutzen des KGB, da schon allein die Tatsache, daß Beziehungen gleich welcher Art bestehen, dem KGB immer Nutzen bringt. Wenn meßbar wäre, welcher Schaden dem Westen nur durch eine einzige sicherheitsdienstliche Zusammenarbeit mit der Dame, wie etwa, ihr Informationen aus der Nase zu ziehen, zugefügt wird, würden einigen die Haare zu Berge stehen. Und das selbst unter der Voraussetzung, daß sämtliche Informationen wertvoll und wahrheitsgetreu sind. Und welcher Teil ihrer Mitteilungen ist Desinformation, Ballast, Hirngespinst, Blödsinn? Und wie können die psychologischen Folgen solcher Art Tuchfühlungen gemessen werden? Wie man mir gesagt hat, haben sich die westlichen Geheimdienste ihre genaue

Vorstellung vom Sowjetmenschen auf der Basis von Gesprächen mit vielen Tausenden von Sowjetmenschen gemacht. Ich versichere Ihnen mit hundertprozentiger Überzeugung: Wenn der Westen im nächsten Krieg vor der Sowjetunion den Kürzeren zieht, wird die Hauptursache dafür eben dieses Bild vom Sowjetmenschen sein, das von westlichen Spionagediensten und westlichen Sowjetologen aufgrund von Tuchfühlung mit Sowjetmenschen geschaffen worden ist.

Der Nörgler und der Enthusiast

Der Nörgler und der Enthusiast kamen mit dem Vorschlag, mich in ein Café mitnehmen zu wollen, wo »alles zweimal billiger« ist. Ich sagte, ich würde im Augenblick ein Café vorziehen, wo alles zehnmal billiger ist. Sie sagten, das gäbe es auch, aber momentan sei »keine Saison«.

Der Nörgler und der Enthusiast sind das leuchtendste Beispiel für gegensätzliche Ausprägungen ein und desselben Wesens. Die Prinzipien des Nörglers sind: Uns braucht hier kein Schwanz; hier ist es nicht besser als bei uns; hier kommen wir zu nichts. Die Prinzipien des Enthusiasten sind: Ohne uns kommen die hier nicht weiter; das hier ist das Paradies im Vergleich mit der Sowjetunion; hier bringen wir's zu was. Der Nörgler wartet demütig ab, bis der Westen geruht, ihm einen Brocken von seinem reich gedeckten Tisch zuzuwerfen.

Der Enthusiast spuckt Gift und Galle und hat überall seine Nase drin, bereit, sich den ihm zustehenden Brocken selbst aus dem Rachen des Westens zu reißen. Der Nörgler weiß selbst nicht, weshalb er hier ist. Der Enthusiast ist mit großer Mission im Gepäck hierhergekommen, nämlich: den Westen zur Vernunft zu bringen und von hier die Dissidentenbewegung in der Sowjetunion zu leiten. Er lechzt danach, eine Zeitschrift, noch besser eine Zeitung herauszugeben. Er betrachtet das als das »primäre Glied, an das wir (wer?) uns zu klammern haben, um die ganze Kette herausziehen zu können. Lenin hat schließlich auch so angefangen!«

Beiden gemeinsam ist, daß sie ohne anzuklopfen und zu jeder Tages- und Nachtzeit einfach in mein Zimmer kommen, mich um Geld anpumpen oder irgendwas »nur mal kurz« ausleihen müssen. Um ihren ewigen Ansprüchen Einhalt zu gebieten, hängte ich einen großen Zettel mit folgender Erklärung an meine Tür: »Es ist völlig hoffnungslos, diesen Raum zu betreten.« Am nächsten Tag nahm der Pensionswirt den Zettel ab: Er wollte nicht an die schmachvolle Vergangenheit seines Landes erinnert werden. Irgendwer hatte ihm die Sache hinterbracht und meine Erklärung übersetzt!

In Wien angekommen, wollte der Enthusiast als erstes wissen, wieso der amerikanische Präsident nicht gekommen sei, um ihn zu begrüßen. Man sagte ihm, der Präsident sei beschäftigt. Der Enthusiast sagte, der Präsident hätte doch seinen Vertreter schicken können. Man sagte ihm, hier wimmele es von Präsidentenvertretern, und sie würden bald die Ehre haben, sich mit dem Enthusiasten zu unterhalten. Der Enthusiast schenkte dem humoristischen Unterton in diesen Worten keine Beachtung, beruhigte sich und versuchte in der Menge der Leute, die sich am Flughafen bunt durcheinander bewegten, die Führer der europäischen kommunistischen Parteien zu erspähen. Die hätten doch zumindest alles stehen und liegen lassen müssen, um zum Empfang des führenden (und bis jetzt einzigen) Vertreters des sowjetischen Eurokommunismus angeeilt zu kommen. Aber da konnte ihm keiner helfen. Den Enthusiasten als ehemaligen alten Kommunisten brachte das mehr als alles andere in Rage. Gesindel, das! sagte er und meinte damit Eurokommunisten, Amerikaner und alle anderen. Wir machen für die dort... und die machen hier... Gesindel! Na, wartet nur! Ich werde es euch schon noch zeigen!...

Der Nörgler hatte eine Scheinehe geschlossen, um rauszukommen, was ihn eine Stange Geld gekostet hatte. In Wien angekommen, wollte der Nörgler als erstes wissen, wo sich der »Schwarzmarkt« befindet: Er hatte eine wertvolle Ikone mitgebracht, aus deren Erlös er mindestens fünf Jahre sorglos zu leben gedachte. Die Ikone erwies sich indes als Fälschung. Als er das erfuhr, sagte der Nörgler ebenfalls »Gesindel!« Die Reste seiner früheren Reichtümer verschleuderte er für die »Annullierung« seiner Ehe, das heißt den Kauf gefälschter Papiere, die sich als unnötig erwiesen. Darauf legte er sich das Gehabe eines heruntergekommenen Millionärs zu und wurde ein Nörgler, nichtswürdig, willen- und charakterlos.

Andererseits zeigten die Spionagedienste aus irgendeinem Grunde höheres Interesse an dem Nörgler. Er wurde stehenden Fußes hierher befördert. Ich wollte vom Nörgler wissen, wieso man ihm so viel Aufmerksamkeit entgegenbringt. Sie haben sich eingebildet, daß ich vieles weiß, was ich selber gar nicht weiß, sagte er. – Wie ist das zu verstehen? Ich sagte, er hätte doch wie jeder Sowjetmensch ein ausgezeichnetes Unterbewußtsein, ganz besonders, da er doch in der Kriegsindustrie beschäftigt gewesen sei. Er sei sich selbst dieses Unterbewußtseins gar nicht bewußt, aber »diese Kretins« holten sich da offenbar wertvolle Informationen. Lächerlich, sagte er, was soll da schon rauszuholen sein? Kleine Betrügereien? Zechgelage? Weibergeschichten? Ich sagte, dabei sei überhaupt nichts Lächerliches. Wenn man ihn nun plötzlich im Verdacht hätte, eine wichtige KGB-Figur zu sein? Wäre ich doch wenigstens eine unwichtige, seufzte er. Dann könnte ich es zu was bringen. Wie schön es Sowjetagenten hier haben! Aber diesen Kretins bin ich völlig Wurscht. Die haben nur ein Auge für sich.

Der Witzbold

Unterwegs, auf dem Weg zum Café, schloß sich uns der Witzbold an. Er sagte, in diesem Café sei alles zweimal billiger aus dem einfachen Grunde, weil da alles dreimal schlechter sei. Weshalb es die sparsamen Deutschen für unvorteilhaft halten, dort hinzugehen. Nur die bettelarmen sowjetischen Emigranten bringen es irgendwie fertig, durch Verlust zu sparen.

Ich hatte ihm den Spitznamen Witzbold gegeben, nachdem er in der Tür mit unserer Wirtin zusammengestoßen war, die gerade aus meinem Zimmer kam. Das ist nicht schön, lieber Genosse, eine gesunde kapitalistische Familie zerstören, sagte er. Sie sind doch ein Sowjetmensch! Die moralische Zersetzung des Westens ist unsere heilige Pflicht, sagte ich.

Er war vor mir hierhergekommen und nutzte sein Recht als Alteingesessener, um mir die Schönheiten der Stadt zu zeigen. Das Wetter war prächtig. Wir empfanden das doppelt angenehm, da in Moskau scheußliches Wetter herrschte. Wir schauten uns die architektonischen Denkmäler und die luxuriösen Schaufenster der Stadt an und gingen in ein bezauberndes kleines Café. Kaum hatten wir Platz genommen, kam auch schon eine junge, freundliche Kellnerin. Wir kamen gar nicht dazu, unser Erstaunen über die schnelle Bedienung zum Ausdruck zu bringen, ganz zu schweigen von der entzückenden Erscheinung dieses Geschöpfs (verglichen mit den Hexen von Kellnerinnen in Moskau), als sie auch schon das Bestellte brachte.

Wenn es in der Sowjetunion auch nur den zehnten Bruchteil eines solchen Service gäbe wie hier, wäre ich um nichts in der Welt weggegangen. Wissen Sie, was das Ausschlaggebende war bei meinem Entschluß zu emigrieren? Der Traum, wenigstens einmal im Leben in so einem Café zu sitzen und so wie jetzt bedient zu werden. Was ist Ihr Eindruck von der Stadt?

Zu viel Vergangenheit. Der Westen ist überhaupt mit Vergangenheit belastet. Er kann sie gar nicht mehr zügeln. Sie geht ihm durch. Und reißt die Zukunft mit sich fort.

Dafür haben wir nichts Vergangenes. Wir haben alles vor uns. Auch die westliche Vergangenheit haben wir vor uns.

Und was sagen Sie zu den Leuten? Freiheit und Wohlstand machen die Menschen nicht klüger. Da haben sie vier Millionen Fremdarbeiter und bereits eine halbe Million eigene Arbeitslose. Im übrigen wollen diese Arbeitslosen keineswegs unter denselben Bedingungen arbeiten wie die Ausländer. Wenn sie überhaupt arbeiten wollen. Sie ziehen ein Parasitendasein auf Kosten der Gesellschaft vor. Irgendeine Wohltätigkeitsorganisation hat hier beschlossen, einen Wettbewerb zu veranstalten, bei dem der Sieger einen Arbeitsplatz angeboten bekommen sollte. Kein Mensch hatte Lust, an diesem Wettbewerb teilzunehmen. Und die Jugend – über die sollte man besser schweigen. Dann die Rassenprobleme. Terrorismus. Drogen. Kriminalität... Schade, wenn der Kapitalismus bald zusammenbräche. Will noch bei ordentlichem Kapitalismus ein Weilchen gut leben. In Cafés rumsitzen. In Nachtclubs. In warmen Meeren baden. Jede Sorte Weiber ausprobieren. Haben Sie noch keine Negerin gehabt? Habe ich. Nichts Besonderes. Das sind Märchen, daß die auf sexuellem Gebiet Spezielles bieten. Unsere Weiber sind nicht schlechter. Trotzdem interessant. Soll ich Ihnen eine besorgen?

Danke, nein. Habe Europa noch nicht mal geschafft.

Die Rolle des Regenschirms in der Geschichte

In der Pension wohnen auch Emigranten aus anderen Ländern des sozialistischen Lagers. Sie hoffen noch auf einen »dritten Weg« und »freie Gewerkschaften« und bezichtigen uns des »Dogmatismus« und »großrussischen Chauvinismus«. Von Zeit zu Zeit kehren sie in ihr sozialistisches Vaterland zurück und publizieren dort Artikel, die den Westen entlarven. Sie zeichnen nicht unter dem Rang eines Hauptmanns des Staatssicherheitsdienstes. Der Westen schenkt diesen Artikeln keine Beachtung. Das verletzt den Stolz unserer befreundeten Spionagedienste. Und dann fangen sie an, voller Wut Anschläge auf eigene ehemalige Bürger zu inszenieren – hauptsächlich mit Hilfe von Regenschirmen, Zahnpastatuben, Shampoons und anderen Dingen des Alltags. Die Regenschirme haben hier einmal eine Sensation hervorgerufen. Und die Emigranten aus Osteuropa waren sehr stolz darauf. Die Bulgaren liefen sogar bei Sonne mit Regenschirmen herum. Alles schreckte vor ihnen zurück. Ehrlich gesagt, auch mir war nicht wohl in meiner Haut. Ich bin bereit, im Rachen eines Haifisches oder Krokodils zu sterben, wenn es sein muß auch durch den Stich einer Tsetsefliege. Aber durch den Pieks eines banalen Regenschirms sterben – brrr!...

Die Regenschirmsensation endete und geriet in Vergessenheit wie alle Sensationen im Westen. Heute weiden sich unsere Brüder in Sozialismus und Emigration statt an Regenschirmen an dem Argument: »Na, und Polen?« Westliche Spießer zeigen sich diesbezüglich nach außen entzückt, weil das ihre Hoffnung stärkt, daß die Sowjetunion bald in sich selbst zusammenbricht, und sie, die westlichen Spießer, dabei zusätzlich einen Pfennig pro Woche sparen werden. Aber innerlich zittern sie schon vor Angst und Schrecken, weil sie infolge der polnischen Emigration mindestens an die zehn Mark pro Woche verlieren. Und das ist erst der Anfang.

Wir und der Westen

Abends werden in der Pension Gespräche über die hohe Politik geführt. Etwa in dieser Richtung.

Die iranischen Studenten haben die amerikanische und nicht die sowjetische Botschaft besetzt. Warum?

Wenn die sich in die sowjetische Botschaft gewagt hätten, hätte die Sowjetarmee auf der Stelle den Iran besetzt. Und die Amerikaner sind Schlappschwänze. Die haben eine Demokratie.

Sage ich ja, Schlappschwänze.

Kurz und gut, die Verhältnisse. Ohne einen Halben wird man da nicht klug draus.

Einen Halben, den kannste hier vergessen. Zu teuer. Und nirgends, wo man hinkotzen kann.

Dieser jämmerliche Iran terrorisiert einen mächtigen Superstaat. Die Araber haben Westeuropa in der Zwinge. Was ist bloß los?

Der Westen ist schlicht verfault.

Glaubt bloß nicht, ihr könntet den Westen so mir nichts

dir nichts zu Grabe tragen. In dem steckt so was wie versteckte Infamie, die sich schon noch zeigen wird.

Infamie, das schon. Aber mehr noch Idiotie. Ein bißchen weniger Idiotie und etwas mehr Infamie wäre vermutlich besser.

In Moskau endeten dergleichen Gespräche mit dem Gedanken: einen tanken. Hier kommen nicht mal Alkoholiker auf diese Idee. Sie ziehen es vor, heimlich einen zu heben. Und wir sind, nachdem wir die iranische Revolution und die Araber gründlich in den Dreck gezogen und die westlichen Politiker nach Strich und Faden durchgehechelt hatten, jeder in seine vier Wände gekrochen.

Kleine Freuden

Laut neuesten Nachrichten hat sich einer der Mitarbeiter der Sowjetbotschaft als KGB-Agent entpuppt. In der Pension hört das Feixen den ganzen Tag nicht auf: einer! Gibt es denn in der Sowjetbotschaft auch nur einen einzigen Mitarbeiter, der nicht KGB-Agent ist?!

Mein Weg

Neben der Pension gibt es einen klasse Zeitungskiosk. Ein Stückchen weiter kommt ein toller Laden, wo genau dieselben Zeitungen und Illustrierten zu haben sind. Noch ein Stück weiter kommt ein noch prachtvollerer Klassekiosk. Dazwischen sind Kästen aufgestellt, denen man seine Zeitung entnehmen kann, wobei man die entsprechende Geldsumme in einen dafür vorgesehenen Schlitz steckt. Früher holte ich mir meine Zeitung an diesen Zeitungskästen. Da kosteten sie nur die Hälfte, denn ich steckte nur halb so viel Geld in den Schlitz wie vorgesehen. Der Witzbold steckt nur ein Viertel der eigentlichen Summe rein. Das beweist, daß er um das Zweifache weniger Gewissen hat als ich. Und der Zyniker steckt überhaupt nichts rein, tut einfach nur so, indem er ein paarmal den Finger an den Geldschlitz hält. Wie groß sein Gewissen ist, können Sie selber ausrechnen.

Mein Weg führt diese Zeitungs- und Illustriertenversuchungsstationen entlang. Von den Titelblättern der Illustrierten blicken mich weibliche Hintern, Brüste und andere verführerische Körperteile, alles in Farbe, an. Fette Schlagzeilen verkünden, daß ein Sexomane sein zwanzigstes Opfer aus dem Fenster der zehnten Etage geworfen hat, daß Terroristen einen Millionär entführt haben und daß eine Prinzessin sich von ihrem derzeitigen Gemahl scheiden läßt... Nix da, meine Lieben, sagte ich mit metallischer Stimme, damit könnt ihr mich nicht kaufen! Und ging gleichgültig daran vorbei. Und zum ersten Mal in meinem Leben stellte ich fest, daß ich so etwas wie Willenskraft in mir habe. Stellte es fest und brach in Tränen aus vor... Kummer und Schmerz. Wo bist du nur früher gewesen? flüsterte ich meiner Willenskraft zu. Hätte ich dich vor zwanzig Jahren entdeckt, würde ich mich jetzt nicht hier herumtreiben, hier in der freien

Gesellschaft auf der Suche nach einem passablen Lebensunterhalt, sondern würde wie meine Freunde warm in der Wolle sitzen und in einer Fünfzimmerwohnung in Rubljow auf dem Sofa liegen oder auf einer ZK-Datscha bei Moskau spazierengehen oder in einem ZK-Kurort im Süden in der Sonne liegen oder wie es sich gehört in meinem Arbeitszimmer auf dem Alten Platz oder in der Lubjanka sitzen. Und jegliches Problem der Existenz nach dem Tode würde mich kalt lassen. Und ich wäre nicht enttäuscht von der westlichen Presse. Und ich wüßte nicht, daß der Westen längst schon für seine Verdienste zur Erhaltung und Stärkung der Sowjetmacht mit dem Leninorden oder dem Orden der Oktoberrevolution hätte ausgezeichnet werden müssen.

Aber die Vergangenheit läßt sich nicht zurückholen. Wir sind gewohnt, uns mit dem Sprichwort zu trösten: ›Lieber spät als nie.‹ Wenn schon die Willenskraft in mir erwacht ist, muß ich sie auch nützen. Sei fest wie ein Fels! Setze deine Linie durch, solange auch die Periode der »Prüfung« dauern mag. Vorwärts!

Von Alten

Ich gehe zu einer Behörde, wo sich Leute mit mir unterhalten, die sich für die Sowjetunion interessieren, genauer und offen gesagt, wo man mich verhört. Ich gehe zu Fuß, da hier die öffentlichen Verkehrsmittel im Vergleich zu Moskau teuer und unbequem sind. Außerdem habe ich sowieso nichts zu tun. Ich gehe und schaue mir die satten und gut gekleideten Passanten an. Es sind hauptsächlich alte Leute. Viel jugendliche Müßiggänger. Die Jugendlichen sind absichtlich schlampig angezogen. Die jungen Männer haben lange Haare und sind geradezu zugewachsen. Die Mädchen sehen aus wie schmutzige Zigeunerinnen, die sich nie waschen und wie man sie manchmal auf Moskauer Straßen trifft. Die Hauptgefahr für die Menschheit, denke ich, ist nicht die Atombombe, das ist niemand anders als die unbewaffnete Menschheit, das heißt die Überbevölkerung und die zu hohe Lebenserwartung. Die Menschen haben gewisse soziobiologische Gesetze verletzt. Schwächliche, kränkliche Kinder überleben. Kranke existieren und vegetieren jahrzehntelang vor sich hin. Die Alten leben ungewöhnlich lange. Die Alten haben unseren Planeten in Beschlag genommen. Es gibt auf der Welt nichts Gefährlicheres als die Alten. Sie sind dumm und unfähig. Sind aber maßlos eingebildet und anmaßend. Alles Scheußliche in der heutigen Welt ist das Werk der Alten. Solange sich die Weltbevölkerung nicht mindestens um die Hälfte verringert und die Lebensdauer nicht mindestens um zwanzig Jahre reduziert wird, kann es nichts Gutes geben. Es kann nur noch schlechter werden. Und zu guter Letzt werden alle diese Erfindungen der Alten zum Zuge kommen, die einzig und allein in der Lage sind, die Bevölkerung auf die Hälfte zu reduzieren und die Lebensdauer zu beschneiden. Übrigens beginnt die Jugend inzwischen, was die Gefahrenstufe anbelangt, mit den Alten zu konkurrieren. Sie ist mit allem unzufrieden.

Sie will nicht arbeiten. Will aber alles ohne eigene Anstrengung und auf der Stelle haben. Ihre scheinbare Geringschätzung materieller Güter und ihr Haß gegen die Reichen ist nichts weiter als negativ verbrämte Gier nach materiellen Gütern. Und an Dummheit und Unfähigkeit steht die Jugend den Alten nicht nach.

Und von Emigranten

Aber sollen sie sich doch zum Teufel scheren, die westlichen Alten und Jugendlichen! Es gibt eine Gefahr, die mich persönlich berührt: der Ansturm der Emigranten auf den Westen. Als Vorhut der Großen Sowjetarmee, die im Anmarsch auf den Westen ist, müßte ich eigentlich froh darüber sein. Aber als kleiner Bürger, der essen muß, trinken, sich kleiden, Frauen haben und Kultur genießen, gerate ich angesichts dieses freudigen Phänomens in Verzweiflung. Mit jedem Tag werden meine Chancen, mich einigermaßen zu installieren, geringer. Immer mehr neue und noch mehr neue sowjetische Halunken treffen ein. Sie bringen für die westlichen Nachrichtendienste immer wertvollere Informationen und Desinformationen und immer gewichtigere Beweise für ihre Zugehörigkeit zum KGB. Ich würde am liebsten in die ganze Welt hinausschreien: Kommt zur Besinnung! Wen laßt ihr da zu euch rein?! Seht ihr denn nicht, daß das der Anfang unserer (der sowjetischen) Invasion in den Westen ist?! Verstehen Sie mich recht: Ich will das nicht in die Welt hinausschreien in der Absicht, den Westen zu retten, sondern um mich endlich selber einigermaßen im Westen zu etablieren. Und dafür muß man natürlich schon ein bißchen den Westen retten. Sobald ich Fuß gefaßt habe, werde ich nicht mehr schreien. Übrigens vielleicht gerade umgekehrt: Wenn ich erst einmal Fuß gefaßt und Arbeit gefunden habe, wäre es schade, den guten Posten zu verlieren. Die nicht gerade schlecht untergekommenen sowjetischen Emigranten, unter ihnen in erster Linie die KGB-Agenten, sind im Westen die Hauptgegner des Vormarschs des Kommunismus – da haben Sie noch ein Beispiel der von allen verachteten, doch ewig triumphierenden Dialektik.

Wer ich bin

Wenn ich gefragt werde, wie es mir, einem Angehörigen der russischen Nation, ehemaligen Mitglied der KPdSU, einem Zugehörigen höchster Partei- und KGB-Kreise, der an Geheimuntersuchungen teilgenommen hat, gelungen ist, in den Westen zu kommen, antworte ich offen: Ich bin im Auftrag des ZKdKPdSU, des KGB und des gesamten Sowjetvolkes hergekommen. Aber man glaubt mir nicht. Man meint, ich wolle sie zum Narren halten oder mich aufspielen und mir ein warmes Plätzchen kapern. Sowjetspione, die sich zu ihrem Auftrag bekennen, sind im Westen höchst beliebt. Sie erhalten ohne Umschweife politisches Asyl und die nötige finanzielle Unterstützung. Nur bei mir haut das irgendwie nicht hin.

Das muß erst noch bewiesen werden, daß Sie ein echter und kein falscher Sowjetspion sind – sagte mir einer der Gesprächspartner während des Verhörs. Wären Sie ein echter, müßten Sie uns wertvolle Informationen bringen, denen wir Glauben schenken und die wir nach Gebühr einschätzen würden. Oder aber Desinformationen, denen Sie um so mehr Glauben schenken würden – führte ich seinen Gedanken zuende. Seit ich diese Bemerkung gemacht habe, stehe ich im Ruf eines Menschen, der sich als KGB-Agent ausgibt, in Wirklichkeit aber keiner ist. Seltsam, nicht wahr?! Aber das ist nun mal so in der sowjetischen Emigration, in der jeder von jedem sagt, er sei ein Agent des KGB! Gewöhnlich bringen sie ein unumstößliches Argument vor: Was ist das schon für ein Agent, wenn er nichts Geheimes über die Sowjetunion weiß! Ich wende ein: Wenn ich doch aber hierher geschickt worden bin, um hier Geheimnisse auszukundschaften. Wozu sollen wir dir dann eingestehen, daß du ein As bist, packen meine Opponenten meine Logik an der Wurzel. – Außerdem ist es völlig zwecklos, hier Geheimnisse aufdecken zu wollen, weil es hier nämlich überhaupt keine gibt – hier spielt sich sowieso alles vor aller Augen ab. Nein, Freundchen, bloß keine Ausflüchte! Gib lieber zu, daß du uns an der Nase herumführen wolltest. Ich gebe es zu. Meine Gesprächspartner werfen sich Blicke zu: Auch mein Bekenntnis, daß ich sie an der Nase herumführen will, interpretieren sie als Absicht, sie an der Nase herumzuführen. Wo ist da ein Ausweg?

Ich bin ein As. Und ich sehe darin nichts Schlechtes.

Gutes sehe ich allerdings auch nicht darin. Es ist einfach eine objektive Tatsache. Eine etwas traurige und etwas komische Tatsache. Aber eine in keiner Weise tragische. Eher eine banale. Heutzutage vermehren sich die Agenten dermaßen, daß man sich sogar beim KGB nicht an alle erinnern kann. Heutzutage wirft man tagtäglich Agenten auf den Markt des Lebens wie neugeborene Welpen in einen schmutzigen Dorfteich. Wenn ihr leben wollt – überlebt, wenn nicht – krepiert! Und der Lohn für alles ist einzig und allein: Man schmeißt uns raus. Nicht alle Agenten freilich sind von dieser Art. Ich habe hier nur den Massentyp im Sinn, zu dem ich mich selber auch zähle. Und nicht so sehr die eigentlichen Agenten wie die potentiellen. Die Situation ähnelt der der Schulung junger Offiziere im letzten Krieg. Damals hat man die Rotznasen aus den Schulen geholt, und nach ein paar Monaten hat man sie als junge Leutnants an die Front ausgespuckt. Die meisten von ihnen sind schon im ersten Gefecht gefallen. Aber sie waren in der Masse und wurden nur für einen einzigen Kampf gebraucht. Und wir sind auch in der Masse nur für eine einzige Operation vonnöten.

Ein potentieller Agent sein ist höchst unbefriedigend: Man hat alle Nachteile des Agentendaseins, kommt aber nicht in den Genuß der Vorzüge dieses Daseins. Wir haben zwei Möglichkeiten: das Agentendasein überhaupt aufgeben oder aber wirklicher Agent werden. Die erste Möglichkeit ist für uns ausgeschlossen. Und die zweite bietet sich nur wenigen Glückspilzen. Da sich in mir

Willenskraft gezeigt hat, werde ich diesen Übergang zum wirklichen Agenten unverzüglich in die Tat umsetzen.

Sonderlandung

In dieser kämpferischen, optimistischen Stimmung näherte ich mich dem Fluß. Besser gesagt – Flüßchen. Sein Wasser geht an Tagen, an denen es besonders viel regnet, bis ans Knie. Und was seine Breite anbelangt: Man kann mühelos von einer Seite auf die andere spucken. Überhaupt, mit den Flüssen im Westen ist nichts los, das ist nicht das, was wir in Rußland haben. Selbst die Flüsse sind hier irgendwie lächerlich. Sie fließen in Uferhöhe, ja sogar höher. Sie verschwinden unter Häusern und kommen an den unerwartetsten Stellen unter ihnen hervorgekrochen. Manchmal fließen sie stromaufwärts. Ich machte den Zyniker auf dieses Naturphänomen aufmerksam. Er sagte, das sei jeweils nur an einem kleinen Abschnitt der Fall, und daß hinter der Biegung der Fluß wieder abwärts fließe, dafür doppelt so schnell wie gewöhnlich.

Am Ufer des Flüßchens, nicht weit von der Brücke, die nach irgendeiner hervorragenden Persönlichkeit benannt ist (war der Mühe wert, sich wegen dieser Lappalie anzustrengen!), liegen die Kasernen der Militärabteilung, die auf die Überwindung von Wasserhindernissen spezialisiert ist. Jeden Morgen ziehen die Soldaten hellorange Rettungswesten an, holen die Schlauchboote raus, lassen sie aufs Wasser und springen unter Geschrei hinein. Mit

Bierdosen. Aber ohne Waffen. Das Übersetzen ans andere Ufer beginnt. Das Boot bleibt am Grund hängen. Ein Teil der Soldaten klettert heraus, um das Boot an eine tiefere Stelle zu stoßen. Das Boot bleibt wieder stecken. Diesmal müssen alle rausklettern außer einem und das Boot auf den Händen ans Ufer tragen. Der im Boot geblieben ist, treibt allerlei Possen. Die Soldaten wiehern. Sie lassen das Boot fallen. Der Clown fällt ins Wasser. Es geht eine wilde, ausgelassene Tollerei los. Am Ufer versammeln sich eine Menge Gaffer und kommentieren, was da vor sich geht. Der Haupttenor der Kommentare: Das Militär kommt uns ganz schön teuer zu stehen, man sollte es auflösen und auf ein Minimum reduzieren. Das alles mit anhören und ansehen müssen, ist komisch und beängstigend zugleich. Mit so einer jämmerlichen Armee läßt sich die Sowjetarmee nicht aufhalten. Und hier bedauern sie sogar, auch nur einen Pfennig dafür rausrücken zu müssen.

Am anderen Ufer angekommen, machen die Soldaten »Marschhalt«, gröhlen, machen sich an Frauen ran, lachen, trinken Bier und singen Lieder. Satte Visagen. So rausgeputzt, daß sie allem möglichen, nur nicht Soldaten ähnlich sehen. Vor dem Abendessen »setzen« sie wieder »ans andere Ufer«. Und sind nicht mehr am Fluß zu sehen.

Nur zu, Freunde – denke ich angesichts dieser satten und selbstzufriedenen Burschen – laßt euch nur in der Sonne braten, gröhlt eure Lieder, laßt euch mit Bier vollaufen und macht euch an Mädchen ran. Genießt das Leben! Denn bald wird das alles vorbei sein. Das sage ich euch, ich, der Vertreter einer gewaltigen und mächtigen Armee von schlecht genährten, schlecht gekleideten, nicht sonnengebräunten Burschen ohne Zeit und Gelegenheit für Frauen, einer Armee, die längst schon marschbereit ist. Einst sangen unsere Väter: »Ist morgen Krieg, soll'n morgen wir marschieren, sei heute schon zum Marsch bereit!« Als der Krieg begann, zeigte sich, daß sie nicht zum Marsch bereit waren. Wir haben aus ihren Fehlern gelernt: Gleich nach Beendigung ihres schrecklichen Feldzugs haben wir damit begonnen, einen neuen, noch schrecklicheren vorzubereiten. Und wir sind bereit. Und wenn die Menschen heute zum Marsch bereit sind, dann werden sie morgen ganz bestimmt losstürmen – Marschbereitschaft läßt sich nicht allzu lange aufhalten. Wir sind längst schon in der Defensive. Aber merkt euch: Andauernde Defensive ist Angriff. Vorübergehende Defensive ist auch Angriff. Und übermäßige Defensive ist auch Angriff.

Ich habe meinen Militärdienst unter (nach unseren Begriffen) verhältnismäßig passablen Bedingungen absolviert. Einmal hat ein Offizier aus Moskau eine Vorlesung darüber gehalten, wie in der amerikanischen Armee Spezialeinheiten für Operationen unter schwierigen Bedingungen herangebildet werden. Diese »schwierigen Bedingungen« kamen uns, verglichen mit unseren normalen Bedingungen, wie ein Kurort vor. Da liegt der Hund begraben! Das, was für uns das normale Leben ist, ist aus der Sicht des Westens ein Leben unter gräßlich schwierigen Bedingungen. Darin liegt unser Vorteil. Wir haben kein jämmerliches Vorkriegstraining unter »schwierigen Bedingungen«, dafür aber gewaltige historische Lebenserfahrungen unter superschwierigen Bedingungen. Wir müssen uns nicht auf den Krieg vorbereiten, weil wir immer zum Krieg bereit sind.

Intellektueller Zweikampf

Jetzt steht mir das bevor, was in Agentenromanen intellektueller Zweikampf heißt. Ich sage meinen Gegnern, daß ich ein As bin. Ich werde von anderen Assen erzählen, die hier arbeiten sowie über die gegenwärtigen Methoden der Sowjetaktivitäten im Westen. Sie werden mir kein Wort glauben. Sie werden nach Widersprüchen haschen und Fallen stellen. Weshalb? Um mich als As zu entlarven! Wissen Sie einen Ausweg aus dieser Situation? Ich persönlich fühle mich außerstande. Zu verschieden sind unsere Positionen. Ich bin Repräsentant der Tragödie im Ablauf der Geschichte und sie diejenigen der Operette. Doch fassen sie unsere Rollen genau umgekehrt auf. Ich protestiere nicht dagegen. Ich spiele selber den Narren. Ich halte sie für Dummköpfe – so wie sie mich.

Ich gehe zu solchen Zweikämpfen, als ginge ich zur Arbeit. Die mich verhören, schenken dem, was ich für wichtig halte und was in der Tat von Wichtigkeit ist, keinerlei Beachtung, hören mich gelangweilt und spöttisch lächelnd an, unterbrechen mich ständig und wühlen in Belanglosigkeiten. Deshalb werde ich unsere Gespräche in redigiertem Zustand und auf das Wesentlichste beschränkt wiedergeben. Deren Berichte über ihre Gespräche mit mir sehen sicherlich völlig anders aus. In ihren Berichten stehe ich da als ein beschränkter, schlüpfriger, verlogener Typ, sie dagegen als gescheite und scharfsinnige Untersuchungsrichter, die mich ständig an die Wand drücken, mir die Maske herunterreißen, mich bloßstellen und entlarven. Das Ganze ist für mich nicht neu, ich bin an dergleichen Dinge von Kindheit an gewöhnt.

– Letztes Mal haben Sie ein gewisses Intellektuellenkomitee (IK) unter Leitung des KGB erwähnt. Was ist das für eine Organisation?

– Das ist eine informelle Gruppe. Ihre Teilnehmer sind keine KGB-Mitarbeiter. Sie sind bei anderen Behörden angestellt und haben völlig verschiedene Berufe. Für ihre Mitwirkung im IK bekommen sie kein zusätzliches Honorar. Es sind Enthusiasten. Sie begnügen sich mit rein intellektuellen Spielereien, dem Bewußtsein, an höheren Sphären teilzuhaben, dem Bewußtsein, von Nutzen zu sein. Ihr Interesse gilt der Schaffung eines zuverlässigen Bildes von der Lage im Lande sowie der internationalen Situation bei der höheren Obrigkeit, aber auch der Erfindung effektiver Maßnahmen zur Verbesserung dieser Lage. Inspirator und Organisator des IK war mein Freund...

– Waren Sie Mitglied des IK?

Ich war mit dem Inspirator und anderen Mitgliedern des IK befreundet. Habe mit ihnen die verschiedensten Probleme erörtert. Aber Mitglied war ich nicht.

– Warum nicht?

– Es hat sich einfach nicht ergeben. Ich war auch nicht darauf aus – es bestand keine Notwendigkeit. Zudem war ich die Stelle, wo die Informatoren zusammenliefen, was die Möglichkeit einer Mitgliedschaft des IK ausschloß.

– Was heißt das?

– Die IK-Mitglieder verfügten über ein Netz eigens ausgewählter Informationen, über die sie Erkundigungen, die für ihre intellektuelle Tätigkeit notwendig waren, einholten.

– Waren das Zuträger? Denunzianten?

– Nein, völlig anders. Die IK-Mitglieder legten einfach Fragen fest, auf die sie Antworten haben wollten, und zwar unter Berücksichtigung der Regeln der konkreten Soziologie. Die Informatoren wurden so ausgewählt, daß man den Erkundigungen, die sie machten, Glauben schenken konnte. Zum Beispiel, Breschnew wurde der Titel eines Marschalls verliehen. Bei mir klingelt das Telefon. Es ist der Inspirator. Er fragt, was ich dazu meine? Schließlich bin ich ein Vertreter gewisser Gesellschaftskreise, und meine Meinung gilt als für diese charakteristisch. Der Inspirator weiß, daß ich nicht auf »redlicher Kommunist« mime, und ich sage, was ich wirklich dazu denke. Ich weiß, daß ich für meine Antwort nicht im geringsten gemaßregelt werde. Und ich antworte: Diese Idioten (ich meine die Politbüromitglieder) sind völlig übergeschnappt. Ähnliche Fragen kamen – eine Breschnew-Rede, einen ZK-Beschluß und Dissidenten betreffend. Doch die Erfüllung solcher Aufgaben war für das Komitee zweitrangig.

– Und was war vorrangig?

– Das Durchdenken politischer Probleme von strategischem Rang. So ist zum Beispiel der Plan der Umwandlung der letzten Emigration in eine militärische Operation zunächst im IK gedanklich durchgespielt worden.

– Worin bestand der Plan konkret?

– Die sporadische Emigration in eine Massenemigration umwandeln.

– Gewaltsam?

– Nein: eine freiwillige Massenemigration provozieren. Es fertigbringen, daß Hunderttausende von Leuten emigrieren wollen.

– Mit welchem Ziel und Zweck?

– Das Land von ungesunden Elementen säubern. Sie ihrer sozialen Basis im Lande berauben. Agenten in den Westen schicken. Die Zahl der Repräsentanten des Sowjetismus im Westen vergrößern. Es ist einfach eine Form des Vor- und Eindringens in den feindlichen Körper. Dem Westen das wahre Gesicht der Opposition zeigen. Intrigen unter den Dissidenten säen. Gereiztheit im Westen hervorrufen. Dem Westen eine falsche Meinung über die Sowjetgesellschaft suggerieren. Im Trüben fischen und sein Schäfchen ins trockene bringen. Höchst bequem – von den verschiedensten Gesichtspunkten aus betrachtet.

– Wie weit verspricht der Plan in Erfüllung zu gehen?

– Hundertprozentig. Es sind Derivationsresultate erzielt worden, mit denen man früher nicht rechnen konnte.

Man nehme nur die Ratlosigkeit des Westens angesichts des Ansturms sowjetischer Emigranten. Die Ratlosigkeit der westlichen Spionagedienste im Kampf mit den sowjetischen Aktivitäten im Westen.

– In welcher Größenordnung soll die Operation erfolgen?

– Wir haben nahegelegt, mindestens eine Million Menschen, in der Hauptsache Juden, in den Westen abzuschieben. Doch die höhere Obrigkeit ist vor dieser Zahl zurückgeschreckt und wie gewöhnlich auf halbem Wege stehengeblieben.

Nach dem Gespräch über den IK sinkt die Unterhaltung auf das gewohnte banale Niveau.

– Wann hat Ihre Tätigkeit im KGB angefangen?

– Sie hat noch gar nicht angefangen. Ich habe viele Jahre für den KGB gearbeitet – wie viele andere Sowjetmenschen auch. Aber ich habe nie im KGB gearbeitet. Ich habe mich damit einverstanden erklärt, Sowjetagent zu werden, um die Erlaubnis zur Emigration zu bekommen.

– Waren Sie Zuträger des KGB? Was hatten Sie für einen Decknamen?

– Ich war kein KGB-Zuträger.

– Das ist nicht möglich!

– Nicht alle Sowjetmenschen sind Zuträger des KGB. Jeder x-beliebige Sowjetmensch kann im Prinzip vom KGB benutzt werden, um Informationen für irgendeine Operation zu erhalten. Aber das steht auf einem anderen Blatt. Der KGB nützt zum Beispiel die westlichen Spionagedienste für seine eigenen Interessen aus. Demnach sind auch sie aus Ihrer Sicht...

– Hat man Ihnen angetragen, Zuträger zu werden?

– Schwer zu sagen. Manchmal geschieht das in verschleierter Form, was genau genommen nicht als Vorschlag betrachtet werden kann. Wie dem auch sei, ich habe abgelehnt.

– Unmöglich!

– Zustimmung oder Ablehnung spielen hier nicht die Rolle, die ihnen im Westen zugeschrieben wird. Ich kenne Leute, die sich einverstanden erklärt haben, als Zuträger zu arbeiten, faktisch aber keine waren, und Leute, die es abgelehnt haben, Zuträgerarbeit zu leisten, faktisch aber für den KGB gearbeitet haben. Heutzutage gibt es eine Menge Leute, die Aufträge für das KGB erfüllen, ohne eigentlich mit ihm zusammenzuarbeiten. So habe ich zum Beispiel Rechenschaftsberichte für das Präsidium der Akademie der Wissenschaften geschrieben, die automatisch beim KGB gelandet sind.

– Heißt also, daß Sie doch mit dem KGB zusammengearbeitet haben! Sie sind nicht vollends aufrichtig uns gegenüber.

– Sagen Sie mir, was »vollends aufrichtig« ist, und ich verspreche Ihnen, es ohne zu zögern zu sein, ja sogar mehr noch als das.

– Sie haben die Doppeldeutigkeit meiner Bitte nicht begriffen.

Von der Aufrichtigkeit

Bin ich meinen Gesprächspartnern gegenüber aufrichtig oder nicht? Weder das eine noch das andere. Der Begriff der Aufrichtigkeit hat in der Anwendung auf das ideologische Bewußtsein des Homosos sowieso keinen Sinn. Als ich mich entschlossen hatte zu emigrieren, sagte einer meiner alten Bekannten: heißt also, daß du jetzt unser Feind bist! Und er ist beileibe kein Dummkopf. Hat sich auch nie auf Parteiversammlungen hervorgetan. Ein anderer Bekannter hingegen hat nach der Parteiversammlung, auf der ich als Verräter angeprangert worden bin, mir voller Mitgefühl die Hand gedrückt. Wie sich von selbst versteht, nicht unter Augenzeugen. Wer von den beiden war nun aufrichtig? Alles hängt von den Umständen ab, unter denen der Homosos seine Qualitäten offenbart. Er ist wendig und stellt sich auf die jeweilige Situation ein. Seine Reaktionen sind immer die ihm gemäßen, wenn auch nicht einzig möglichen. In ihnen ist nichts, was man als »authentisch« bezeichnet, denn »Authentizität« ist nur eine der historischen Möglichkeiten, die die Einbildungskraft des Menschen zum Absoluten erhoben hat. Doch ist in seinen Reaktionen alles in dem Sinne authentisch, als es sich um eine Entsprechung seiner Lebensumstände handelt.

Der erste dieser meiner Bekannten hat mich nicht etwa deshalb als Feind betrachtet, weil er für das Sozialsystem war, sondern weil ich die allgemein anerkannte Verhaltensnorm verletzt habe und nicht »sowjetisch« aufgetreten bin. Er hat das bloß in die ideologische Form »Feind« gehüllt. Er hatte mir gegenüber keineswegs die Gefühle, die man gegenüber einem Feind hat. Der zweite dieser meiner Bekannten hingegen zeigte sich mir gegenüber mitfühlend, ohne wirklich Mitgefühl zu empfinden. Er hat in dieser Form eine seiner verschiedenartigen Verhaltensweisen dem Sowjetsystem gegenüber zum Ausdruck gebracht. Beide haben in Wirklichkeit empfunden, was die Mehrheit der Leute gegenüber einem Kollektivmitglied empfindet, das sich nicht standesgemäß verhält – Befremden, Neugier, Gereiztheit, Neid, Gehässigkeit, Selbstmitleid... Diese Reaktion läßt sich nicht mit irgend einem der gewohnten sprachlichen Ausdrücke definieren. Und so ist es in allem.

Es ist demnach unangebracht, von einem Homosos Aufrichtigkeit zu erwarten. Er wäre gern aufrichtig, vermag es aber nicht zu sein, da er glaubt, immer aufrichtig zu sein. Und wenn er bereit ist, von einer Minute zur anderen zu wechseln, ist das noch lange kein Zeichen von Unaufrichtigkeit. Die KGB-Mitarbeiter, die mir Instruktionen mit auf den Weg gegeben haben, haben mir kein einziges Mal den Rat erteilt, diejenigen hinters Licht zu führen, die mich hier verhören werden. Diese KGB-Mitarbeiter sind erfahrene Homosossen. Sie wissen, daß man uns dergleichen Ratschläge nicht zu geben braucht, da wir von Kindheit an trainiert sind, niemanden hinters Licht, sondern durch Ausnutzung der Wahrheit irre zu führen. Als die Herren Ausfrager in einem ihrer Verhöre mir gegenüber auf den Lügendetektor anspielten, mußte ich laut lachen. Diesmal hatten sie mich verstanden und eingesehen, daß ihre Idee völlig zwecklos war.

Über Kooperation mit der Obrigkeit

Habe ich mit dem KGB zusammengearbeitet? Um wissenschaftlich korrekt zu sein: Ich habe mit niemandem zusammengearbeitet. Ein Homosos arbeitet in der Tat nicht mit den Machthabern zusammen. Er ist an der Macht beteiligt – das ist es, worum es geht. Er setzt nur seine eigenen potenziellen und aktuellen Machtfunktionen in die Tat um. Die Rechenschaftsberichte der hauptamtlichen Zuträger, die Denunziationen all der Freiwilligen und Enthusiasten, die Verlautbarungen offizieller Persönlichkeiten, die öffentlichen Enthüllungen und anderen Erscheinungen des Sowjetdaseins sind nichts als Formen der Teilhabe des Homosos am Machtsystem.

Ich bin zum Beispiel mehrmals im Ausland gewesen und habe nach meiner Rückkehr Rechenschaftsberichte über meine Reisen geschrieben. Ich habe dies gemäß der Instruktion getan, in der es insbesondere und unter anderem heißt: »In den Gesprächen mit ausländischen Wissenschaftlern ist Propaganda für die Errungenschaften der Sowjetwissenschaft, die Erfolge des sozialistischen Aufbaus in der UdSSR sowie die friedliebende Politik unseres Staates zu machen; sind die Ideen der neuen Konstitution der UdSSR verständlich zu machen und populärwissenschaftlich darzulegen, bei Aufkommen der Frage nach den ›Menschenrechten‹ ist von unserer prinzipiellen Position auszugehen, wie sie in den führenden Presseorganen dargelegt ist. Innerhalb von zwei Wochen nach der Rückkehr von der Reise ist dem Präsidium der Akademie der Wissenschaften der UdSSR ein Rechenschaftsbericht über die Dienstreise zu machen.« Ich unterschrieb das Papier mit diesen Anweisungen im vorhinein. Ich wußte im voraus, daß mein Rechenschaftsbericht an das KGB geht. Was macht das schon für einen Unterschied? Wodurch unterscheidet sich schon das Präsidium der Akademie der Wissenschaften der UdSSR vom KGB? Ich hatte weiter nichts zu tun als meine Pflicht als Homosos, dem eine Auslandsreise gestattet worden ist, zu erfüllen. Ich wollte meine Pflicht so gut wie möglich erfüllen. Und ich sehe darin absolut nichts Unmoralisches. Ich habe verachtet und verachte bis zu dieser Stunde all diejenigen, die so tun, als hätten sie entsprechende Dinge widerwillig und unter Druck getan. Ich glaube ihnen nicht. Vermutlich waren sie einfach zu faul, um solche Berichte zu schreiben, oder sie waren der Aufgabe nicht gewachsen.

Rede an die Moralisten

Der Park war menschenleer. Nur Enten. Sie kamen und umringten mich in Erwartung von Brotkrumen.

Ich fühlte das heftige Bedürfnis in mir aufsteigen, meine Meinung zu äußern. Und ich hielt den Enten nachstehenden Vortrag. Komisch: Sie liefen nicht davon. Sie hörten geduldig zu und schnatterten zustimmend (schien mir). Sie fühlten sich wahrscheinlich genauso einsam und gelangweilt wie ich.

– Sie halten natürlich mein Verhalten und das Verhalten anderer Homosossen in entsprechenden Situationen für unmoralisch. Wir selber jedoch denken anders. Es ist leicht, ein moralischer Mensch zu sein, wenn man in Verhältnissen lebt, die nicht zu moralisch verwerflichen Handlungen nötigen. Schließlich sind Sie satt, gut gekleidet, haben ein anständiges Dach über dem Kopf, verfügen über Bücher und andere Zerstreuungen. Und Ihnen kommt Moralischsein ganz natürlich und überhaupt nicht schwierig vor. In der Tat, wozu beispielsweise als Zuträger für das KGB arbeiten, wenn einen niemand dazu zwingt und wenn es überhaupt keine KGB gibt? Ist doch ganz einfach und klar. Aber wenn ein Mensch Verhältnissen ausgesetzt ist, die unter einem gewissen, für die praktische Anwendbarkeit moralischer Normen unerläßlichen Minimum liegen, dann ist es sinnlos, auf sein Verhalten moralische Kriterien anzuwenden. Ein Mensch, der in solchen Verhältnissen lebt, ist nicht einfach durch diese Verhältnisse selbst von moralischen Normen entbunden, er ist aufgrund höchst moralischer Erwägungen von ihnen befreit. Es ist unmoralisch, von einem Menschen zu verlangen, moralisch zu sein, wenn nicht ein Minimum seiner Lebensbedingungen so ist, daß man von ihm Moral verlangen kann.

An dieser Stelle fingen die Enten an, lebhafter als gewöhnlich zu schnattern. Als hätten sie meine Worte verstanden. Nur war mir nicht klar, ob sie meine These akzeptierten oder sie verurteilten.

– Die Homosossen werden geboren, erzogen und leben in solchen Verhältnissen, daß es ebenso falsch wäre, sie der Amoralität zu bezichtigen oder ihnen moralische Tugenden zuzuschreiben, wie es unangebracht ist, das Verhalten der Horde Dschingis-Khans, der alten Ägypter, der Inkas oder anderer entsprechender Phänomene der Vergangenheit vom moralischen Gesichtspunkt zu betrachten. Mir ist tatsächlich einmal angetragen worden, den Zuträger zu machen, aber ich habe abgelehnt. Aber ich habe mich deshalb nicht etwa als Held gefühlt, der irgendeiner bösen und verbrecherischen Macht den Kampf ansagt. Und brüste mich heute nicht damit. Ich hatte damals einfach keine Lust, den Zuträger zu spielen. Ich habe für mich dabei weder etwas rausgeschlagen, noch hat meine Weigerung mir geschadet. Der Offizier, der mich anheuern wollte, war auch nicht gezwungen, ausgerechnet mich ranzukriegen. Er bestand nicht darauf. Als Zuträger stellte ich für ihn keinerlei Wert dar. Denn alles, was er von mir wissen wollte, konnte ich ihm auch mitteilen, ohne Zuträger zu sein. Und das tat ich auch. Und verspürte dabei keinerlei seelische Qualen. Und habe auch jetzt keine Gewissensbisse. Meine Verbindung zum KGB war nichts als gewöhnliche sowjetische Routine, die keiner moralischen Wertung unterliegt. Ich habe mich einverstanden erklärt, mit dem KGB zusammenzuarbeiten, bevor ich in den Westen ging. Warum? Ich könnte es in der Absicht getan haben, redlich für das Wohl meines

Vaterlandes arbeiten zu wollen. Ist das moralisch oder nicht? Ich könnte es getan haben, um den Anschein zu erwecken, ich sei damit einverstanden, als Agent zu arbeiten, um so den Folterkammern des Kommunismus zu entkommen und dann gegen ihn zu agieren. Ist das moralisch oder nicht? Ich hätte vorhaben können, das KGB und die westlichen Nachrichtendienste, die a priori für amoralische Organisationen gehalten werden, hinters Licht zu führen, um ein menschliches Leben anfangen zu können. Ist das moralisch oder nicht? Das ist nur ein Teil möglicher Varianten rationaler Berechnung. Doch im Bewußtsein des Homosos sind alle möglichen Varianten wirklich oder potenziell gleichzeitig vorhanden, wechseln und gehen ineinander über. Je nach Situation dominiert die eine oder die andere Kombination und wird als »wahre Natur« des Homosos aufgefaßt. Und sie ist in der Tat seine wahre Natur, jedoch die jeweilige Situation betreffend, nicht generell.

Der Homosos denkt in Gedankenblöcken und fühlt in Gefühlsblöcken, für die (für die Blöcke als Ganzes) es noch keine passenden Bezeichnungen gibt. Dank dieser Tatsache ist er psychologisch und intellektuell plastisch, biegsam, adaptiv. Eine an sich böse Tat wird vom Homosos nicht als böse empfunden, da er sie nicht an sich, sondern nur als Element eines vielschichtigeren Ganzen (Blockes) empfindet, das als Ganzes nicht böse erscheint. Ein Tropfen Gift spielt in einer aus mehreren Substanzen zusammengesetzten, rettenden Arznei nicht die Rolle eines Gifts.

Sie glauben, der Homosos sei eine Verfallserscheinung. Genau dasselbe dachten die edlen Vertreter der Tierwelt – Elefanten, Löwen, Tiger – von unseren beweglichen und schmutzigen Vorfahren. Und was hat sich in Wirklichkeit ergeben? Der Homosos ist keine Verfallserscheinung. Er ist nichts weiter als eine vorübergehende Abweichung zur Basis des menschlichen Wesens hin mit dem Zweck und dem Ziel, sich auf einen neuen grandiosen Sprung in der Entwicklung vorzubereiten. Klar?

Die Enten fingen an, aufgeregt irgendwas vor sich hin zu murmeln, gingen aber nicht auseinander. Meine Idee interessierte sie sichtlich. Inspiriert durch ihr Geschnatter, schritt ich zur letzten Frage meines Vortrags.

– Wenn das Verhalten eines Menschen nicht von Prinzipien der Moral bestimmt wird, so heißt das nicht, daß es von keinerlei anderen Prinzipien reguliert wird. Und das heißt nicht, daß das Verhalten eines Menschen, das von anderen Prinzipien bestimmt wird, schlechter ist als ein Verhalten auf Grund von Moral. Solche Verhaltenssteuerungsmittel für Menschenmassen wie die Macht des Kollektivs über das Individuum, wie Staatsideologie, Zwangsarbeit und andere erweisen sich heutzutage bei weitem effektiver als die trügerischen und heuchlerischen Mittel der Moral. Letztere finden sich übrigens auch noch bei uns, wenn auch ersteren untergeordnet. Hinters Licht führen ist zum Beispiel unmoralisch, und so schreiben wir in unseren Denunziationen uns Nahestehender nichts als die Wahrheit.

Sie sind der Meinung, die Menschen im Westen sind

moralischer als wir? Ich kann Ihnen zahlreiche Aspekte des Lebens nennen, wo westliche Menschen einen weit schlechteren Eindruck machen als Homosossen. Homosossen sind zum Beispiel weitaus mitfühlender, was das Schicksal ihrer Mitbrüder anbelangt. Und unter anderem nicht solche Geizhälse. Doch ist der Homosos nicht auf Grund von Moralprinzipien mitfühlender als der westliche Mensch, sondern kraft seines höheren Grades an Kollektivbewußtsein. Was ist besser: gleichgültig sein gegen das Schicksal des Nächsten in einer moralischen Gesellschaft oder mitfühlend in einer unmoralischen?

Die Enten lauschten dem Ende meiner Rede zerstreut, traten verlegen von einem Fuß auf den anderen und schauten in die Runde. Meine kritischen Bemerkungen an die Adresse des Westens waren ihnen sichtlich nicht nach dem Herzen. Sie begriffen, daß sie von mir keine schmackhaften Brotkrumen zu erwarten hatten und ließen mich stehen, sobald sie einen Rentner mit einer Tüte kommen sahen.

Ich und der Zyniker

– Die sowjetischen Machthaber sehen sich genötigt, angesichts der immer stärker werdenden Invasion von Emigranten nach dem Westen Geduld und Ausdauer an den Tag zu legen, und der Westen erhebt auch noch Geschrei! Die Sowjetmacht sollte dem Westen den Vorschlag machen, sämtliche Juden aus der Sowjetunion rauszulassen –

das wäre vielleicht ein Erfolg! Zwei Millionen!! Möchte mal sehen, was die westlichen Politiker und Kämpfer für Menschenrechte für Gesichter machen würden!

– Diesen Plan hat man in Moskau schon vor zehn Jahren diskutiert. Und für untauglich befunden. So daß der heimliche Traum des sowjetischen Antisemiten niemals in Erfüllung gehen wird. Wieso? Erstens ist der Westen nicht in der Lage, eine so immense Anzahl Leute aufzunehmen. Zweitens ist die Sowjetunion nicht in der Lage, eine solche Menschenmenge in den Westen abzuschieben.

– Unsinn! Brauchst bloß die Genehmigung zu erteilen, daß die Hälfte aller Sowjetbürger in den Westen abhauen darf.

– Das ist nun wirklich Unsinn. Die Zahl derjenigen, die danach lechzen, ausreisen zu dürfen, und derjenigen, die dann wirklich ausreisen können, hängt von der Zahl der Bürger ab, die davon überzeugt sind, daß sie es im Westen besser haben können und in der Lage sind, sich von ihrer Verwandtschaft loszureißen. So viele sind das nämlich gar nicht, wir haben das ausgerechnet. Außerdem gibt es für Massenerscheinungen Gesetze, denen auch die Emigration unterliegt. Sie ist nämlich schon am Abflauen und muß künstlich angeheizt werden. Wie? Durch Beschränkungen zum Beispiel.

– Mir ist nicht ganz klar, ob Sie das im Scherz sagen oder nicht. Und wie sieht Ihre eigene Meinung aus?

– Bin gar nicht imstande zu scherzen. Eine eigene Meinung habe ich nicht. Und wenn ich sie hätte, dann wäre ich, wie es in einem alten Witz heißt, nicht mit ihr einverstanden.

– Verstehe ich nicht.

– Brauchen Sie auch gar nicht erst zu versuchen. Es gibt Dinge, die sich von Natur aus dem Verständnis entziehen. Warten Sie einfach. Und angesichts der Vielzahl von Fällen dieser Art wird sich bei Ihnen die Gewohnheit herausbilden, sich gegenüber dem, was vor sich geht, so und nicht anders zu verhalten. Und Sie werden nie fehlgehen.

– Tolle Methode! Und wie heißt sie?

– Dialektik. Die Dialektik, teurer Genosse, ist in der Tat nicht nur ein Objekt für den Hohn und Spott derjenigen, die sie nur vom Hörensagen kennen. Die Dialektik ist eine Methode, sich aufs Geratewohl, ohne Kenntnis der Dinge in einem unbekannten, leeren Raum voller eingebildeter Hindernisse, ohne Rückhalt, ohne Widerstand und ohne Ziel zu bewegen.

– Sie reden wie Christus.

– Sie haben es erraten. Ich war eine Zeitlang gezwungen, antireligiöse Vorlesungen vor der Vereinigung »Wissen« zu halten.

– »Sie sind auch Jude? Nein? Und warum?

– Weil mein Vater und meine Mutter...

– Warum sind Sie emigriert?

– Zu spät, Gründe zu suchen, Zeit, eine Rechtfertigung zu finden.

– Ich sehe da keinen Unterschied.

– Gründe wirken vor-, Rechtfertigungen nachher.

Ich und der Nörgler

Das Befremden des Zynikers hinsichtlich meiner Nationalität ist verständlich: Das russische Volk im Westen repräsentieren darf, wer immer will, nur nicht die Russen selber. Das entspricht durchaus den Vorstellungen des ZK und des KGB. Einer der ZK-Mitarbeiter, der mir Instruktionen mit auf den Weg gab, sagte, daß »wir keinerlei nationalrussische Kultur im Westen zulassen werden«, daß »unsere Direktiven dahin gehen, das nationalrussische Element in allem, was im Westen in russischer Sprache vor sich geht, auf Null zu bringen«.

Da kommt der Nörgler. Er ist Halbrusse und Halbjude. Seine jüdische Hälfte gestattete es ihm, sich in den Westen abzusetzen, während die russische ihn hindert, hier Fuß zu fassen. Weshalb er sich nicht als Halbrusse fühlt, sondern als doppelter Russe. Die sind clever, seufzt der Nörgler beim Anblick des Papstporträts in der Zeitung, haben's geschafft, daß einer von ihnen Papst geworden ist. Und wir, wir könnten uns die Beine ausreißen, nicht mal zu einem Kardinal würden wir's bringen. Typisch Nörgler, diese Bemerkung. Die heimliche Überzeugung des Homosos ist es nun mal, daß es ein Sowjetmensch sein muß, der in erster Linie für die Papstwahl in Frage kommt, und erst dann einer aus den sozialistischen Bruderländern. Die Religionszugehörigkeit spielt dabei keine Rolle: wenn nötig ernennt der ZK einen auch zum Katholiken. Der Nörgler wäre nicht im geringsten erstaunt gewesen, wenn man ein ZK-Mitglied zum Papst beordert (eben gerade: beordert) hätte. ZK-Sekretär gemäß Ideologie und von Amts wegen Papst – das wäre normal. Aber irgend so ein Pole! Empörend! Wo hat nur das KGB seine Augen?!

Freunde und Feinde

Dort wirst du dich unter lauter leidenschaftlichen Antisowjets und Antikommunisten finden, sagte der Inspirator. Das ist eine g. G. Aber nützlich kennenzulernen – seine Feinde sollte man kennen.

Dieses Gespräch kam mir nach dem Anruf der Dame wieder in den Sinn. Sie sagte, in irgendeinem Amt würde ein soziologischer Berater gebraucht, ein Spezialist für die Sowjetgesellschaft. Das Gehalt sei nicht gerade hoch, aber für einen alleinstehenden Sowjetmenschen mehr als ausreichend. Nehmen Sie sich eine gemütliche kleine Wohnung... Und als erstes, sagte ich, werde ich Sie zu Besuch einladen. Im voraus einverstanden, kicherte sie. Werde dich (»dich«!) empfehlen! Paß auf, daß sie dich nicht reinlegen! Werde mich anstrengen, versicherte ich.

Ich blätterte die »Literaturka« durch, die mir der Inspirator damals überlassen hatte, und merkte von der ersten Seite an, daß für diese Leute der offen zur Schau getragene Antisowjetismus und Antikommunismus eine rein pragmatische Rolle spielt: sie bringen auf diese Weise ihre Bereitschaft zum Ausdruck, ihren Herren zu dienen. Was nun aber Moskau in Wirklichkeit schadet und was ihm nützt, das ist ihnen völlig egal. Wenn sie der Ansicht sind, daß die Wahrheit »zwei und zwei macht vier« Moskau nützt, werden sie jeden, der diese Wahrheit von sich gibt, für einen Agenten Moskaus halten. Wäre es möglich, dachte ich, daß ich mich aus dem Sumpf des Idiotismus, der Gemeinheiten und Lügen der Sowjetideologie befreit habe, um gezwungen zu sein, in den noch idiotischeren, gemeineren und verlogeneren Sumpf des Antisowjetismus unterzutauchen?! Alles, nur das nicht!

Aber zu diesem Amt, dessen Adresse mir die Dame gegeben hatte, ging ich trotzdem. Ich wurde von einem Menschen empfangen, der dem Stellvertreter der Propagandaabteilung des ZK auffallend ähnlich sah. Ich zuckte sogar zusammen, als ich ihn sah: ob er das ist?! Ein Karrieretyp hielt mir eine Strafpredigt darüber, was ich zu tun verpflichtet sei, um »unseren gemeinsamen Feind« zu vernichten. Aufs Haar wie beim heimatlichen ZK. Ich hörte mir den Typ geduldig an. Erklärte mich mit seinen Sprüchen einverstanden. Sagte, ich sei bereit, den aktiven Kampf gegen Moskau noch diese Minute aufzunehmen. Daß ich aber kein Politiker sei. Daß ich Wissenschaftler sei. Und der Standpunkt der Wissenschaft nicht immer mit dem der jeweiligen Politik übereinstimme. So würden sie zum Beispiel die Sowjetunion kritisieren und den Westen zu Sanktionen gegen Moskau aufrufen. Vermutlich, um Moskau dadurch zu schaden. Die Wissenschaft sehe das aber anders. Die sowjetische Attacke auf den Westen sei wegen mangelnder innerer Stärke versandet. Die Sowjetführung sei daher genötigt, Luft zu holen, ja sogar den Rückzug anzutreten, um eine Katastrophe zu verhindern und sich besser auf eine neue Attacke vorzubereiten. Die Kritik an den Mängeln des Sowjetsystems und die härtere Haltung des Westens zwingen die Sowjetführung sowohl innen- wie außenpolitisch zu einer wendigeren Politik. Glauben Sie denn, die Sowjetführung ziehe aus dem, was sich gerade tut, keine Lehren? Ich versichere Ihnen, sogar die Dissidentenbewegung hat in hohem Maße zur Festigung des Sowjetregimes beigetragen. Der Kommunismus im allgemeinen und die Sowjetunion im besonderen sind Ihre Feinde. Seinen Feind sollte man objektiv und unvoreingenommen kennen. Ich bin, ich wiederhole, Wissenschaftler und nicht Politiker. Ich kann Ihnen helfen, Ihren Feind kennenzulernen, und zwar auf streng wissenschaftlichem Niveau. Bei uns, sagte mein Gegenüber, darf man nicht unvoreingenommen sein. Unseren Feind kennen wir nicht weniger gut als Sie. Was wir brauchen, ist aktiver Kampf. Sind Ausführende. Wir sind schließlich nicht die Akademie der Wissenschaften. Aber wir werden über Ihre Kandidatur nachdenken. Einige Tage später erfuhr ich, daß die Stelle, um die ich mich beworben hatte, ein unlängst aus Leningrad emigrierter Mathematiker bekommen hatte, dem reißerische Artikelchen in einem illegalen Dissidentenjournal zugeschrieben wurden. Die Dame war beleidigt und nahm mir die Sache krumm und sagte, daß es keinen Wert habe, »aus eigener Kraft den Gescheiten spielen zu wollen«, und daß »mit den Wölfen heulen muß, wer unter Wölfen leben will«. Sie hat natürlich recht. Nur habe ich keine Lust, so unter Wölfen zu leben.

Der Schriftsteller

In der Stadt lebt ein ehemaliger Schriftsteller von uns. Kein ehemaliger Schriftsteller, sondern ein ehemaliger von uns. Von der Existenz dieses Sowjetschriftstellers habe ich zum ersten Mal hier gehört. Seine Geschichte ist einfach und traurig. In Moskau hat er publiziert, ohne den gewünschten Erfolg zu haben. Darauf verfaßte er irgend etwas Enthüllendes und brachte es im Westen heraus. Er bekam etliche Lobesrezensionen. Faßte das als Welterfolg auf. Fing an, Skandale zu machen. Wurde zu Verhören geladen. Man schlug ihm vor, nach Israel auszureisen, obgleich er Russe war. Er war einverstanden. Und fristet jetzt hier (nicht in Israel, natürlich) ein elendes Dasein. Tröstet sich damit, daß er nicht vom KGB verfolgt wird, obgleich er sich gerade hier unter strengster Überwachung des KGB befindet. Er hat sein Vergnügen und seine Genugtuung daran, daß es in der Sowjetunion »überhaupt nichts zu fressen gibt«. In einem Presseinterview erklärte er, daß er erst hier die Möglichkeit bekommen habe, alles, was er will und so, wie er will zu schreiben. Seinen Erzeugnissen nach zu urteilen weiß er allerdings selber noch nicht, was er eigentlich schreiben will und wie. Er fand sich einfach in die Lage eines Taubstummen versetzt, den man auf die Opernbühne hinausgestoßen und dem man gesagt hat: Sing, was du willst und wie du willst. Gut war nur, daß sich das Theater leer zeigte: Niemand will die Werke des Schriftstellers lesen. Und drucken will sie auch keiner mehr. Eigentlich wohnen in der Stadt mehrere ehemalige Schriftsteller von uns, darunter auch ein bekannter. Aber mir ist der Zutritt zu ihm verwehrt, da er Angst hat, ich könnte ihn um Geld angehen. Und die anderen will ich nicht sehen, weil ich Angst habe, sie könnten mich um Geld anpumpen.

Der Chef

Der Schriftsteller hat mich ins Restaurant eingeladen. Er kam in Begleitung des »Chefs«. Gezahlt hat der Chef, sonst hätte mich der Schriftsteller auch gar nicht eingeladen. Der Chef provozierte ein Gespräch über den Unterschied zwischen sowjetischer und westlicher Lebensweise. So ein Restaurant wie das hier zum Beispiel, sagte ich, und so eine Bedienung ist im Westen eine Normalerscheinung. Wenn bei euch der Kommunismus siegt, werden Restaurants dieser Klasse völlig verschwinden und die Restaurants überhaupt zahlenmäßig um ein Vielfaches zurückgehen. In ein Restaurant reinzukommen wird schwierig werden. Es wird schlecht gekocht und noch schlechter bedient werden. Das Bedienungspersonal wird um das Fünf- oder sogar Zehnfache verstärkt und die Gäste dafür viel langsamer bedient werden. Ihr werdet Unverschämtheiten hinnehmen müssen, werdet übers

Ohr gehauen, werdet... Aber wieso denn?! rief der Chef. Warum soll denn nicht alles so bleiben, wie wir es jetzt hier haben?! Eben nicht, antwortete ich, weil dergleichen Betriebe organisatorisch zusammengeschlossen und nach den allgemeingültigen Prinzipien für Betriebe und Institutionen der kommunistischen Gesellschaft arbeiten werden. Es wird ein ganz bestimmter Mitarbeiterstab und ein ganz bestimmtes Verwaltungssystem festgesetzt werden. Übrigens, die Arbeitsbedingungen werden viel leichter sein als heute: die Hauptverlockung des Kommunismus! Der Lohn für das Personal wird festgelegt, ebenso der Arbeitsplan für die Verwaltung, Anzahl und Art der Lebensmittel, wo sie gekauft, wie sie im einzelnen hergestellt werden müssen und so weiter und so fort. Konkurrenz aller Art verschwindet. Die Einnahmen des Personals hängen nicht mehr von der persönlichen Initiative und dem Risikoeinsatz des einzelnen ab, nicht von der Qualität der Gerichte, nicht von ihrer Zusammenstellung oder der Qualität der Bedienung. Jede Art illegaler Einkünfte bringen weit mehr Gewinn als gewissenhafte Arbeit, als die Qualität des Essens oder der Bedienung. Machen Sie den Versuch und setzen Sie sich an die Stelle eines Direktors oder Kellners unter diesen Bedingungen, und Sie werden ohne die geringste Anstrengung sämtliche Mißstände, die in der Sowjetunion zur alltäglichen Gewohnheit geworden sind, ausmerzen. Und das gleiche wird mit allen anderen Faktoren des Alltagslebens geschehen. Es würde nicht schaden, den Leuten im Westen öfter einmal einiges in dieser Weise klarzumachen, sagte der Chef. Kann sein, daß die Gefahr, auf ein schmackhaftes Beefsteak verzichten zu müssen, sie dazu bringt, ernsthafter über die Perspektiven des Kommunismus nachzudenken als die Gefahr, ihre bürgerliche Freiheit zu verlieren.

Dialektik als Methode der Irreführung

Ich spüre, daß mir ein Intellekt Widerstand leistet, doch ein Intellekt völlig anderer Art als mein eigener. Er ist nicht auf eine einzelne Person konzentriert, sondern auf den ganzen mich umgebenden Raum verteilt. Er ist mit keinerlei Emotionen ausgestattet. Pedantisch. Primitiv. Und gleichzeitig grandios. Als würde man mich mit Computern berechnen. Und wenn es nun tatsächlich so wäre? In meiner Studienzeit begeisterte ich mich leidenschaftlich für das Problem: Kann der Mensch einen »denkenden« Apparat, der klüger ist als er, hinters Licht führen? Damals kam ich zu dem Schluß: Für jede Summe gestellter Bedingungen kann eine Methode zur Irreführung eines »denkenden« Apparates gefunden werden. Unter Irreführung verstand ich, dem Apparat diejenige Folgerung aus einer gegebenen Information einzugeben, die der Irreführende selbst als Irreführung wertet. Aber hier zeigt sich eine Schwierigkeit. Um den denkenden Apparat und Gegner irrezuführen, muß ich selber wissen, welche Folgerungen aus meinem Verhalten ich von meinem Standpunkt aus gesehen als irrig einstufe und ihm somit eingeben will. Und wenn ich mir nun selber über meine Absichten gar nicht im klaren wäre? Das hieße ja, daß mein Gegner gar nicht mich, sondern eine Fiktion von mir berechnet. Und daß ich ihm nur die Fiktion eines Fehlers eingebe. Logisch wäre nur eine Methode, diese Schwierigkeit zu beheben: eine gewisse Anzahl von Behauptungen so formulieren, daß sie ihre Verneinung implizit beinhalten sowie gewisse Handlungen in der Weise begehen, daß sie gegenteilige Auslegungen zulassen.

Verhör

Meine Gespräche mit denjenigen Personen, die mich überprüfen und testen, lassen sich nur mit Müh und Not als Zweikampf bezeichnen, da sich mit mir alles in allem zehn Leute zu unterhalten pflegen. Sie unterhalten sich gewöhnlich in verschiedenen Kombinationen zu zweien und zu dreien. Ich könnte mich ihnen anpassen und den beschränkten und unmoralischen Hochstapler spielen. Aber dann würden sie das Interesse an mir verlieren. Und ich müßte dahin abdampfen, wo meine Emigration ihren Sinn verlieren würde. Ich spüre, daß ich die richtige Linie für mein Verhalten gewählt habe. Ich muß sie nur durchhalten, bis ich politisches Asyl kriege. Und das hängt von meinen Gesprächspartnern ab.

Was sind Ihre Eltern?

– Mein Vater ist Ingenieur, meine Mutter Hausfrau.

– Kommunisten?

– Mein Vater war Parteimitglied, meine Mutter nicht.

– War? Ist er ausgeschlossen worden?

– Er ist gestorben. Meine Mutter auch.

– Und die Eltern Ihrer Eltern?

– Waren Bauern. Die Eltern der Eltern meiner Eltern waren ebenfalls Bauern. Meine Ahnen waren laut sowjetischer Ideologie Affen, laut westlicher – Adam und Eva.

– Juden?

– In Rußland konnten Bauern keine Juden sein.

– Stimmt, im zaristischen Rußland war den Bauern in der Tat verboten, Juden zu sein.

– Und unter der Sowjetmacht ist es umgekehrt: Den Juden ist es verboten, Bauern zu sein. Ebenso wie Arbeiter.

– Stimmt, bei euch blüht und gedeiht der Antisemitismus.

– Deshalb sind alle Dissidenten verpflichtet, Juden zu sein.

– Gerade die nationalen Konflikte zerstören das Sowjetregime, insbesondere die Aufstände der mohammedanischen Völker. Bald werden sie die Mehrheit in der Sowjetunion bilden und dann ...

– Die Russen werden sich gezwungenermaßen gegen die Übermacht der muslimischen und anderer Völker erheben.

– Ihr Vater war Mitglied der KPdSU. Seit wann? Welche Funktionen hatte er in der Partei?

So also zieht sich das Gespräch vier, sechs, manchmal sogar acht Stunden hin. Ich wiederhole ohne Ende, wie ich zur Schule gekommen, wie und wann in den Komsomol eingetreten bin. Natürlich freiwillig. In den Komsomol tritt man grundsätzlich freiwillig ein. Und nicht jeder wird aufgenommen. Sie glauben mir nicht. Wenn man für die Aufnahme in die Universität ein Zeugnis vom Komsomol braucht, sagen sie, heißt das doch, daß Sie aus reinen Nützlichkeitserwägungen dem Komsomol beigetreten sind.

Ich machte unter anderem die Bemerkung, daß sie ja auch mit Schlips und Jackett herumlaufen, obgleich es draußen heiß sei. Warum wohl? Aus Nützlichkeitserwägungen? Sie kapierten nicht, waren aber auf alle Fälle beleidigt. Dasselbe Problem, nämlich die Frage, ob freiwillig oder aus Nützlichkeitserwägungen, kam im Zusammenhang mit meinem Eintritt in die Partei aufs Tapet. Alle meine Versuche, ihnen Wesen und Stellung der Partei in der Sowjetgesellschaft, Sinn und Zweck der Parteimitgliedschaft, das Verhältnis von Ideologie und Moral in der Sowjetgesellschaft zu erklären, waren ein glatter Mißerfolg. Alles wäre klar gewesen, wenn ich gesagt hätte, ich sei im Interesse meiner Karriere in die KPdSU eingetreten. Aber ich habe keinerlei Karriere gemacht und hatte es auch nie vor. Daß ich Parteimitglied war, hat mir nicht im geringsten geschadet. Im Gegenteil, das Leben wurde dadurch ein klein wenig interessanter. Und es war keinerlei »Doppelsinn« dabei. »Doppelsinn« ist überhaupt eine Erfindung der Westler, die keine Ahnung von Leben und Leuten in der Sowjetunion haben. Ich bin Kommunist, aber nicht in dem Sinne, daß ich an die marxistischen

Märchen glaube (in der Sowjetunion glaubt sowieso kaum jemand daran), sondern in dem Sinne, daß ich in einer kommunistischen Gesellschaft geboren, aufgewachsen und erzogen worden bin und über alle wesentlichen Eigenschaften eines Sowjetmenschen verfüge. Was das für Eigenschaften sind? Wenn die mich zum Beispiel weiterhin mit ihren Fragen über meine Zugehörigkeit zur Partei belästigen, schicke ich sie zur ... Sie mußten lachen, weil ihnen das Wort, das auszuschreiben ich hier vermeide, wohlbekannt war. Sie lachten nicht etwa darüber, daß ich es gebraucht hatte, sondern darüber, daß es bei uns als unanständig gilt.

Womit alles anfing

Man bat mich zu erzählen, wie solche Sowjetagenten wie ich auf ihre Aufgaben vorbereitet werden. Normalerweise lernt der Sowjetmensch, sagte ich, sein Leben lang dreierlei Dinge ohne jede spezielle Vorbereitung: an führender Stelle stehen, das Regime kritisieren und KGB-Agent sein. Meine Verhörer lachten, baten mich aber dennoch zu erzählen, wie man mich angeheuert und instruiert hat. Ich komme hiermit ihrer Bitte nach.

Es war an einem ganz gewöhnlichen Bürotag, das heißt einem Wochentag, an dem ich verpflichtet war, in meiner Dienststelle zu erscheinen und mich im Arbeitsantritts- und Arbeitsschlußbuch einzutragen. Wäre an diesem Tag keine Sitzung gewesen, hätte ich stehenden Fußes meine Dienststelle verlassen und mich mit diesem und jenem beschäftigt, wie und wo ich es für nötig befunden hätte. Gewöhnlich pflegte ich wieder nach Hause zu gehen und irgendwas zu schreiben. Zu zehn Prozent tat ich das aus Eitelkeit, zu fünfzig Prozent aus Gewohnheit und zum Zeitvertreib und zu vierzig Prozent, um meinen persönlichen Dienstplan zu erfüllen und meinen bequemen und günstigen Posten als höherer wissenschaftlicher Mitarbeiter zu behalten. Diesen Posten hatte ich vor alles in allem drei Jahren bekommen und schätzte ihn sehr, da man mein Gehalt nicht unwesentlich erhöht hatte und mir pro Woche zwei Bibliothekstage zustanden. Bibliothekstage sind Tage, an denen ich mich nicht einmal im Arbeitsantrittsbuch eintragen mußte. An diesen Tagen schlief ich gewöhnlich bis zum Mittag, um anschließend die Zeit nach meinem Gutdünken zu verbringen. Einige Tage im Monat mußte ich dennoch in meiner Dienststelle verbringen. Das waren Tage, an denen Arbeitssitzungen stattfanden, Partei- und Gewerkschaftsversammlungen, der Wissenschaftsrat tagte, ich bei der Direktion zu erscheinen hatte oder andere Belanglosigkeiten zu tun waren. Ein paar Abende im Monat gingen für gesellschaftliche Arbeit drauf und ein Tag für außerordentliche Ereignisse (Empfänge oder Begleitung wichtiger Persönlichkeiten, Arbeit im Gemüseversorgungslager oder freiwilliger Arbeitseinsatz). Das Leben war, kurz gesagt, nicht gerade zum Sterben. Erst als ich es nicht mehr hatte, begriff ich, was ich verloren hatte. Selbst, wenn ich jetzt hier eine Professur oder gar ein ganzes Institut bekäme, fände ich mich nicht einmal in einer halb so wonnevollen Lage wie damals in Moskau. Und Sie fragen noch, warum unser Volk das Sowjetsystem stützt.

Es war also ein ganz normaler Bürotag. Ich ging zu meiner Dienststelle, trug mich in die Rubrik Arbeitsantritt (und gleichzeitig in die Rubrik Arbeitsschluß) ein. Beschloß, durch die Stadt zu bummeln. Hielt nach einem Kompagnon Ausschau. Aber meine gewohnten Begleiter waren irgendwohin auf und davon, und mit irgendwem wollte ich nicht losziehen. Ich rief den Inspirator an. Langweile mich, sagte ich, hast du schon was vor? Nein, sagte er. In einer halben Stunde im »National«.

Der Kompagnon

Das ist übrigens noch ein großer Vorzug der sowjetischen Lebensart: Wenn man nichts zu tun hat (und das kommt oft vor) und einen Kompagnon zum Faulenzen sucht (alleine faulenzen ist mühsam), findet man jederzeit einen Schwätzer und Rumlungerer wie man selbst, der nämlich in der Lage ist, den ganzen Tag im gemeinsamen Palaver totzuschlagen. Im Westen ist so was ausgeschlossen. Wenn man hier mit einem reden will, muß man sich zu einer bestimmten Zeit mit ihm verabreden. Kommt man eine halbe Stunde später, steht man alleine da. Die Nichtstuer hier sind aus irgendeinem Grunde wahnsinnig beschäftigte Leute. In der ganzen Zeit, die ich hier lebe, ist es mir kein einziges Mal gelungen, auch nur mit einem Nichtstuer von hier rumzulungern und zu palavern. Immer nur mit Leuten von uns. Und auch die haben unter westlichem Einfluß angefangen, zu tun zu haben. Langweilig, meine Herrschaften! Was ist das für ein Leben? Wozu soll das gut sein?

Der Inspirator und ich fanden ein gemütliches Plätzchen im »National«. Tranken ein bißchen. Aßen ein wenig. Bestellten noch was. Wieder mal unser bekanntes Sowjetphänomen: zechen bis zum Kannichtmehr und noch mehr – auf Pump. Hier dagegen trinkt man ein Gläschen, schlingt sein Beefsteak runter und – tschau. Dort aber, bei uns, da geht das, bis der Laden zugemacht wird und einem die Taschen umgestülpt werden. Erst jetzt habe ich angefangen, die Vorzüge sowjetischer Lebensweise zu begreifen. Damals aber, da habe ich das nicht im geringsten zu schätzen gewußt. Wie es so schön heißt: was man hat, weiß man nicht zu schätzen, hat man's verloren, jammert man.

Langweilig, sagte ich. Da bummeln die Leute durch Paris, stopfen sich den Rachen voll Austern, schlafen mit Negerweibern und blättern im »Playboy«. Und wir?! Die reinste Langeweile. Und weit und breit kein Hoffnungsschimmer. Du könntest mir zu ein paar Wochen Ausland verhelfen. Warum läßt man mich übrigens eigentlich nicht mehr fahren? Schließlich kann ich die erforderlichen Sprachen. Kann Rechenschaftsberichte kilometerweise zusammenschmieren. Will nicht türmen.

– Irgendwer muß dich auf dem Kieker haben. Aber laß nur, ich habe eine Idee. Und dabei nützt dir sogar noch, daß sie dich nicht mehr rausgelassen haben. Gehst als Dissident.

– Will nicht unter Dissidenten.

– Stell dich nicht an. Wenn es sein muß, wirst du Dissident. Es geht das Gerücht, du seist Halbjude.

– Unsinn!

– Weiß ich. Aber das Gerücht existiert nun mal, und das ist gut so. Wie wär's, wenn du ins Land deiner Vorväter zu gehen wünschtest?

– Unter keinen Umständen!

– Israel, das ist doch bloß pro forma. Bleibst in Europa. Guckst dir die Welt an. Futterst Austern. Schläfst mit Negerweibern. Freiheit. Romantik. Schönheit. Was willst du mehr?!

– Wer schickt mir eine Einladung?! Und wer glaubt schon, daß ich Jude bin?!

– Die Einladung kriegst du in zwei Tagen.

– Meine ehemalige Frau wird mir die Genehmigung nicht geben. Wird die gesamten Alimente im voraus haben wollen.

– Das bringen wir schon in Ordnung.

– Aber die werden mich dort stehenden Fußes einsperren!

– Verlaß dich bloß nicht drauf.

– Und wozu das Ganze?

– Hier hast du eine Telefonnummer. Ruf morgen früh an.

Entscheidendes Gespräch

Am nächsten Morgen wählte ich die Nummer, die mir der Inspirator gegeben hatte. Eine Stunde später saß ich im KGB-Quartier, das für Treffen von KGB-Offizieren und Zuträgern vorgesehen war, und unterhielt mich mit... Ich erlaube mir, diesen Typ den General zu nennen. Wir haben Sie schon lange im Auge, sagte der General. Ihre Kandidatur hat bei... persönlich Zustimmung gefunden. Was man jetzt von Ihnen will? Machen Sie sich mit... bekannt (er nannte Namen von Dissidenten, die irgend eine illegale Zeitschrift herausgeben). Schicken Sie ihnen einen kritischen Artikel für ihre Zeitschrift. Unterschreiben Sie irgendeinen anklagenden Brief oder einen Aufruf. Man wird Sie aus der Partei ausschließen, und Sie werden Ihren Arbeitsplatz verlieren. Dann kommt eine Hausdurchsuchung, ein Verhör, kurz und gut – alles, was für die Reputation eines Dissidenten angebracht und von Nutzen ist. Ihren genauen Wohnsitz im Westen können wir Ihnen noch nicht angeben, das hängt vom Zusammentreffen der Umstände ab. Ihre Aufgabe ist, irgendwo reinzukommen, irgendwo für länger Fuß zu fassen und Existenzmöglichkeiten aufzutun. Leben Sie. Beobachten Sie. Lernen Sie Leute kennen. Mit einem Wort, tun und handeln Sie den Umständen entsprechend. Sie müssen ein für allemal folgendes begreifen: Der Welt stehen nie dagewesene Kämpfe ums Dasein bevor. Wir sind verpflichtet, jede Minute und vor allen anderen bereit zu sein. Deshalb müssen wir schon jetzt mit aller Macht in den

Westen vordringen. Wir müssen alles über ihn wissen. Müssen jede sich bietende Möglichkeit nutzen, um ihn zu schwächen und zu demoralisieren, aufzuweichen, die Westler gegeneinander zu hetzen, Chaos und Verwirrung unter ihnen zu stiften und sie zu verängstigen. Wir müssen alles aus dem Westen rausholen, was wir für unsere Existenz und die Vorbereitung für die künftige Auseinandersetzung mit ihm brauchen. Sie sind Soldat unserer großen Armee, die im Anmarsch auf den Westen ist, die Avantgarde unserer Angriffsarmee... Darauf befahl der General seinem Adlatus, für mich ein Treffen mit einem ehemaligen Sowjetspion, der lange Jahre in Westdeutschland gearbeitet hat, zu arrangieren.

Gespräch mit einem ehemaligen Spion

– Warum haben Sie in Westdeutschland gearbeitet? Sie sind doch Russe. Gibt es denn nicht genügend ostdeutsche Spione?

– Gibt es. Aber uns benutzen sie in der Hauptsache, um die Aufmerksamkeit von politischen Aktionen abzulenken. Das, was wirklich wichtig ist, machen wir selber.

– Seltsam. Ich hatte den Eindruck, daß...

– Wie man bei uns die Tätigkeit unserer Spione im Westen darstellt, hat nichts mit der Realität zu tun.

– Was solls. Wenn es auch ein bißchen mehr Ähnlichkeit geben könnte...

– In gewissen Kleinigkeiten gibt es natürlich Übereinstimmungen. Aber im Grunde genommen, ich wiederhole und bleibe dabei, gibt es keinerlei Ähnlichkeit. Ich habe schließlich mehr als zehn Jahre in Westdeutschland gearbeitet.

– Und wo waren Sie da?

– Habe in M. gelebt. Eine vergleichsweise kleine Stadt. Und wissen Sie, wieviel hauptamtliche Spione von uns da saßen? Allein in meiner Gruppe waren mehr als zehn. Und wer weiß, vielleicht gab es auch noch andere. Und mindestens zwanzig Leute haben Sonderdienste für uns geleistet.

– Nicht möglich! So ein kleines Nest – und so ein riesiges Spionagenetz! Das muß doch irres Geld kosten!

– Wer sagt Ihnen, daß das Geld kostet?! Unseren Staat hat das nicht eine Kopeke gekostet. Schließlich waren wir alle in deutschen Ämtern, Behörden und Firmen angestellt und haben dafür ganz schöne Sümmchen eingeheimst. So daß Deutschland selber unseren Lebensunterhalt bestritten hat. Mehr als das, viele von uns mußten sogar einen Teil ihres erarbeiteten Geldes an den Staat abgeben. Unseren natürlich. Einer unserer Agenten hat zum Beispiel als Professor an der Universität gearbeitet. Hatte fünftausend Mark im Monat. Nach Abzug der Steuern, Versicherungen und Wohnungsmiete blieben ihm genau zweieinhalbtausend. Davon mußte er tausend abgeben. Und ein anderer Agent von uns hat es sogar geschafft, in die Verwaltung einer bedeutenden Firma reinzukommen und hat monatlich dreitausend Mark abgeben müssen.

– Und diese zwanzig Helfershelfer, wer sind die? Freiwillige? Oder unter Zwang?

– Sowohl als auch. Arbeiten teils freiwillig, teils gezwungenermaßen, zum Teil sogar, ohne die geringste Ahnung zu haben.

– Und wie sind Sie da hingekommen?

– Habe eine Gruppe Wissenschaftler von uns auf einem Kongreß begleitet und habe, wie es so schön heißt, die Freiheit gewählt.

– Aber die Deutschen sind doch auch nicht auf den Kopf gefallen. Die hätten doch wissen müssen, um wen es sich bei Ihnen handelt.

– Habe ich auch gar nicht zu vertuschen versucht. Da haben Sie nun unsere Bücher gelesen und unsere Filme gesehen und glauben aus lauter Naivität, man müsse vertuschen, daß man KGB-Mitglied ist. Genau das Gegenteil ist der Fall. Im Westen hat man die Mittäter viel lieber als die, die eine reine Weste haben. Denen glaubt man nämlich kein Wort. Stellen Sie sich doch mal vor, Sie wären Mitarbeiter von deren Spionageabwehr. Ich komme und sage, ich sei KGB-Offizier, wolle hier bleiben und sei bereit, alles zu sagen, was ich weiß. Was werden Sie machen? Überprüfung? Überprüfen Sie! Sämtliche Informationen, die ich habe, werden sich als glaubwürdig und sogar höchst wertvoll erweisen. Sie werden Verdacht hegen und beschatten? Verdächtigen Sie ruhig und beschatten Sie! Aber was haben Sie davon? Die Deutschen waren während meines ganzen Aufenthalts in M. überzeugt davon, daß ich einen Auftrag hatte. Aber es war lohnender für sie, einen Spion wie mich zu haben als einen, der erst noch entlarvt werden muß. Außerdem habe ich ihnen auch von Zeit zu Zeit Dienste erwiesen, und sie haben dafür bei einigen meiner Spielchen ein Auge zugedrückt. Sind schließlich auch nur Menschen, müssen schließlich auch vor ihrer Obrigkeit erfolgreich dastehen.

– Und warum sind Sie zurückgekommen? Mißerfolge?

– Nein, Mißerfolge sind praktisch ausgeschlossen. Bin nach Moskau gekommen, um auszuspannen und meine Familie zu sehen. Aber hier gab es schon einen Bewerber, der Lust hatte, auch mal im Westen zu leben und der im Zusammenhang damit einen Sprung in seiner Karriere gemacht hatte. Nicht ohne mächtige Schirmherren im Rücken. Und so wurde er an meiner Stelle abkommandiert. Was mich anbelangt, nahm man eine kleine Randaliererei unter Alkoholeinfluß zum Vorwand.

– Und dieser Mensch kam an Ihre Stelle?

– Natürlich nicht. Das ist ja gerade der Trick. Ich ging wieder nach Deutschland. Habe unter einem geeigneten Vorwand der Firma, in der ich arbeitete, gekündigt. Bin dann erst einmal nach England und dann nach Moskau zurück. Mein Posten ist also einfach nur in die Stadt verlegt worden, wo es meinem Nachfolger gelungen war, Fuß zu fassen. Im Westen ist das kein Problem.

– Hatten Sie keine Angst, daß man Sie entlarven könnte?

– Entlarvungen stellen heutzutage besondere politische Aktionen dar. Wenn man sich vorgenommen hätte, mich als Spion zu entlarven, hätte man mir eine Frist gegeben.

Und die Gefängnisse bei denen sind sowas wie bei uns Sanatorien. Dann hätten sie mich gegen einen ihrer Spione ausgetauscht oder mir vorgeschlagen, für sie zu arbeiten und hätten mich laufen lassen. Die Zeit der romantischen Spione ist vorbei.

– Und wie steht es mit konspirativen Tätigkeiten?

– Du kannst über ganz Europa hinschreien, daß du ein Sowjetspion bist. Kannst dir ein Plakat um den Bauch hängen mit der Aufschrift »Ich bin ein Sowjetspion«. Sie werden lachen, vielleicht kommst du in die Zeitung. Nicht in die seriöse Presse natürlich, sondern in die Boulevardpresse. Und damit basta! Geradezu beleidigend.

– Heißt also, keinerlei Risiko? Keinerlei Schwierigkeiten? Das reinste Kurortdasein?

– Ein Risiko ist schon dabei. Auch Schwierigkeiten. Aber völlig andere. Das muß man am eigenen Leibe erfahren.

– Und überhaupt, lohnt sich die ganze Sache, um ...?

– Natürlich lohnt sie sich! Wenn du auch nur die kleinste Chance hast, schlag unter egal welchen Bedingungen ein! Lieber dort verrecken als hier dahinvegetieren.

Auf höherem Niveau

Vor meiner Abreise unterhielt sich eine hochgestellte Persönlichkeit mit mir. Ich will sie den Sekretär nennen. Im Arbeitszimmer des Sekretärs hing ein Riesenporträt

Breschnews, ein kleineres von Lenin und ein noch kleineres von Marx. Das Marx-Porträt machte hier einen völlig deplazierten Eindruck. Es schien, als blicke Marx mit Verschwörermiene auf mich, zeige Verständnis für meine Lage und wohlwollende Sympathie. Erkläre dich mit allem einverstanden, schien sein Blick zu sagen, im Westen läßt es sich unter allen Umständen besser leben als hier, im Vaterland der Verwirklichung meiner Ideen. Und versuche diesen westlichen Idioten beizubringen, daß sie meine dämlichen Ideen vergessen sollen. Der Sekretär gab die üblichen Banalitäten von sich, wünschte mir Erfolg und ließ mich mit seinem Adlatus allein.

– Ob der wohl jeden so verabschiedet?

– Nur in Ausnahmefällen.

– Enträtsle mir den Sinn seiner Abschiedsworte.

– Du sollst dort versuchen, Verwirrung zu stiften. Sollst reden, daß keiner weiß, wo die Wahrheit aufhört und die Lüge anfängt. Wenn erst bei der Masse der Leute Trübung des Verstands erreicht ist, kann man sie ohne Schwierigkeiten in die von uns gewünschte Richtung dirigieren.

– Aber dieser Art Geistestrübung könnte sich doch auch der Gegner bedienen!

– Tut er auch. Aber für sich selber und nicht gegen uns. Und man muß tagtäglich den Westlern suggerieren, daß wir allmächtig sind.

– Das kann doch aber Angst wecken und die Wachsamkeit stärken!

– Sicher. Aber in stärkerem Maße demoralisiert es die Leute und erleichtert unsere Arbeit. Die Leute helfen lieber einem allmächtigen Feind als einem schwachen Freund. Und tu dir keinen Zwang an, billige Sensatiönchen in Umlauf zu bringen. Je mehr, desto besser. Der Westen lechzt nach oberflächlichen und primitiven Sensationsmeldungen. Ein dir wohlbekannter halbgebildeter Sowjetstudent hat zum Beispiel den unbeschreiblichen Blödsinn von sich gegeben, daß die Sowjetunion bald zusammenbricht und aufhören wird zu existieren. Obgleich man der Sowjetunion vom ersten Tag an ihr baldiges Ende prophezeit hat, obgleich viele, die ihr das prophezeit haben, selber von diesem »Koloß auf tönernen Füßen« zermalmt und zerschmettert worden sind, hat der Westen keinerlei Lehren daraus gezogen. Als besagter Sowjetstudent seine Prophezeiung verkündet hatte, machte man im Westen davon ein unwahrscheinliches Aufheben. Bis heute können sie sich nicht beruhigen. Wie denn auch! Ist doch gut so. Die Sowjetunion wird auch ohne besondere Anstrengungen von seiten des Westens von ganz allein über kurz oder lang zu existieren aufhören. Das werden schon die Chinesen erledigen – zum Wohl des Westens. So daß man dann im Westen wieder wie gehabt seinen gehobenen Lebensstandard leben kann, kein Geld mehr für die Verteidigung ausgeben, sich nicht mehr im Alltag einschränken und nicht mehr zum Militär muß. Inzwischen ist allen klar, daß die Vorstellungen dieses halbgebildeten Sowjetstudenten der reinste Stuß sind. Und in Westeuropa fürchtet man, daß in dem Jahr, in dem nach Ansicht des Studenten die Sowjetunion aufhören wird zu existieren, Europa selbst kaum in der heutigen Form überleben wird. Aber diese Vorstellung hat ihre Rolle gespielt. Sie hat ihren Teil zu den pazifistischen Stimmungen des Westens beigetragen. Solche Sensationen sind für uns von großem Nutzen. Es gilt, sich auch in Zukunft etwas in dieser Art einfallen zu lassen und andere dahingehend zu provozieren. Im Augenblick ist einer unserer »Entlarver« dabei, ein sensationelles Buch über psychologische und bakteriologische Waffen bei uns herauszubringen. Soll er nur! Wir werden ihm schon selber irgendwelches Material unterjubeln! Kannst dir vorstellen, was dort für eine Panik ausbricht, wenn das Buch erscheint! Man muß natürlich den passenden Moment wählen.

– Weiß er selber denn von dieser Direktive?

– Wie sollte er! Ist auf höherer Ebene bestätigt worden. Wird deiner Mission eine ernsthafte Bedeutung verleihen. Machs gut. Und viel Erfolg.

Auswahlprinzipien

Warum ausgerechnet auf mich die Wahl ins KGB gefallen sei, werde ich gefragt. Ich zucke die Schultern. Ich war es müde, von meinem Standpunkt aus gesehen banale, aus der Sicht meiner Verhörer jedoch unbegreifliche Dinge zu erklären. Wenn die Wahl nur auf mich gefallen wäre, hätte ich vielleicht auf ihre Frage antworten können. Die Wahl ist aber auf viele gefallen. Es gibt allgemeine Auswahlkriterien, die eine Menge Individuen betreffen. Aber man kann sie nicht unmittelbar auf jedes Individuum im einzelnen anwenden. An mich konnte sich irgendein IK-Mitglied erinnern, und das reichte aus, um mich auf die Kandidatenliste für die Einschleusung in den Westen zwecks Durchführung irgendeiner Operation zu setzen. Manchmal allerdings entscheidet sich das Schicksal eines Menschen auf Witzniveau. So wird zum Beispiel eine Gruppe von »Spitzbuben« vom Schlage des Enthusiasten unter die Lupe genommen. Wie wär's, wenn wir diesen Paranoiker und Eurokommunisten in den Westen lassen, sagt ein Kommissionsmitglied, das dem Humor nicht abgeneigt ist. Stellt euch mal vor, wie der da rangeht und alle in die Zange nimmt! Werden die ein Geschrei erheben! Ha-ha-ha! Und wie! – ein anderes Mitglied der Sonderkommission lacht Tränen. Soll nur ruhig alle seine »Dokumente« exportieren. Sollen die sich dort an diesem Schwachsinn ergötzen! Ha-ha-ha! Genehmigt, sagt lachend der Vorsitzende der Kommission. Soll sich nur in seinen heißgeliebten Westen trollen. Wird bei uns die Atmosphäre sauberer.

– Wenn Sie aber dennoch wissen wollen, welches die allgemeinen KGB-Auswahlprinzipien sind, nach denen Leute in den Westen ausgewiesen und eingeschleust werden, sehen Sie sich an, wer tatsächlich ausgereist ist und wohin, wo und wie er Fuß gefaßt hat, womit er sich befaßt, an wem und wie er gemein handelt und wem er hilft.

Homosos

Als ich meinen Verhörern sagte, daß die Homomosossen die geborenen Führer, Regimekritiker und Geheimdienstagenten seien, scherzte ich nicht. Ich hatte niemals auch nur eine dieser Arten von Tätigkeit erlernt, hätte aber jede von ihnen ausüben können. Einige ZK- und KGB-Mitarbeiter haben ihre Karriere mit Regimekritik gestartet. Der Inspirator war in seiner Jugend Mitglied einer »terroristischen« Gruppe. Dem Untersuchungsrichter, der ihre Sache leitete, blieben die Fähigkeiten des Inspirators nicht verborgen, und er zog ihn zu Arbeiten in den Organen heran. Eine Zeitlang war sein Spezialgebiet der Terrorismus im Inland. Nach Beendigung seiner Aspirantur wurde er an die Abteilung für Organisation des Terrorismus im Westen versetzt. Er verließ diese Abteilung »wegen der moralischen Zustände«, was seiner Karriere schadete. Ich nehme ihm diese »moralischen« Gründe ab. Er ist ein Homosos. Und ein Homosos ist zu sowas nun einmal nicht in der Lage. Der Inspirator verließ die Terrorismusabteilung in der Tat aus moralischen Erwägungen. Aber er verurteilte nicht nur die Terrormethoden, sondern auch seine Kollegen, die schlecht arbeiteten und sich mit Klatsch, Intrigen und Augenwischerei die Zeit vertrieben. Er träumte davon, einen effektiven Dienst zur regulären und nicht nur sporadischen Liquidierung bekannter Persönlichkeiten des Westens aufzubauen. Anfangs, dachte er, könnte man pro Monat eine Person beiseiteschaffen. Nach und nach ließe sich die Produktivität auf vier

Personen pro Monat erhöhen. Nach einigen Jahren würde der Westen starr sein vor Angst und Schrecken. Amerikanische Präsidenten könnte man alljährlich erschießen. Das, sagte er, ist Training für Anfänger. Und wieso sollen sie erschossen werden? fragte ich. Wieso nicht, wenn die Möglichkeit besteht, sagte er. Wenn sie nur aus dem Wege geräumt werden, irgendeinen Nutzen ziehen wir schon daraus. Wer hatte die Hand beim Mord an Kennedy im Spiel? fragte ich. Wir selber haben in solchen Fällen in keiner Weise die Hände mit drin, sagte er. Aber kein einziges großes Attentat auf der Welt geschieht, ohne daß wir beteiligt wären. Denk nur an Oswald. Mag er auch als Attrappe gedient haben. Damit aber der Plan für die Ermordung Kennedys aufkommen konnte, brauchte man einen Menschen à la Oswald. Gerade er rief in den Köpfen derjenigen, die Kennedy beseitigen wollten, den Gedanken wach, daß man das Attentat als von der »Hand Moskaus« begangen interpretieren könnte. Und das stimulierte die eigentliche Vorbereitung zum Attentat. Den Verschwörern die Hoffnung geben, alles auf Moskau abzuwälzen, aber die Möglichkeit auszuschließen, dies offiziell zu tun – das ist allerdings schon eine Aufgabe für Spezialisten höherer Klasse. Leute, die Lust haben, politische Attentate zu begehen, gibt es jederzeit genug auf der Welt. In der Lage sein, sie ausfindig zu machen und einzuarbeiten, selber aber mit heiler Haut davonkommen, dazu muß man schon gründlich den Bogen raushaben.

Zeitungen und Illustrierte lesen die Pensionsbewohner nicht – sie beherrschen keine westlichen Sprachen und müssen mit dem Geld haushalten. Radio und Fernsehen verstehen sie aus demselben Grunde auch nicht. Ungeachtet dessen wissen sie alles, wissen alles besser als alle und wissen es früher, denn sie sind Homosossen. Epitheta wie »Kretin«, »Frühgeburt«, »Dummkopf«, »Abschaum« und was dergleichen mehr ist gebrauchen sie in Bezug auf Persönlichkeiten des Westens wie etwas, was sich von selbst versteht. Sie sitzen zum Beispiel vorm Fernsehapparat. Ein bekannter Politiker tritt auf. Der Nörgler kommt dazu, gibt sich lässig. Was hört ihr euch da für einen Degeneraten an, sagt er verächtlich, obgleich er nicht mal in der Lage ist zu entscheiden, in welcher Sprache »dieser Degenerat« spricht. Gleich darauf kommt der Enthusiast aufgeregt hereingestürzt. Was, brüllt er, ihr hört euch diesen Schwätzer an! Wovon quatscht der denn? Über die Beziehungen mit Moskau? Oh-ha-ha-hi-hi-he-he-ha-ha! So einen Stuß zu verzapfen, sind nicht mal unsere Regierungsbonzen in der Lage! Und was das Verblüffendste ist – die Pensionsbewohner gehen in ihren vorgefaßten Werturteilen selten fehl.

Ein anderer Wesenszug unserer Urteilssprüche ist – ihre kategorische Entschiedenheit. Im Iran ist Revolution? Ist der Westen selber schuld. Haben auch noch Beifall geklatscht, die Idioten! Dabei ist das das Werk der Sowjetunion. Pfaffen an der Spitze? Na und! Ist trotzdem eine kommunistische Revolution. Man muß die bloß fertigmachen, und die Sache ist geritzt. Iranische Studenten haben die amerikanische Botschaft besetzt? Sind wohl nicht klar im Kopf, die Idioten! Fertigmachen sollte man die! Der Tenor »fertigmachen« dominiert gewöhnlich. Die Sowjetunion fertigmachen, die Araber fertigmachen, die Neger fertigmachen, die iranischen Mullas fertigmachen, die Terroristen fertigmachen. Fertigmachen, und die Sache ist geritzt. Ein Rotznasengeschwätz, was die da führen – man schämt sich, das mit anhören zu müssen! Obgleich wir wissen, daß der Westen ein heterogenes Gebilde ist, reden wir von ihm, als handle es sich um eine Einheit. Der Westen ist schwach, der Westen ist unfähig, der Westen hat abgewirtschaftet, der Westen ist übergeschnappt, der Westen hat sich den Bauch vollgeschlagen, der Westen kapituliert, der Westen ist nicht in der Lage – ohne dergleichen Äußerungen läuft kein Gespräch ab.

Und ungeachtet dessen hören wir nicht auf, den Westen zu bewundern, und setzen allein auf ihn unsere Hoffnungen. Der Westen, sagt der Nörgler, das ist Macht, das ist Stärke! Die sind hier ganz bestimmt dabei, was auszuhekken, um uns (damit ist Moskau gemeint) eins überzubraten! Der Westen wird schon noch sein »Njet!« sagen, brüllt der Enthusiast. Der wird uns schon noch zeigen, wie man den Sozialismus aufbauen muß.

Verhör

Heute werde ich gebeten zu erzählen, was ich von der Vorbereitung der Sowjetagenten für ihre Arbeit im Westen weiß. Ich erzähle von Spezialschulen für westliche Kommunisten, Terroristen, Linke, Pazifisten und andere Unreine. Ich spreche davon, daß kurz vor meiner Abreise der Inspirator beiläufig die Möglichkeit eines Attentats auf eine bedeutende politische Persönlichkeit erwähnt habe. Meine Verhörer haben nicht im geringsten darauf reagiert. Interesse daran, ob sie diesen Politiker schaffen? Meine Verhörer wurden erst dann lebendig, als ich anfing, von einer Diversionssondereinheit zu erzählen, in der Agenten Methoden zum Zwecke der Desorganisierung des westlichen Bankensystems beigebracht kriegen. Das Verhör wurde unterbrochen. Es wurde noch irgendeine Person dazugeholt. Ich wurde gebeten, das Gesagte zu wiederholen. Geld ist, versteht sich, wichtiger als das Leben irgend so eines Politikers.

Wie die Vorbereitung der Agenten für ihre Arbeit im Westen in Moskau organisiert ist, sagte ich abschließend, das muß man hier, am Arbeitsplatz dieser Agenten lernen. Alles, was in den geheimen Dienststellen in Moskau vorgeht, spiegelt sich so oder so hier wider.

Der Weg zum Haus

Die Soldaten des Landungssonderbataillons schwammen an die Brücke heran und schwatzten mit Mädchen. Soldaten und Mädchen sind immer und überall gleich – in Friedenszeiten, wesentlich anders jedoch in Kriegszeiten.

Es wäre nicht schlecht, etwas zu trinken. Aber ich lasse diesen Wunschtraum sausen: kein Geld. Und meine Unterstützungsgroschen kriege ich erst übermorgen. Morgen ist im wahrsten Sinne des Wortes Hungertag. Werde den Schriftsteller anrufen müssen, vielleicht gibt der mir was zu futtern. Werde ihm irgendwelche Märchen über das Leben in der Sowjetunion erzählen, damit ich auch von praktischem Wert für ihn bin. Seltsam, so lange kann es noch nicht her sein, daß dieser Mensch die Sowjetunion verlassen hat, und schon hat er alles vergessen. Und was man ihm vom Leben in der Sowjetunion erzählt, hört er sich an, als wäre er Ausländer.

Dann machen meine Gedanken einen Sprung zum heutigen Verhör. Ich spüre, daß meine Verhörer außerstande sind, sich ein festes Bild von mir zu machen. Warum? Als Profi weiß ich, daß Unbestimmtheit, Fluktuation, Wandelbarkeit und Vieldeutigkeit zusammengenommen nichts als Eigenheiten der Sowjetgesellschaft sind. Sie sind eiserne Bestandteile dieser Gesellschaft und sind als Ganzes eisern: eine Gesellschaft von lauter Chamäleons, die nur als Ganzes als gigantisches Chamäleon erscheinen. Etwas Stabiles und Bestimmtes findet der Homosos in seinem sozialen Umkreis und im Zusammentreffen der

Umstände. Ich bin nicht nur für die, die mich verhören, ein Rätsel, sondern auch für mich selbst. Das Rätsel ist im gegebenen Moment unlösbar, weil seine Lösung in der Gesamtsumme der Ereignisse liegt, die im Laufe der Zeit geschehen. Ich bin nur eine Möglichkeit, doch mit weitem Wellenbereich. Wetteifert, Genossen und Herrschaften! Wer ich bin, hängt in erster Linie von euch selbst ab.

Der Vergleich von uns mit einem Chamäleon ist zur Beschwichtigung der Sowjetologen sehr bequem, aber doch oberflächlich. Wir haben dennoch eine stabile Basis – unseren historischen Wahn. Und geben Sie acht: Nichts erscheint in der Geschichte so dauerhaft wie das, was keine inneren Grundlagen hat – Mythen, Religionen, Vorurteile...

Über Terror

Die Bolschewiken waren gegen den Terror einzelner, sagte der Inspirator. Und warum? Weil der Terror bereits seinen Platz und das Seine getan hatte: Er hat das Zarenregime aufgeweicht und die Menschenmassen zum Massenterror vorbereitet. Wenn von sozialer Revolution die Rede ist, kann man den Individualterror nicht umgehen. Technisch gesehen beginnt die soziale Revolution mit der Liquidierung der Persönlichkeit eines bestimmten Typs. Nach der Revolution im Westen werden wir selbst dem Individualterror ein Ende machen und die Terroristen beseitigen. Und werden dort unseren, den Massenterror nämlich, einführen. Eine Revolution ist technisch gesehen auch die Umwandlung des gesetzwidrigen Individualterrors in einen legitimen Massenterror.

Wenn ich an dergleichen Gespräche des Inspirators denke, kommen mir rosige Ideen hinsichtlich der Entwicklung des Terrorismus in der Sowjetunion. So zum Beispiel: ein paar qualifizierte Spezialisten von den »Roten Brigaden« nach Moskau schicken, damit sie dort schnellstens die Schulung der Terroristen auf europäischem Niveau in die Wege leiten. Allerdings konnte ich diese Idee nicht bis zuende durchspielen, da ich in der heimatlichen Ferne das homerische Gelächter des Inspirators zu hören glaubte. Ihr verdummt dort nicht täglich, sondern stündlich, röhrte er und erstickte fast vor Lachen. Du hast vergessen, wo die Spezialisten für die »Roten Brigaden« und andere Organisationen dieser Art geschult werden?! Solche Spezialisten haben wir doch bei uns selber wie Sand am Meer. Nur haben wir bei uns zu Hause keine Verwendung für sie. Weißt du, wieviel maßgebliche Persönlichkeiten bei uns täglich allein an Suff und Völlerei draufgehen? Wozu brauchen wir noch Terroristen?! Nehmen wir den äußersten Fall: ein Attentat auf Breschnew. Auf ihn kann man ruhig hundert Kugeln abfeuern, man wird damit trotzdem nichts erreichen. Wenn es sein muß, wird man ihm das Fell über die Ohren ziehen und es einem primitiven Roboter überstülpen, und der wird besser noch als Breschnew selber dessen Funktionen erfüllen. Und von dem Attentat erfährt auf diese Weise niemand etwas. Als wäre es überhaupt nicht passiert.

Madame Anti

Madame Anti rief an und schlug vor, sich in einem Café, zehn Minuten Fußweg von der Pension entfernt, zu treffen. Ich sagte zu in der Hoffnung, daß sie mich zumindest auf einen Tee oder Kaffee einlädt.

Äußerlich schien Madame Anti einer in Moskau bekannten Kämpferin (eine Kämpferin ist die weibliche Variante eines Kämpfers) gegen den Antikommunismus sehr ähnlich. In ihrer Gesinnung aber erwies sie sich als ihr Gegenteil – als Kämpferin gegen den Kommunismus. Ein erstaunliches Phänomen: Jeder sowjetische Halunke hat seinen negativen Doppelgänger im Westen. Wie auch dieser aufgeblasene Typ da, fing sie an, mich zu schulmeistern. Einige Zeit ließ ich das über mich ergehen. Aber dann sagte ich ihr, daß ich an so einen Umgangston nicht gewöhnt sei, daß man sogar beim KGB mit mir mit größerem Respekt gesprochen habe, und bat sie, ihr Maul zu halten. Sie fing an zu brüllen, daß ihr jetzt mein Charakter (früher hätte ich niemals angenommen, daß ich so etwas wie einen Charakter habe!) klar sei, daß ich – ein Agent Moskaus sei. Ich bat sie, das diejenigen wissen zu lassen, die mich da ständig verhören, da diese vertrauensseligen Beamten vom Nachrichtendienst nicht glauben wollen, daß ich ein KGB-Agent bin. Und von mir aus könne sie hinzufügen, daß ich nicht so sehr hier sei, um den Kommunismus, den ich nicht liebe (weil ich ihn am eigenen Leibe erfahren habe), zu errichten, sondern vielmehr, um den Kapitalismus zu zerstören, den ich gern erfahren würde, aber nicht am eigenen Leibe, sondern an dem anderer. Sie kapierte gar nichts und versprach, mich in der Presse bloßzustellen. Obgleich der Tee verlockend auf dem Tisch dampfte, verließ ich schweigend Madame Anti, nicht ohne mir zu schwören, mich niemals wieder mit echten Antikommunisten einzulassen. Sie unterscheiden sich von echten Kommunisten nur durch das umgekehrte Vorzeichen an Gehässigkeit und Dummheit. Bis Mitternacht irrte ich durch die menschenleeren Straßen der sauberen Stadt. Hin und wieder kamen mir die Warnungen meiner ehemaligen Landsleute in den Sinn, daß es gefährlich sei, im Westen abends auf die Straße zu gehen, man würde ausgeraubt und ermordet. Aber keiner nahm von mir Notiz. Wo seid ihr, Räuber und Mörder? rief ich vergeblich. Raubt mich aus und schneidet mir die Kehle durch! Damit ich mir nicht womöglich selber aus Hoffnungslosigkeit und Langeweile die Kehle durchschneide!

Echte Agenten und Scheinagenten

Die Drohung der Madame Anti, mich öffentlich als Sowjetagenten bloßzustellen, machte mich lachen. Ich wußte genau, daß sie das in keinem Falle tun würde, da sie mich für einen echten Agenten und keinen Scheinagenten hält. Und ich wußte das aus dem einfachen Grunde, weil ich bereits hinter ein merkwürdiges Phänomen gekommen war. Beim KGB hatte man mich darüber aus irgendeinem

Grunde nicht in Kenntnis gesetzt. Sollten sie es nicht bemerkt haben? Wenn dem so wäre, hätte ich ihre intellektuellen Fähigkeiten überschätzt. Besagtes Phänomen besteht darin, daß hier nur Leute öffentlich als Sowjetagenten entlarvt werden, die sich in keiner Weise schuldig gemacht haben, während echte Agenten überhaupt nicht oder nur dann entlarvt werden, wenn sie hinter Gitter und (höchst selten) vor Gericht kommen oder ausgewiesen werden (weil sie diplomatische Immunität genießen). Warum? Weil unschuldige Leute viel mehr Ähnlichkeit mit Agenten haben als wirkliche Agenten. Letztere wissen sich schnell anzupassen und so aufzuführen, wie es ihre etwaigen Entlarver gern hätten. Unschuldige Leute versuchen noch, sich unabhängig zu geben, wodurch sie bei den Entlarvern Gereiztheit auslösen. Wirkliche Agenten entlarven ist gefährlich, unschuldige Leute dagegen ungefährlich. Es sind Fälle bekannt, wo wirkliche Agenten gegen ihre Entlarver vor Gericht gingen und den Prozeß gewonnen haben. Fälle jedoch, wo unschuldige Leute vor Gericht gehen, kommen praktisch nicht vor. Man sagt, es habe alles in allem einen einzigen solchen Fall gegeben, wobei der unschuldig verleumdete Angeklagte den Prozeß verloren hat.

Verhör

Das Haus, wohin ich von Zeit zu Zeit zu Unterredungen gehe, ist in der Hitlerzeit gebaut worden. Und deshalb ist es den Moskauer Bauten der Stalinjahre sehr ähnlich. An der Fassade sind drei Skulpturen zu sehen: ein Arbeiter, ein Bauer und eine Frau mit Kind. Der Arbeiter mit einem Hammer, der Bauer mit einer Sense. Wenn er eine Sichel hielte, wäre die Ähnlichkeit mit Moskau hundertprozentig. Die Frau mit dem Kind symbolisiert die Heimat. Sie schneidet Brot. Sie hat keine Hand frei. Das Kind hält sie nicht ganz auf dem Arm. Es hält sich selbst mit seinen Kinderärmchen direkt an die Kopfschlagader der Mutter geklammert. Ein bedrückender Eindruck.

– Was halten Sie von der westlichen Propagandatätigkeit in der Sowjetunion?

– Sie ist so aufgebaut, daß in der Sowjetunion eben diejenigen Erscheinungen provoziert werden, die hier im Westen als Rechtfertigung für den Aufwand, der um sie gemacht wird, ausgelegt werden. So daß sie also im wesentlichen für sich selbst arbeitet.

– Und worin sollte Ihrer Meinung nach die tatsächliche Effektivität unserer Propaganda in der Sowjetunion zum Ausdruck kommen?

– In den Erscheinungen des sowjetischen Lebens im Lande selbst, das heißt in ganz und gar nicht sensationellen, westlichen Beobachtern häufig unzugänglichen Erscheinungen. Menschen, die sich von der westlichen Propaganda beeinflussen lassen, sollten in der Sowjetunion bleiben, sollten zutiefst am Sowjetleben teilhaben, indem sie dort leben und arbeiten, ohne sich auf bekannte Personen und Hilfe von seiten des Westens zu verlassen.

– Aber dann wäre es ja völlig unmöglich, die Arbeit der Leute zu kontrollieren, die zu dieser Propaganda herangezogen worden sind.

– Mit dieser Angelegenheit müssen sich kluge und gebildete Leute befassen, denen man vertrauen kann.

– Und wo findet man solche Leute?

– Einige geschulte Leute lassen sich schon auftreiben, die anderen muß man ausbilden.

– Aber das sind nur einzelne, wenn es hoch kommt ein paar Dutzend. Und wir brauchen Tausende.

– Für gute Arbeit ist Qualität wichtiger als Quantität. Besser ein vernünftiger Artikel, der mehrmals im Radio übertragen wird, als dutzendfach belangloses Material, das ohne Spuren zu hinterlassen vorbeihuscht und nicht in die Tiefe geht. Lieber ein einziges lohnendes Buch schikken, aber auch tatsächlich und in großen Mengen, als ein Dutzend Büchelchen, die nur als Makulatur taugen...

– Eine solche Umstellung...

– Ich schlage keinerlei Umstellung vor. Ich schlage nur vor, abgesehen von dem, was bereits getan wird, ein ernsthaftes Studium der Sowjetgesellschaft in die Wege zu leiten. Um dem Feind wirksame Schläge zu versetzen, muß man seine wahre Natur kennen. Eure Sache ist es, eurem Feind Schläge zu versetzen, meine Sache ist es, euren Feind zu schulen.

– Und Ihren.

– Die Sowjetgesellschaft ist nicht mein Feind, sie ist nur Studienobjekt für mich.

In der Pension

Abends machen es sich die »Pensionäre« vor dem Fernsehapparat bequem und sehen sich sämtliche Übertragungen der Reihe nach an. Das gilt als die beste Art, eine Fremdsprache zu lernen. Man hat sein Vergnügen. Und braucht sich in keiner Weise anzustrengen. Die Sprache geht von selber in dich ein. Diese Ansicht ist nur zum Teil begründet: Auf diese Weise eignet man sich nur die Sprache des Gestikulierens, Unartikulierte-Laute-von-sich-Gebens und Geheuls an. Deshalb verständigen sich unsere »Pensionäre« bis heute mit den Bewohnern des Ortes mit Hilfe von Händen und Armen. Die Begabtesten unter ihnen sind gerade noch in der Lage, jede Sorte »eki«, »iki«, »mmyki« und andere unartikulierte Laute von sich zu geben. Der Enthusiast (als der Talentierteste von allen) übertrifft alle, indem er bei seinen inhaltsreichen Gesprächen sogar mit den Füßen gestikuliert. Was immer auf dem Bildschirm gesehen und gehört, aber nicht verstanden wird, gibt Anlaß zu Gesprächen, zu denen der viel zu primitive und sterile Westler nicht fähig ist. Gerade wird »Don Juan« gegeben.

– Wann das geschrieben ist, und bis heute zeigen die das, sagt der Nörgler.

– Daß die das nicht satt haben?

– Hat ein paar Mädchen verführt, und macht ein Aufhebens wie Gott weiß wer, sagt der Zyniker. Wir hatten an unserer Schule einen Sportlehrer. Daß er den gesamten pädagogischen Rat verführt hat (unsere Lehrer waren fast alle Frauen), zählt kaum. Er hat mehr als hundert noch nicht volljährige Mädchen verführt. Und? Nicht mal die Wandzeitung brachte auch nur eine Zeile darüber. Aus der Partei wurde er bloß mit der banalen Formulierung »wegen moralischer Verkommenheit« ausgeschlossen. Hier würden über so einen Typ sämtliche Zeitungen und Zeitschriften lauthals posaunen. Würden ihn im Fernsehen zeigen. Einen Film drehen. Aber bei uns...

– Schluß mit diesem Quark (gemeint ist »Don Juan«), brüllt der Enthusiast. Vielleicht gibt's im zweiten Programm was Besseres.

Im zweiten Programm läuft ein amerikanischer Krimi. Alle bringen wie ein Mann ihre Genugtuung und gleichzeitig Entrüstung zum Ausdruck, daß sie den Anfang verpaßt haben. Wer hat bloß diese dämliche Oper angedreht?! Hängen sollte man ihn!

Verhör

– Das Sowjetsystem hat sicherlich verwundbare Stellen. Wenn man die trifft, kann man das ganze System zum Zusammenbrechen bringen.

– Natürlich gibt es die.

– Genau das! Die Sowjetgesellschaft ist beispielsweise maximal zentralisiert. Dort wird alles von einem kleinen Häuflein höherer Führungskräfte entschieden. Wenn man es beseitigen würde, dann...

– Dann würde innerhalb von fünf Minuten genau so ein »kleines Häuflein höherer Führungskräfte« an seine Stelle treten.

– Was also kann man tun?

– Das Sowjetsystem hat sehr viele verwundbare Stellen. Aber nicht eine davon ist tödlich verwundbar. Nur ein Schlag in alle verwundbaren Stellen gleichzeitig kann den gewünschten Effekt bringen. Und an die muß man sich heranpirschen. Das ist eine Aufgabe für die Geschichte und nicht für ein Häuflein Diversanten.

– Sie weichen einer Antwort aus.

– Sind Sie wirklich der Ansicht, daß ein so riesiges Land von einem »winzigen Häuflein höherer Führungskräfte« regiert wird? Gut, meinetwegen ein »kleines Häuflein«. Aber wo und wann kommt es zusammen? Sind Sie überzeugt, daß die sowjetischen Machthaber die Existenz solcher... Denker, wie Sie es sind, nicht in Betracht gezogen haben? Die Sowjetgesellschaft verfügt über ein gewaltiges Macht- und Verwaltungssystem sowie eine erstaunliche Fähigkeit, zerstörte Organe und Glieder dieses Machtsystems in kürzester Zeit wieder aufzubauen. Selbst wenn man die Hälfte der Bevölkerung des Landes liquidieren würde, wäre das erste, was im verbleibenden Teil wiederhergestellt würde, das Macht- und Verwaltungssystem. Dort ist nicht die Macht fürs Volk da, sondern das Volk ist als Material für das Funktionieren der Macht da.

Wir

Als ich meine Tätigkeit beim KGB aufnahm, sagte der Inspirator, hörte mein Vorgesetzter nicht auf, mir dies eine einzuhämmern: alles, was du willst, bloß keinen Terrorismus! Wir können für gewisse Zeit sogar kleine politische Organisationen zulassen. Aber wir dürfen keinen einzigen terroristischen Akt übersehen. Wenn diese Angelegenheit aus unserer Kontrolle gerät, können wir über den Errungenschaften der Revolution das Kreuz machen. Deshalb müssen wir auch die Sache mit dem Individualterror fest in unserer Hand haben. Und wie konnten Sie mir nur den Attentatsversuch auf Breschnew verpatzen? fragte ich. Wir haben alles aufs beste vorbereitet, sagte er. Aber im letzten Moment... Diese Operation ist eine Lappalie. Aber daß wir um ein Haar die »armenische Einheit« verpaßt haben, das ist schon schlimmer. Aber hierbei war der reine Zufall mit im Spiel...

Der Westen

Im Fernsehen wird eine Frau gezeigt. Sie ist fünfundsiebzig Jahre alt. Mit fünfundsechzig hat sie angefangen, sich mit Karate zu beschäftigen. Ziel und Zweck: sich vor möglichen Vergewaltigern zu schützen (in ihrem Stadtviertel kommen viele Vergewaltigungen vor). Nach einem Jahr Karatetraining war die Frau in der Lage, sich gegen einen Vergewaltiger zu wehren, nach fünf Jahren – gegen zwei, und inzwischen kann sie sich gegen drei verteidigen. Sie hofft, es in zehn Jahren zu einer solchen Vollkommenheit zu bringen, daß auch fünf Vergewaltiger nicht mit ihr fertigwerden. Alles ist begeistert. Niemand interessiert sich auch nur im geringsten dafür, ob sie jemals Gelegenheit haben wird, ihre Karatefertigkeiten in die Tat umzusetzen.

Die »Zentrums«-Idee

Es wird von der Gründung eines »Zentrums« geredet, in dem die Emigration vereinigt werden soll. Eine alte KGB-Idee, sagt der Witzbold, und hier tun sie so, als wäre das was Neues. Sollten lieber ein Restaurant nach sowjetischem Vorbild eröffnen. Wie wär's mit Restaurant »Iljitsch«. Wäre doch nicht schlecht, sagen zu können: gehen wir zu »Iljitsch«, wir waren bei »Iljitsch«. Wobei offen bleibt, welcher Iljitsch gemeint ist. Dem Iljitsch von heute kann das nur recht sein. Ist eine Empfehlung für den Anfang. Und bedient wird auf Sowjetisch. Die Wände sind voller Losungen: »Friß, was du kriegst!«, »Wenn's dir nicht schmeckt, laß doch stehen!«, »Ihr seid viele, ich bin allein!«, »Allen kann man's nicht recht machen!«, »Sieh einer an, was die alles wollen!«, »Selber Blödmann!«, »Bei einem Flegel bin ich schwerhörig!« Aber Scherz beiseite, die sowjetische Emigration kann man nur auf prosowjetischer Basis unter einen Hut bringen. Meinen Sie etwa, sagte ich, daß nur wir, was das anbelangt, solche Schlaumeier sind? Glauben Sie denn, daß die, die die Idee eines »Zentrums« unter die Massen bringen, das weniger gut als wir kapieren? Ich bin bereit zu wetten, daß diese Idee aufs gründlichste in der Lubjanka im Intellektuellenkomitee diskutiert worden ist, bevor man sie in Umlauf gesetzt hat. Und was ist das für ein Intellektuellenkomitee? fragte er. Die Frucht meiner Einbildungskraft, sagte ich.

Frauen

Frauen sind eine unumgängliche Notwendigkeit! Und dabei geht es nicht um den physiologischen Aspekt der Sache. Ich brauche eine Frau weniger für den Körper als für die Seele – um in möglichst umfassendem gegenseitigen Verständnis miteinander zu reden, das Herz auszuschütten, Solidarität zu spüren. In der Sowjetunion waren wir übrigens in dieser Hinsicht verwöhnt. So viele verständnisvolle und mitfühlende Frauen wie in der Sowjetunion gibt es nirgends. Ich stehe da nicht allein. Besorgen Sie mir ein Weib, bestürmt mich der Nörgler unentwegt. Ist langweilig so allein. Und die Weiber, die verstehen einen. Hier gibt es genügend Weiber für den Körper, sage ich. Aber Weiber fürs Herz, die gibt's nicht. Da, mein Freund, ist jede Hoffnung vergebens.

Der Bau

Aus meinem Fenster sieht man eine riesige Baustelle. Was da gebaut wird, kann ich nicht rauskriegen. Deshalb nenne ich den im Bau befindlichen Bau einfach den Bau. Er besteht aus einer Menge grauer Betonzylinder sowie merkwürdig angeordneter, ebenso grauer eckiger Betonblocks. Keinerlei Andeutungen von Fenstern und Türen. Demnach ist der Bau nicht zum Wohnen bestimmt. Eine so unsinnige Architektur sehe ich zum ersten Mal im Leben. Haben Fortschritte gemacht, sage ich zu mir selber und spüre eine gewisse Überlegenheit über den »vollgefressenen« Westen. Einen solchen Blödsinn würde man sich nicht einmal bei uns ausdenken.

In der eigenen Falle

In Moskau mußte ich mich mit Problemen befassen, die eine Menge Leute betrafen. Vor meinen Augen spielten sich Tausende menschlicher Schicksale ab, in der Mehrzahl der Fälle – traurige. Aber ich war tolerant, und fremde Dramen verschwanden hinter Zahlenkolonnen, Diagrammen und chiffrierten Zeichen: Prozent Leute, die wegen Trinksucht aus dem Kollektiv ausgewiesen und wieder in einem normalen Kollektiv untergekommen sind – soundsoviel. Prozent derer, die auf dem Weg waren, ein Kriminalfall zu werden – soundsoviel. Mehrzahl der Ehen – geschieden ... Zahl ... Grad ... Und basta! Jetzt spüre ich am eigenen Leibe, was es heißt, eine Nummer ohne Bedeutung in fremden, kaltblütigen Berechnungen zu sein.

Das ist nun mal so. Ein Rätsel, doch nur für Experimentierer auf irgendwelchen Spezialgebieten. Für die Versuchsopfer ist das überhaupt nicht rätselhaft. Also – nur eine Nummer in einem Massenprozeß und keine spezielle, individuelle Aufgabe. Bedauerlich. Was soll's, wenn es nun mal so ist, werde ich mich auch wie eine »Nummer« verhalten.

Ich pfeife auf eure hohen Ziele! Ich werde für mich leben und nur fur mich!

Indem ich zu diesem Entschluß gekommen war, fiel mir das A und O meines Berufs wieder ein: Wenn du eine Nummer innerhalb eines Massenphänomens bist, dann ist jegliches Verhalten von dir, das dir als Bekundung deiner Individualität vorkommt, in den Berechnungen der Organisatoren dieses Massenphänomens einkalkuliert. Du kannst prinzipiell nicht auf sie pfeifen, weil auch das, daß du auf sie pfeifst, in Betracht gezogen worden ist und zu deinem »besonderen« Aufgabenbereich gehört. Du kannst machen, was du willst, es wird trotzdem das sein, was die brauchen, denn von der Sorte, wie du es bist, gibt es Tausende, und alle zusammen tut ihr das, was die brauchen. Und die brauchen nur das, was als Resultat eurer Massentätigkeit herauskommt. Du bist in deine eigene Falle gegangen. Erinnere dich, wie du dem Inspirator deinen Plan vorgetragen hast, einige hunderttausend willkürlich ausgewählte Leute in den Westen zu schleusen, damit sie dort alle nur logisch denkbaren Rollen für uns spielen sollten! Damals war das »für uns«. Du warst naiv: Sie zeigten sich fähig für einige hunderttausend Menschen.

Gespräch mit dem Chef

– Sie haben natürlich den Einigungsaufruf Ihrer Emigrationsführer gelesen.

– Habe ich natürlich nicht.

– Und was meinen Sie dazu?

– Kommt nichts Gescheites dabei heraus.

– Wie wollen Sie das im voraus wissen?

– Dafür ist schließlich die Wissenschaft da, um das im voraus beurteilen zu können. Ich kenne das Menschenmaterial und die grundlegenden Prinzipien der Organisation.

– Klar. Könnten Sie nicht mit zwei Worten definieren, was ein Sowjetmensch ist?

– Kann ich. Es ist ein gebildeter Mensch. Jeder gebildete Mensch ist in seinerArt zumindest potenziell ein Homosos.

– Sie sprechen in Rätseln.

– Im Gegenteil, in Lösungen denkbarer Rätsel. Die vollkommensten Muster des Homosos bringt der gebildetste Teil der Sowjetgesellschaft hervor. Die breiten Volksmassen haben das Niveau des wahren Homosos noch nicht erreicht. Es ist nicht ausgeschlossen, daß sie dieses Niveau niemals erreichen werden. Das ist auch nicht nötig. Wenn nur der Kern der Gesellschaft homosossisch wird. Und die gebildeten Schichten der westlichen Gesellschaft werden kaum den sowjetischen Homosossen nachstehen.

Das Kollektiv

Der größte Verlust für einen Homosos ist seine Loslösung vom Kollektiv. Ich bin kaum in der Lage, den Verlust meiner Verwandten und Freunde, meiner Moskauer Wohnung, meiner vorteilhaften Arbeitsstelle zu verkraften. Doch was mir Tag und Nacht die Ruhe raubt, das ist der Verlust meines Kollektivs. Nicht unbedingt meines letzten Laboratoriums oder meines vorletzten Instituts, sondern unseres (meines) Kollektivs als solchem. Die Einbeziehung in das Leben des Kollektivs in fast jeder wichtigen und nichtigen Hinsicht – das ist die Grundlage unserer Psychologie. Die Seele des Homosos liegt in seinem Anschluß an das kollektive Leben.

Selbst die ideologische Bearbeitung, die bei uns Protest hervorruft, ist von hier aus gesehen etwas anderes, nämlich ein Mittel zur Einbeziehung des Individuums in das Leben des Kollektivs. Die Ideologie vereinheitlicht das individuelle Bewußtsein und vereint Millionen kleiner »Ich« zu einem gewaltigen »Wir«.

Selbst ein Aufstand gegen die Sowjetgesellschaft ist ein Phänomen im Rahmen des Kollektivismus. Er ist gewöhnlich eine Revolte innerhalb des Kollektivs und nicht, um sich von ihm zu trennen. Das wirksamste Mittel im Kampf gegen Aufrührer in dieser Gesellschaft ist ihr Ausschluß aus dem Kollektiv. Ausgestoßen aus dem gewohnten Kollektiv, erweisen sie sich als unfähig, stabile und kontinuierliche Kollektive aufzubauen, und zwar weniger aufgrund von Verboten und Repressionen seitens der Obrigkeit, als ganz einfach wegen mangelnder Voraussetzungen für ein normales Leben im Kollektiv. In einem illegalen Kollektiv bekommt man kein Gehalt, kann man weder Karriere machen noch seine Qualifikation steigern noch seine Wohnverhältnisse verbessern, mit einem Wort, man erfährt nicht all das Positive, das einem das normale Sowjetkollektiv bietet, und hat dafür in Hülle und Fülle all das Negative, das jedes x-beliebige Kollektiv zu bieten hat.

Ich selbst habe an der Ausarbeitung von Methoden für den Kampf gegen Oppositionelle, gegen Aufrührer, Dissidenten, Kritikaster und andere Erscheinungen dieser Art eben von diesem Standpunkt aus gesehen teilgenommen. Auch ich hatte ein Quäntchen ideellen Anteil an den Instruktionen, gemäß derer die ZK- und KGB-Beamten, aber auch die Leiter gesunder Sowjetkollektive vorgehen und handeln. Und überhaupt: die besten Köpfe dieser Gesellschaft gehen nicht in die Opposition, sondern in den Kampf gegen sie.

Hier gibt es Organisationen, die den sowjetischen Kollektiven sehr ähnlich sind. Allerdings, was die weniger guten, nicht die positiven Erscheinungen anbelangt. Sie bieten dem Individuum nicht diesen Schutz und die seelische Wärme, wie sie sich in sowjetischen Kollektiven findet. Hier sind die eigennützigen Interessen stärker und ausschlaggebender. Die Menschen kälter und erbarmungsloser. Es mag komisch klingen, aber hier ist eine Parteiorganisation keine höhere Form einer innerkollektiven Demokratie. Ich möchte in einer Parteiversammlung sitzen. Möchte an einem freiwilligen Arbeitseinsatz teilnehmen. Ich bin sogar bereit, in einem Gemüsegroßlager zu arbeiten oder zum Ernteeinsatz auf eine Kolchose zu fahren.

Abstraktes und reales Kollektiv

Abstrakt gesprochen, ist das Primär-(Basis-)Kollektiv der kommunistischen Gesellschaft etwas in höchstem Maße Einleuchtendes, man kann sagen – das Ziel der Wunschträume der besseren Vertreter des Menschengeschlechts. Doch in der konkreten Wirklichkeit sieht dieses abstrakte Ideal ein wenig anders aus. So ist es zum Beispiel völlig natürlich, daß eine Gruppe von zehn Mitarbeitern einen Gruppenleiter hat. Aber ebenso natürlich ist es, daß dieser seine Position für eigennützige Zwecke nutzt. Der Mensch, der mich nach Beendigung der Universität in seiner Arbeitsgruppe eingestellt hat, war wissenschaftlich eine völlige Null und ansonsten ein ziemlich niederträchtiger Schurke. Drei Jahre rackerte ich mich für ihn ab, nur für das Versprechen, mir dabei behilflich zu sein, einen kleinen Aufsatz unter meinem eigenen Namen publizieren zu können. Um Höherer wissenschaftlicher Mitarbeiter werden zu können, mußte ich eine Monographie publizieren. Wenn auch nur eine kleine, so doch eine separate Broschüre oder ein Buch. Was es mich gekostet hat, bis dahin zwei Dutzend Aufsätze zu publizieren, sei hier verschwiegen. Allein dafür wäre man geneigt, die Sowjetgesellschaft mit allen ihren Vorzügen zu hassen. Als es dann schließlich um die Monographie ging, ging die reinste Hölle los. Der wissenschaftliche Rat ließ meine Arbeit zweimal durchfallen. Übrigens waren das Leute, die ich zu meinen guten Freunden und Bekannten zählte. Zu guter Letzt beschloß ich, eine List anzuwenden: ich brachte ein kleines Buch in einer Povinzstadt heraus und benutzte das Honorar als Bestechungsgeld für den Druck.

Letzten Endes hatte ich es geschafft – ich wurde Höherer wissenschaftlicher Mitarbeiter. Aber was mich das gekostet hat! Wenn Gott mir den Vorschlag machen würde, mein Leben noch einmal zu leben, würde ich mich wegen einer einzigen Zeiteinheit dieser meiner Zeit des »Durchkommens« nicht dazu bereit erklären. Und was mich die winzige Genossenschaftswohnung gekostet hat?! Selbst Leute, die mich gut kannten und sich herrliche Wohnungen eingerichtet hatten, hielten mich für einen Hochstapler. Mag sein, ich führte mich auch auf wie ein Hochstapler. Aber schließlich muß man ja irgendwo leben.

Ich fühle mich gleichermaßen beschämt, traurig und lächerlich, wenn die Beamten, die mich verhören, mich zur privilegierten Klasse der Sowjetgesellschaft zählen. Wie auch nicht! Parteimitglied. Höherer wissenschaftlicher Mitarbeiter. Persönlich bekannt mit Mitarbeitern des ZKdKPdSU- und KGB-Apparates, unter ihnen Persönlichkeiten von hohem Rang. Was braucht man noch? Wenn ich diese satten und selbstzufriedenen Klötze sehe, hätte ich Lust, in den höchsten Tönen zu fluchen. Aber ich sehe, daß es völlig nutzlos ist, ihnen irgendwas erklären zu wollen. Sie wünschen, mich für eine Person aus privilegierten Kreisen zu halten, denke ich – bitte sehr! Ich habe nichts dagegen. Ich habe nicht vor, hier Gerechtigkeit zu suchen. Ich weiß, was irdische Gerechtigkeit ist. Die allergerechteste Institution auf Erden ist das gesunde sowjetische Arbeiterkollektiv. Ich habe seine erbarmungslose wölfische Gerechtigkeit am eigenen Leibe erfahren. Wie sollte ich also nicht Gerechtigkeit suchen hier, in eurem heuchlerischen Westen?!

Als ich meine Zustimmung zu dieser Emigration gab, hoffte ich in der Tiefe meiner Seele, mich aus den tödlichen freundschaftlichen Umarmungen des Sowjetkollektivs befreien zu können. Aber hier im Westen öffneten mir genau die gleichen Kollektive die Arme, die sich von den sowjetischen nur durch das Nichtvorhandensein ihrer Vorzüge unterscheiden. Der widerlichen heimatlichen Familie entronnen, sehe ich mich hier gezwungen, Mitglied einer genauso widerlichen, mir außerdem noch völlig fremden Familie zu werden. Ich tue alles, um das zu vermeiden und als einsamer Wolf, der unter niemandes Kontrolle steht, zu leben. Womit mag das enden? Ich fürchte, abgesondert vom Rudel werde ich leichte Beute für Jäger werden. Ich sehe schon die roten Fähnchen und höre die Schreie der Treiber.

Maske-Herunterreißen

Offiziell wird angenommen, daß der in sozialer Hinsicht gesunde Homosos keine Handlungen gewisser Art, die eine außerordentliche Situation schaffen, begehen kann. Wenn er aber eine solche Handlung begeht, heißt das, daß er krank ist und nur so getan hat, als sei er gesund. Und nun hat ihn das Kollektiv zu entlarven, ihm die Maske herunterzureißen, ihn in die Enge zu treiben und seine Missetat ans Licht zu bringen.

Ich habe die Prozedur des »Maske-Herunterreißens« durchgemacht. All meine unschuldigen früheren Verfehlungen kamen hierbei ans Licht. Früher hatte man mich für einen gehalten, der weder zu tief ins Glas schaut noch es mit Weibern treibt. Jetzt stellte sich heraus, daß ich ein Säufer und Wüstling bin. Früher war man der Meinung, ich käme mit den Dingen des Alltags nicht zurecht, sei ein Tölpel, der es nur mit größter Mühe geschafft hat, seine Wohnungsprobleme zu lösen und dazu noch auf jämmerlichem Niveau. Jetzt stellte sich heraus, daß ich ein Hochstapler und Spitzbube bin.

Ein Homosos, der potenziell zu verurteilende Handlungen begeht, jedoch nicht in die Situation des »Maske-Herunterreißens« gekommen ist, fühlt sich nicht als ein moralisch geschädigtes Wesen. Ist er aber in besagte Situation gekommen, beginnt er sich als moralisch minderwertig zu fühlen, selbst wenn er von seiner eigenen Unschuld überzeugt ist. Ich wußte, daß das »Maske-Herunterreißen« in meinem Fall nur ein Spektakel war. Aber ich erlebte es dennoch so, als sei es echt. Es war auch echt, denn alle Teilnehmer der Prozedur spielten ihre Rollen korrekt und ungezwungen. Wenn sich ein Homosos einmal in einer solchen Situation moralisch minderwertig gefühlt hat, kann er sich nicht mehr von diesem Gefühl freimachen. Ich war tödlich verwundet. Und kann mich kaum mehr von dieser Verwundung erholen.

Der Zyniker

Der Zyniker war in der Absicht in den Westen gegangen, sich komfortabel zu etablieren, sich die Welt anzusehen und Millionär zu werden. In der Sowjetunion war er ein genialer »Organisator« und hatte alles, was sich das Herz nur wünschen mag. Aber er lechzte nach mehr. Noch von Moskau aus brachte er seine Wertsachen in den Westen. Dabei geriet er in die Fänge eines noch besseren »Organisators«, und der nahm ihn aus bis aufs Hemd. Von da an haßte er sowjetische Emigranten, insbesondere Dissidenten, da er sie für die Urheber der Emigrantenepidemie hielt.

– Hier spielen sich alle auf, als wären sie sonstwer, sagt er, und machen aus sich was Höheres, als sie jemals in der

Sowjetunion gewesen sind. Ein KGB-Leutnant gibt sich als Major aus, ein völlig unbegabter Mitarbeiter der Zeitschrift »Atheist« als großer Gelehrter, ein Schreiberling zehnter Garnitur für einen führenden Schriftsteller, der Hilfsassistent eines ZK-Mitarbeiters für ein ZK-Mitglied... Aber der Westen hilft selber mit, den Größenwahn des Emigrantenkroppzeugs anzukurbeln. Warum?

– Dem Westen schmeichelt es, es mit hochstehenden sowjetischen Persönlichkeiten zu tun zu haben. Und er wiegt sich gern in dem Glauben, daß das Sowjetsystem von innen heraus zusammenbricht.

– Warum sind Sie weggegangen? Sie haben doch in Moskau herrlich und in Freuden gelebt! Ich an Ihrer Stelle würde mich um eine Rückfahrkarte bemühen.

– Immer langsam, so schnell laß ich mich nicht beerdigen. Wer weiß, vielleicht komme ich doch noch an eine Villa, ein paar Autos, einen Haufen schwarzhäutiger und gelbhäutiger Gespielinnen, eine Jacht im warmen Ozean...

– Verstehe. Einer wie Sie ist natürlich nicht umsonst hergekommen. Sie wissen schon, wie man's macht. Sich verkaufen, und gleich für Millionen.

Der Enthusiast

Den Enthusiasten hatte man in den Westen abgeschoben in der folgenden Überlegung: Sollen die im Westen sich mit eigenen Augen ansehen, was sowjetische Verfechter der Menschenrechte sind. Inzwischen jedoch ist es nicht der Westen, der in der Hauptsache auf ihn blickt, sondern ich. Der Westen nimmt ihn nur dann zur Kenntnis, wenn er, der Westen, sich selbst diese Ausgeburt der Sowjetgesellschaft ansehen will, das heißt, wenn der Enthusiast sich gewaschen, rasiert, die Wäsche gewechselt und die Thesen seiner Verlautbarung den Wünschen des Westens gemäß vorbereitet hat, wenn er, wie es so schön heißt, sich von seiner Schokoladenseite zeigen will. Ich sehe ihn aber hauptsächlich dann, wenn ich nicht will, in seinen spontanen und unkontrollierten Momenten. Und ihm aus dem Wege zu gehen, ist schlechterdings unmöglich – er paßt einen auf der Treppe ab, holt einen auf der Toilette ein. Und brüllt durch die ganze Pension, daß er mir nicht beipflichten könne, daß ich mich irre, obgleich ich nicht im geringsten behaupte, daß meine Ansicht die Ansicht des KGB sei.

Aber offenbar soll das eine Strafe Gottes für mich sein. Irgendwann einmal hatte ich Gelegenheit, an einer Konferenz zum Thema Dissidentenbewegung teilzunehmen. Ich sprach ebenfalls. Ich hatte Lust, mich gescheit zu geben, und ich sprach einen Gedanken aus, für den man mir ohne weiteres einen hätte aufbrummen können. In jeder stabilen Gesellschaft, sagte ich, entspricht die Opposition in ihrer psychologischen, moralischen und intellektuellen Ausprägung den herrschenden Kreisen der Gesellschaft. So daß ich, ohne persönlich Dissidenten zu kennen, im vornhinein sagen kann, was das für Leute sind (im Saal hörte man Gelächter und Zischen). Ich spürte, daß ich ins Fettnäpfchen getreten hatte und machte auf der Stelle eine Kehrtwendung. Daher dürfte ein höchst effektives Mittel im Kampf mit unserer Dissidentenbewegung sein, sagte ich, eine Auswahl an charakteristischen Dissidentenexemplaren zusammenzustellen und sie in den Westen abzuschieben. Der Westen wird sich mit eigenen Augen davon überzeugen können, was das für ein ungeheures Drecksgesindel ist (wieder Gelächter im Saal), und sein Interesse an den sowjetischen Dissidenten wird nachlassen.

Manchmal macht der Enthusiast den Eindruck eines unglücklichen und wehrlosen Wesens, das von grausamen Mächten in eine unbekannte Welt geworfen worden ist. Da ich aber bis zum Überdruß habe mit ansehen müssen, wie er von einer Behörde zur anderen läuft und das, was ihm »zusteht« lockermacht, wie er in Europa herumreist und die Jugend zu seinen maniakalischen Absichten zu verleiten sucht, empfinde ich ihn als eine Sowjetkreatur, die erreicht, was sie will – um den Preis der Demagogie, Lüge, Schmeichelei, des Zorns, der Tränen und der Langweiligkeit. Die Sowjetmenschen haben so großartige Übung darin, sich etwas zu beschaffen, etwas lockerzumachen, durch Erpressung und Gewitztheit an etwas heranzukommen, daß der Westen für sie kein Kampffeld darstellt, sondern höchstens ein primitives Übungsgelände.

In Moskau war der Enthusiast innerhalb der Dissidentenbewegung auf ein enges Gebiet spezialisiert: er spielte den wahren Sozialisten. Als die Eurokommunisten auf den Plan traten, schwenkte er um auf Eurokommunismus. Er wurde dann ja auch als Muster des sowjetischen Eurokommunismus in den Westen abgeschoben: Sollen die im Westen doch den Eurokommunismus in seiner ungeheuerlichen Gestalt als Karikatur, das heißt in seiner wahren Gestalt kennenlernen. Im Westen angekommen, erwartete der Enthusiast, von den Führern der westlichen kommunistischen Parteien umhätschelt zu werden. Die ignorierten ihn: sie hatten genügend eigene Eurokommunisten, das fehlte ihnen noch, irgend so ein sowjetischer Paranoiker! Er war beleidigt und begann die Eurokommunisten wegen der irrigen Auslegung seines eigenen Eurokommunismus zu beschimpfen. Aber im Westen kann man sich den größten Blödsinn zusammenphantasieren – Fürsprecher wird man immer finden. Sie haben sich auch für den Enthusiasten gefunden. Sie finanzieren seine Reisen durch Europa, organisieren Begegnungen mit Leuten und agitieren für eine Zeitschrift. Und eine Zeitschrift, die braucht er unbedingt. Er hat der Welt etwas zu sagen. Eine Zeitschrift! schreit er unermüdlich. Eine Zeitschrift, koste es, was es wolle! Ein Königreich für eine Zeitschrift! Das ist es, das Hauptglied, an das man sich klammern muß, um die ganze Kette herausziehen zu können! Lenin hat auch so angefangen!

Am Morgen machte sich der Enthusiast auf den Weg zu Gesprächen mit Madame Anti. Ein äußerst gescheites Weibsbild! brüllte er freudig durch die ganze Pension. Und eine Zeitschrift hat sie, gar nicht schlecht. Ein bißchen zu antikommunistisch, aber das bringen wir schon in Ordnung. Wir werden sie schon rumkriegen!

Spät am Abend kehrte er niedergeschlagen und verzagt in die Pension zurück. Diese dumme Kuh, murmelte er kraftlos, ist kategorisch gegen jede Art von Kommunismus. Ich frage sie, wieso wir den richtigen und guten Kommunismus ablehnen sollen? Und diese Hure wiederholt hartnäckig ein und dasselbe: Je richtiger und besser der Kommunismus, desto schlechter ist er. Wo soll da die Logik sein?

Ich habe mich an den Enthusiasten gewöhnt und kann mir mein Dasein ohne ihn schon gar nicht mehr vorstellen. Wenn er zu seinen Konferenzen und Treffen fährt, sehne ich mich nach ihm und warte auf seine Rückkehr. Und er fällt mir geradezu um den Hals vor Freude, wenn er wieder da ist.

Gespräch mit dem Schriftsteller

– Eine Schande, zugeben zu müssen, daß wir von den eigentlichen Grundmechanismen des Sowjetsystems faktisch keine Ahnung haben, obgleich wir seit Jahrzehnten in diesem System leben. Wie ist zum Beispiel das Parteikomitee eines Rayons aufgebaut, und wie arbeitet es? Vom ZK gar nicht erst zu reden.

– Soll ich es Ihnen schildern?

– Ich fürchte, ich werde nichts davon haben. Um eine literarische Schilderung geben zu können, ist es nicht mit der Kenntnis von Fremdwörtern getan. Man muß es selbst empfinden und durchleben.

– Nehmen Sie sich die Emigration vor. Da liegt alles klar auf der Hand. Und Sie leben schließlich selber mittendrin.

– Und wozu das? Zeigen, daß Emigration schlecht ist, hieße, der Sowjetpropaganda in die Hände arbeiten. Und sagen, daß sie gut ist, hieße lügen. Und mit dem Publizieren ist es auch nicht so einfach. Wissen Sie, wer der Hauptfeind des sowjetischen Emigranten ist? Ein anderer sowjetischer Emigrant, der vor ihm hergekommen ist. Der Westen muß nun denselben Anteil an Aufmerksamkeit und Zuwendungen unter einer immer größeren Zahl von Anwärtern verteilen. Und unsere Lage ist ganz besonders miserabel. Es hat sich eine Unmenge an Mittelmaß aus der Sowjetunion in den Westen ergossen – mit dem Anspruch auf Talent. Und dieses Mittelmaß setzt alles daran, auch nur den geringsten Schimmer an Talent unter den eigenen Leuten zu ersticken. Die Emigration ist überhaupt eine Diktatur der Talentlosigkeit. Ich bin hergekommen in dem Glauben, daß mich russische Schriftsteller willkommen heißen: Wir werden immer mehr, also kann man noch härter gegen den allgemeinen Feind vorgehen. Da hast du dich aber ganz schön verrechnet. Es gibt überhaupt keinen allgemeinen Feind. Es gibt nur persönliche Feinde. Feind ist immer der, der dir nah ist und dein Wohlergehen unmittelbar bedroht oder stört. Als ich aus Moskau kam, rechnete ich hier auf Erfolg und Wohlstand. Aber das, was von Moskau aus wie Erfolg aussah, erwies sich in Wirklichkeit als aufgeblasene Armseligkeit. Sämtliche Möglichkeiten zu publizieren und eine gewisse Presse zu haben, haben vor mir gekommene Spitzbuben meines Schlags weggeschnappt.

Verstehen und Begreifen

Der Schriftsteller hatte sein Leben in der Sowjetgesellschaft verbracht, ohne etwas von ihren Mechanismen zu begreifen. Er ist keine Ausnahme. Eine Sache ist es, in einer bestimmten Gesellschaft zu leben, zu verstehen und über einige Dinge diese Gesellschaft betreffend Bescheid zu wissen. Eine andere Sache ist es jedoch, die Mechanismen einer Gesellschaft zu begreifen, hinter diese ihre Mechanismen zu schauen. Es ist interessant, daß die falschesten Vorstellungen von der Sowjetgesellschaft ihre derzeitigen Kritiker haben. Sie halten all das für Lüge, was die offizielle Sowjetwissenschaft behauptet und verdammen sich ihrerseits damit zu einer noch größeren Lüge. Die Homosossen haben es nicht nötig, die Mechanismen ihrer Gesellschaft zu hinterfragen, da das Begreifen dieser Mechanismen ihre Fähigkeit, in dieser Gesellschaft zu leben, nicht verbessert. Sie brauchen den Irrtum, da er ihr Verhalten rechtfertigt, das durch die Umstände bestimmt ist.

Verhör

– Wie kann man den Terrorismus in der Sowjetunion wachrufen?

– Ganz einfach. Waffen hinschaffen, vor allem Sprengstoff. Den Leuten beibringen, wie man mit diesen Waffen umgeht und wie man Bomben herstellt. Dann Transportmittel zur Verfügung stellen, Wohnungen und Häuser, Papiere, Nahrungsmittel und vieles andere. Das Anmeldesystem im Lande sowie die Arbeitspflicht für sämtliche behördlichen Instanzen aufheben. Wie sich von selbst versteht, die Todesstrafe abschaffen, die westliche Gerichtsverfahrensordnung einführen – und die Haftbedingungen verbessern. Wenn Sie das alles machen, wird es auf seiten derer, die terroristische Aktivitäten im Sinn haben, keinerlei Widerstand geben.

– Nun aber mal ohne Scherz.

– Ich scherze nicht. Wissen Sie, worin in dieser Hinsicht der grundlegende Unterschied zwischen der Sowjetunion und dem Westen besteht? Hier kämpft man gegen den Terrorismus, und in der Sowjetunion kämpft man gegen sein mögliches Aufkommen. Hier heilt man die Krankheit, und dort beschäftigt man sich mit Prophylaxe. Und wissen Sie, was die sowjetischen Emigranten im Westen am meisten empört? Terrorismus.

Homo sovieticus

In der Universität findet eine Konferenz zum Thema »Homo sovieticus« statt. Wir »Pensionäre« wurden eingeladen. Weshalb? wunderte sich der Nörgler. Als Anschauungsmaterial, sagte der Witzbold. Er sollte recht bekommen. Die Redner erklärten uns um die Wette, was ein Sowjetmensch ist. Sie brachten Zitate und warfen mit Zahlen, Fakten und Namen um sich. Sie demonstrierten auf jede nur mögliche Art und Weise, was für kluge und moralisch hochstehende Geschöpfe sie im Vergleich mit der stumpfen und niedrigen Kreatur sind, die sich Sowjetmensch nennt. Dann baten sie uns, uns zu äußern. Ich wurde als der einzige von den »Pensionären«, der Deutsch sprach, zum Rednerpult gedrängt. Ich, sagte ich, bin der typische Vertreter dieser Sorte erbärmlicher und niedriger Wesen, die Sie Homo sovieticus zu nennen belieben. Ich bin geschmeichelt von der Charakterisierung, die Sie uns hier geboten haben. In Wirklichkeit, meine Herrschaften, sind wir viel schlimmer. Wir haben es fertiggebracht, seinerzeit ein gewaltiges Reich, errichtet von Vertretern einer höheren Rasse des Homo sapiens, zu zertrümmern und unser eigenes gewaltiges Reich zu errichten, vor dem Sie schon lange zittern und sich aus Angst – Sie entschuldigen die unfeine Ausdrucksweise – in die Hosen gemacht haben. Wir, meine Herrschaften, sind weit gefährlicher. Und wissen Sie warum? Wir sind gar nicht solche Idioten, wie es Ihnen so passen könnte. Und was die Hauptsache ist –

wir sind in der Lage, nicht nur auf fremde, sondern auch auf eigene Rechnung zu verlieren.

Ich bekam keinen Applaus. »Nach Hause« ging ich allein, ohne Begleitung. Blödmann, sagte ich zu mir selber, du solltest endlich begreifen, daß diese Leute an einem verlogenen Bild vom Sowjetmenschen interessiert sind, weil es sie ernährt. Die Wahrheit ernährt niemanden. Sie fügt nur demjenigen Leid zu, der nach ihr strebt, und ruft bei denen Erbitterung hervor, an die der Wahrheitssucher appelliert. Werde rechtgläubig oder laß dich beschneiden, solange es nicht zu spät ist. Und pflichte allem bei, was westliche Klugscheißer über uns sagen.

Verhör

– Welche Motive bewegen Sowjetmenschen, die in den Westen emigrieren dazu, KGB-Agenten zu werden? Wieviel Prozent Emigranten sind KGB-Agenten? Was für Aufträge bekommen sie?

– Für hauptamtliche KGB-Mitarbeiter ist die Arbeit im Westen eine vergleichsweise angenehme Sache. Um die Möglichkeit, im Westen arbeiten zu dürfen, wird gekämpft. Normale Bürger erklären sich aus verschiedenen Gründen damit einverstanden, KGB-Agenten zu werden. Eine Verallgemeinerung ist hier einfach nicht möglich. Die einen – einfach deshalb, weil sie durch und durch Sowjetmenschen sind. Andere – wegen der Möglichkeit, in den Westen reisen zu können. Wieder andere – für alle

Fälle. Ich kenne einen Emigranten, der sich selbst als KGB-Agent angeboten hat, weil er fürchtete, daß die Sowjetarmee über kurz oder lang in Westeuropa einmarschieren wird. Wieviel Prozent unter den Emigranten Agenten sind, läßt sich nicht feststellen. Die Mehrzahl von ihnen hält sich genau genommen gar nicht für Agenten, da sie keinerlei Vertrag unterschrieben haben. Sie haben ihr Einverständnis mündlich gegeben, zudem häufig noch indirekt, andeutungsweise. Außerdem hat das KGB im Prinzip immer die Möglichkeit, jeden x-beliebigen Emigranten für seine Zwecke auszunutzen. Sogar Feinde des Sowjetregimes. So erhält das KGB beispielsweise wichtige Informationen, indem es Briefwechsel und Telefongespräche mit Verwandten und Freunden in der Sowjetunion zuläßt. Schon allein die Tatsache, daß Briefwechsel und Telefongespräche erlaubt sind, spielt eine Rolle, da sie unter den KGB-Mitarbeitern Verdacht sät.

– Was wissen Sie von Aufträgen für KGB-Agenten, die als Emigranten hierher kommen?

– Die wichtigste Aufgabe, wichtiger als alle anderen, besteht darin, in der westlichen Gesellschaft Fuß zu fassen und eine Existenz aufzubauen. Einige erhalten individuelle Aufträge. N. zum Beispiel hat den Auftrag erhalten, die derzeitige Sowjetführung als die liberalste und friedliebendste zu propagieren und die Legende zu verbreiten, daß in der Sowjetführung gewisse »Habichte« säßen, die angeblich den Stalinismus wieder einführen wollen. Einen weitaus gewichtigeren persönlichen Auftrag hat M.: die Versorgung der mittleren KGB- und ZK-Beamten mit allen möglichen »ausländischen Klamotten« wie Lederjacken, Jeans, Pelzwaren oder empfängnisverhütenden Mitteln zu organisieren. Er betreibt die Sache mit ziemlich großem Erfolg.

– Welchen Auftrag haben Sie konkret erhalten?

– Mir hat man gewissermaßen völlige Handlungsfreiheit gelassen. Aber offen gesagt, so ganz ist mir meine Rolle hier nicht klar. Wenn es wenig Agenten gibt, ist ihre Tätigkeit streng determiniert. Gibt es aber viele, besteht keinerlei Notwendigkeit dafür. Dann braucht man einen Agenten nicht zu einer streng festgelegten Verhaltenslinie anzuhalten. Und in der Masse der verschiedenartig vorgehenden Agenten kann man dann die für die jeweilige Aufgabe passenden Individuen auswählen und jegliches Vorgehen eines Agenten vom Standpunkt seiner möglichen Verwendung betrachten.

– Zu welcher Entscheidung sind Sie für sich selbst gekommen?

– Ihnen zu sagen, wer ich bin, Sie zu bitten, mir dabei behilflich zu sein, hier Fuß zu fassen und meine beruflichen Fähigkeiten zu nutzen.

– Und wo ist die Garantie, daß Sie nicht für das KGB arbeiten?

– Wie bitte? Das kriegen Sie schon noch raus!

– Sie denken zu schlecht von den Menschen. Sind wir nicht alle unbedeutende Figuren?! Sind wir nicht alle nur winzige Teilchen einer unbekannten Rechnung? Haben wir überhaupt ein individuelles Schicksal? Ist denn überhaupt irgend etwas von unseren Bemühungen in alledem?

– Ein Massenprozeß gilt a priori nicht als etwas Individuelles. An einem widerlichen Spektakel können nicht bedeutende Schauspieler teilnehmen. Wer immer diese Schauspieler sein mögen, schlechte Rollen werden sie sowieso ausschlagen.

– Da bin ich anderer Meinung. Ich zum Beispiel habe einen jahrelangen grausamen Kampf hinter mir.

– Das gehört zum Spiel. Starke Persönlichkeiten zu einem grausamen Kampf um Nichtigkeiten und mit Nichtigkeiten zwingen – das ist eines der Prinzipien des Systems.

– Ärgerlich. Aber könnte ich denn von großem Nutzen für Rußland sein, wenn man sich meiner bedienen wollte?

– Man bedient sich Ihrer bereits.

– Wie bitte?!

– Dadurch, daß man sich so betont Ihrer nicht bedienen will.

– Verstehe ich nicht. Erklären Sie mir, bitte!

– Tut mir leid, kann ich nicht. Verstehe ich selber nicht.

– Wir haben alle den Verstand verloren. Ich habe hier einen Bekannten. Auch ein Emigrant. Lebt seit sechs Jahren hier. Spricht kein einziges Wort Deutsch. Spricht aber inzwischen Russisch mit deutschem Akzent. Komisch?

– Und wie! Und der Besitzer unserer Pension hat perfekt russisch fluchen gelernt, Mutterflüche versteht sich. Er flucht von früh bis spät, besonders in Gegenwart von Frauen. Komisch?

– Und wie!

Der Bau

Der rätselhafte Bau wächst mit jedem Tag. Aber Arbeiter sind nicht zu sehen. Und man sieht auch nicht, wenn Baumaterial rangefahren wird. Der Bau wächst gewissermaßen von innen heraus, aus der Erde. Wie ein Lebewesen. Gewaltig und schrecklich. Geheimnisvolle Zylinder, die an die Türme mittelalterlicher Schlösser erinnern, haben sich bereits hoch über alle anderen Gebäude in unserem Viertel erhoben. Inzwischen trete ich jeden Tag ans Fenster, um zu sehen, um wieviel mein Bau gewachsen ist. Wozu er bestimmt ist, konnte ich bis jetzt nicht herausfinden, obgleich ich sämtliche möglichen Varianten vom Turm über den Kulturpalast bis zur Kirche durchgespielt habe.

– Was wissen Sie vom Institut für soziale Prognostizierung?

– Einige meiner Bekannten arbeiten dort. Aus dem, was sie berichten, konnte ich mir nur eine sehr allgemeine Vorstellung von diesem ISP machen. Ich hatte Chancen, dort unterzukommen, habe sie aber ausgeschlagen.

– Warum?

– ISP-Mitarbeiter haben mit höchst geheimen Angelegenheiten zu tun und werden somit automatisch zu Personen, die nicht ins Ausland reisen dürfen. Und ich durfte damals hin und wieder ins Ausland. Und ich wollte ausreisen. Außerdem ist ISP-Mitarbeitern untersagt, ihre Arbeiten zu publizieren, und ich hoffte, mir einen Namen in der Wissenschaft machen zu können.

– Und ist Ihnen das gelungen?

– Nein. Ich kam dennoch nicht darum herum, mich mit Untersuchungen zu befassen, deren Resultate auf der Stelle geheim wurden. Und publizieren konnte ich nur das, was in den Rahmen der Ideologie paßte. Damit kann man sich in der Wissenschaft keinen Namen machen.

– Was konnten Sie ungeachtet dessen noch über das ISP in Erfahrung bringen?

– Zunächst war dieses Institut als Forschungszentrum im Rahmen der Akademie für Gesellschaftswissenschaften beim ZK der KPdSU geplant. Seine Aufgabe bestand in der Erforschung der allgemeinen Entwicklungstendenzen der Menschheit in unserer Zeit sowie ihrer Perspektiven im kommenden Jahrhundert. Aber der ZK-Sekretär für Ideologie sagte, der Marxismus habe dieses Problem längst in erschöpfender Weise gelöst. Und es lohne sich nicht, Kraft und Mittel in den Aufbau eines Instituts zu stecken, das sowieso nichts weiter zu diesem Problem zu sagen hätte. Darauf interessierte man sich beim KGB für dieses Institut.

– In welchem Sinne?

– In einem zukünftigen Krieg werden die kompliziertesten Probleme soziale Probleme sein, das heißt Probleme der Organisation des Lebens der Länder Westeuropas, die mit uns Krieg geführt haben (das wurde als Axiom angenommen). Schon jetzt müssen alle nur möglichen Varianten unserer Aktivitäten in Westeuropa für die Zeit nach dem Sieg ausgearbeitet werden. Wir müssen den Lektionen der Deutschen Rechnung tragen und bereit sein, mit der Präzision eines Uhrwerks zu arbeiten, wenn auch unter Berücksichtigung möglicher Varianten.

– Auf welche Varianten zielen Sie ab?

– Auf verschiedene Varianten für verschiedene Länder und deren verschiedene Lage als Ergebnis der Niederlage beziehungsweise Niederwerfung. Es wurde der Begriff des soziologischen Typs der der Organisation unterliegenden Situation eingeführt. Es wurden einige abstrakte Verhaltensmodelle ausgearbeitet. Was die konkreten Gebiete Europas anbelangt, wurde ein System von Bewertungskriterien für ihren Zustand ausgearbeitet, um auf der Stelle die entsprechende Organisationsvariante einsetzen zu können. Übrigens müssen sowohl die Bewertungskriterien wie auch die Organisationsvarianten hinreichend einfach sein. Dermaßen einfach, daß beispielsweise ein Armeebefehlshaber oder ein Vertreter des Oberkommandohauptquartiers einen Beschluß fassen und den Befehl zum Einsatz geben kann. Das Gelingen der Sache kann im wahrsten Sinne des Wortes von ein paar Stunden abhängen.

– Welchen Stand haben die Untersuchungen des ISP zum gegenwärtigen Zeitpunkt erreicht?

– Ich nehme an, gar keinen.

– Wie ist das zu verstehen?

– Sehr einfach. Die Hoffnungen, wissenschaftliche Enthüllungen auf dem Gebiet der Zukunftsprophezeiung machen zu können, sind ungerechtfertigt. Erstens ist die Zukunftsprophezeiung in der SU ein Prärogativ der oberen Parteichargen, und irgend so einem wissenschaftlichen Winzling ist es nicht gestattet, überhaupt dergleichen Enthüllungen zu machen. Und zweitens wird die Zukunft nicht prophezeit, sondern geplant. Die Zukunft kann prinzipiell nicht vorausgesagt werden. Aber man kann sie planen. Die Geschichte ist nämlich das Streben, in gewissem Maße und gewisser Weise dem Plan zu entsprechen. Hierbei ist es wie bei den Fünfjahresplänen: sie werden immer als Anleitung zum Handeln erfüllt, niemals jedoch als Prophezeiungen.

Das Problem ist nicht, was geschieht, sondern was getan werden muß, damit die Geschichte den für uns wünschbaren Weg geht.

– Nun, und wie sollen die Resultate im Sinne der Zukunftsplanung aussehen?

– In der Sowjetunion gibt es viele geniale junge Burschen, die für minimales Entgelt bereit sind, Wunder zu vollbringen. Nur werden diese Wunder kaum wirken.

– Wieso?

– Weil sie für ein armseliges Entgelt geschaffen wurden. Und für großes Geld macht man dort nur Stümperarbeit.

Erinnerung

Plötzlich hatte ich das Gefühl, eine Straße in Moskau entlangzugehen. Moskau ... Die graueste und langweiligste Stadt der Welt. Die härteste und hoffnungsloseste. Und die mir am nächsten stehende und liebste. Die Zukunft der Menschheit. Eine scheußliche Zukunft, aber dennoch eine Zukunft, die die helle und dynamische Vergangenheit des Westens ablöst. Aber gebe ich nicht die Tatsache, daß ich persönlich im Westen nicht klar komme, für das zukünftige Schicksal des Westens selbst aus? Das wäre gut, wenn es so wäre. Aber ich fürchte, daß es nicht so ist. Die heutige Lage im Westen ist der Gipfel dessen, was die Menschheit in jeder Hinsicht erreichen kann, ist eine Ausnahme von der historischen Monotonie. Jetzt kann es nur noch abwärts gehen, nur noch schlechter werden, nur noch in gesetzmäßige Monotonie münden. Die derzeitige Lage des Westens so lange wie möglich aufrechterhalten, das ist Problem Nummer eins für ... Für wen wohl? So seltsam es sein mag, für uns – für die Homosossen.

In Moskau hatte ich eine für Moskauer Verhältnisse passable Wohnung. Als ich sie bekam, fühlte ich mich auf dem Gipfel der Glückseligkeit. Und weiter habe ich von keinerlei Verbesserung meiner Wohnverhältnisse geträumt – das war einfach der Gipfelpunkt meiner Möglichkeiten. Zwei Jahre genoß ich mein Glück. Ganze zwei Jahre. Wieviel Wein ist in meiner Wohnung getrunken worden, wieviel geredet, wieviel gedacht! Alles in allem nur zwei Jahre. Und hier, nichts von alledem.

In Moskau hatte ich viele Bekannte, die zu jeder x-beliebigen Zeit bereit waren, mir Gesellschaft zu leisten, mit mir ein Glas zu trinken und zu schwatzen. In Moskau gab es Leute, die aus mir Ideen herausholten, sie nützten und schätzten. Für sich, zugegeben, nicht für mich. Aber irgend etwas den Menschen geben – das ist auch Leben. Hier aber habe ich Gesellschaft nur von Fall zu Fall und für kurze Zeit. Und niemand hier will meinen Intellekt ausbeuten. Sobald Leute, die das durchaus zu tun in der Lage wären, die Muskeln meines Denkapparates entdekken, scheuen sie davor zurück und verschwinden. Und gerade jetzt bin ich so weit gereift, daß ich die ganze Akademie der Wissenschaften mit meinen Ideen überschwemmen könnte.

Die Zigarettenschachtel ist leer. Muß ein Päckchen ziehen gehen. Aber die Stadt ist wie ausgestorben. Und wenn ich den Zigarettenautomaten einschlüge? Mir kommen die Worte eines Mentors aus dem KGB in den Sinn: keine kriminellen Sachen. Peinlich, wenn du wegen einer Schachtel Zigaretten in eine miese Lage kommst. Ich nahm mir vor: Dem ersten, der mir eine Zigarette anbietet, vermache ich meine Seele. Für eine einzige Zigarette. Aber Liebhaber für die Seele eines Sowjetmenschen tauchen sowieso nicht auf.

Im Traum sah ich eine völlig menschenleere Stadt. Ich suchte einen Menschen. Irgendeinen. Mir schien, als seien in diesem Lokal dort Menschen. Ich ging hinein – leer. Da sehe ich hinter der Ecke einen Menschen ... Niemand ...

Nachdenken auf der Brücke

Ich stehe auf der Brücke und schaue zu, wie die Soldaten des Landungssonderbataillons in ihren hellorangen Rettungswesten ihre Schlauchboote aufblasen. Ihren Gesten nach zu urteilen, geben sie irgendwelche Laute von sich. Doch diese Laute werden vom Geschrei der Möwen und dem mephistophelischen Gelächter und Geschnatter der Enten übertönt, die von ehemaligen Naziverbrechern und künftigen Opfern kommunistischer Verbrecher gefüttert werden.

Die Soldaten sind in die Boote gestiegen und treiben gegen die Brücke. Sie kennen mich schon. Sie schreien irgendwas, lachen und winken mit den Armen. Gruß euch, Soldaten vom Landungssonderbataillon! schreie ich als Antwort und grüße sie mit erhobener Hand (wie zum »Heil!«). Amüsiert euch nur, meine Lieben. Bald kommen unsere Soldaten und werden eure Schlauchboote durchlöchern. Wenn auch euer Flüßlein mir nur bis zum

Knie geht, werden sie euch in euren Rettungswesten wie Katzenjunge ertränken. Stellt mich bei euch an, und ich bringe euch bei, was man haben muß, um sowjetische Soldaten zu verprügeln.

– Was, wenn man wissen darf? höre ich hinter meinem Rücken eine spöttische Stimme.

– Man muß eines haben, nämlich – nichts.

– Oh, Sie scheinen ein Philosoph zu sein!

– Nichts weiter als ein sowjetischer Emigrant.

Der Mensch gab irgendwelche unverständlichen Laute von sich und verschwand. Seinem Alter nach zu urteilen hat er schon mal was von Sowjetsoldaten einstecken müssen. Meine kriegerische Stimmung machte indessen bald schon nüchternem Pessimismus Platz. Wenn auch der Westen chaotisch, leichtsinnig und schutzlos zu sein scheint, Moskau wird trotzdem nie die Weltherrschaft erlangen. Moskau ist in der Lage, sich gegen jeglichen Gegner zu verteidigen. Moskau ist in der Lage, dem Westen einen vernichtenden Schlag zu versetzen. Moskau verfügt über ausreichende Mittel, unseren gesamten Planeten zu verheeren. Aber es hat keinerlei Chancen, der Herr der Welt zu werden. Um die Welt zu beherrschen, muß man ein hinreichend großes Volk zur Verfügung haben, das sich als Herrenvolk und in der Lage fühlt, auch wirklich dieser Herr zu sein. Das russische Volk ist in der Sowjetunion das einzige, was für diese Rolle in Frage käme. Es stellt die Grundlage und das Bollwerk des Imperiums dar. Aber es verfügt nicht über die Qualitäten eines Herrenvolkes. Und seine Lage innerhalb des Sowjetimperiums ähnelt eher einer Kolonie für alle übrigen Völker. Solange das russische Volk nicht hinsichtlich Bildung, Kultur, Wohlstand und Privilegien alle anderen innerhalb des Landes überragt, läßt sich an Weltherrschaft nicht einmal denken. Mehr als das, selbst wenn es in der Tat das privilegierte und herrschende Volk im Lande wäre, müßte das russische Volk seine Überlegenheit über die anderen Völker in allen grundlegenden friedlichen Bereichen des Lebens erst noch erringen. Und dafür braucht es Jahrzehnte, wenn nicht Jahrhunderte. Die Lage der Russen in der Sowjetunion ist indessen so, daß man ihnen nicht einmal die Stufe der Gleichberechtigung mit den anderen Völkern einräumt, geschweige denn die der Überlegenheit. Nebenbei gesagt lassen die Russen, die sich in irgendeiner Weise über die Masse ihrer Stammverwandten erhoben haben, selbst die Wiedergeburt Rußlands als Nation nicht zu. Kurz gesagt, faßte ich meine Überlegungen zusammen, man kann supergeniale Pläne machen. Aber man kann sie nicht verwirklichen wegen nichtbeachtenswerter Lappalien. Mein Vater erzählte noch vor dem Kriege folgenden Witz. In einer Behörde fand eine ordentliche Versammlung statt. Auf der Tagesordnung standen zwei Punkte: 1) der Bau eines Schuppens; 2) reichliche Herstellung von Konsumartikeln im Kommunismus. Da für den Schuppen keine Bretter da waren, ging man unverzüglich zur zweiten Frage über. Moskau könnte das grandiose Gebäude des Weltimperiums errichten, aber es fehlen ihm leider die Bretter dafür.

In der Pension

In der Pension herrscht festliche Aufregung: der Enthusiast hat von seiner heißgeliebten Putzfrau den Laufpaß gekriegt. Der Grund: die Putzfrau hat wegen der Inflation im Lande ihre Dienstleistungsforderungen erhöht, und der Enthusiast hat es abgelehnt, der rechtmäßigen Forderung der Putzfrau zu entsprechen. Der Zyniker sagte, der Enthusiast habe einen unverzeihlichen Fehler begangen, denn für Prostituierte müsse er mehr Geld hinlegen – die hätten ihr Honorar nicht um das Anderthalbfache wie die Putzfrau, sondern um das Doppelte erhöht. Der Enthusiast begriff, daß er eine Dummheit begangen hatte, und stürzte davon, um die Sache rückgängig zu machen. Aber zu spät: die Putzfrau hatte die Stunden schon einem Emigranten aus Polen zugesprochen. Der Zyniker sagte, sie habe damit ihre Solidarität mit der »Solidarität« zum Ausdruck gebracht. Der Westen widersetze sich trotz allem der sowjetischen Bedrohung. Der wütende Enthusiast verfluchte den amerikanischen Präsidenten, den westdeutschen Kanzler und den römischen Papst.

Wir und der Westen

In den Zeitungen sah ich das Foto eines der widerlichsten Sowjetführertypen. Ich vermochte meine Neugier nicht zu zügeln. Und brach meinen Schwur, mich nicht mehr an westlichen Zeitungen zu vergreifen. Da ist also diese

Ausgeburt des Menschengeschlechts krepiert. Ist einfach vor Altersschwäche krepiert, aber in den Zeitungen hier wird angedeutet, er sei »beseitigt« worden. Sie nennen ihn den »Genius der hinter den Kulissen spielenden Kremlmachenschaften«. Dabei war er eine ausgemachte Null und Durchschnittsfigur – ich hatte mehr als einmal persönlich mit ihm zu tun und habe für ihn gearbeitet. Die Zeitungen nennen als mögliche Nachfolge einige Marasmatiker, die längst woanders hingehören – sie sind auch um die Achtzig. Ihnen werden ebenfalls hervorragende staatsmännische Qualitäten zugesprochen, wenn auch in negativer Form. Man stellt Mutmaßungen über bevorstehende Veränderungen in der Führung und in der Kremlpolitik an.

Wo liegt die Ursache für solche ungeheuerlichen Fehler der Westler in der Beurteilung der Vorgänge bei uns? Darin, daß sie auch die Vorgänge bei uns mit ihrem Maß messen. Und außerdem wollen sie nicht zugeben, daß sie von den alle historischen Rekorde brechenden Moskauer Primitivlingen systematisch zum Narren gehalten werden. Wenn dich ein Genius des Bösen um den Finger gewickelt hat, ist das schließlich verständlich. Ist sogar gerechtfertigt. Darauf kann man auch noch stolz sein: allerdings gestattet uns unser Sittlichkeitsempfinden nicht, uns genau so tief herabzulassen. Daß aber der Partner, der dich ausgenutzt hat, nicht einmal ein Mensch war, sondern nichts weiter als eine primitive soziale Funktion in Gestalt eines menschenähnlichen Wesens, das kann nicht sein. Und im Endeffekt werden in intellektueller Hinsicht primitivste Parteibürokraten à la Stalin,

Chrustschow, Breschnew, Suslow, Gromyko und andere mehr in der Vorstellung des Westens zu Genien des Bösen. Wenn auch des Bösen, so doch – zu Genien.

Erinnerung

Ihr werdet eine Periode der Verzweiflung und Ratlosigkeit erleben, sagte man mir in Moskau. Aber das wird bald vorübergehen. Ich glaubte meinen Schulmeistern. Und ich war da nicht der erste und nicht der letzte. Sie beherrschen ihr Metier mit der Sicherheit arithmetischer Lehrbücher für Anfängerklassen. Wenn nur diese KGB-Arithmetik auch was mich betrifft stimmen würde. Wenn nur diese Verzweiflung und Ratlosigkeit so schnell wie möglich vorüberginge! Wenn nur endlich Klarheit würde! Irgendeine. Eine riskante, abenteuerliche, spießige, amoralische, verbrecherische, wohlgesittete, heuchlerische... Ich bin es müde geworden, auf sie zu warten.

Ich freue mich für dich, sagte der Inspirator. Du kannst dein Leben genießen. Nütze den Augenblick. Wer weiß, wieviel Zeit uns noch gegeben ist. Und warum machst du dich nicht auf ins westliche Paradies? fragte ich. Ausgeschlossen, seufzte er. Ich bin verurteilt, hier zu bleiben. Ich kann übrigens nicht einmal als Tourist nach Sibirien oder in den Ural. Nur in streng vorgeschriebene Sanatorien. Nur auf »Datschen«. Ich werde sogar auf öffentlichen Toiletten beschattet.

Über den künftigen Krieg

Nach dem ersten Weltkrieg sah es so aus, als würde der nächste Krieg ein chemischer Krieg werden und die gesamte Menschheit durch chemische Gase umkommen, sagte der Inspirator. Aber der Krieg wurde kein chemischer Krieg. Und die Menschheit kam nicht um, sondern vermehrte sich sogar noch um das Doppelte. Jetzt sieht es so aus, als würde der dritte Weltkrieg ein Atomkrieg und die gesamte Menschheit durch Atombomben und radioaktive Strahlen umkommen. Aber es wird kein Atomkrieg werden. Und die Menschheit wird am Leben bleiben. Und sich eher noch weiter vermehren. Warum es keinen Atomkrieg geben wird? Weil ein Atomkrieg für uns selber von Nachteil wäre. Und wir nicht zulassen werden, daß es einen Atomkrieg gibt. Wir werden der Welt den Kriegstyp aufzwingen, der uns paßt. Und unser Gegner läßt es darauf ankommen. Das ist keine Hypothese und kein Gefasel eines Irren. Wir haben alle Kraft auf dieses Problem verwendet. Prinzipiell haben wir es bereits gelöst. Wir brauchen nur noch einige Jahre, um vollends sicher sein zu können. Das ist es, weshalb wir so grimmig für den Frieden kämpfen.

Der künftige Krieg, sagte der Inspirator, wird trotz allem ein Krieg von Menschenmassen gegen Menschenmassen und nicht einfach der Technik gegen die Technik sein. Der Mensch wird auf ewig die Hauptwaffe in einem Krieg sein, denn er ist der Träger der Waffe. Die Hauptbühne des Kriegsgeschehens wird trotz allem Westeuropa sein. Das ist unser Wille. Und den werden wir der Welt aufzwingen. Das ist es, weshalb wir um jeden Preis Westeuropa isolieren, neutralisieren, demoralisieren, absondern und aufweichen müssen. Und daher ist unsere Anwesenheit dort – gleich in welcher Form – unser strategisches Ziel.

Verhör

– Ist die derzeitige Sowjetemigration ein Zugeständnis der Obrigkeit oder eine vorbedachte Operation?

– Sie ist das Resultat vieler Umstände, die zusammengetroffen sind, zu denen auch die von Ihnen erwähnten gehören.

– Ist sie von Nachteil für das Land oder bringt sie ihm Vorteile?

– Abgesehen von einigen hervorragenden Persönlichkeiten des Kulturlebens, die zu verlieren für das Land ohne Bedeutung ist, sind die Vorteile offensichtlich.

– Und der Verlust an klugen Köpfen? Viele Mathematiker zum Beispiel haben das Land verlassen. Und der Niedergang ganzer Kulturbereiche? Die Presse vergleicht die Situation mit den Verlusten Deutschlands durch die Emigration in der Nazizeit.

– Der Vergleich ist absurd. Die Emigranten stellen die Sache so dar, als stehe durch ihre Ausreise die Sowjetunion völlig bankrott da. Das ist eine Lüge oder aber Selbstbetrug. Die Mathematiker, die Sie erwähnt haben, sind unbedeutende Figuren. Durch ihre Ausreise ist das Niveau der sowjetischen Mathematik nicht im geringsten gesunken. Selbst die Verluste auf dem Gebiet der Musik und des Balletts sind vollauf wettzumachen. Sie glauben doch nicht etwa, daß ein Land mit unerschöpflichen Ressourcen an menschlichen Talenten wegen solcher Verluste verkümmert? Doch die Emigration hat bereits die Rolle erfüllt, die sich die Sowjetführung ausgerechnet hat. Von nun an wird man sie einschneidend reduzieren.

– Und die allgemeine Weltmeinung? Und das Bestreben der Menschen, das Land zu verlassen?

– Bauschen Sie nur nicht die Dinge auf. Und halten Sie die Sowjetführung nicht für ängstlich. Die Emigration ist nicht aus Angst vor dem Westen, sondern aus vernünftigen Berechnungen heraus zugelassen worden. Und wenn sie sich gemäß analoger Berechnung als nicht zweckmäßig erweist, wird sie abgebaut, egal, was für einen Lärm der Westen veranstaltet. Aber der Westen ist sowieso nicht mehr geneigt, deswegen Aufhebens zu machen.

– Sie reden, als seien Sie ein offizieller Sowjetbeamter, der ein Presseinterview gibt.

– Sowjetbeamte lügen nicht immer.

– Wenn die Emigration für die Sowjetunion von Vorteil ist, warum sollte die Sowjetführung sie dann eindämmen?

– Die Sowjetführung hat viele andere Sorgen. In diesem Zusammenhang wird sie genötigt sein, die Emigration abzubauen, um andere, wichtigere Probleme lösen zu können.

– Aber die Eindämmung der Emigration wird die Dissidentenbewegung im Lande stärken.

– Die Hauptkräfte des Dissidententums hat man bereits aus dem Lande geworfen. Die Bewegung hat sich im Grunde erschöpft. Die Menschen in der Sowjetunion haben bereits mitbekommen, daß die Emigration bei weitem nicht das Paradies ist. Und im Westen hat man bereits mitbekommen, daß bei weitem nicht alle Dissidenten die Verkörperung der Tugend sind. Kurz gesagt, die Sowjetführung hat bereits den überschüssigen Dampf aus dem Sowjetkessel abgelassen, und es kann keine Explosion mehr geben. Es bedarf langer Jahre und außerordentlicher Umstände, damit die Bedingungen für eine neue potenzielle Explosion reifen.

– Welche zum Beispiel?

– Einen neuen Weltkrieg zum Beispiel.

Gerücht

Es geht das Gerücht, daß man mich neben anderen für die Leitung des künftigen »Zentrums« ausersehen hat. Der Professor wird wahrscheinlich Direktor, die Dame – Vertreterin für allgemeine und personelle Fragen, und ich – Vertreter des Wissenschaftsbereichs. Der Enthusiast war wie ausgewechselt. Als er mich sah, rief er mir schon von weitem fröhlich zu und zerfloß vor Lächeln. Bei den abendlichen Diskussionen pflichtete er mir bei, selbst dann, wenn ich mich über seinen wahren Sozialismus lustig machte. Obgleich ich das Gerücht nicht gerade für bare Münze nehme, wüßte ich dennoch gar zu gern, ob man mich nicht irgendwo in Betracht gezogen hat.

Realität

Mein verzückter Zustand dauerte alles in allem einige Tage. Der Enthusiast kehrte fröhlicher als sonst in die Pension zurück und stürzte ohne jeden Grund auf mich los. Das heißt, daß das Gerücht sich nicht bewahrheitet hat. Warten Sie, sagte ich in eisigem Ton zum Enthusiasten im Wunsch, ihm die Stimmung zu verderben, ich werde zum Direktor des »Zentrums« ernannt... nicht zum Stellvertreter, sondern zum Direktor! ... dann werde ich Ihnen zeigen, was wahrer Sozialismus ist. Der Enthusiast wurde bleich und stammelte irgendwas von wegen Kampf der Meinungen unter Gleichgesinnten. Für das Geld, das er an der Putzfrau einsparte, kaufte er sich im Ausverkauf Jeans und eine Lederjacke – Traum eines jeden Homosos.

Verhör

– Was wissen Sie über Forschungen auf dem Gebiet der Parapsychologie in der UdSSR?

– Gespräche zu diesem Thema wurden, wenn auch nur sehr allgemein, im Intellektuellenkomitee geführt. Beispielsweise in folgendem Geiste. Die mächtigste Quelle alles Bösen und die stärkste Waffe ist das menschliche Gehirn. Gleichzeitig ist es auch die nichtigste und verwundbarste Waffe des Menschen. Wozu Riesensummen für atomare und bakteriologische Waffen verschleudern, die im Falle eines Masseneinsatzes so gut wie sicher außer Kontrolle geraten und in der Folge aller Wahrscheinlichkeit nach zu einer Weltkatastrophe führen? Weit interessanter wäre es, das Augenmerk auf das menschliche Gehirn zu konzentrieren und Mittel und Wege aufzutun, es zu beeinflussen. Das, was hier Parapsychologie genannt wird und sowjetischen Pechvögeln als Gegenstand der Begeisterung dient, ist nichts weiter als eine Tarnung dieses Programms.

– Aber diese berühmte »Heilerin« ist eine Tatsache! Und es gibt zahlreiche Beweise für die Beeinflussung der Psyche über Entfernungen hin! ... Informationsübermittlung zum Beispiel! ...

– Diese »Heilerin« ist zu neunundneunzig Prozent eine Spitzbübin und sowjetischer Bluff. Speziell für westliche Sensationshascher. Und für sowjetische Krüppel jeder Art. Dergleichen »Heiler« hat es in Rußland seit eh und je und mehr als genug gegeben. Und was die Beeinflussung der Psyche über Entfernungen hin und auf für die Wissenschaft unfaßbaren Wegen anbelangt – das sind Märchen für Ignoranten. Gerüchte dieser Art werden eigens in der Absicht in Umlauf gebracht, die Aufmerksamkeit von der Hauptsache abzulenken – der Erfindung einer Waffe, die das Gehirn des Menschen auf kontrollierbaren Wegen schlägt. Was aber die Beeinflussung des Willens und des Bewußtseins der Menschen über Distanzen hinweg anbelangt, so existieren und tun schon lange »ideale« Mittel ihre Wirkung, als da sind Ideologie, Propaganda und Manipulierung durch Massenbewußtsein. Und diese Beeinflussung wird längst schon praktisch in die Tat umgesetzt.

Entdeckung

Das Gebäude, in dem die Pension untergebracht ist, ist ziemlich alt. Keinerlei Müllschlucker. Den Müll tragen wir selber in Plastiktüten in den Keller, wo die Mülltonnen stehen. Einmal, als ich gerade meine Mülltüte in die Tonne schob, fiel mein Auge auf einige Fetzen Papier, die russisch beschrieben waren. Na und, dachte ich, du wirfst schließlich auch solche Papierfetzen weg. Und ging in mein Zimmer hinauf. Aber irgend etwas zwang mich, noch einmal zurückzugehen und die Papierfetzen zusammenzusammeln. Ich schloß mich in meinem Zimmer ein und faltete die Papiere auseinander. Wenn auch einige Stückchen fehlten, konnte man doch den Text zusammenbauen. Aller Wahrscheinlichkeit nach handelte es sich um das Fragment eines Entwurfs für einen Bericht über das Verhalten der sowjetischen Emigranten in dieser Stadt. Ich war von vornherein davon überzeugt, daß solche Denunziationen hier regelmäßig und nicht nur von einer Person geschrieben werden. Aber meine Überzeugung hatte rein abstrakten Charakter. Ich nahm mir das Ganze zu Herzen, wie sich ein satter Mensch die Tatsache zu Herzen nimmt, daß Hunger Mangel an Nahrung ist und daß viele Menschen auf unserem Planeten hungern. Angesichts der Tatsache jedoch, daß ich eine Denunziation realiter in der Hand hatte, fühlte ich mich wie ein Mensch, der selbst der Situation des Hungerns ausgesetzt ist. Wer mochte der Autor dieser Denunziation sein? Wofür war sie bestimmt? Natürlich wäre es am einfachsten anzunehmen, daß jeder über jeden Denunziationen verfaßt, und man könnte in Frieden leben. In Frieden? Und wenn in so einer Denunziation von dir die Rede ist? Und wenn sie Einfluß auf dein Schicksal haben könnte? Nein, das kann man unmöglich ignorieren. Man sollte ein Auge auf die sowjetischen Emigranten nebst ihren Papierchen haben, wenn sie ihren Müll wegbringen. Früher oder später muß dabei doch irgend etwas zum Vorschein kommen, was dich betrifft. Die Hauptsache – ich muß nach den Methoden der konkreten Soziologie vorgehen und Geduld an den Tag legen. Wenn meine ehemaligen Kollegen in Moskau wüßten, wie ich meine berufliche Vorbildung und Fähigkeit nütze, würden sie sich den Bauch halten vor Lachen. Ein neuer Wissenschaftszweig: Abfallsoziologie. Und ich, warum sollte ich es nicht offen bekennen, habe damit gerechnet, daß mir eine gute Stelle an einer soliden Hochschule oder einem Forschungsinstitut angeboten wird.

Der Bau

Je öfter ich meinen Bau betrachte, desto weniger abstoßend erscheint er mir und desto mehr beherrscht er meine Phantasie. Er sieht den Ruinen eines gigantischen mittelalterlichen Schlosses sehr ähnlich. Wenn ich darüber zu befinden hätte, würde ich ihn in diesem unvollendeten Zustand belassen. In dieser Form erinnert er an die Vergänglichkeit alles Irdischen.

Wir und der Westen

Von Zeit zu Zeit werden hier sowjetische Spione entlarvt. Aber wie die das machen! Hier würde sich keiner wundern, wenn in der TASS folgende Meldung erschiene: Zu derundder Zeit und an demunddem Ort wird eine Gruppe sowjetischer Spione die Grenze in Richtung Westen überschreiten; der Grenzschutz und die westlichen Regierungen werden gebeten, dem Grenzübertritt nichts in den Weg zu legen und den sowjetischen Kundschaftern Beistand zu leisten, da sie die Grenze mit wissenschaftlichem Ziel überschreiten, nämlich um wissenschaftliche Entdekkungen und technische Erfindungen, soweit sie geheim sind, mitgehen zu lassen.

Meine Beziehungen zu der Dame sind besser geworden. Ich gehöre inzwischen sogar zu denen, die sie zu sich nach Hause eingeladen hat. Die Creme der Emigrantengesellschaft war versammelt. Es war ziemlich lustig. Man hat nach sowjetischem Brauch viel getrunken und sich vollgefressen. Russische Lieder wurden gesungen, unter anderem auch »Katjuscha«. Der Sprößling eines alten Adelsgeschlechts war überzeugt, daß das ein altes russisches Lied sei. Ich korrigierte ihn: ein Zigeunerlied. Und er zeigte sich mit Vergnügen einverstanden. Und fing an, mich zu duzen, aufs Haar wie in einer heruntergekommenen Moskauer Kneipe. Mir war das sehr angenehm. Und wir haben uns ganz schön vollaufen lassen.

Ein Pope, der noch nie in der Sowjetunion gewesen war, sprach von dem gewaltigen religiösen Aufschwung in Rußland. Ihm wurde einhellig beigepflichtet. Ich schloß mich ihm ebenfalls an. Die Dinge stehen inzwischen so, sagte ich, daß selbst alte Bolschewiken anstatt der »Internationale« auf Parteiversammlungen das »Vaterunser« singen. Und der sowjetische Patriarch ist für den religiösen Aufschwung mit dem Orden der Oktoberrevolution ausgezeichnet worden. Der Pope sagte, die Kirche habe im Kampf mit dem Regime durchgehalten, und das sei die Hauptsache. Wenn das Sowjetregime zusammenbricht, dann wird sie... zusammen mit dem Regime zusammenbrechen, setzte ich hinzu. Der Pope war außerstande zu begreifen, was ich sagen wollte, und pflichtete mir automatisch bei. Darauf war er den ganzen Abend bemüht, sich damit zu rechtfertigen, daß er mir nur aus Indolenz beigepflichtet habe. Eine verhältnismäßig junge Frau, die alle aus irgendeinem Grunde die Fürstin nannten, beruhigte den alle Anwesenden nervenden Popen: sie sagte, daß das Sowjetregime nicht so bald zusammenbrechen werde. Ein Mensch, der Russisch mit amerikanischem Akzent sprach, sagte, er halte diese »berüchtigte russische religiöse Wiedergeburt« für eine Erfindung des KGB. Er bat mich, ihm irgend etwas darüber zu sagen. Ich erzählte ihm einen Haufen Märchen und Witze. Unter anderem, wie ein Pope einem Gläubigen, der sich weigerte, das Kreuz zu küssen, damit drohte, sich beim Parteibüro nach seinem Verhalten zu erkundigen. Der Mensch mit dem Akzent lachte dermaßen, daß er im wahrsten Sinne des Wortes beinahe vom Stuhl gefallen wäre. Aber bei allem Spaß gab ich auch vernünftige Dinge von mir. Die russische orthodoxe Kirche, sagte ich, steht voll und ganz unter der Kontrolle der Staatsmacht. Wenn ich das wirkliche Bild dieser Kontrolle hier in Details enthüllen würde, würde es mir einfach niemand abnehmen. Sie würden zu der Überzeugung kommen, das sei eine Erfindung des KGB. Warum wird die Religion in der Sowjetunion zugelassen? Sie lenkt ein gewisses Quantum an Unzufriedenheit auf sich ab und hilft der Obrigkeit, die Masse der Bevölkerung zu manipulieren. Sie ist bequem. Und für den Staat unter anderem ökonomisch von Vorteil. Ich kannte in Moskau gute Spezialisten, die über mehr als genügend Material zu diesem Thema verfügten und sensationelle Bücher schreiben könnten, die die Märchen von der religiösen »Wiedergeburt« aufdecken würden. Aber dieses Material wird unter Verschluß gehalten, und dergleichen Bücher zu publizieren ist verboten. Strengster Geheimhaltung unterliegt das Material, das das Wesen der heutigen russischen Kirche enthüllt! Warum? Weil die Machthaber an der Beibehaltung eben dieser Lage der Dinge interessiert sind.

Der Mensch mit dem Akzent bat mich, mir die Namen der erwähnten Spezialisten zu nennen – ebenso wie die Namen der KGB-Agenten zur Zeit der »religiösen Wiedergeburt«, falls mir solche bekannt seien. Ich diktierte ihm eine lange Liste mit Namen einschließlich sämtlicher mir bekannter Mitarbeiter am Institut für Atheismus sowie sämtlicher Moskauer Intellektueller, die mit der Orthodoxie kokettieren. Mit besonderem Vergnügen nannte ich den Namen des in Moskau populären Schwätzers und Schizos, der sich dort als Führer und Theoretiker der Neoorthodoxie gibt. Warum nehmen Sie an, daß er im Dienst des KGB steht? fragte der Mensch mit dem Akzent. Ich nehme nicht an, sagte ich, ich weiß. Ich bin mit ihm zur Schule gegangen. Schon damals war er ein Spitzel. Aber vielleicht hat er bereut, sagte der Mensch. Spitzel bereuen nie, sagte ich. Sie können aufhören, Spitzel zu sein, weil sie es nicht mehr nötig haben oder aus Berechnung. Aber, ich wiederhole, sie bereuen nicht, weil sie nichts zu bereuen haben.

Dann wurde das Programm der Reorganisierung Rußlands nach dem Fall des Sowjetsystems diskutiert. An erster

Stelle figurierte natürlich die Idee der Monarchie, aber mit einem Vielparteiensystem und freien Gewerkschaften. Ich wollte wissen, was sie mit den Fabriken und dem Land vorhaben – sie in Privateigentum überführen oder als Staatseigentum belassen? Wie sie zum Beispiel mit dem Eisenbahnnetz und anderen gigantischen Organisationen und Zweigen der Wirtschaft und Kultur vorgehen wollen? Wie sie die Verwaltung des Landes organisieren wollen? Und soll das Reich beibehalten werden? Was das Reich anbelangt, war die Meinung einhellig: das Reich muß bleiben, die Sache Peter des Großen muß weitergeführt werden. Und was die anderen Probleme anbelangt, so genügt es, die Bolschewiken zu verjagen, und alles wird sich von selbst entwickeln. Ich sagte, sie hätten recht. Nur gäbe es leider in Rußland schon lange keine Bolschewiken mehr, und die Dame des Hauses könne meine Worte bestätigen: sie sei schließlich Parteimitglied gewesen und sogar ins Parteibüro des Bezirkskomitees gewählt worden, dabei aber eifrige Christin und niemals Bolschewikin und Kommunistin. Meine Worte zeitigten ein unerwartetes Ergebnis. Die Anwesenden blickten ehrfurchtsvoll auf die Gastgeberin: Mitglied des Bezikombüros, das ist so was wie ein Grafentitel. Der Sprößling aus dem Adelsgeschlecht stand auf, reckte sich schneidig und knallte die Hacken zusammen.

Bis zur Pension nahm mich ein Mensch mit, der vor zehn Jahren eine Touristenreise in den Westen gemacht hat und nicht mehr nach Hause zurückgekehrt ist. Der Nichtheimkehrer äußerte sich über das Emigrantenmilieu mit eindeutiger Verachtung. Hier ein Auszug aus seiner Rede.

Wir kommen in den Westen in dem Bewußtsein, einiges mitgemacht und hier einen leckeren Bissen verdient zu haben, als sei der Westen verpflichtet, uns diesen Bissen zu geben. Einiges mitgemacht haben wir, und das einige von uns. Aber wieso verdient? Wer ist verpflichtet, für Leiden zu zahlen, selbst wenn es sie gegeben hat? Und für wessen Leiden? Der Westen ist uns in keiner Weise verpflichtet. Der Westen macht eine große Dummheit, wenn er uns aufnimmt und uns die Möglichkeit gibt, hier zu leben. Allein dafür, daß der Westen die Rechtmäßigkeit der Prätentionen der sowjetischen Schakale anerkennt, sollte man ihn verachten. Gegen uns muß man sich auf jede Art und Weise wehren, gegen uns muß man einen »eisernen Vorhang« herunterlassen. Ich erinnere mich an einen Vorfall nach dem Kriege. Ich war aus der Armee entlassen worden und in die Universität eingetreten. Damals wurden im Universitätsgebäude jede Woche »Erholungsabende« abgehalten. Einmal nahm ich meinen ehemaligen Kommandeur mit, der auch aus dem Kriegsdienst entlassen worden war und über Moskau nach Hause fuhr. Ein gut aussehender Bursche, die Brust voller Orden. Aber – krank. Hatte sich in Deutschland die Syphilis aufgelesen und noch keine Gelegenheit gehabt, sich behandeln zu lassen. An diesem Abend fing er an, sich an ein Mädchen aus dem ersten Semester ranzumachen. Die biß natürlich auf der Stelle an. Ich erinnerte ihn daran, daß er krank sei. Er sagte, das sei ihm doch egal, er habe schließlich einiges durchgemacht, habe das verdient, das stehe ihm zu. Nimm dir deinen Teil von dem, der dir's schuldet, sagte ich. Aber was hat das Mädchen damit zu schaffen?! Sie ist weder schuld am Krieg noch an deinen Verwundungen noch an deiner Krankheit. Er aber schlug alle meine Argumente in den Wind. Darauf sagte ich kategorisch: Entweder du läßt das Mädchen in Ruhe, oder ich sage ihr, daß du krank bist. Das Mädchen glaubte mir nicht. Er hatte ihr gesagt, ich sei bloß neidisch, hätte selber ein Auge auf sie. Und verführte sie. Seitdem hasse ich alle, die etwas haben wollen, worauf sie keinerlei Anspruch erheben können bei denen, die ihnen nichts schuldig sind.

Der Nichtheimkehrer wünschte mir viel Erfolg, erwähnte aber mit keinem Wort die Möglichkeit einer nochmaligen Begegnung. Nannte seinen Namen nicht. Und gab mir seine Adresse nicht. Und ich fragte auch nicht danach.

Lichtstrahlen der Zukunft

In der Pension wurde noch nicht geschlafen. Ich wurde begrüßt, wie man in Moskau einen Menschen begrüßt, der aus dem Ausland zurückgekehrt ist: Wie ist es dort? Ist der

Eiffelturm noch an seinem Platz? Ich sagte, daß sie sich um das zukünftige Rußland keine Sorgen zu machen brauchten, darum machten sich die besten Söhne unseres Volkes Gedanken. Die »Pensionäre« bezogen gleich auch die Töchter in die Zahl dieser besten Söhne mit ein. Der Künstler und seine Frau bestanden auf der konstitutionellen Monarchie, aber ohne Parteien überhaupt. Sie waren davon überzeugt, daß der Lebensstandard und das Demokratieverständnis im vorrevolutionären Rußland höher gewesen sei als heute im Westen. Der Enthusiast bestand auf der jugoslawischen Variante unter Berücksichtigung der polnischen Erfahrung und mit einer wahrhaft marxistischen Partei an der Spitze. Der Witzbold machte den Vorschlag, einen ägyptischen Pharao an die Spitze Rußlands zu stellen. Der Nörgler sagte, daß da sowieso nichts Gescheites rauskommen werde, weshalb es das beste wäre, nach dem Sturz des Sowjetregimes dort das derzeitige System einzuführen – so schlecht wäre das auch wieder nicht. Es gäbe Schlechteres. Ich sagte, mir wäre egal, was nach dem Sturz des Sowjetregimes käme, weil es danach überhaupt nichts mehr geben werde außer Ratten, Wanzen und Küchenschaben. Und vielleicht noch wahre Sozialisten. Aber als Theoretiker sei ich dafür, das Privateigentum wieder einzuführen. Sollte das Volk seine vorrevolutionären Privatunternehmen nicht wiederhaben wollen, müßte man Fabriken, Betriebe und andere Institutionen in den Besitz der derzeitigen Parteiführer, Direktoren, Chefs, Minister, Generäle und anderer Staatsbeamter übergehen lassen. Alle waren gegen mich: vom Privateigentum keine

Rede! Das höchste der Gefühle wäre, den Bauern Land zu verpachten, damit sie die Städte mit Gemüse versorgen. Ich sagte, daß ohne Privateigentum in Rußland wieder das kommt, was es sowieso schon hat. Nicht ausgeschlossen, daß der Enthusiast Generalsekretär der »wahren« KPdSU wird, aber ich bezweifle, daß er sich besser benehmen wird als Breschnew.

Ich persönlich ziehe Breschnew vor. Wenn er auch nicht so gescheit ist wie der Enthusiast, kommt er doch wenigstens nicht einfach ohne anzuklopfen in mein Zimmer, flirtet nicht mit den Antikommunisten und verachtet die Eurokommunisten, wie sie das auch verdient haben. Der Enthusiast erklärte, von nun an sei er nicht mehr bereit, mir die Hand zu geben. Aber schon nach einer halben Stunde schlug er mir vor, an einem Wettbewerb um den besten Titel seines künftigen Druckorgans teilzunehmen. Wenn es eine Zeitschrift sein soll, sagte ich, wäre ich für »Glokke«, wenn es aber eine Zeitung ist, dann bin ich für »Der Funke«.

Der glücklichste Tag

Heute ist der glücklichste Tag, den ich in meinem ganzen Leben hier erlebt habe. So viele angenehme Dinge sind zusammengekommen. Ich habe die nötigen Papiere bekommen, die es mir erlauben, nach Paris zu irgend so einer Konferenz zu fahren. Irgendeine Organisation hat mir das Geld dafür zur Verfügung gestellt. Ich ging in ein Restaurant und nahm erst einmal ein anständiges Mittagessen zu mir. Dabei lernte ich eine hübsche Frau kennen und verabredete mich mit ihr für den Abend.

Ich gehe die prächtigen Schaufenster entlang, voll des großen Glücksgefühls. Gott, flüstere ich, ich danke dir für diese reiche Gabe. Ich biege in den Park und ... erwache im Gebüsch. Der Kopf dröhnt vor Schmerz. Kein Geld. Keine Papiere. Taumelnd gehe ich zur Polizei. Obgleich man meine Identität schnell festgestellt hat, werde ich bis spät in die Nacht festgehalten. Das geplante Stelldichein fiel ins Wasser: es war schon zu spät und ich hatte kein Geld mehr.

Zu Hause zerbreche ich mir den Kopf und frage mich »Wer?« und »Weshalb?« Offenbar wollte irgendwer, daß ich nach Paris fahre, und irgendwer wollte, daß ich nicht fahre. Oder wollte man mir einfach noch einmal einen Schreck einjagen? Weshalb? Bin ich denn eine so wichtige Figur, daß ich einen Anschlag auf meine Person verdiene? Wenn ich Zugang zu Mitteln der Masseninformation hätte, würde ich folgendes in die ganze Welt hinaus schreien: Ich flehe euch an, nehmt die Tatsache, daß ich im Westen bin, nicht wichtiger als sie ist, betrachtet mich als einen ganz gewöhnlichen, unbedeutenden Sowjetmenschen, der ich auch in Wirklichkeit bin!

Feinde

In der Pension hatte man natürlich von dem Überfall auf mich erfahren. Alle waren der Ansicht, daß das KGB seine Finger dabei im Spiel gehabt haben müsse und bestanden darauf, den Fall an die Öffentlichkeit zu bringen. Weshalb? Die Polizei wird meine Erklärung schwerlich bestätigen. Und ich allein werde mit meiner Aussage keine Sensation machen. Alle raten mir, vorsichtiger zu sein, nicht im Dunkeln spazieren zu gehen, entlegene Orte zu meiden, nicht allein das Haus zu verlassen. Dieser letzte gute Rat bewegte mich besonders: wo soll ich hier Begleiter hernehmen? Und ich beschloß, genau umgekehrt vorzugehen: bis in die späte Nacht spazierenzugehen, allein und an entlegenen Orten. Das ist um so weniger gefährlich, als meine Gegner ganz wie die heutige Jugend es vorzieht, vor aller Augen Liebe zu praktizieren. Mein Feind fürchtet sich selbst vor entlegenen Orten und vor der Dunkelheit. Und erst recht davor, allein zu sein. Für ihn ist es am sichersten, straflos ausgehen zu können, wenn er seine Sache vor aller Augen erledigt. In der Menge und vor aller Welt ist er unsichtbar. Ja und, wer ist er nun – mein Feind? Der gescheiteste Standpunkt in solch einem Fall ist – zu glauben, daß alle deine Feinde sind.

Der Enthusiast ist überzeugt, daß der Hieb, den ich abbekommen habe, ihm gegolten habe. Die KaGeBeler haben uns einfach verwechselt. Wie das denn? sagte ich empört. Schließlich bin ich doppelt so groß wie Sie. Ganz einfach, sagte er. Die haben von oben geguckt, und von oben bin ich sogar größer als Sie. Und was die Hauptsache ist – Sie sind überhaupt nicht gefährlich für die Sowjetunion. Weshalb Sie um die Ecke bringen? Schließlich bin ich im Augenblick Feind Nummer eins für die. Sie haben recht, sagte ich. Und um einer Verwechslung aus dem Wege zu gehen, werde ich von nun an auf allen vieren kriechen, damit die KaGeBeler von oben sehen, daß ich – nicht Sie bin. Aber ich bezweifle trotzdem, daß man Sie um die Ecke bringen will. Die Henker beim KGB denken sich für Sie eine schrecklichere Rache aus. Welche ? – der Enthusiast warf stolz seinen Wuschelkopf zurück. Man wird Sie ignorieren, sagte ich. Die Nummer wird denen nicht gelingen! brüllte er. Ich werde denen schon beibringen, daß man mit mir zu rechnen hat!

Den Enthusiasten löste der Berufsrevolutionär ab – stellen Sie sich vor, auch solche gibt es hier. Er ist der Ansicht, daß Rußland eine neue Revolution braucht, um die Ideale der letzten Revolution auch wirklich verwirklichen zu können. Er kriegt von irgendwem Geld für sein kleines Blättchen. Den Großteil dieser Gelder verschleudert er für Reisen in alle möglichen Kurorte. Für sein Blättchen beutet er rücksichtslos einfältige Neuankömmlinge aus der Sowjetunion aus und rechtfertigt das »im allgemeinen Interesse des Kampfes gegen den sowjetischen Lügensozialismus«. In diesem Punkt stimmt er mit dem Enthusiasten überein. Aber was den positiven Teil seines Reformprogramms anbelangt, gehen ihre Ansichten prinzipiell auseinander. Der Enthusiast will den wahren Sozialismus bauen, aber trotz allem im sowjetischen Stil, und der Revolutionär – den wahren Sozialismus, aber im westlichen Stil.

Der Revolutionär wollte von mir Einzelheiten über den Überfall auf mich wissen. Er war auch überzeugt, daß das ein »KGB-Streich« sei. Und auch er versuchte mich zu überreden, eine Erklärung in der Presse abzugeben. Ich sagte, daß ich noch nicht gelernt habe, an einem Schlag ins Genick festzustellen, von welcher Organisation er kommt. Wenn ich das Glück haben sollte, noch einige ins Genick verpaßt zu kriegen, werde ich eine wissenschaftliche Abhandlung verfassen und dann meine Erklärung abgeben. Aber wenn es nun die »Roten Brigaden« sind?

Das Thema war damit für ihn erschöpft, und der Revolutionär ging zu seinem Programm für eine sowjetische Opposition über. Ich sagte, ein solches Programm auszuarbeiten sei höchst simpel. Sofort zog er ein Notizbuch aus der Tasche. Fragte, ob ich nichts dagegen hätte, wenn er sich einiges von dem, was ich sagte, notierte. Schreiben Sie nur, sagte ich, mich stört das nicht. Das Sowjetsystem ist Mist. Die Sowjetmacht ist Mist. Die KPdSU ist Mist. Das KGB ist Mist. Das Sowjetdasein ist Mist. Man sollte das alles zum ... An diese Stelle sollte man lieber nichts setzen, weil alles, was man hier hinsetzen kann, noch größerer Mist wäre.

Er sagte, daß er in allem mit mir übereinstimme, den letzten Punkt ausgenommen. Trotz allem brauche man irgend etwas Positives. Also gut, sagte ich, hier haben Sie einige positive Ideen. Es gibt allgemeine Regeln für die Abfassung von Programmen, die auf Massenerfolg zugeschnitten sind. Beispielsweise muß das Gewünschte als historisch gesetzmäßig (die Geschichte geht genau in die Richtung, die wir wollen) und gewissen unverrückbaren Eigenschaften der menschlichen Natur gemäß dargestellt werden. Was wir wollen? Wir, das sind, wie sich von selbst versteht, wir Sowjetmenschen. Wir wollen die Vorzüge der sowjetischen Lebensweise behalten, alle seine Mängel abschaffen und an ihrer Stelle die Vorzüge der westlichen Lebensweise übernehmen. Letztere verstehen wir natürlich auf unsere Weise, nämlich als da sind Essen, Trinken, Kleidung und andere Wohltaten mehr in Hülle und Fülle, dazu selbstverständlich alle nur erdenklichen Freiheiten. Diese Mischung aus den imaginären Segnungen des Kommunismus und Kapitalismus muß also als dasjenige Ideal hingestellt und formuliert werden, für das die besten Vertreter des Sowjetvolkes kämpfen werden. Ist ganz einfach. Aber dafür haben wir doch dort, in Moskau gekämpft! rief der Revolutionär. Richtig, sagte ich. Aber ein gutes Programm muß auch auf dem Papier verankern, worum der Kampf eigentlich geht. Oder besser noch – was bereits erreicht worden ist. In unserem Institut in Moskau haben wir gewöhnlich für die Zukunft geplant, was wir bereits im letzten Jahr gemacht hatten. Und haben regelmäßig die rote Wanderfahne des Parteibezirkskomitees bekommen, im letzten Jahr sogar den Titel eines »Betriebs der kommunistischen Arbeit«. Der Revolutionär war gegangen. Und der Enthusiast erschien abermals. Führte ein Gespräch über die Ereignisse sei es in Bolivien, sei es in Chile. Mir ist völlig egal, über was für Ereignisse und in was für einem Land er brummelt: ich habe weder von dem einen noch dem anderen eine Vorstellung. Aber der Enthusiast nimmt sich das alles sehr zu Herzen. Ich hatte genug davon und sagte ihm, er wisse doch gar nicht, was da vor sich gehe. Er gab mir zur Antwort, daß ich das schließlich auch nicht wisse. Ich erklärte mich durchaus einverstanden, fügte aber hinzu, daß ich auch nicht mehr wisse als er. Er forderte mich auf, den Sinn meiner Behauptung zu erklären. Sie haben vor, die Welt umzugestalten, sagte ich, und können nicht einmal mit so einer primitiven Aufgabe fertig werden. Hier noch eine primitive Logikaufgabe für Sie. Sie sagen, daß Sie in Moskau dem Tode näher waren als hier. Angenommen, Sie sterben morgen. Die Zeitspanne zwischen Ihrem Leben in Moskau und dem morgigen Tag ist größer als die Zeitspanne zwischen Ihrer Ankunft im Westen und dem morgigen Tag. Warum also waren Sie damals dem Tode näher? Ich gebe Ihnen mein Wort, daß, wenn Sie dieses Problem lösen, ich Ihnen gestatte, die Welt nach Ihrem Gutdünken umzumodeln. Ich werde Ihnen sogar gestatten, den wahren Sozialismus in der Sowjetunion zu bauen. Der Enthusiast nannte mich einen Scholastiker und Sophisten. Aber da erschien der Witzbold und brachte das Gespräch auf ein anderes Thema.

Hier gibt es viele Ausländer, sagte der Witzbold. Man sollte mit ihnen eine Ausländerpartei gründen und den Kampf um die Macht aufnehmen. Und sobald man die Macht in den Händen hat, alle Deutschen aus Deutschland verjagen.

Ausgezeichnete Idee, sagte ich. Und durch und durch realistisch. Ich versichere Ihnen, die Deutschen werden selber dieser Partei beitreten. Sie haben ein ausgeprägtes Schuld- und Schamgefühl. Im übrigen sind nur die Deutschen in der Lage, die Vertreibung der Deutschen aus Deutschland ordentlich zu organisieren.

Unsinn! zeigte sich der Enthusiast empört. Wie soll das möglich sein, ein Volk aus seinem eigenen Land zu vertreiben?!

– Ganz einfach. Erfahrungen, was das anbelangt, gibt es schon. Denken Sie an Ostpreußen!

– Und wen wollen Sie anstelle der Deutschen ansiedeln?

– Juden natürlich. Ja, auch Araber.

– Die werden sich gegenseitig den Garaus machen!

– Auch nicht schlecht. Nun ja, Deutsche aus der Sowjetunion und der DDR.

– Und wohin mit den Deutschen?

– Nach Sibirien. Dort ist Platz genug für alle.

– Aber wenn Sie die Deutschen aus Deutschland aussiedeln, wird hier alles bankrott gehen und die Ausländer werden Deutschland verlassen.

– Na wunderbar! Auf dem freigewordenen Terrain

werden wir Deutsche ansiedeln. Und dann läßt sich hier in Frieden und Sattheit leben.

Traum

Der Inspirator war betrunken und übler Laune.

– Was ist passiert? fragte ich.

– Ein offenes Gespräch mit den Vorgesetzten. Ich habe gesagt, daß ich unsere Arbeit im Westen auf die bestmögliche Weise in die Wege leiten will.

– Und die Vorgesetzten?

– Sagten, daß die derzeitige Lage die bestmögliche sei, da sie allen dient – ausgenommen solchen »Genies«, wie wir es sind. Außerdem gibt es einen wichtigen Grund, weshalb eine Verbesserung unserer Arbeit im Westen für unsere Vorgesetzten nicht wünschenswert ist.

– Welchen?

– Das Kräfteverhältnis. Augenblicklich steht es zu unseren Gunsten, wenn auch kaum merklich – für unsere Feinde. Wenn wir fühlbar besser arbeiten, sieht sich der Gegner genötigt, seine Aktivitäten zu vervollkommnen. Und dann beginnt sich das Kräfteverhältnis in die für uns schlechtere Richtung zu verschieben. Logisch?

– Die Logik von Idioten ist für gewöhnlich unerschütterlich.

Wertvolles Dokument

Es war noch gar nicht richtig Tag, wurde ein Wagen nach mir geschickt – zum ersten Mal während der ganzen Überprüfungszeit. Das heißt, daß irgend etwas Außerordentliches passiert war. Wie sich herausstellte, war eine neue »handelnde« Person erschienen – ein KGB-Offizier, der mit irgendeiner Delegation hierhergekommen war und »die Freiheit gewählt« hatte. Er hatte ein »höchst wertvolles Dokument« mitgebracht – die Aufzeichnung eines Gesprächs zwischen dem Chef des KGB und dem General, der für die Operation »Emigration« verantwortlich ist. Meine Verhörer wollten nun meine Meinung über die Authentizität des »Dokuments« hören. Wollen Sie, sagte ich, daß ich Ihnen den Inhalt des »Dokuments« erzähle, ohne es gelesen zu haben? Das »Dokument« ist natürlich echt. Aber es ist eigens für Sie gemacht. Eine Irreführung? fragten sie. Im Gegenteil, antwortete ich, eine ganz präzise Information. Was für eine? fragten sie. Mit der Emigration ist beschlossen worden, kurzen Prozeß zu machen, sagte ich. Meine Verhörer wechselten Blicke und nahmen das »Dokument« ungelesen von mir zurück.

Sie hatten mit keinem Wort den Überfall auf mich erwähnt. Und ich hatte so getan, als sei nichts Besonderes vorgefallen.

Rentner

Im Park nichts als Rentner. Bestimmt sind sie alle konservativ und reaktionär. Aber was soll daran schlecht sein? Progressive und Revolutionäre hat die Welt mehr als genug. Demnach sind Rentner eine Wohltat. Nur die Rentner können den Westen noch retten. Die Rentner sind die ehemalige Jugend, haben nur die Illusion der Jugendzeit verloren und gesunden Menschenverstand erlangt. Sie haben Zeit zum Nachdenken. Sie haben Lebenserfahrung. Sie haben nichts zu fürchten, können direkt und offen ihre Meinung äußern. Ihr Leben geht dem Ende zu, und deshalb sind sie an der Fortsetzung des menschlichen Lebens in unveränderter Form interessiert. Greise! Die Zukunft der Menschheit liegt in euren Händen! Vereinigt euch im Kampf gegen den kommenden Fortschritt! Einer der Alten hatte an meiner Visage und meiner Kleidung abgelesen, daß ich Ausländer bin, und wendete sich mit einer unflätigen Bemerkung über mich an seinen Nachbarn auf der Parkbank. Sein Hündchen stürzte sich böse auf mich. Meine Konzeption, was die Rentner anbelangt, ersetzte ich, versteht sich, auf der Stelle durch die gegenteilige Auffassung. Alles Böse kommt von den Alten. Nieder mit den Alten!

In der Pension

In der Pension lösen der Witzbold und der Zyniker die Probleme eines neuen Weltkriegs.

– Die sind hier auch nicht gerade Blödmänner. Hier bereiten sie sich auf den Krieg vor. Bei kleinem, ganz unauffällig.

– Es ist unmöglich, sich unauffällig auf einen großen Krieg vorzubereiten. Man muß das ganze Volk auf den Krieg vorbereiten. Besonders die Jugend. Wenn's losgeht, verwandelt sich die Sowjetunion in ein paar Tagen in ein einziges Kriegslager. Und hier braucht man zwei Monate, um erst mal mit der Jugend und den Pazifisten klarzukommen.

– In einem neuen Krieg werden die Bevölkerungsmassen keine große Rolle spielen. Die Atomwaffe...

– Nehmen wir nur eine Minute lang an, daß eine Möglichkeit gefunden worden ist, den Kurs der gegnerischen Raketen zu ändern und sie sogar zurückzuschicken. Was dann? Der Krieg wird wieder in erster Linie ein Krieg von Menschenmassen werden.

Der Enthusiast hatte den Müll weggebracht, kam zurück und hielt eine demagogische Rede über die westlichen Abfälle.

– Hier werden Sachen in den Müll geworfen, für die die Leute in der Sowjetunion bereit wären, viel Geld zu zahlen und sogar anzustehen.

– Glauben Sie etwa, hier wisse man die Dinge nicht zu schätzen? Wissen die besser als bei uns. Deshalb werfen sie sie auch weg. Ist billiger wegzuwerfen als aufzuheben.

– Und wenn man diese Abfälle aufhebt, wird sich die Lage in der Welt auch nicht merklich ändern.

– Auf der Welt gibt es in der Tat Hunderte von Millionen Hungernder und Armer, steuerte ich meinen Beitrag an der Diskussion bei. Aber daraus folgt noch lange nicht, daß dieses satte und reiche Volk ebenfalls verpflichtet ist, arm zu sein und zu hungern. Es ist nicht die Schuld dieser Menschen, daß auf der Welt viele Millionen anderer Menschen existieren. Wozu sind sie da? Die Bevölkerung wird sich gegen Ende des Jahrhunderts noch einmal um viele Hunderte von Millionen Menschen vergrößert haben. Wozu? Warum soll sich dieses Volk um sie sorgen? Jedes Volk hat ein Recht auf den Kampf um seine Existenz und sein Wohlergehen. In Ihren Exkrementen kann man auch Nahrungsstoffe feststellen, um die an anderen Orten des Planeten gekämpft wird. Was folgt daraus? Es ist einfach, auf fremde Rechnung human zu sein. Sie haben bereits drei Jacketts. Geben Sie eins einem der Armen in Indien und Kambodscha!

Der Enthusiast sagte, ich »überspanne den Bogen«, und ging auf die Toilette. In den letzten Tagen hatte er sich auf verschiedenen Empfängen rumgetrieben und an die fünfmal pro Tag für umsonst den Bauch vollgeschlagen.

– Wenn Sie so in der Öffentlichkeit reden, sagte der Zyniker, werden Sie sogar die hiesigen reichen Leute einen Reaktionär und Rassisten schimpfen. Hier sind alle für Demokratie, Gleichheit, Gerechtigkeit und Menschlichkeit.

– Auf dem Papier und in schönen Reden. Das hindert sie

aber nicht, ausländische Arbeitnehmer auszunützen und sie als eine niedere Rasse zu betrachten.

– Hier gibt es fünf Millionen ausländische Arbeitnehmer und zwei Millionen eigene Arbeitslose. Aber versuchen Sie mal, diese Arbeitslosen unter den gleichen Bedingungen einzustellen, unter denen die Ausländer arbeiten!

– Die moderne Gesellschaft braucht eine Großzahl Menschen, deren Lage mit der Lage der Sklaven in Rom verglichen werden kann. Und gleichzeitig bringt sie eine Großzahl Menschen hervor, die den römischen Plebejern vergleichbar sind. Das ist ein allgemeines Gesetz. Es funktioniert auch bei uns, nur in verkappter Form. Wie die Humanisten sagen würden, eine Gesellschaft kann nicht lange ohne Hierarchie und Ungleichheit existieren. Unser Experiment ist ein glänzender Beweis dafür.

Fremdes Leben

Der Künstler wohnt mit seiner Frau in dem Zimmer neben mir. Die Wand ist dünn. Ich kann oft ihre intimen Gespräche hören. Sie sind überzeugt, daß im Westen die Trennwände zwischen den Zimmern schalldicht sind und nehmen kein Blatt vor den Mund.

Wir brauchen Geld, sagt er.

– Ich kann Arbeit als Modellmacherin finden.

– Hier muß man da aber andere Proportionen haben. Und die Jüngste bist du auch nicht mehr.

– Sei kein Flegel!

– Hier hat man einfach einen anderen Begriff von Jugend.

– Dann eben als Modell in der Kunstakademie. Oder privat bei jemandem.

– Hier sind alle Privatleute. Und Modelle sind alle Prostituierte.

– In Moskau, da sind Modelle Prostituierte. Hier gibt es auch ohne Modelle genug Prostituierte.

– Unerfüllbar, dieser Wunsch. Wie wär's mit Putzfrau?

– Hier ist das Arbeit für Türken.

– Dieser Typ, der gestern gekommen ist, ist ganz bestimmt ein KGB-Agent.

– Hier sind alle KaGeBeler.

– Seltsam, ich bin nie zum KGB beordert und aufgefordert worden zu denunzieren. Begreifst du das?

– Mich hat man auch nie hinbestellt und nie angeworben. Dieses ganze Gewäsch über Sowjetspione ist reinste Erfindung. Daß du ja nicht schnarchst! Im übrigen bin ich nicht siebzig.

– Im übrigen hat der berühmteste Weiberheld in der Geschichte, Casanova nämlich, geschrieben, daß er die schönste Nacht mit einer siebzigjährigen Gräfin verbracht hat.

– Dummes Geschwätz!

– Nicht im geringsten. Es war ganz einfach die einzige Nacht in seinen reiferen Jahren, in der er genug geschlafen hat. Ha-ha-ha!

– Dummkopf.

Ich habe den Künstler und seine Frau von meiner Sowjetagentenliste gestrichen.

Schlaflosigkeit

Ich konnte nicht einschlafen. Ich blätterte in dem Buch eines sowjetischen Regimekritikers, der hier als hervorragende Erscheinung hochgespielt wird. Ich stieß auf folgende Behauptung: Revolution wird deshalb gemacht, damit niemand an der Spitze der Menschen steht. Ich warf das Buch unter das Bett. Dann blätterte ich das Programm einer gewissen »Demokratischen Vereinigung« durch. Das Programm enthielt fünfzig Punkte. Ein Punkt betraf eine Spendensammlung zugunsten der »Vereinigung«. Diesen Punkt, bitte sehr, hätten die Verfasser des Programms kürzer und klarer fassen können: Gebt Geld!!! Im Programm heißt es, daß die Macht im Lande »dem ganzen Volk, das heißt allen Bürgern des Landes in ihrer Gesamtheit und nur ihnen« gehören müsse. Und ein bißchen weiter unten heißt es, daß sie »der Mehrheit der Bevölkerung« gehören und von »Auserwählten des Volkes« ausgeübt werden müsse. Aber gerade das ist ja in der Sowjetunion längst schon verwirklicht worden. Die Autoren des Programms bestehen auf Aktionen »im Rahmen des Gesetzes«, sprechen aber im weiteren von »gewissen unabhängigen Gruppen«, wobei sie ignorieren, daß diese Gruppen im Rahmen des Gesetzes verboten werden können. Als ich dieses Glanzstück politischen Denkens durchgeblättert hatte, warf ich es ebenfalls unters Bett.

Traum

Gegen Morgen schlief ich endlich ein. Ich träumte, an einer KGB-Sondersitzung teilzunehmen. Im Westen war ein neues geheimes Vorhaben in Angriff genommen worden, und auf der Sitzung wurde die Frage diskutiert, wie man an die Geheimnisse dieses Unterfangens kommen könne. Es wurden verschiedene Vorschläge vorgebracht: eine Protestdemonstration veranstalten, die Opposition dazu bringen, im Parlament eine Anfrage zu stellen, die Journalisten zu bewegen, enthüllendes Material zu veröffentlichen, Terroristen hinzuschicken, eigene Leute einzuschleusen, eine Regierungskrise zu inszenieren, Spezialisten zu einem Symposium zusammenzurufen, einen internationalen Kongreß zu organisieren... Kurz gesagt, es wurden alle nur möglichen Varianten vorgetragen. Dann richteten sich die Blicke sämtlicher Anwesender auf mich. Man muß überhaupt nichts machen, sagte ich. Man muß nur ein bißchen abwarten, und die werden uns alle ihre Geheimnisse ganz von selber entdecken. Werden sogar darum bitten, von uns empfangen zu werden. Und uns dafür bezahlen. Sämtliche Sitzungsteilnehmer fielen voller Zorn über mich her. Soll wohl heißen, wir werden nicht gebraucht! schrien sie. Heißt wohl, für uns bleibt nichts zu tun! Nieder mit dieser Kanaille! Das ist ein Agent vom Zentralen Nachrichtendienst!!...

Zickzack der Geschichte

Die Geschichte mit dem Überfall war völlig in Vergessenheit geraten. Alle taten so, als sei überhaupt nichts passiert. So, als hätte jemand das Kommando gegeben zu schweigen. Mir kommt es allmählich selbst so vor, als sei dieser »glückliche Tag« ein zufälliger Zickzack der Geschichte gewesen.

Die »Zentrums«-Idee

Der Schriftsteller sagte, daß die Idee, ein »Zentrum« aufzubauen, das die Bemühungen der Emigration um Kritik an der Sowjetunion vereinigt, »auf höherer Ebene« diskutiert werde. Das wäre ein Ort, wo ich meine beruflichen Fähigkeiten zum Einsatz bringen könnte. Der Schriftsteller ist bereit, sich für mich zu verwenden.

Verhör

– Sie verfügten in der Sowjetunion über eine privilegierte Stellung.

– Ich war nur Kandidat der Wissenschaften und Höherer wissenschaftlicher Mitarbeiter.

– Aber Sie waren Mitglied der KPdSU.

– Die Mehrzahl der KPdSU-Mitglieder lebt auf armseligem Niveau.

– Sie hatten nähere Beziehungen zu verantwortlichen Mitarbeitern des ZK- und KGB-Apparates.

– Das hat mir nichts gebracht außer persönlichen Kontakten. Die einflußreichste Figur war der Inspirator. Er wohnte in einer winzigen Wohnung, bekam nur wenig mehr als ich und verfügte über keine besonderen Privilegien. Selbst sein Dienstrang war lächerlich niedrig. Dergleichen Leute machen nirgends große Karriere.

– Sind Sie Kommunist?

– Der Begriff »Kommunist« ist vielschichtig. Wenn ich zum Beispiel ein Paar Hosen habe, habe ich nicht das Gefühl, arm zu sein. Wenn ich zwei Paar Hosen habe, habe ich nicht das Gefühl, reich zu sein. Ich fühle mich nicht hungrig, wenn ich mich von faulen Kartoffeln ernähre. Und habe nicht das Gefühl, satt zu sein, wenn ich ein frisches Beefsteak esse. Ich wäre froh, wenn ich eine gute Wohnung hätte. Aber ich kann auch in einem winzigen Zimmerchen leben. Ich könnte meinen Namen in die Geschichte der Wissenschaft einschreiben. Aber ich kann meine Ideen auch umsonst und an jeden, der mir vor die Nase kommt, verteilen, wie ich das auch bis jetzt gemacht habe. In diesem Sinne bin ich ein echter Kommunist. Aber ich glaube nicht an das kommunistische Paradies und kann mich über den Marxismus und die sowjetische Lebensweise beißender lustig machen als die westlichen Antikommunisten und sowjetischen »Regimekritiker«. In diesem Sinne bin ich kein Kommunist.

Wahrheit

Wir sind verpflichtet, den Menschen im Westen die nackte Wahrheit über unsere Gesellschaft zu sagen, sagt der Schriftsteller.

Die nackte, das ist gut, sage ich. Das haben die gern. Im Augenblick kann man hier nichts anschauen und nichts lesen, ohne daß irgendwas Nacktes mit dabei ist.

– Ich mache keine Witze.

– Ich auch nicht. Mir ist hier folgendes passiert. Ich bekam eine Einladung, in einem Forschungsinstitut über die Grundzüge der Sowjetgesellschaft zu sprechen. Man zeigte mir das Institut und erzählte mir allerhand über die Arbeitsorganisation in diesem Institut. In der Sowjetunion habe ich Forschungszentren besucht. Verglichen mit den allgemeinen Lebensverhältnissen im Lande kamen mir der Lebensstandard und die Arbeitsbedingungen dort märchenhaft vor. Aber das, was ich hier zu sehen bekam, hat mich geradezu überwältigt. Die sowjetischen Forschungszentren kamen mir jetzt auf einmal armselig vor. Der Professor zum Beispiel, der mich empfangen hat, verfügt alles in allem über nur eine einzige Laborantin. Aber die Arbeit, die er und sie leisten, entspricht derjenigen eines ganzen sowjetischen Laboratoriums mit einer Mannschaft von fünfzig Leuten. Mein Vortrag fand nach der Besichtigung des Instituts statt. Es ist nicht schwer, sagte ich, verschiedene Länder ein und desselben sozialen Systems zu vergleichen. Aber Länder verschiedener sozialer Systeme vergleichen und das Urteil fällen, welches von ihnen besser oder schlechter ist, das ist Sache der Geschichte. Vergleichen wir beispielsweise Ihre Lage (ich zeigte auf den erwähnten Professor) mit der Lage eines Wissenschaftlers desselben Kalibers in einem sowjetischen Forschungszentrum. Ein solcher Wissenschaftler verfügt bei uns über ein eigenes Laboratorium und Minimum fünfzig Untergebene. (An dieser Stelle lachten alle Anwesenden.) Aber, sagte ich, betrachten wir die Sache einmal von einer anderen Seite. Sie sind Vorgesetzter eines einzigen Menschen, und Ihr sowjetischer Kollege ist Vorgesetzter von fünfzig Leuten. Unter Berücksichtigung seines Platzes innerhalb des Sowjetsystems insgesamt fühlt und betrachtet sich Ihr sowjetischer Kollege psychologisch gesehen als General, der das Kommando über eine riesige Abteilung hat. Empfinden Sie den Unterschied? Was ist besser – leben, um zu produzieren und die Arbeitsproduktivität zu erhöhen, oder produzieren (im übrigen – nicht unbedingt hochproduktiv), um ein soziales Leben zu leben? Darauf ging eine Diskussion los, in der die hiesigen komfortablen und sterilen Arbeitsbedingungen im wahrsten Sinne des Wortes in Grund und Boden gewettert wurden. Ich erfuhr, daß viele der Mitarbeiter vor Langeweile umkommen. Depressionen seien an der Tagesordnung. Irgend einer von ihnen sei in der psychiatrischen Heilanstalt. Komisch, sie empfanden unsere Versammlungen, unsere Kollektivreisen auf Kolchosen, unsere gesellschaftliche Arbeit und andere uns zum Hals heraushängenden Attribute des Sowjetdaseins als eine Wohltat. Ich wies sie darauf hin, daß die wirkliche kommunistische Lebensweise im Grunde genommen eine Versuchung sei, aber eben auf dieser Grundlage werde sie zu einer neuen Form der Knechtung. Aber sie hörten nur den ersten Teil meiner Formulierung – die Versuchung. Da versuch mal einer, denen irgendeine nackte Wahrheit zu sagen. So einfach ist das nicht.

– Ihr Beispiel klingt sehr literarisch. Hätten Sie etwas dagegen, wenn ich es notiere?

– Notieren Sie nur! Dafür sind Sie schließlich Schriftsteller.

Objektivität

Der Westen wird zwischen zwei Extremen hin- und hergeworfen – zwischen einer extremen Überbewertung der militärischen Macht der Sowjetunion und einer extremen Überbewertung seiner Versorgungsmängel. Da werden zum Beispiel in einer Illustrierten Fotos gebracht, die den Eindruck vermitteln, als sei die Sowjetunion auf wirtschaftlichem, versorgungsmäßigem, kulturellem und industriellem Gebiet ein zurückgebliebenes Land. Aber, meine Herrschaften, woher dann die Erfolge im Weltall, die militärische Macht, die hervorragenden Leistungen auf musikalischem Gebiet, im Sport und anderes mehr? Die sowjetische Lebensweise liegt nicht zwischen den erwähnten Extremen, sondern auf einer ganz anderen Ebene. Auf welcher jedoch, das will keiner wissen. Angst vor der Objektivität, was Erkenntnisse des gesellschaftlichen Lebens anbelangt, ist eines der auffallendsten Phänomene unseres superwissenschaftlichen Jahrhunderts.

Aber kann man hier überhaupt objektiv sein? Da wird im Fernsehen ein Film über einen Parteitag in Moskau gezeigt. Ein beängstigender Eindruck. Besonders, was das Aussehen der sowjetischen Führerpersönlichkeiten anbelangt. Parteibürokraten mit stumpfsinnigen, fetten Visagen stehen da und singen die »Internationale« mit dem inzwischen von allen vergessenen Text der Parteihymne in den Händen. Da brüllen sie die Worte der Hymne: »Wacht auf, Verdammte dieser Erde, die stets man noch zum Hungern zwingt«. Seht euch deren Visagen in diesem Moment an! Da habt ihr nicht das wahre Gesicht, sondern eben die Schnauze, die Labbe, die Fresse der kommunistischen Gesellschaft in ihrer ausdrucksvollsten Verkörperung. Nun, und die hiesigen Zuschauer? Die schauten sich den Film völlig gleichgültig und sogar mit einer gewissen Portion Ehrerbietung gegenüber dieser Visage des Kommunismus an.

Der Bau

Bei Sonnenuntergang sieht der Bau wie ein Zauberschloß oder ein Tempel aus. Nein, eher wie ein Raumschiff. Doch nun löst die Dunkelheit die äußeren Konturen auf, und anstelle der Märchenvision entsteht ein schrecklicher schwarzer Graben.

Wissen und Begreifen

Deine Aufgabe, sagte der Inspirator, ist nicht zu wissen, sondern zu begreifen. Wissen gibt es bei uns in Hülle und Fülle, aber Begreifen – es könnte einen Hund jammern. Mein Chef zum Beispiel kennt sämtliche bedeutenden Persönlichkeiten Westeuropas mit Namen samt ihren tiefsten Geheimnissen. Aber was hat das für einen Sinn? Die westlichen Kremlologen wissen über Einzelheiten aus dem Leben unserer führenden Leute in der Regierung besser Bescheid als wir. Und was haben sie davon? Wir brauchen keine Schlüssel zu irgendwelchen Georges, Germans oder Johns. Wir brauchen Schlüssel zu Ländern, Massen, Prozessen, Epochen. Dafür genügt es nicht zu wissen. Dafür muß man begreifen. Man kann trotz großen Wissens nicht begreifen. Aber begreifen kann man auch mit wenig Wissen. Stopf dir den Kopf nicht mit belanglosem Zeug voll. Lebe einfach. Denke. Warte. Und das Begreifen kommt früher oder später.

Pläne und Verwirklichungen

Ich verließ Moskau in der heimlichen Absicht, Westeuropa kennenzulernen und einen Plan auszuarbeiten, wie es am schnellsten und reibungslosesten von der Sowjetunion erobert werden kann. Ich nahm an, daß mir zwei Jahre dafür genügen würden. Dann schickte ich mich an, meinen Plan dem KGB vorzulegen. Obgleich ich nicht gerade völlig auf den Kopf gefallen bin, rechnete ich trotzdem damit, daß mein Plan dort großen Eindruck machen und ich einen guten Posten unter dem System bekommen werde, das meinen Plan realisieren würde. Ich rechnete nicht mit einem ersten Platz in diesem System. Ich rechnete nur damit, geheimer Berater irgendeiner großen Nummer, geheimer Genius bei einem unverkennbaren Idioten zu werden.

Meine Pläne waren aus zwei Gründen utopisch. Der erste Grund – die Termine. Ich lebe jetzt fast ein Jahr hier, kenne aber die Stadt, in der ich lebe, noch so gut wie gar nicht. Wenn ich mir in diesem Tempo ganz Westeuropa aneignen will, werde ich tausend Jahre dafür brauchen. Der zweite Grund – das Maß an Vertrauen zu meinen Vorschlägen. Je besser ich den Westen verstehen lerne, desto schneller wird sich dieses Maß Null nähern.

Darauf wurde ich es müde, dergleichen Pläne zu machen. Ich bemühte mich, mit allen mir zur Verfügung stehenden Mitteln dem Westen, für dessen Eroberung ich zuvor Pläne ausgearbeitet hatte, ein armseliges Almosen abzuluchsen. Bemühte mich ohne Erfolg. Hätte der Westen meine Pläne gekannt, hätte er mir bestimmt ein reichlicheres Almosen spendiert, denn dann wäre ich ja für ihn nicht einfach Abfall der in Auflösung begriffenen Sowjetgesellschaft, sondern Vertreter eines mächtigen Staates gewesen.

Müde von den ergebnislos gebliebenen Versuchen, ein Almosen rauszuschinden, aber erholt von den utopischen Plänen, den Westen erobern zu wollen, tauchte ich mit dem Kopf in neue Pläne. Nur diesmal begann ich, Pläne zur

Schwächung der Sowjetunion und Verringerung ihres Einflußes auf den Westen auszuarbeiten. Warum nur Schwächung und nur Verringerung? Weil ich diesmal beschlossen hatte, kein Utopist, sondern Realist zu sein. Und als Realist hatte ich begriffen, daß es unmöglich ist, die Sowjetunion zu vernichten und ihren Einfluß auf den Westen gänzlich zu stoppen. Und ich beschloß, meine Pläne dem amerikanischen Nachrichtendienst zukommen zu lassen. Diesmal rechnete ich mit keinerlei Posten. Ich rechnete nur damit, ein etwas größeres Almosen zu bekommen, als man es mir augenblicklich zukommen läßt.

Als ich die Pläne zur Eroberung des Westens zusammenstellte, ging ich von einer starken Annahme aus, nämlich: ich nahm an, daß der Westen klug ist und sich der sowjetischen Invasion widersetzen wird. Als ich dann die Pläne zur Verteidigung des Westens zusammenstellte, ging ich von einer anderen sehr starken Annahme aus, nämlich: daß die Sowjetunion klug ist und sich unablässig für die Verwirklichung ihrer Absichten den Westen betreffend einsetzen wird. Aber in letzter Zeit habe ich angefangen, an der Richtigkeit meiner Annahmen zu zweifeln. Die Stärke des Westens liegt nicht im Verstand und in der Entschlossenheit, sich zu verteidigen, sondern in seiner Dummheit und Bereitschaft zu kapitulieren. Andererseits besteht die Stärke der Sowjetunion ganz genauso in ihrer Dummheit und Unfähigkeit, ausreichend lange ein hohes Maß an Entschlossenheit aufrechtzuerhalten. Folglich, beschloß ich, müssen meine Annahmen im Interesse wissenschaftlicher Genauigkeit in gegenteilige Annahmen verkehrt werden.

Aber dann ... Dann sind überhaupt keinerlei Pläne mehr nötig, weil dann alles, was auf der Welt geschieht, in völliger Übereinstimmung mit diesen Annahmen geschieht. Gerade die Idiotie dessen, was geschieht, ist die idealste Erfüllung genialer Pläne – darin liegt das Wesen der Sache.

Und ich ließ meine Pläne zur Verteidigung des Westens sausen. Soll meinetwegen alles laufen, wie es ohne dein Zutun läuft, beschloß ich. Es handelt sich ja nicht darum, daß die Geschichte falsch läuft. Sie läuft manchmal auch richtig. Es handelt sich darum, daß deine Gegenwart in ihr falsch ist. Im Kampf zwischen zwei mächtigen Idioten hat ein kluger Zwerg keinen Platz. Irgendeiner von den beiden, die sich die Schlacht liefern, oder auch beide zusammen werden dich zermalmen. Du mußt dich davonmachen. Unauffällig, damit keiner dein Verschwinden bemerkt. Aber hau so schnell wie möglich ab. Die Gesellschaft ist nicht im geringsten an den großen Enthüllungen interessiert, die deinen Namen in die Geschichte der Wissenschaft einschreiben könnten. Im Gegenteil, sie ist daran interessiert, daß sie gar nicht erst stattfinden. Deine Position ist die eines Fremdlings aus dem Kosmos, eines teilnahmslosen, das heißt – allem Irdischen feindlich gesinnten Kosmos. Also, mach daß du fortkommst, zurück in deinen Kosmos, das heißt in die armselige Abkapselung deiner Person und – schweige!

– Merken Sie, wie sich das Verhältnis des Westens zu unserer Emigration in immer gravierenderem Maße zum Schlechteren wandelt? Wie kommt das?

– Früher sind wir hier als Boten der Schwäche des Sowjetsystems hergekommen und haben die Hoffnung auf seinen baldigen Zusammenbruch aufgrund innerer Ursachen verstärkt. Inzwischen kommen wir als Boten der Macht des Sowjetsystems hierher, als Avantgarde einer Angriffsarmee. Inzwischen versetzen wir den Westen, was seine Werte und seine Existenz anbelangt, in Unruhe. Wir zerstören die Hoffnung auf den Zusammenbruch Moskaus aufgrund innerer Schwäche.

– Ist doch nur gut so!

– Gut so, natürlich. Nur beginnt in solchen Fällen das Gesetz der Übertragung der Reaktion vom starken und wirklichen Feind auf den schwachen und imaginären seine Wirkung zu zeitigen. Der Westen hat begonnen, sich nicht mehr vor der sowjetischen Bedrohung selbst zu schützen, sondern vor denen, die das Wesen und die Stärke dieser Bedrohung klarzumachen versuchen.

– Sie haben leider recht. Meinen Beobachtungen nach ist der Westen überhaupt in Lüge, Heuchelei und Selbstbetrug versunken. Hier lügt jeder und das in jedem und allem. Sie lügen, ob es nun um Rassenprobleme oder nationale Fragen, um Dissidenten oder Pazifisten geht. Und was erst in der Literatur und bezüglich der Literatur geschieht!... Und die Filme!... Wissen Sie, zu welchem schrecklichen

Schluß ich gekommen bin? Das hier ist eine richtige, hochentwickelte Zivilisation! Zivilisation ist im Grunde genommen Lüge, denn Zivilisation ist etwas Gekünsteltes, Unnatürliches. Wahrheit ist etwas Natürliches, Naturgemäßes. Und deshalb ist sie gewöhnlich unangenehm und schrecklich. Die Lüge der Zivilisation ist die Verheimlichung der Wahrheit. Die Vertreter der verschiedenen Rassen zum Beispiel hassen sich gewöhnlich gegenseitig entsprechend den natürlichen Gesetzen des Daseins. Was macht die Zivilisation? Sie bringt in die Rassenbeziehungen Lüge. Alles tut so, als seien die Rassen einander ebenbürtig, als herrsche ein allgemeines Streben nach Liebe und Freundschaft unter den Rassen. Alle verurteilen einträchtig diejenigen, die wie die Rassisten ihr Augenmerk auf die natürlichen Erscheinungen in den Beziehungen zwischen den Rassen lenken. Oder ein anderes Beispiel. Die Bevölkerung unseres Planeten hat ihre natürlichen Grenzen überschritten. Warum? Wird etwa durch Vergrößerung der Menschenzahl das Ausmaß des Glücks auf Erden vergrößert? Steht das Maß an Fortschritt etwa in direkter Abhängigkeit zur Zahl der Leute? In Rußland betrug die Bevölkerungszahl unter Peter alles in allem zwölf Millionen. Danach begann trotz alledem die Bevölkerungszahl zu steigen. Warum? Dank der Leibeigenschaft. Der Mensch erlangte für die Gutsbesitzer materiellen Wert und Prestigewert. Es wurden Menschen gezüchtet. Aber heute, zu welchem Zweck soll man sie heute züchten? Heute muß man sie reduzieren. Was sagen Sie dazu?

– Gut, daß uns niemand hört.

– Ich habe mich hier schon an allem sattgesehen und sattgelesen. Die Kunst, die im Westen dominiert, übertrifft die offizielle sowjetische Kunst nur durch ihre feinere Ausführungstechnik, Prägnanz, Anzahl und Aufmachung. Aber der Kern der Sache ist ein und derselbe: das derzeitige, hinter den Kulissen spielende Leben des Westens zu verschleiern und zu romantisieren. Der westliche Mensch ist genauso in ein Massenverdummungssystem eingetaucht, nur auf ein bißchen andere Art und Weise als bei uns. Ich merke allmählich, daß das sowjetische Verdummungssystem solchen Leuten wie uns mehr Freiheit läßt, sich als Persönlichkeit geistig zu behaupten. Dort zeitigt der Protest gegen die Massenverdummung wenigstens das Gegenteil – die Separierung der individuellen Persönlichkeit. Aber hier ist so ein Protest nichts weiter als ein ganz gewöhnliches Element des Verdummungssystems selbst.

Historische Manie

Der Künstler hatte Farben gekauft, so was wie Ölfarben, nur daß sie in Windeseile trocknen. Er beklagte sich: Diese Farben halten alles in allem fünfzig Jahre. Aber er braucht Farben, die Jahrhunderte halten. Braucht Material für die Ewigkeit. Ein Künstler ohne jedes Talent, der noch kein einziges Bild verkauft hat, erhebt Anspruch auf die Ewigkeit! Der Schriftsteller schreibt, auch wenn er sich höchst geringschätzig über sich selbst äußert, in Wirklichkeit auch nicht »für den Tagesgebrauch«, sondern für die Ewigkeit. Woher diese Manie »für die Ewigkeit«? Aus dem vagen Gefühl heraus, daß es nicht einmal Jahrzehnte sein werden. Eine Manie, die in der Natur unseres Gesellschaftssystems begründet liegt. Wir müssen in allem das absolute Übermaß anstreben, um die allerprimitivsten Bedürfnisse der Menschen befriedigen zu können. Wir müssen von einer grandiosen Kulturrevolution träumen, um in Wirklichkeit dann wenigstens einen armseligen Beitrag beisteuern zu können. Weil unsere Dissidenten und kritischen Schriftsteller, soweit sie einen gewissen Bekanntheitsgrad im Westen erlangt haben, an der »göttlichen Manie« erkrankt sind, fangen sie an sich einzubilden, sie seien die Schöpfer der Weltgeschichte. Von unseren politischen Führern nicht zu reden. Und wir, ich und mein Doppelgänger in Moskau, der Inspirator, sind wir etwa besser als sie? Seine Worte im Geiste der antiken Tragödie verfolgen mich bis heute, und bis heute finden sie ihren Widerhall in meiner Seele.

Gedanken über den Krieg

Im Krieg gewinnt derjenige, der nach den rein militärischen Operationen die Einheit seines Landes wiederherstellt und verhindert, daß der Gegner ein Gleiches tut, sagte der Inspirator. Vorbereitung zum Krieg ist vor allem Vorbereitung auf das, was nach dem Krieg sein wird. Wir besitzen ein ganzes Institut, das sich mit den Problemen der Organisation und Desorganisation der Bevölkerung nach dem künftigen Weltkrieg beschäftigt, insbesondere aber damit, wie die Einheit und Lenkbarkeit der eigenen, am Leben gebliebenen Bevölkerung wiederhergestellt und die Überbleibsel der Einheit der feindlichen, am Leben gebliebenen Bevölkerung zerstört und unter unsere Kontrolle gebracht werden kann. Die Fragen werden für alle möglichen Varianten eines zukünftigen Krieges erforscht. Und was das Interessanteste ist – es werden Spezialisten ausgebildet, die sich praktisch mit diesen Problemen beschäftigen, die mit entsprechenden Informationen und Vollmachten ausgestattet werden. Wie sich von selbst versteht, in erster Linie Spezialisten für die gegnerischen Länder. Sie werden nach und nach in die Länder des Westens eingeschleust, und zwar in Ortschaften, die aller Voraussicht nach am wenigsten Angriffen ausgesetzt sein werden. Möglicherweise werden für diese Orte von vornherein Sonderinstruktionen erlassen. Wenn wir erst eine genügend große Anzahl solcher Spezialisten ausgebildet und in den Westen geschickt haben werden, wird das Problem ihrer Ansiedlung überhaupt gelöst sein. Möglicherweise werden die Spezialisten auch bis zu Beginn des Krieges in der Sowjetunion zurückgehalten und in großer Zahl in den Westen geschickt, sobald die Resultate der ersten Angriffe vorliegen.

Da auf dem Tisch liegt ein Staubkörnchen, sagte der Inspirator. Mit bloßem Auge kann man es gar nicht sehen. Und inzwischen gibt es bakteriologische und psychologische Bomben dieses Ausmaßes, die die alten, tonnenschweren Fliegerbomben an Zerstörungskraft weit übersteigen. Ein halbes Gläschen solcher Bömbchen reicht aus, um die USA völlig zu lähmen. Aber jedes von diesen mikroskopisch kleinen Bömbchen kommt ein Land teurer zu stehen als die alte, tonnenschwere Fliegerbombe. Noch teurer kommt die Aufbewahrung dieser Bomben. Ihre Zustellung und rationelle Nutzung macht Schwierigkeiten. Dazu kommen Überraschungsmomente. Mit einem Wort, um den ganzen Komplex der Probleme zu lösen, die mit diesen Bömbchen verbunden sind, sind Unsummen nötig, dazu die Entwicklung ganzer Wissenschaftszweige, Techniken und Technologien ... Es sind ebenso geniale wie fundamentale Entdeckungen in dieser Richtung gemacht worden. Aber um sie zu realisieren, brauchen wir die westliche Technologie und Elektronik. Mit einem Wort, um den Westen zu vernichten, bedürfen wir der Hilfe eben dieses Westens.

Alle betrachten den Beginn des künftigen Krieges als ein rein technisches und teils auch politisches Problem, sagte der Inspirator. Aber der Beginn eines großen Krieges hängt nicht nur von der Kriegstechnik, von der Anzahl der Waffen und der Eitelkeit der Politiker und Generäle ab. Sie hängt ab vom psychologischen und ideologischen Zustand der Völker. Ein Volk als Ganzes muß psychologisch gesehen zum Krieg bereit sein, damit seine Führer diesen neuen Krieg eigenmächtig und so, als sei er unerwartet ausgebrochen, vom Zaun brechen können. Ein solches Volk existiert bis heute noch nicht auf der Welt. Aber unser Volk kommt diesem Zustand am nächsten.

Kurz gesagt, das Problem eines neuen Weltkrieges ist ein

Problem für Denker, wie wir beide es sind – und nicht für Bürokraten und Sonderdienstleute.

Der Bau

Mein Bau nimmt immer mehr überirdische, kosmische Formen an. Als seien Institutionen darin untergebracht, die etwas mit der Eroberung des Kosmos zu tun haben. Deshalb haben auch, so möchte man meinen, seine Erbauer sich diese phantastische und gleichzeitig furchterregende Architektur ausgedacht, die das Gefühl des gewaltigen Ausmaßes des Kosmos ebenso wie des mystischen Grauens vor der Unendlichkeit und dem Unausweichlichen hervorruft. Die Türme des Baus überragen bereits die höchsten Gebäude der Stadt.

Nachrichten aus der Heimat

Der Enthusiast kam mit vor Schreck aufgerissenen Augen hereingestürmt. Sie pennen hier in aller Gemütsruhe, brüllte er, und in der Welt passiert Gott weiß was!! Was ist denn passiert? fragte ich und sprang aus dem Bett. Krieg?? Nein, viel schlimmer! brüllte der Enthusiast. In der Sowjetunion werden Hundesteuern eingeführt! Stellen Sie sich das mal vor: Hundesteuern! Als ich das hörte, beruhigte ich mich ein wenig. Ich an Stelle der Sowjetmacht, sagte ich friedfertig, würde eine Wanzensteuer einführen. Sie müssen aber auch ständig den Hanswurst spielen, sagte er vorwurfsvoll, dabei haben wir Sie für einen Dissidenten gehalten!...

Und in der Tat, beim KGB wollten sie mich allen Ernstes als Dissidenten hinstellen. Meiner Meinung nach war das ein grober Fehler. Und sie taten das aus rein formalen Erwägungen heraus. Von diesem Standpunkt aus gesehen verfügt auch das Sowjetsystem über alle Mängel eines großen Systems überhaupt.

Parteiversammlung

Der Schriftsteller ließ sich von seinem eigenen Geschwätz hinreißen und machte einen unverzeihlichen Fehler: er ging in die Wohnung der Dame und nahm mich mit. Die Dame zeigte sich maßlos erstaunt, als sie mich sah. Der Schriftsteller zog sie in die Küche, und sie tuschelten irgendwas, was meinen unerwarteten Besuch anbelangte. Ich schnappte Äußerungen der Dame auf wie »Arbeitsbesprechung«, »wichtige Probleme«, »wichtige Leute«. Dann Worte des Schriftstellers wie »gewinnen«, »ausnutzen«, »unter die Arme greifen«... Schließlich waren sie sich dann offenbar einig geworden. Die Dame kam strahlend heraus. Sie sagte »Sie scheinen uns ja ganz vergessen zu haben in letzter Zeit«, »scheinen wohl zu stolz zu sein«, »warum wollen Sie denn nicht ablegen«, »nein, nein, so schnell lassen wir Sie nicht wieder gehen«. Und ich wurde ins Gästezimmer gebeten. Dort waren außer mir bereits bekannten Leuten wie dem Gatten, dem Professor, zwei

Mitarbeitern des antisowjetischen Rundfunks, dem Leiter der hiesigen Emigrantenvereinigung und dem Führer der hiesigen Zweigstelle einer bekannten Emigrantenvereinigung noch einige ältere Männer und Frauen versammelt. Ich wurde »im großen und ganzen« vorgestellt. Man nickte mir zu, reichte mir nicht die Hand und nannte mir nicht die Namen. Die Gastgeberin warf mir einen letzten beunruhigten Blick zu. Ihre Augen richteten sich auf einen grauhaarigen, finster dreinschauenden Mann. Der nickte leicht mit dem Kopf. Ich legte dieses Kopfnicken so aus: kein Grund zur Aufregung, das ist auch einer von unseren Leuten, muß nur erst ein bißchen warm werden.

Genossen... hi-hi-hi... entschuldigen Sie, meine Herrschaften, begann die Dame. Auf der Tagesordnung unserer... Besprechung... hi-hi-hi... steht das Problem der Einheit und des einhelligen Vorgehens innerhalb der Reihen der Sowjetemigration im Westen. Das Wort hat... (ich indessen hörte: Die geschlossene Parteiversammlung der sowjetischen Spionagedienstgruppe in der Stadt M. ist hiermit eröffnet, das Wort hat das Mitglied des Bayrischen Gebiets- und Parteikomitees...). Der grauhaarige, mürrische Mann zog ohne Eile seine Zettel aus der Mappe. Er blätterte sie durch. Äh-äh... meine Herrschaften, ließ er sich mit der gut geschulten Stimme eines Parteifunktionärs nicht unter der Größenordnung eines Bezirksparteifunktionärs vernehmen, Sie alle wissen nur zu gut, was für eine schwierige Phase wir gerade durchmachen und was für wichtige Aufgaben vor uns liegen...

Unsere Sorgen

Ein kluger Kerl, sagte der Schriftsteller auf dem Nachhauseweg und meinte damit den Grauhaarigen. Und überhaupt, war ein gescheites Gespräch. Angenehm zu sehen, daß die Leute aufrichtig besorgt sind ... Worüber? fragte ich. Wollen Sie, daß ich Ihnen einige Gedanken des Vortrages dechiffriere? Da hat der Vortragende zum Beispiel vom sinkenden Prestige der Sowjetunion im Westen gesprochen, über die zunehmende antisowjetische Propaganda und ihre neuen Formen. Vermutlich alles wahr und richtig. Nichts daran zu kritteln. Aber das Sinken des Prestiges der Sowjetunion im Westen harmonisiert aufs beste mit der Zunahme ihres faktischen Einflusses. Auf der einen Seite sinkt das Prestige, und zum andern wird der Einfluß stärker. Die Leute, die in der einen oder anderen Weise ihre Hände bei den sowjetischen Interessen im Westen mit im Spiel haben, können machen, was sie wollen, unter anderem sich auch mit antisowjetischer Propaganda befassen. Nur muß diese Tätigkeit so organisiert und ausgerichtet sein, daß sie im Endeffekt zum Nutzen der Sowjetunion ausfällt. So daß also irgendeine Aktion zur Stärkung der antisowjetischen Aktivitäten ein Resultat zeitigen kann, das dem angegebenen genau entgegengesetzt ist. Es gibt eine Wissenschaft, wie man Menschen manipuliert. Eine nicht minder präzise Wissenschaft, als die Physik es ist. Und praxiserprobte Erkenntnisse gibt es. Und Kader. Die Aufgabe des KGB besteht lediglich darin, die Lage zu überblicken und die Menschen zu manipulieren. Die Leute machen dann schon selber alles, was not tut, übrigens – ohne die formelle Mitarbeit des KGB.

Beichte des Schriftstellers

Im großen und ganzen haben Sie ja in vielem recht, gibt der Schriftsteller zu. Gleich nach meiner Ankunft hier habe ich ein kleines Büchlein geschrieben. Irgend etwas hat den Herausgebern daran nicht gefallen. Ich wurde gebeten, einiges umzuschreiben, wobei mir angedeutet wurde, in welcher Richtung. Ich ließ mich nicht darauf ein. Das Buch erschien trotzdem: der Vertrag war bereits unterschrieben. Das Buch wurde gedruckt – aber von dem Buch nicht die Spur. Es verschwand, ohne daß man es gesehen hatte. Was ist da für ein Unterschied – nicht drucken (wie bei uns) oder durch Gleichgültigkeit abwürgen (wie hier)? Inzwischen würde ich ersteres vorziehen: wirst wenigstens für eine gewisse Zeit zum Helden.

Wir in der Sowjetunion sind daran gewöhnt, daß es völlig genügt, wenn ein Buch gut geschrieben ist, um den Weg zum Leser zu finden. Ein Buch kann ein Bestseller werden – unabhängig von Presse und Kritik, ja sogar trotz Presse und Kritik. Hier kann man supergeniale Bücher schreiben. Aber ohne Reklame und Presse wird sie niemand lesen. Und niemand kaufen.

Und erst die Leser! Bei uns verschlingen sie mehrere Bücher täglich. Lesen ununterbrochen und mehrere Bücher auf einmal. Und hier? Ich habe hier einen Bekannten. Ein sehr intelligenter Mensch. Er hatte sich vorgenommen ... geben Sie acht, vorgenommen hatte er sich! ... in den Ferien ein dickes Buch, für das Reklame gemacht worden war, durchzulesen. Und er ist typisch für die Leser hier.

Freiheit! Sind es denn viele bei uns, die sie wirklich brauchen? Wenn ein Mensch die Freiheit braucht, bekommt er sie früher oder später auch bei uns. Für sich persönlich, natürlich. Und für wen denn sonst? Heute kann man in Moskau praktisch alles publizieren, was man will. Dafür muß man das ganze Leben in literarischen Kreisen gelebt und viel Kraft darauf verwendet haben, um das publizieren zu können, was man will. Ja und? Die Überwindung der Unfreiheit und das Erreichen des Gewünschten als Ergebnis des Lebenskampfs bringt höhere Befriedigung.

Hätte ich übrigens mein Buch in Moskau und zweimal weniger kritisch herausgebracht, als es mein Unglücksbuch hier ist, hätte es nicht nur dort, sondern auch hier Anklang gefunden. Und wäre ohne weiteres so, wie es ist, akzeptiert worden. Hier sieht man in uns nur irgendwelche Exoten, etwas, was von der gewohnten Norm abweicht. Deshalb registriert man hier von den Erscheinungen der sowjetischen Lebensweise auch nur die Extreme und Ausnahmen, die im Westen unbekannt sind. Hier wären alle sehr zufrieden, wenn die Sowjetunion tatsächlich ein riesiges Konzentrationslager wäre. Das ist auch der Grund, weshalb unsere Enthüllungsliteratur hier einen so präzedenzlosen Erfolg hat. Sobald man anfängt, über ganz gewöhnliche Erscheinungen des Sowjetdaseins zu schreiben, verlieren die Leser das Interesse; diese Erscheinungen gibt es schließlich bei ihnen selbst auch. Und, so sollte man meinen, gerade deshalb sollten sie wirkliches Interesse daran haben: schließlich ist von ihnen selbst die Rede. Man muß lange in unserem Land gelebt haben, um das Augenmerk auf die Bedeutung des Augenfälligen zu lenken. Ein veränderter Blick auf längst bekannte Erscheinungen – das ist auch etwas wert.

Und welche Lehre ich aus all dem gezogen habe? Dieselbe wie in Moskau: so schreiben, daß mein Geschreibsel denjenigen dienlich ist, die hier das Schicksal unserer Literatur in den Händen haben. Aber das Moskauer Niveau ist inzwischen für mich unerreichbar.

Mein ganzes vergangenes Leben war eine stille Übereinkunft mit den Machthabern, mit Kollegen und Freunden. Auch hierher bin ich dank dieser stillen Übereinkunft gekommen. Meine Wohnung wimmelte von Spitzeln. Ich tat so, als merke ich nichts, und unterhielt mich mit ihnen, als sei ich überzeugt davon, daß meine Worte irgendwo aufgezeichnet und gewogen werden. Unter anderem schwor ich, mich nicht politisch zu betätigen, keine antisowjetischen Bücher zu schreiben und daß ich bereit sei, jeden x-beliebigen Besuch aus Moskau aufzunehmen. Mit einem Wort, ich gab ihnen zu verstehen, daß ich ein typisch sowjetischer Dreck bin. Als ich dann herkam, versuchte ich, mich unabhängig zu machen. Deshalb nahm ich auch hierher Reißaus. Aber ehe ich mich versah, war ich in genau dem gleichen Netz von Übereinkünften gefangen. Nur in einem noch hartnäckigeren und entwürdigenderen. Aus dem kommt man nicht mehr raus, nirgends. Aus der Unfreiheit gibt es noch einen Ausweg: in die Freiheit. Aber aus der Freiheit gibt es keinen Ausweg mehr. Und das Schrecklichste ist, daß der Westen keinen Gegenstand mehr für große Literatur darstellt. Die Sowjetunion, das ist das literarisch gesehen interessantere Phänomen des Jahrhunderts. In Moskau – und nicht in New York, nicht in Paris und nicht in London, wächst der Baum des Lebens. Die russische Literatur hat die einmalige Gelegenheit, dieses Phänomen zu beschreiben ... Nicht zu enthüllen, sondern in seiner gewaltigen Lebenskraft zu beschreiben und dank ihrer große Literatur zu werden. Ich bin wahrhaftig kein Apologet des Sowjetsystems. Aber ich bin zu der Überzeugung gekommen, daß große russische Literatur augenblicklich nur als apologetische und in keinem Fall kritische Literatur möglich ist.

Ich strich den Schriftsteller aus meiner Liste mit Sowjetagenten. Würde mich interessieren, ob ich mich selber auch von dieser Liste streichen kann?

Der Agent

Ich fühle mich in keiner Weise als Sowjetagent. Gewöhnlich pflege ich das überhaupt ganz zu vergessen. In Moskau hatte ich einen Bekannten bei der militärischen Spionageabwehr. Der sagte mir dasselbe. Er (ich will ihn den Agenten nennen) ist durch Eheschließung in den Westen geschleust worden. Später hat er dann in einem Kurort ein Ehepaar aus derselben Stadt kennengelernt. Ich nenne sie hier Ehemann und Ehefrau. Der Agent wurde der Geliebte der Ehefrau. Durch Zufall erfuhr er, daß die Ehefrau in einer Firma arbeitete, die Rüstungsmaterial lieferte. Er begriff, daß das Glück ihm hold war, ganz ohne sein Zutun. Er hielt sich sowieso an das Prinzip: entweder kommt das Glück von allein, oder es kommt nicht, nur keine Anstrengungen. Das gibt es nur im Kino und in Romanen, wo die Ereignisse von Monaten, ja sogar Jahren auf eine halbe Stunde oder hundert Seiten zusammengerafft werden, daß ein Spion sich als Spion fühlt und sich so benimmt, als riskiere er jede Minute sein Leben, sagte ich. Im wirklichen Leben ist alles in die Länge gezogen. Ich lebe jetzt zwei Jahre im Westen und habe völlig vergessen, daß ich ein Spion bin. Obgleich ich wußte, daß die Ehefrau Zugang zu militärischen Geheimnissen hat, habe ich kein einziges Mal diese Möglichkeit zu nutzen versucht.

Einmal hat er ihr vorgeschlagen, in einen sehr teuren Kurort mit ihm zu fahren. Aber, sagte er, das kostet einiges. Aber das Geld läßt sich leicht erarbeiten. Sie solle ihm aus ihrem Betrieb jede Sorte Makulatur mitbringen, die ihr da unter die Hände kommt. Und er würde ihr dafür für schönes »Geld« einen Kretin aus einer Firma kaufen. Und sie fing an, ihm eifrig »Makulatur« in solchen Mengen heranzuschleppen, daß er es kaum schaffte, das alles nach Moskau weiterzulotsen. Selber kam er mit diesen Dokumenten nicht klar. Und wollte es auch gar nicht: er hatte sich schon daran gewöhnt, nichts zu tun. So ging das drei Jahre lang. Zu guter Letzt fand man in Moskau in dieser »Makulatur« alles, was über die neuesten und wichtigsten Erfindungen die Panzersteuerung betreffend bekannt ist. Jetzt stellen Sie sich mal vor, solche Agenten gibt es dutzendweise. Sie leben ein ganz gewöhnliches Leben. Fühlen sich überhaupt nicht als Agenten. Machen keine kriminellen Sachen. Warten auf eine passende Gelegenheit. So eine Gelegenheit ergibt sich nicht für alle. Aber wenn es viele Agenten gibt, wird sie sich für einen von ihnen ganz bestimmt ergeben. Übrigens werden Agenten dieser Art nicht unbedingt von Moskau eingeschleust. Die allerwestlichsten Bürger können Ihnen für vergleichsweise geringes Entgeld alles verkaufen, was das Herz begehrt. Das Risiko eines Fiaskos ist nicht groß. Und das Strafverfolgungssystem ist im Westen dermaßen lasch, daß es die Leute nicht von einer Versuchung abzuhalten vermag.

Meine Bezugsquellen

Ich habe mein Leben in Moskau verbracht. Ich habe keine einzige Flasche Wodka mit Mitarbeitern des ZK, des KGB oder anderer Dienste von Wichtigkeit getrunken. Dabei sind das auch Menschen, dazu noch – Homosossen, die zu Herzlichkeit und Offenheit im Suff neigen. Könnten denn nicht westliche Agenten in Moskau diese Möglichkeit nützen? Regelmäßig sicher nicht. Dafür müßte man schon eine ganze Menge Agenten haben. Sie müßten frei leben können wie die Ortsbewohner selbst. Und man muß selbst ein Homosos sein, um Zugang zu den Herzen der Saufkumpanen zu finden. Bestechung? Als regelmäßige Einrichtung geht das auch nicht. Unter sowjetischen Verhältnissen ist es nämlich gar nicht so einfach, Geld in großem Stil zu verschleudern. Leute, die Zugang zu Geheimdiensten haben, schätzen ihre Position und stehen unter Kontrolle. Wirkliche Geheimnisse befinden sich weit entfernt von Orten, wo westliche Agenten agieren können. Und Geheimnisse, die ihnen zugänglich sind, sind entweder Bluff oder Bagatellen oder Irreführungen. Und was nützen westlichen Agenten sowjetische Geheimnisse, die denen, die sich Sowjetagenten hier im Westen beschaffen, entsprechen? In der Sowjetunion gibt es für den Westen etwas anderes, was interessant ist: gesellschaftliche Mechanismen, die kein Agent begreift und die man nur mit großem Kraftaufwand und ohne Agenten verstehen kann.

Ich erobere Europa

– Was würden Sie machen, wenn Sie das Oberhaupt der Sowjetführung wären?

– Nichts. Das Haupt der Staatsführung hat nur scheinbare und rein symbolische Macht.

– Angenommen, Sie verfügen über reale Macht.

– Als erstes würde ich aufhören, Gelder für Kuba zu verschleudern. Sollen machen, was sie wollen.

– Ausgezeichnet!

– Dasselbe würde ich mit Afrika und Asien machen. Soll sich samt allen Arabern nehmen wer will.

– Ausgezeichnet!

Wäre ich dabei geblieben, hätten meine Verhörer wahrscheinlich das Verhör beendet und mir ihr »gut« für meine Arbeit gegeben. Aber mein Ehrgeiz ging mit mir durch.

– Damit füge ich meinem Land keinerlei Schaden zu. Was sich in diesen Teilen der Welt tut, geht sowieso in die für Moskau wünschenswerte Richtung. Ohne daß sich Moskau einmischt, läuft sogar alles noch besser. Außerdem würde ich ja schließlich unsere kostspieligen Geschäftigkeiten in Afrika, Asien und Lateinamerika nicht umsonst, sondern für Brot, Fleisch und Elektronik investieren. Und dafür, daß man sich nicht in unsere osteuropäischen Angelegenheiten einmischt.

– Hm!

– Alle Kräfte des Landes würde ich für die Verbesserung der Lage meiner eigenen Leute einsetzen, für die Jugenderziehung, für die Niederhaltung der Opposition und für die Modernisierung der Industrie. Und natürlich für die Stärkung der Armee.

– Hm – ja!

– Ich würde das Kulturleben lebendiger gestalten. Würde die Kontakte mit dem Westen erweitern. Würde unser friedliches Vordringen nach Westen in verstärktem Maße vorantreiben.

– Erlauben Sie mal!

– Ich würde den Moment abwarten, wo der Westen sich in seine Widersprüche verstrickt und in seinem Treiben in Asien, Afrika und Lateinamerika steckenbleibt.

– Und?

– Und würde Finnland, Schweden, Norwegen, Österreich, Holland, Dänemark und Belgien okkupieren.

– ?!

– Frankreich und Italien auch.

– Wie können Sie es wagen?!

– Aber warum denn nicht, wenn die Möglichkeit gegeben ist?

– Aber das hieße doch Weltkrieg!

– Na und? Früher oder später wird es sowieso Krieg geben.

– Aber das ist doch unmenschlich!

– Aber ich bin doch ein imaginärer allmächtiger Sowjetführer!

– Aber was denken Sie selber darüber?

– Die Sowjetführer sind nicht so klug und entschlossen, um eine solche Strategie zu akzeptieren. So daß Sie also ruhig schlafen können. Die Sowjetunion wird auch in Zukunft die Bürde der heutigen dämlichen Außenpolitik auf sich nehmen.

– Worauf basiert Ihr Programm als imaginärer Regierungschef?

– Wenn sich ein Boxer auf ein entscheidendes Match vorbereitet, versucht er, überflüssige Pfunde loszuwerden, seine Muskeln zu stärken, sich psychologisch auf den bevorstehenden Kampf und seinen mutmaßlichen Gegner einzustellen. Das liegt doch auf der Hand.

– Ja, das liegt auf der Hand.

Ich verteidige Europa

– Nun ja, und wenn Sie nun ein westlicher Politiker wären, der über reale Macht verfügt? Was würden Sie dann für die Verteidigung Europas tun?

– Ich würde versuchen, die sowjetische Führung daran zu hindern, zu dieser Strategie überzugehen, wie ich sie oben dargelegt habe. Ich würde bemüht sein, der UdSSR neuerliche untragbare Ausgaben für Aktivitäten in der Welt aufzubürden, sie in neue Geschäftigkeiten hineinzuziehen. Würde den Rüstungswettlauf anheizen. Würde die Überwindung der inneren Schwierigkeiten im Lande stören.

– Das liegt auf der Hand.

– Ja. Nur eins liegt nicht auf der Hand.

– Das wäre?

– Daß all das auf der Hand liegt.

Geschlechterfolge

– Erstaunlich, sagt der Zyniker, während er eine russische Emigrantenzeitung liest. Im hundertsechsundneunzigsten Jahr seines Lebens verschied der Oberleutnant der Leibgarde Seines Kaiserlich Hoheitlich Semjonowschen Regiments... Lächerlich! Hundertsechsundneunzig Jahre – und nur Oberleutnant!

– Nicht hundertsechsundneunzig, sondern nur sechsundneunzig, verbessert der Nörgler.

– Trotzdem lächerlich. Haben denn diese Mumien etwa immer noch die Hoffnung, die Vergangenheit wieder zurückzuholen?

– Dieses Blättchen wird von jungen Leuten gemacht. Die hoffen auf gar nichts, sind aber bereit, Hoffnung auf egal was zu mimen, wenn nur gezahlt wird dafür.

– Für Geld würde ich da auch mitmimen.

Demokratie

– Achtung! Es beginnt eine Sendung über Homos!

– Sind wohl völlig verrückt geworden!

– Homosexuelle haben auch ein Recht zu existieren.

– Homosexualität trägt zur Zerstörung der Familie bei und untergräbt die Grundlagen der Gesellschaft, so daß also die Gesellschaft das Recht hat, sich vor ihnen zu schützen. Außerdem bilden die Homos eine verschwindende Minderheit innerhalb der Bevölkerung.

– In einer Demokratie hat auch eine Minderheit das Recht zu existieren.

– Kommt drauf an, was für eine Minderheit. Gangster und Terroristen sind auch Minderheiten. Demokratie ist nicht Freiheit in jeder Beziehung. Sie ist nur eine bestimmte Form der politischen Organisation einer Gesellschaft. Welche Minderheit ein Recht hat, in dieser Gesellschaft zu existieren, entscheidet die Mehrheit.

– Die Homos, die mir begegnet sind, waren alle ein unheimlich ekliges Gesindel. Aber wenn sie nun mal existieren wollen, sollen sie meinetwegen existieren.

– Aber sie wollen eben mehr. Sie drängen sich der Gesellschaft auf, lenken die Aufmerksamkeit auf sich und ziehen normale Leute in ihren Interessenbereich hinein. Die Gesellschaft hat, ich wiederhole, genauso ein Recht darauf, sich gegen diese Seuche zu schützen. Und überhaupt, die Erörterung des Problems der Homosexualität in Termini der Demokratie ist eine Banalisierung der letzteren.

– Und kann man denn unsere sowjetischen Homos zu den Kämpfern für die Menschenrechte zählen?

– Und wieso sollen sie schlechter sein als Angehörige religiöser Sekten?

– Und trotz allem ist das Sowjetsystem – Scheiße!

Die Sendung über Homos wurde von einer Sendung über die Sowjetunion abgelöst. Das heißt, daß man hier den Beziehungen mit Moskau große Bedeutung beimißt. Sämtliche Pensionsbewohner kamen angelaufen. Man lachte, seufzte, schimpfte und fluchte und erkannte bekannte Orte wieder. Ein Journalist aus dem Westen ließ sich ein Interview von einem »einfachen Arbeiter« geben.

Idiot! schrieen alle wie aus einem Halse. Das ist doch ein KaGeBeler, sieht man doch von weitem! Wir sehen alle wie KaGeBeler aus, seufzte der Nörgler. Wenn man Sie (sagte er, zum Enthusiasten gewendet) im Fernsehen zeigen würde, wären hier alle überzeugt, daß Sie ein Agent des KGB sind. Dann wurden aber doch auch noch die Schlangen vor den Läden in Moskau gezeigt, es wurde über Versorgungsschwierigkeiten und über neuerliche Festnahmen gesprochen. Und wir beruhigten uns: alles läuft normal. Interessant, man braucht nur kurze Zeit die Verbindung zur Heimat verloren zu haben, und schon hat es den Anschein, als sei dort alles anders geworden, obgleich man ganz genau weiß, daß es dort nie und unter keinen Umständen anders wird. Ein klein bißchen besser oder viel schlechter, aber nicht anders. Im übrigen haben die Leute nicht so sehr Angst vor einer Verschlechterung der Verhältnisse im Lande als vor einer Verbesserung. Und das ist begreiflich: wenn es besser wird, verliert die Emigration ihren Sinn. Sollte es den sowjetischen Machthabern gelingen, die Lage im Lande zu verbessern (wozu sie – zu unserem Glück – nicht fähig sind), wird sich die Stimmung unter den Emigranten abrupt verschlechtern. Das einzige, was ihr hier geistigen Rückhalt bietet, ist das Bewußtsein, daß es in der Sowjetunion »nix zu fressen gibt und man noch schneller als früher eingelocht« wird. Letzteres ist indessen eindeutig gelogen: es gibt nämlich niemanden mehr, den man einlochen könnte. Und sollte in der Sowjetunion eine radikale Verbesserung der Lebensbedingungen eintreten, würde im Westen eine psychologische und ideologische Panik ausbrechen.

Zu guter Letzt kam eine Meldung über Preiserhöhungen auf Nahrungsmittel in der Sowjetunion. Brach da ein Jubel los!

Nachrichten in die Heimat

Der Künstler kam, stolz und unnahbar: er hatte es geschafft, einige seiner Arbeiten in einer runtergekommenen Galerie auszustellen. Zweifelhaft, daß irgend jemand sie kaufen wird – hier haben sie von ihrem eigenen Zeug mehr als genug. Aber nach Moskau schreibt er so, als hätte man ihm eine Ausstellung im Louvre organisiert. Und seine Künstlerkollegen dort werden vor Neid erblassen. Der Schriftsteller pflegt seinen Freunden und Verwandten in Moskau seine hiesige Lage auch so darzustellen, als stünde er im Zentrum der Weltliteratur. Das ist Lüge. Aber man versuche mal, hier ohne Lüge zu leben. Wenn ich jemandem in Moskau zu schreiben hätte, würde ich, wie sich denken läßt, auch das zur allgemeinen Schablone gewordene Geständnis schreiben, daß »die Freiheit die schöpferischen Kräfte stärkt und ungewöhnliche Energien weckt«, und würde meine Mülltonnensoziologie als Beitrag zur Wissenschaft von Weltmaßstab hinstellen.

Mülltonnensoziologie

Das Studium des sowjetischen Emigrationsmülls packte mich als Wissenschaftler in der Tat. Die Sowjetgesellschaft kann man nach der sowjetischen Emigration beurteilen, die sie hervorgebracht hat. Genauso kann man nach den Abfallprodukten, die das menschliche Leben hinterläßt, mit einem großen Grad an Genauigkeit die Menschen und ihr Leben selbst beurteilen. Die gewöhnliche Untersuchungsmethode bereicherte ich durch Spezialmethoden. Anhand eines Fetzens einer einzigen Seite lernte ich den Text einer ganzen Seite wiederherzustellen, anhand von Anspielungen lernte ich zu wesentlichen Schlüssen zu kommen. Für das KGB wäre diese meine Methode ein großer Segen. Man könnte so die Ausgaben für das Sammeln und die Verarbeitung der Müllinformationen mindestens um das Zehnfache kürzen. Wer weiß, vielleicht ist es mir eben auf diesem Wege beschieden, meinen Namen in die Geschichte der Wissenschaft einzuschreiben. Aber in meiner Erinnerung tauchte wieder das Bild des Inspirators auf und zerstreute meinen rosigen Traum.

– Dein Hauptnachteil besteht darin, daß du der geborene Erstentdecker bist, sagte der Inspirator. Übrigens ist es gut, daß es nur wenig solche Leute auf der Welt gibt.

– Und was soll daran schlecht sein?

– Wenn es viele solcher Leute gäbe, wäre von der Erde längst nur noch ein einziges Nichts übrig.

– Und was soll daran schlecht sein?

– Wirklich! Darüber habe ich irgendwie noch nicht nachgedacht. Doch kommen wir zur Erde zurück. Ich denke, du hast aus deiner Lebenserfahrung hier eine Lehre gezogen und wirst deinen Nachteil dort nicht an die große Glocke hängen. Denk an unseren Berufsgrundsatz: Ein Agent ist kein Schöpfer, sondern ein Zerstörer.

– Ich weiß das. Ich denke über das alles doch einfach nur so nach, zum Vergnügen.

– Nur keine Ausflüchte. Mich führst du sowieso nicht hinters Licht. Ich bin selber in einer noch schlechteren Lage. Ich sehe doch selbst, daß unsere Führung nur einige höchst einfache Schachzüge zu machen braucht, um dieses Spiel zu gewinnen. Zu gewinnen, und zwar in aller Ruhe, geräuschlos und ohne Aufhebens. Aber ich kenne den Charakter unseres Systems und unserer Führung. Sie sind zu solchen Schachzügen nicht fähig. Wenn ich in diesem Moment der höheren Obrigkeit meinen Plan darlegen und seine Thesen wie Theoreme beweisen würde, würden sie mir trotzdem nicht glauben. Noch schlimmer: sie würden mich gar nicht erst zum Reden kommen lassen. Selbst wenn alle davon überzeugt wären, daß ich im Recht bin, würden sie mir den Mund stopfen, noch bevor ich ihn aufgemacht habe. Deshalb müssen wir mit List ans Werk gehen. Erst einmal müssen wir die eigenen Leute überlisten und dann die anderen. Einen anderen Weg, mein Freund, gibt es nicht.

– Der Westen ist bis auf weiteres nicht unser Feind, sondern unser Tätigkeitsfeld, fuhr der Inspirator fort. Unsere Feinde sind einstweilen – unsere eigene Führung und unsere eigenen Agenten im Westen. Die einen sind nicht fähig, sich auf das Niveau eines wissenschaftlichen Verständnisses der Wirklichkeit und wissenschaftlich fundierter politischer Berechnungen zu erheben. Die anderen erfüllen unsere Pläne auf gut sowjetisch, das heißt sie machen Pfusch und Stümperei, betrügen und machen nicht, was sie sollen und müssen, sondern tun bloß so, als täten sie was. Hier ein charakteristisches Beispiel. Aus einem der westlichen Staaten wurden ohne viel Federlesens mehrere Dutzend Mitarbeiter unserer Botschaft, unseres Konsulats, unserer Handelsmissionen und Kulturgesellschaften als Spione ausgewiesen. Eine Weltsensation. Wütende Artikel. Proteste. Demonstrationen vor unseren Vertretungen. Eine nie dagewesene antisowjetische Kampagne. Das ist das, was auf der Hand liegt und ins Auge springt. Unsere Führungsleute in Panik. Eine Geheimsitzung nach der anderen. Ein Haufen Leute ihrer Posten enthoben. Resolutionen. Erlasse. Instruktionen. Mit einem Wort, stinklangweilig das Ganze. Unsere Agentur hat Moskau mit Mitteilungen in gleichem Stil überschwemmt. Was aber wurde während dieser Zeit eigentlich gespielt, was lief hinter den Kulissen und konnte nur mit den Mitteln der Wissenschaft aufgedeckt und abgeschätzt werden? Da liegt der Hase im Pfeffer. Ein bißchen Geduld und einige unbedeutende Gesten (beispielsweise eine Anspielung in der Richtung, daß die höhere Obrigkeit das Verhalten gewisser verantwortlicher Persönlichkeiten verurteilt und auf Ablösung dieser Leute drängt) – und viele Firmen, an deren Zusammenarbeit mit uns uns sehr gelegen war, hätten Verträge mit uns unterschrieben. Wichtige Persönlichkeiten, die in staatlichen und militärischen Institutionen dieses Landes sitzen, haben uns zu verstehen gegeben, daß sie bereit wären, für unseren Spionagedienst zu arbeiten. Aber unsere Einschätzung der Situation wurde in den Wind geschlagen, unser Projekt einer effektiven Ausnutzung dieser nach außen hin schlimmen Situation ausgeschlagen, und unseren Agenten an Ort und Stelle fiel nichts Klügeres ein, als die Anträge der erwähnten Personen zu sabotieren. Fazit: ein Riesenschaden für unser Land nicht nur an der Oberfläche des historischen Prozesses, sondern auch in seinem Innern. Ich könnte dir Beispiele anführen, wo scheinbar äußerer Erfolg mit realiter geheimen Verlusten verbunden war. Und solche Fälle gibt es zu Hunderten. Wir haben sie untersucht und präzise Theorien ausgearbeitet, die von Fakten untermauert sind und praktisch keine Ausnahmen kennen. Und was sagt man an entscheidender Stelle dazu, und wie werden diese Ergebnisse genutzt? Wollen besser gar nicht davon reden. Unsere Operation zur Unterwerfung Westeuropas muß auf dem Niveau mathematisch präziser Berechnungen durchgeführt werden. Wie Flüge ins Weltall. Und im Prinzip ist das möglich. Aber...

Wir Feinde

Aber unsere Lage ist tragisch, sagte der Inspirator. Du weißt selber nicht weniger gut als ich, wer der gefährlichste Feind unseres Systems ist: der eigentliche Sowjetmensch, der seine Sache besser als die anderen machen könnte. Er wird für diese anderen gefährlich, und sie drängen ihn in die Rolle des Feindes der gesamten Gesellschaftsordnung. Am gefährlichsten für das Sowjetsystem ist nicht der, der eine günstige Situation ausnützt und unter die Oppositionellen geht, sondern der, der durch die Gesellschaft selbst gezwungen wird, ihr Feind zu sein und gewaltsam in diese Rolle gedrängt wird. Inzwischen ist es einigermaßen schwierig, solche wahren Feinde des Sowjetsystems von den Seifenblasen des Dissidententums zu unterscheiden. Aber wenn diese Seifenblasen platzen, wird es vielleicht klar werden. Wir müssen es fertigbringen, nicht zu Feinden der Sache zu werden, der wir uns mit Leib und Seele verschrieben haben.

Der Bau

Meinen Bau haben sie angefangen mit irgendwelchen Platten zu verkleiden. Sie blitzen bisweilen wie Spiegel, dann wieder funkeln sie blau und ein anderes Mal golden. Die chaotische Verflechtung von Blöcken und Zylindern nimmt präzise Formen an. Inzwischen bin ich überrascht von der Kühnheit der Architekten, sich für diese Formen entschieden zu haben. In Moskau hätten sie sich um nichts in der Welt für so was entschieden.

Verhör

– Wie kann das KGB aus Ihnen Nutzen ziehen?

– Wahrscheinlich gar nicht.

– Warum?

– Aufgrund seiner inneren Gegebenheiten. Das KGB braucht die Fiktion einer Sache und nicht die eigentliche Sache selbst. Und solche wie mich gibt es zu viele. Sich jeden einzelnen nutzbar machen ist physisch unmöglich.

– Und wenn man trotzdem versuchen sollte, Sie sich nutzbar zu machen?

– Wenn Sie eine solche Möglichkeit für möglich halten, ergreifen Sie doch die Initiative. Was hindert Sie daran?

– Unsere eigenen inneren Verhältnisse. Und solche Leute wie Sie gibt es zu viele. Zudem können wir nicht aus jedem einzelnen Nutzen ziehen.

– Nicht schlecht gesagt. Eins zu null für Sie.

Das »Zentrum«

Das »Zentrum« ist endgültig sanktioniert. Von wem? Hier gibt es doch kein ZK! Offenbar von denen, die das Geld dafür geben. Direktor wird der Professor, sein Vertreter – die Dame. Der Enthusiast nimmt an, daß sie einen Soziologen brauchen werden, und außer ihm gibt es niemanden. Er bittet, sich für ihn einzusetzen. Er ist bereit, die Abteilungsleitung, die mit der Untersuchung des sowjetischen Dissidententums betraut ist, auf sich zu nehmen. Er ist bereit, die Redaktion der Zeitschrift zu übernehmen: das »Zentrum« wird ganz bestimmt eine Zeitschrift herausgeben.

Ich bezweifle, daß man mich ins »Zentrum« aufnimmt – für einen Professionellen ist kein Platz in einer Gesellschaft von Scharlatanen. Aber ich würde gern reinkommen. Immerhin irgendein Job. Wenn ich erst einmal im »Zentrum« Fuß gefaßt habe, wird sich schon irgendein besserer Posten finden.

Der Nörgler bittet auch darum, ihn im »Zentrum« unterzubringen. Seine Ansprüche sind minim: er ist bereit, als Nachtwächter, Putzmann oder Kurier zu arbeiten.

Geburtstag des Schriftstellers

Der Schriftsteller hatte sechzigsten Geburtstag. Der ganze denkende Teil der Emigration war in seiner Wohnung versammelt. Es wurde gegessen, getrunken, durcheinandergeschrieen – wie in Moskau. Auch geschwafelt wurde wie in Moskau – über Gott und die Welt, teils chaotisch, teils weise, aber alles in allem ungereimtes Zeug.

– Ihr Lebensstandard ist hoch, das kann man ihnen nicht nehmen.

– Das kann man ihnen schon nehmen.

– Die Zukunft des Westens hängt von der Jugend ab.

– Sehr weise. Ich gehe weiter: sie hängt von den Kleinkindern und Säuglingen ab.

– Scherz beiseite! Sehen Sie sich doch die westliche Jugend an! Keine Disziplin. Keine Moral. Hysterisch. Ideologisch völlig chaotisch. Stellen sich gegen die Konsumgesellschaft und wollen im Grunde selber alles haben, nur hübsch sofort und ohne sich selber die Finger schmutzig zu machen.

– Völlig gesunder Wunsch. Ich würde da auch nicht nein sagen.

– Haben sich den Wanst ganz schön vollgeschlagen, Gesindel das. Hätten uns wenigstens die Hälfte von dem abgeben können, was sie haben!...

– Wir sehen das Zukunftsideal nicht in der Zeit, sondern im Raum – im Westen. Warten in der Zeit dauert ein bißchen lange, aber im Raum kann man kommen und nehmen.

– Wenn auf jeden Westler zwei sowjetische Spione kommen, dann geben sie von selber.

– Dann werden die Westler nach Moskau fahren, um Lebensmittel zu besorgen.

– Wundere mich, warum die hier nicht in der Lage sind, unsere Spione zu erkennen. Ist doch ganz einfach: an der Visage.

– Die haben eine Demokratie. Wenn du laut Paß kein Chinese bist und es formaliter nicht möglich ist zu beweisen, daß du Chinese bist, dann bist du kein Chinese – und wenn du Mao Tse-tung selber bist. Nach deiner Visage zu urteilen, kannst du der KGB-Chef persönlich sein. Aber wenn du gemäß deinen Papieren Dissident bist, dann bist du Dissident.

Ich habe heute eine Demonstration beobachtet, sagt der Schriftsteller. Ein interessantes Schauspiel: man müßte den typischen Demonstranten beschreiben, seine Psyche und seine Lebensumstände.

– Versuchen Sie's doch, sage ich. Aber wenn Sie einen einzelnen Demonstranten nehmen und versuchen, ihn als etwas Individuelles zu analysieren, dann werden Sie notgedrungenermaßen die Tatsache seiner Teilnahme an dieser Demonstration, seine Zugehörigkeit zu dieser heterogenen und temporären Menschenansammlung außer acht lassen müssen. Wollen Sie aber einen einzelnen Demonstranten als Vertreter dieser Menschenansammlung betrachten, werden Sie notwendigerweise seine individuellen Züge und Umstände außer acht lassen müssen.

– Sind Sie der Ansicht, diese Erscheinungen verdienen keine Aufmerksamkeit?

– Das schon, aber in Maßen. Für eine solche Demonstration beispielsweise würden einige Zeilen mit der Beschreibung von irgend etwas anderem, sagen wir – der Beschreibung der Gemütsbewegungen einer Persönlichkeit, wie Sie selbst es sind, genügen.

– Sie haben völlig recht. Meine persönlichen Eindrücke von dieser Demonstration sind für die Literatur wichtiger als eine psychologische Darstellung der Demonstrationsteilnehmer.

– Die Psyche eines Demonstrationsteilnehmers mittels der Psyche eines Menschen, der nicht die geringste Vorstellung vom Leben und der Psyche dieses Demonstrationsteilnehmers hat, darstellen – dazu sind nur Mitglieder des Sowjetischen Schriftstellerverbandes in der Lage.

Ich liebe dieses unseres zu nichts verpflichtende Geschwätz. Man muß nirgendwo eilig hin. Die Zeit gehört einem – kein Geld, aber was macht das schon. Geh vorbei, Zeit, geh sinnlos verloren! Wirklich sinnlos? Ohne Nutzen, das ja. Aber nicht sinnlos. Das ist unser Leben. Das Leben ist überhaupt nur Zeitverlust.

Erst gegen Morgen gehen wir auseinander. Die Soldaten des Sonderbataillons schlafen noch. Im Park absolvieren dicke Deutsche fleißig ihren Lauf, um ihr überflüssiges Fett loszuwerden. Die Deutschen sind überhaupt ein geniales Volk. Wenn sie sich irgend etwas vornehmen, dann machen sie das ordentlich und voller Ernst. Neuerdings sind sie dabei, ihr Übergewicht loszuwerden. Innerhalb eines halben Jahres sind sie alle zusammen bereits das Gewicht der Bevölkerung der ganzen baltischen Sowjetrepublik losgeworden.

Wir und der Westen

Der Enthusiast hat den Versuch gemacht, beim Präsidenten empfangen zu werden. Eine ganze Zeitlang hat man ihn an der Nase herumgeführt, um ihm schließlich doch eine Absage zu erteilen. Er rast vor Wut. Brüllt herum, daß es einen solchen Bürokratismus nicht einmal in Moskau gäbe, daß, wenn er sich mit Breschnew treffen wolle, ihm das früher oder später auch gelänge. Das Gebrüll des Enthusiasten ließ mir eine der Besucherempfangsmethoden von höheren Persönlichkeiten unseres Landes in den Sinn kommen, die von Psychologen unseres Institutes erdacht worden war. Demjenigen, der eine Audienz wünscht, wird Tag und Stunde des Empfangs angegeben. Er wird von einem Adlatus der höheren Persönlichkeit empfangen und höflich gebeten, in ein anderes Zimmer zu treten. In diesem Zimmer gibt es weder Porträts noch Fenster. Nur einen Tisch und zwei Stühle. Der Adlatus der Persönlichkeit bittet den Besucher, Platz zu nehmen und den Inhalt seiner Bitte oder Klage vorzutragen, bevor er zu der Persönlichkeit geht. Der legt voller Enthusiasmus los. Nachdem er ihn angehört hat, bittet der Adlatus den Besucher in ein anderes Zimmer. Genau das gleiche Zimmer wie das vorhergehende. Dort bittet ganz genau so ein Adlatus den Besucher, den Inhalt seiner Bitte vorzutragen. Der Besucher wiederholt, was er zu sagen hat, aber bereits mit weniger Enthusiasmus und nicht mehr in allen Einzelheiten. Darauf führt der Adlatus den Besucher in das nächste Zimmer, wo ihn dieselbe Prozedur erwartet. Gewöhnlich packt den Besucher beim dritten Mal Angst und Schrecken, und er bittet, nach Hause gehen zu dürfen. Und man entläßt ihn. Selten hält es einer bis zum fünften Zimmer aus. Im übrigen gibt es insgesamt nur zwei Zimmer. Und alles in allem zwei Adlaten. Aber der Besucher verliert schon beim dritten Mal die Fähigkeit, Menschen und Dinge zu identifizieren.

Unlängst hat mir ganz entsetzt ein sowjetischer Dissident in Moskau von dieser Methode berichtet. Ich tat so, als höre ich das erste Mal davon, und riet dem Dissidenten, »dieses verbrecherische System« zu entlarven. Er sagte, es gäbe leider keinerlei formelle Beweise dafür, daß es existiert. Und er hatte recht. Niemand von denen, bei denen die Methode angewandt worden war, sprach darüber. Warum? Weil wir diese Methode empfohlen haben, nur bei Intellektuellen anzuwenden. Einem Arbeiter oder Bauern läßt sich mit dieser »spitzfindigen Psychologie« kein Eindruck machen. Bei ihnen werden einfachere Methoden angewendet, zum Beispiel die Doppelgängermethode. Zu Stalins Zeiten, erzählte mir ein alter »Bucharaer«, rissen sich die Werktätigen ganz besonders um einen Empfang bei Budjonnyj und Woroschilow. Einmal hat auch er versucht, an Budjonnyj heranzukommen mit der Bitte um eine bessere Wohnung. Der Beamte, der ihn begleitete, war betrunken, und statt in das Zimmer, wo ihn Budjonnyj empfangen sollte, führte er ihn in ein Zimmer, wo zwanzig »Budjonnyjs« Dienst hatten. Sie tranken Bier, spielten Dame, grölten aus vollem Halse, fluchten was das Zeug hielt und lachten schallend. Das war das beängstigendste Schauspiel, das dem Bucharaer im Leben untergekommen war. Das erste, was sie mit ihm machten, war – ihn verprügeln, und dann schafften sie ihn ins Irrenhaus. Als er nach ein paar Jahren wieder rauskam, glaubte ihm niemand, was er erzählte.

Der Bau

Mein Bau ist mehr als zur Hälfte verputzt. Er wird ungewöhnlich schön werden. Es wird das schönste Gebäude von allen, die ich je gesehen habe. Ich warte voller Ungeduld darauf, daß mein Bau fertig wird. Inzwischen errate ich sein zukünftiges Aussehen im einzelnen, und meine Voraussicht geht in Erfüllung. Ich denke mir zum Beispiel aus, daß derundder Teil verdeckt werden muß und daß an derundder Stelle derundder Verputz angebracht werden muß, und schon am nächsten Tag finde ich meine Wünsche erfüllt. Ich habe die Konzeption der Architekten erraten. Und ich sehe schon im voraus, wie der Bau in vollendetem Zustand aussehen wird. Es wird ein vergegenständlichtes Märchen.

Geständnis des Witzbolds

Ich habe die ganze Welt bereist, sagt der Witzbold. Habe mir unsere Brüder und unseren Einfluß in der Welt zur Genüge angeschaut. Ich muß zugeben, wir sind Träger einer schrecklichen Epidemie. Nicht mehr lange, und wir haben die Welt dermaßen infiziert, daß sie auch in hundert Jahren nicht wieder gesund werden kann. Wir infizieren die Welt zynisch, Schritt für Schritt, systematisch und im Bewußtsein, große Fortschrittsschöpfer zu sein. Wir bringen ihr die Krankheit als höhere Gesundheit. Wir flößen durch die Tatsache unserer Existenz dem ganzen westlichen Abschaum die Überzeugung ein, daß sie ganz normal und natürlich seien und die Zukunft ihnen gehört. In mir wächst mit jedem Tag der Haß auf uns selber.

Wir gehen über die Brücke. Die Soldaten des Sonderbataillons sind aus ihren Booten gesprungen und unter Gebrüll ans Ufer gekrochen. Diesmal haben sie Waffen bei sich: sie hatten eine ernsthafte Kampfübung. Ich, sagte der Witzbold, war bei der Armee. Bei uns läuft dergleichen auch nicht anders ab. Eher noch schlechter. Aber darum geht es nicht. Hier wird voller Ernst Stümperarbeit geleistet. Und bei uns werden ernste Dinge stümperhaft betrieben. Das westliche Militär macht, so wichtig und ernsthaft es sich auch gebärden mag, trotz alledem einen operettenhaften Eindruck. Die Sowjetarmee ist ungeachtet ihrer Ungereimtheiten, ihrer Stümperhaftigkeit, ihrer Dummheit, ihrer Augenwischerei und anderer allgemeiner Attribute des Sowjetphänomens eine richtige Armee, eine Armee, um andere zu vernichten und um dieses Zieles willen selber in den Tod zu gehen. Die Sowjetunion ist eine riesige Armee schlechthin, eine Armee, die mit der ganzen Struktur unseres Lebens auf einen ernsthaften Krieg vorbereitet ist. Ich will nicht, daß sie siegt.

Ich strich den Witzbold von meiner Liste sowjetischer Agenten. Wenn die Sache weiter so geht, wer bleibt dann noch auf der Liste?

Unsere Probleme

– Wir können Tausende von Agenten in den Westen schleusen, sagte der Inspirator. Jeder von ihnen kostet uns im einzelnen – einen Groschen. Aber das System...

– Du weißt doch, daß der sowjetische Systemtyp nicht in der Lage ist, lange ein hohes Organisationsniveau zu halten.

– Wo gibt es einen Ausweg? Wie kann man erreichen, daß ein System, das sich aus unzuverlässigen Elementen zusammensetzt, einigermaßen zuverlässig wird?

– Eine der in Frage kommenden Methoden ist: eine Systemhierarchie mit allmählichem Übergang von einer völlig unorganisierten Menge zu einer völlig organisierten auf dem Gipfel der Pyramide.

– Weiß ich. Theoretisch ist das bewiesen. Aber es muß noch versucht werden, das auch praktisch in die Tat umzusetzen. Das wird das erste Experiment dieser

Art sein. Und ein Beitrag an die Wissenschaft, wie sich von selbst versteht.

Ich habe meinen Gesprächen mit dem Inspirator nie ernsthafte Bedeutung zugemessen. Es waren Gespräche, die (aus meiner Sicht) ihren Sinn und Zweck in sich selber hatten. Wir schwatzten miteinander, verbrachten die Zeit mehr oder weniger angenehm und damit basta. Aber dergleichen Gespräche führten und führen schließlich viele Tausende von Menschen. Und letztlich haben sie irgendwelches Tun oder auch Lassen der Menschen zur Folge. Der Beweis dafür sind zehntausend Agenten von uns im Westen. Und auch ich bin hier. Und, wie man glauben sollte, nicht, um mich Zweifeln und Selbstanalysen hinzugeben, sondern um tatsächlich etwas zu tun.

– Merke dir, was ich dir sage, sagte der Inspirator. Wir werden ein solches Agentennetz im Westen aufbauen, daß sich sogar noch in tausend Jahren die Historiker wundern werden, wie wir es zustandegekriegt haben, aus einem solchen Scheißdreck ein so grandioses Gebäude zusammenzukleistern. Wenn wir den zukünftigen Krieg gewinnen – und wir müssen ihn gewinnen –, dann in erster Linie nicht dank unserer Panzer und Raketen, sondern dank unserer Agenten. Der künftige Krieg wird vor allem ein Krieg der Spione. Und wir sind seine wahren Soldaten und Generäle.

Nicht haben

Die Straßen sind voll von jungen schönen Frauen, bereit, sich jede Minute hinzugeben, übrigens – kostenlos. Aber keine einzige von ihnen gehört mir. Man muß ein gewisses Minimum an Geld haben, um eine Frau haben zu können, die auch ohne Geld zu haben ist. Wenn man kein Geld hat, kriegt man das vorn und hinten zu spüren. Auch eine Frau, die bereit ist, sich ohne Geld irgendeinem Wesen ohne Geld hinzugeben, gibt sich einem nicht deshalb hin, weil man keine finanzielle Substanz hat. In Moskau spielt die soziale Lage eines Individuums eine ähnliche Rolle. Frauen spüren diese Substanz bei einem Mann und geben sich unentgeltlich eben dieser Substanz als solcher hin.

Mein Intellekt, der mir Siege über Moskauer Frauen eingebracht und einen Teil der Substanz meiner Position gebildet hat, ist hier keinen lumpigen Groschen wert. Hier mußt du sogar selber noch draufzahlen, damit irgend jemand bereit ist, deinen Intellekt überhaupt zu bemerken. Intellekt ist hier nur auf der Basis von Kapital Kapital, so wie er in Moskau nur auf der Basis irgendeiner sozialen Stellung zu etwas sozial Gewichtigem wird. Ein Schlaukopf ohne Geld entspricht hier im Westen einem Schlaukopf ohne Amt und Würden in Moskau.

In Moskau hielt ich mich für einen Wüstling. Hier empfinde ich mich als keusch. Wie sich zeigt, wird unser sexuelles Verhalten nicht so sehr von unserer sexuellen Praxis bestimmt als von dem ganzen System unseres Verhaltens gegenüber den Segnungen des Lebens.

Krieg und Frieden

Als in den Zeitungen und im Fernsehen gemeldet wurde, die militärischen Übungen seien ungeachtet der schwierigen Witterungsverhältnisse erfolgreich verlaufen, nieselte es. Ein Soldat war auf den regennassen Steinen ausgerutscht und ertrunken. Es wurde eine vieltausendköpfige Demonstration zum Zeichen des Protests gegen die Opfer der Übungen (wie ist das zu verstehen?) und die Militarisierung des Landes organisiert. Die Demonstranten trugen Spruchbänder, bei deren Anblick man auf den Gedanken kommen konnte, die KPdSU in Moskau habe ihren Segen dazu gegeben. Am häufigsten tauchte die Losung auf »Lieber rot als tot«. Tausende von Jugendlichen im dienstpflichtigen Alter verbrannten ihre Registrierungs- (nicht Gestellungs-, sondern nur Registrierungs-) befehle vor dem Gebäude des Kriegsministeriums. Beim Zusammenstoß mit der Polizei wurden zwei Polizisten getötet und an die zwanzig Polizisten verletzt. Interessanterweise waren an dem Handgemenge in der Hauptsache Leute beteiligt, die mit der Einberufung der jungen Leute zum Militär überhaupt nichts zu tun hatten. Es gab auch gar keine Einberufung. Ein dreißigjähriger »Student«, der eigens aus dem Norden des Landes angereist gekommen war, um am Kampf gegen die »Faschisten« teilzunehmen, war unter einen Autobus geraten, als er vor den Polizisten Reißaus nahm. Obgleich sehr wahrscheinlich er es gewesen ist, der die Polizisten getötet hat, wird er im ganzen Land als Opfer der Polizistenwillkür angesehen. Die

Beerdigung des »Opfers« wird zu einer grandiosen Demonstration umfunktioniert werden. Es sind bereits zehntausend Menschen aus allen Ecken und Enden der Welt in die Stadt gekommen.

Unsere Möglichkeiten

Ich habe die Dame mit dem Grauhaarigen getroffen. Die Dame und ihr Mann (und der Grauhaarige, natürlich) waren nicht an dem Abend beim Schriftsteller gewesen – sie nehmen in der Emigrantenhierarchie eine höhere Stellung ein. Die Stellung der Dame und ihres Mannes hier entspricht derjenigen von Bezirksparteileitern in der Sowjetunion. Der Grauhaarige bewegt sich offenbar auf der Ebene einer wichtigen Person innerhalb des ZK- oder KGB-Apparates. Der Schriftsteller und die angesehensten seiner Gäste stehen bestenfalls im Rang eines Professors, eines Obersten, eines Bezirksparteifunktionärs oder Geschäftsleiters.

Die Dame und der Grauhaarige zeigten sich bei meinem Anblick erfreut, wie man sich über einen alten Freund freut, den man lange nicht gesehen hat (und den man zum Glück überhaupt nicht mehr zu Gesicht bekommt). Ich lege dem keine tiefere Bedeutung bei, da das ebenfalls in der Natur des Homosos liegt – manchmal Freundlichkeit einer Gesellschaft gegenüber zum Ausdruck bringen, die man weder mag noch zu sehen wünscht. Wir beschlossen, uns »in ein kleines Restaurantchen zu setzen«. Wir wählten einen Tisch im Innern des Restaurants, an der Wand. Der Grauhaarige saß nach alter Spionagegewohnheit so, daß er niemanden im Rücken hatte, aber den ganzen Raum und alle Rein- und Rausgehenden überblicken konnte. Der Grauhaarige bestellte. Er bestellte das Billigste – eindeutig Ergebnis des verderblichen Einflusses des Westens. Hättest auf gut moskauerisch einen zischen können, dachte ich. Nimmst schließlich sowieso die Rechnung, und die »Firma« zahlt dir diese »Berufsauslagen«. Der Witzbold erzählte, hier gäbe es eine eigene Technik für kleine Betrügereien. Man kann zum Beispiel eine Rechnung über die doppelte Summe, für die man verzehrt hat, bekommen, wenn man dem Kellner ein paar Mark dafür gibt.

Was sagen Sie zu diesen »Langhaarigen«? fragte der Grauhaarige mit Blick auf eine Gruppe langhaariger junger Leute, die ins Restaurant reinplatzten. – Was mag nur der Grund sein für die ständigen Jugendunruhen?

– Die Lehren aus dem jüngsten Krieg. Aber das ist nur ein Vorwand und keine Begründung. Hier nach Gründen zu suchen ist sinnlos. Vor ein paar Tagen hat eine Gruppe junger Leute ein leeres Haus nicht weit von unserer Pension besetzt. Was für einen Grund gibt es für dieses Phänomen? Wohnungskrise? Von so einer »Krise« haben wir in Moskau nicht mal zu träumen gewagt. Ich habe mich mit den Besetzern unterhalten. Sie geben nämlich mit Vergnügen Interviews und posieren fürs Fernsehen. Ein Mädchen nahm an der ganzen Sache nur deshalb teil, weil ihr Freund sie mitgenommen hatte. Ein anderes

Mädchen war einzige Tochter reicher Eltern. Sie haben ein großes Haus. Unter ihnen befand sich kein einziger Student, der fleißig studiert hätte. Auf meine Frage in dieser Richtung lachten sie schallend. Einer der Studenten war schon über dreißig. Und er wird kaum mehr sein Studium zu Ende führen. Kurz gesagt, man kann gewisse Ursachen ausfindig machen, die den einen oder anderen einzelnen Menschen dazu gebracht haben, in diese Sache hineingezogen zu werden. Für das Phänomen insgesamt jedoch ist das schlechterdings unmöglich. Im übrigen beschloß die Polizei diesmal, die »Besetzer« nicht anzurühren. Gegen Morgen waren sie alle irgendwohin verschwunden. Bei so was wollen die Leute beobachtet werden. Gleichgültigkeit tötet mit der Zeit dergleichen Bewegungen. Sie wollten nur einen Zusammenstoß mit der Polizei provozieren, um die Aufmerksamkeit auf sich zu lenken. Solche Zusammenstöße sind nur für die Polizei gefährlich und nicht für die »Aufrührer«. Hierbei ist etwas anderes viel interessanter.

– Das wäre?

– Das Vorhandensein überschüssigen Menschenmaterials für Massenerscheinungen dieser Art sowie äußerst günstige Bedingungen. Keinerlei Komsomol. Kein KGB. Eine liberale Polizei. Verkehrsmittel, Kleidung, Nahrung, Klima, Demokratie, Aufmerksamkeit der Presse... Die Zahl der Leute, die nichts zu tun haben, die sich nicht die Finger schmutzig machen wollen, die sich langweilen und nach starken Emotionen lechzen ist hier Legion. Ganz besonders was die Jugend anbelangt. Das Bedürfnis nach Bildung spontaner Vereinigungen ist gewaltig. Und für viele sind allgemeine Unruhen schlicht Zeitvertreib, Business und Selbstbestätigung.

– Und was folgt daraus?

– Diese Menschenmasse läßt sich leicht manipulieren. Gäbe man ihnen ein Ziel und verstünde man sie zu lenken, ließen sich ernsthafte Dinge in Gang setzen. Zum Beispiel das Bauprojekt für das Atomkraftwerk oder den Militärflughafen sobotieren, die Einberufung der jungen Leute zum Militär und die Herstellung neuer Raketenbasen stören... Im Prinzip läßt sich für jedes x-beliebige, im voraus gesetzte Ziel eine Massenbewegung organisieren. Es genügt, ein bißchen Initiative und ein Minimum an organisatorischem Kraftaufwand an den Tag zu legen. Es genügen ein paar Stunden, um eine »spontane« Demonstration einiger hundert Menschen zu organisieren. Innerhalb einer Woche läßt sich eine Demonstration mit zehntausend Teilnehmern organisieren. Innerhalb eines Monats läßt sich im wahrsten Sinne des Wortes ein Orkan an Demonstrationen und Revolten vorbereiten. Erinnern Sie sich an die Unruhen in F.? Nur fünf Prozent der Teilnehmer waren aus der Stadt selbst. Alle übrigen waren aus allen Ecken des Landes für drei Tage angereist gekommen. Wie sich von selbst versteht, ist es erforderlich, mit wachsendem Umfang der »Skandale« auch die soziale Zusammensetzung der Teilnehmer, aber auch das Niveau der Presse zu heben. Für ein »Skandälchen« unter Beteiligung von zehntausend Leuten müssen im vorhinein Fernsehen, Parlamentsdebatten und Interviews mit angesehenen Persönlichkeiten vorbereitet werden. Es müssen natürlich Schriftsteller, Professoren, Pfarrer und andere Liebhaber von Publicity oder Spielchen um geistige Führungspositionen herangezogen werden. Das ist kein Problem. Viele von ihnen sind bereit draufzuzahlen, wenn man ihnen nur Beachtung schenkt.

– Sie haben, wie ich sehe, keine hohe Meinung von ihnen?

– Das intellektuelle Niveau gleich welcher Massenbewegungen ist sehr niedrig. Das Niveau der Führer dieser Bewegungen entspricht dem Niveau der Massen: anders kann man gar nicht Führer werden. Grips brauchen die Führer nur, um zu einem der Massen von Dummköpfen entsprechenden Dummkopf werden zu können, um die Möglichkeit zu erlangen, Dummheiten von sich zu geben, die den Anschein erwecken, gescheit zu sein.

Die Kellnerin brachte die Rechnung. Der Grauhaarige studierte sie genauestens. Hier macht man das so, sagte er. Hier schätzt man kleinliche Pedanterie. Nachdem er sich überzeugt hatte, daß alles stimmte, verlangte der Grauhaarige eine »Quittung« mit einem Stempel und dem Hinweis »beruflich bedingte Ausgaben«.

Als wir das Restaurant verließen, kam eine Gruppe Jugendlicher mit Geschrei die Straße entlang, schlug Schaufenster ein und warf die Tische vor dem Café um. Die jungen Leute aus unserem Restaurant sprangen auf und liefen, ohne gezahlt zu haben, auf die Straße hinaus und rannten mit den anderen auf und davon. Irgendein fremder Hund kam auf mich zugestürzt und leckte mich winselnd ab. Darauf erschien sein wütender Besitzer und beschimpfte mich.

Hunde

Die Hunde des Ortes reagieren auf mich häufig nicht so wie ihre Besitzer. Sobald sie mich sehen, reißen sie sich von der Leine los und kommen auf mich zugestürmt. Wenn es ihnen gelingt, sich loszureißen und zu mir gerannt zu kommen, bevor ihr Herrchen sie daran hindert, lecken sie mir Hände und Gesicht, blicken mir in die Augen, winseln vor Freude und lachen. Ihre Herrchen ärgern sich darüber, rufen sie zurück und zerren sie fort. Sie leisten Widerstand, winseln betrübt und blicken sich dann noch lange nach mir um. Und ich freue mich über sie. Wir verstehen einander. Sobald ich eine Wohnung gefunden habe, werde ich als erstes einen Hund anschaffen. Aber so einen, wie ich selber einer bin – ohne Halsband.

Menschen

– Vergiß nicht, einen so unerhört wichtigen historischen Faktor wie den Vormarsch der Gelben und der Schwarzen auf die Welt der Weißen in Rechnung zu ziehen, sagte der Inspirator. Nur wir sind in der Lage, die Welt der Weißen vor dieser Gefahr zu schützen. Deshalb haben wir nach dem Recht der Geschichte den Westen zu unterwerfen. Zu unterwerfen, um ihn zu retten. Wenn der Westen nicht von uns unterworfen wird, wird er untergehen. Sobald er unterworfen ist, wird er wiedererstehen. Indem wir den Westen unterwerfen, unterwerfen wir uns ihm – das ist ein allgemeines Gesetz der Erbfolge der Zivilisation. Man muß, mein Lieber, in großen historischen Zeitspannen denken. Nicht in Tagen oder Jahren, sondern in Epochen.

– Du idealisierst unsere Rolle, entgegnete ich. Du ziehst die Natur unserer Gesellschaft und des Menschen nicht in Betracht. Ich weiß, was unsere Gesellschaft darstellt: eine niederträchtige Gesellschaft. Ich weiß, was der Homosos darstellt: ein niederträchtiges Wesen. Wir sind nicht imstande, unseren Sumpf und uns selbst, die wir fähig sind, in diesem Sumpf zu leben, zu ändern. Wir können bloß rettende Lügen über unseren Sumpf und uns selbst erfinden und diese Lüge aller Welt aufbinden. Und damit diese Lüge ewig lebt, müssen wir Vergleichsmaterial vernichten – müssen die herrlichen Flüsse, Seen und Meere des Lebens vernichten. Als solche erscheint uns der Westen. Seine Existenz reizt uns, fordert uns heraus, quält uns. Es gibt nur einen Weg, uns über ihn zu erheben: ihn zu erniedrigen und zu vernichten. Wir können den Westen vor der Gelben und Schwarzen Gefahr retten, indem wir ihm unsere Welt aufzwingen, aber nicht die Weiße, sondern die Graue Welt.

– Die Rote, willst du sagen.

– Was ist da für ein Unterschied? Die Rote, das heißt – die Graue.

– Das ist auch ein allgemeines Gesetz der Geschichte, das von zahlreichen Fakten untermauert ist und keine Ausnahme kennt. Die gewaltigsten Bäume wachsen dennoch aus der Erde. Die leuchtendsten Blüten haben ihre Wurzeln in der Erde. Einverstanden, wir sind Dreck, Mist und anderes mehr. Aber wir sind – der Boden. Kapiere doch, der Westen hat sich selber seine Schranken aufgezwungen, die zu überschreiten er bereits nicht mehr in der Lage ist: Humanismus, Demokratie, Menschenrechte ... Aber wir werden mit keinem von ihnen groß fackeln – weder mit den Schwarzen noch mit den Gelben noch mit den Roten. Wenn es nötig ist, machen wir vor nichts halt. Und der Westen weiß das.

Das »Zentrum«

Über die Gründung des »Zentrums« stand etwas in der Presse. Der Professor wurde dabei zum Mitglied der Akademie der Wissenschaften der UdSSR (zum ehemaligen, natürlich) befördert, obgleich er nicht einmal richtiger Professor war. Die Dame wurde zum Professor gemacht. Sie haben diesen Unsinn natürlich nicht dementiert. Ich habe keinerlei Angebote für eine Mitarbeit im »Zentrum« erhalten. Nicht einmal eine persönliche Einladung für die feierliche Eröffnung des »Zentrums« habe ich bekommen. Der Enthusiast hat so eine Einladung bekommen. Guckt alle von oben herab an. Ist froh, daß man mich nicht ins »Zentrum« aufgenommen hat, und verbirgt seine Freude nicht. Er sagt, daß, obgleich ich professioneller Soziologe sei, »die Sache« in Moskau so miserabel betrieben worden sei, daß er, der Enthusiast, »sich in der Soziologie faktisch besser auskenne als alle sowjetischen Soziologen zusammen genommen« (dies seine eigenen Worte).

In der Pension findet eine heftige Diskussion zum Problem des »Zentrums« statt.

– Dieses »Zentrum« ist ein Geschenk für das KGB.

– Genau umgekehrt.

– Bestimmt ein Geschenk vom KGB.

– Keine Sophistereien, bitte.

– Hätten lieber ein eigenes Zentrum für »Sowjetische Lebensweise« organisieren sollen. Dort hätte man das Leben wie in der Sowjetunion organisieren können. Reise- und Aufenthaltsbescheinigungen dahin verkaufen. Wäre ein toller Erfolg gewesen.

– Bezweifle ich. Die Westler können auch so jederzeit in die Sowjetunion reisen. Reise- und Aufenthaltsbewilligungen haben da keinen Wert.

– Und könnten sich angucken, was man ihnen zeigt. Und unter besonderen Bedingungen leben. Und hier – so leben, wie Sowjetmenschen leben.

– Ich zweifle auch am Erfolg so eines »Zentrums«. Um so richtig die sowjetische Lebensweise mitzukriegen, ist sogar ein Jahr zu wenig. Und sind manchmal sogar zehn Jahre zu wenig. Und dann werden dort die Besucher des »Zentrums« in der Hoffnung leben, das »Zentrum« bald verlassen zu können. Aber die wahre sowjetische Lebensweise schließt jede Hoffnung aus, ihm entwischen zu können. Wie wollen Sie in so einem »Zentrum« Aufzucht und Betreuung der Kinder, Karrieremachen und Bildung unterbringen?

– Wozu ein eigenes Zentrum, wenn man viel einfacher das Leben in der Sowjetunion wahrheitsgetreu schildern könnte...

– Wahrheitsgetreu ist niemals einfacher. Und mit so einer Beschreibung läßt sich kein Geld verdienen. Und hier kann man ganz schön profitieren.

– In so einem Fall muß man nach den Gesetzen des Business beschupsen. Damit so ein »Zentrum« was einbringt, ist es nötig, daß es die Leute anziehend finden, darin unter den Bedingungen des Grauens zu leben. Heißt also, das Grauen muß dekorativ sein.

– Genau. Das ist ja das, was ich sagen wollte. Auf daß die Leute nicht in der Sowjetunion leben, sondern gewissermaßen in ihr leben.

– Dann wird also dieses »Zentrum« nicht die Sowjetunion, sondern gewissermaßen die Sowjetunion erforschen.

Offenes Gespräch

Ein unbekannter Mensch saß dabei und hörte sich unser Gespräch mit an. Als wir schwiegen, bat er mich, ihm einige Minuten zu widmen. Er wolle mit mir allein sprechen. Nicht, um darüber zu schreiben, sondern zum persönlichen Gebrauch. Ich sagte, ich würde es vorziehen, wenn er darüber schriebe. Er tat so, als hätte er nicht gehört, und bat mich zu erklären, worin sich meine Ansichten von den Ansichten der übrigen sowjetischen Emigranten unterschieden.

– Vor allem dadurch, daß ich Ansichten habe und sie nicht, sagte ich.

– Und zweitens?

– Hauptsächlich in der Bewußtseinsorientierung. Westliche Sowjetologen und Journalisten haben sich zusammen mit sowjetischen Oppositionellen und »Regimekritikern« eine neue Lüge anstelle der offiziellen über die Sowjetunion ausgedacht. Und diese neue Lüge kommt den Machthabern genau so gelegen wie die offizielle Lüge.

– Verstehe ich nicht. Wie kann Kritik am Sowjetregime dem Regime dienen?!

– Weil das auch ein Rauchschleier ist, nur von anderer Farbe. Aber die Farbe des Rauchschleiers, die den wirklichen Angreifer und Gegner verdeckt, spielt keine Rolle.

– Und wer garantiert, daß Ihre Worte nicht auch Rauchschleier sind?

– Ihr gesunder Menschenverstand. Werfen Sie Ihre Vorurteile über Bord. Denken Sie selber. Die Wahrheit ist einfach, wenn Sie sich selbst eines Besseren besinnen. Und außerdem – die Wahrheit sagen nur Einzelne. Und ich bin ein Einzelner.

– Sie sprachen von einem Angreifer und einem Gegner. Worauf spielen Sie damit an? Auf einen zukünftigen Krieg?

– Nein, auf den Angriff der Sowjetunion auf den Westen, der bereits begonnen hat. Vorläufig handelt es sich um ein friedliches Eindringen sowjetischer Menschenmassen in den Körper des Westens. Die letzte Emigration ...

– Aber das ist doch nicht Ihr Ernst. Alle diese Menschen stehen auf der Liste. Ihnen ist der Zutritt zu lebenswichtigen Orten der Gesellschaft völlig verwehrt oder nur begrenzt gestattet.

– Aber sie brauchen doch keinerlei Zutritt. Sie nehmen doch schon aktiv an der Herstellung des Rauchschleiers teil. Und das Wichtigste ist nun mal die Anwesenheit im Körper des Feindes ...

– Was können sie tun?

– Rechnen Sie mal aus, wieviel Anstrengung nötig ist für die Kontrolle und Isolierung eines einzelnen Menschen unter normalen Lebensbedingungen in einem Land. Und für zehn? Und für tausend? Und für hunderttausend? Wenden Sie sich an Mathematiker, die sich mit sozialen Problemen befassen, und die werden Ihnen ausrechnen, wieviel man für eine »fünfte Kolonne« braucht, die in einem gewissen Fall dieses Land demoralisieren kann.

– Sie meinen, in der Sowjetunion hat man das schon ausgerechnet?

– Natürlich.

– Und in die Tat umgesetzt?

– Jedenfalls ist man nahe daran.

– Entschuldigen Sie, aber das sind doch Hirngespinste.

– Machen Sie die Probe aufs Exempel und veröffentlichen Sie meine »Hirngespinste«, oder widmen Sie ihnen Ihre Aufmerksamkeit in den Kreisen, die...

– Das ist nicht so einfach. Man braucht seriöse Daten, um...

– Aber für die Verbreitung eines Rauchschleiers braucht man doch keinerlei seriöse Daten.

– Aber da gibt es doch Fakten mehr als genug.

– Fakten kann man für jede x-beliebige Lüge zusammenkriegen, so viel man will.

– Sagen Sie, wie steht das sowjetische Volk zu den oppositionellen Erscheinungen im Lande?

– Alles in allem – ablehnend. Aber wieso? Die Regimekritik ist doch rechtmäßig. Die Forderungen der Oppositionellen sind natürlich und gesund.

– Kommt auf den Standpunkt an. Von Ihnen, dem westlichen aus gesehen – ja. Aber vom Standpunkt der Sowjetbevölkerung bedeuten die Forderungen der Oppositionellen Forderungen nach Privilegien, die der großen Masse der Bevölkerung unzugänglich sind.

– Ich verstehe überhaupt nichts. Erklären Sie!

– Das, was die sowjetischen Oppositionellen fordern, erscheint aus der Sicht des Westens natürlich, wo man nämlich das alles hat. Aber bei der großen Masse der Sowjetbevölkerung, für die das alles unzugänglich ist, rufen die Forderungen der Oppositionellen nur Gereiztheit hervor. Nur ein kleiner Teil der Bevölkerung kann Zugang zu diesen Segnungen haben. Denen allerdings nützen diejenigen, die es verstehen, sich ein Stückchen abzuzwacken, indem sie ihre Stellung innerhalb der Sowjetgesellschaft ausnützen. Das allerdings geschieht durchaus den Normen der Gesellschaft gemäß und keineswegs gegen sie. Es ist einfach, sich über irgendwelche Dinge des Sowjetdaseins zu entrüsten, wenn man hier im Westen sitzt. Aber versuchen Sie mal, die Forderungen der Oppositionellen dort zu erfüllen, unter sowjetischen Verhältnissen. Es ist einfach, Wohltäter und Humanist auf fremde Kosten zu sein. Seien Sie auf eigene Kosten wohltätig, dann begreifen Sie vielleicht, worum es geht.

– Aber die Forderungen der Dissidenten sind doch leicht zu erfüllen. Zum Beispiel – das Recht auf Emigration.

– Wie viele Menschen aus der Sowjetunion kann Ihr Land aufnehmen? Soviel mir bekannt ist, haben Sie an die zwei Millionen Arbeitslose.

– Das sind unsere Probleme und nicht Ihre. Ich will Ihnen eine lehrreiche Geschichte erzählen. In der Sowjetunion werden jeden Sommer viele Millionen Menschen zu Ernteeinsätzen auf die Dörfer geschickt. Ich bin auch mehrmals dabeigewesen. Und einmal hatten wir in unserer Brigade einen Oppositionellen. Er sagte, daß dergleichen Ernteeinsätze auf dem Dorf Zwangsarbeit seien, Sklavenarbeit, und daß die Arbeitsbedingungen dort schrecklich seien. Tat aber nichts zum Zeichen des Protests. Wie beurteilen Sie sein Verhalten?

– Ein tapferer Mann. Wenn alle seinem Beispiel folgen würden, dann ...

– Dann wäre die Ernährungslage im Lande noch schlechter. Für Sie ist dieser Mann ein tapferer Kämpfer für die Freiheit, für Menschenrecht und andere schöne Dinge. Aber für uns war er einfach ein Parasit und Demagoge. Wir haben ihn eine Zeitlang ertragen, und dann haben wir ihn aus der Brigade geworfen.

– Wie konnten Sie!...

– Die Brigade hatte eine bestimmte Aufgabe übertragen bekommen. Und dieser Mann spielte den tapferen und prinzipientreuen Kämpfer für Demokratie auf unsere Kosten. Aber hier noch ein Beispiel für Sie. Gestern trat im Fernsehen ein sowjetischer Emigrant auf. Er beschrieb in beredten Worten seinen Kampf mit dem »Regime« um die Anschaffung eines Autos. Sagen Sie, halten Sie den Wunsch dieses ehemaligen Sowjetmenschen, ein Auto zu besitzen, für natürlich?

– Natürlich!

– Und wissen Sie, was dieser Mann für einen Monatslohn hatte? Um von diesem Lohn auf ein Auto zu sparen, hätte er hundert Jahre warten müssen. Ohne Scherz: genau gerechnet hundert Jahre. Woher nahm dieser Mensch das Geld? Sowjetmenschen wissen woher. Für sie ist dieser Mann ein ausgemachter Gauner. Der Westen weiß das nicht. Und will es nicht wissen. Für euch ist es nicht wichtig, woher dieser Mensch das Geld hat. Für euch ist wichtig, daß er es hat und daß er ein Auto haben will. Und im übrigen werden in der Sowjetunion nur wenige Autos produziert. Warum soll die Möglichkeit, ein Auto zu besitzen, diesem Zahnarzt vorbehalten sein, der illegale Einkommen hat, nicht aber anderen wie zum Beispiel Professoren, Künstlern und Schriftstellern? Besitzen Sie ein Auto? Dann schenken Sie es doch einem Dissidenten in Moskau, der danach lechzt, ein Auto zu besitzen – nach den Normen der westlichen und nicht der sowjetischen Gesellschaft. Und indem Sie das Recht dieses Menschen in Moskau auf ein Auto verteidigen, kämpfen Sie damit nicht etwa für Menschenrecht und Demokratie, sondern dafür, daß die Sowjetgesellschaft diesem Mann Segnungen gewährt, die ihm nach den Normen der Sowjetgesellschaft nicht zustehen: er hat sie dort nicht verdient. Gleichzeitig kämpfen Sie um ein Privileg für diesen Mann und damit gegen Gerechtigkeit. Und ebenso in allen anderen Dingen, sei es nun Redefreiheit, Druckfreiheit oder Gewissensfreiheit.

– Aber wir müssen doch irgendwie auf die Sowjetmenschen Einfluß nehmen.

– Indem der Westen auf die Sowjetunion Einfluß ausübt, verfolgt er sein eigenes Ziel: die Schwächung seines Feindes. Die Methode der Einflußnahme ist die Verführung eines unbedeutenden Teils der Bevölkerung durch westliche Verlockungen und ihre Aufstachelung zum Kampf mit dem »Regime«. Hierbei wird nicht so sehr damit gerechnet, daß sich die Sowjetgesellschaft in westlicher Richtung entwickelt (das ist Demagogie zu Tarnungszwecken), als damit, daß sie von innen her geschwächt wird und der Westen etwas in der Art seiner »fünften Kolonne« in Angriff nimmt. Eben genau darin bestand das Wesen der westlichen Operation in der Sowjetunion, genannt »Dissidentenbewegung«. Die sowjetischen Machthaber haben darauf mit einer Serie eigener Operationen geantwortet, deren wichtigste die Operation »Emigration« ist. Lassen Sie mich nun Bilanz ziehen...

– Ich sehe das anders. Sie verstehen die Sowjetgesellschaft, die Sowjetführung, die sowjetische Opposition falsch. Gestatten Sie, daß ich Ihnen erkläre...

Wir und der Westen

Eben diese politische Persönlichkeit, von der der Inspirator sprach, wurde dennoch umgebracht. Der Westen geriet in Panik. Meine Verhörer lassen sich nicht anmerken, daß ich sie nicht darüber informiert habe, und ich will sie nicht selbst daran erinnern. Meine Gedanken arbeiten in anderer Richtung. Hier herrscht Panik. Wäre dergleichen in der Sowjetunion passiert, wäre die Reaktion entgegengesetzt gewesen: es hätte geheißen, schließen wir unsere Reihen noch enger, laßt uns stärker sein, fester, härter!... Und seltsam, warum hat man diesen mittelmäßigen Politiker unter die Großen erhoben? Hier sind große politische Persönlichkeiten prinzipiell nicht möglich, weil ihr Einfluß auf den eigentlichen Gang der Dinge gleich Null und ihre Macht unbedeutend ist, weil sie zu Kritik neigen, die Presse sie ihres Nimbus entkleidet und auf die Erde zurückholt, ihre Auswahl nach solchen Prinzipien vornimmt, daß sie selbst über ihre persönliche Situation mehr nachdenken als über die Situation ihrer Länder.

Der Chef fragte mich, was ich zu dieser Ermordung

denke. Ein ausgezeichnet gelungenes Experiment, sagte ich ruhig. Was für ein Experiment?! – riß der Chef die Augen auf. Stellen Sie sich doch vor, was hier bei Ihnen los wäre, wenn ein Dutzend solcher »großer Politiker« hier angelatscht käme, sagte ich ohne alle Emotionen. Der Chef antwortete nichts. Im übrigen fängt die Sowjetunion einen Krieg gegen den Westen an, sagte ich, wenn es hier schneit. Der Westen wird wie gelähmt sein und... Der Chef ging, ohne sich zu verabschieden.

Die Eröffnung des »Zentrums«

Die Eröffnung des »Zentrums« verlief, wie der Professor in seiner Eröffnungsrede bemerkte, in feierlicher Atmosphäre. In der Rede des Professors war das die einzige Stelle, die Aufmerksamkeit verdiente: sie erinnerte stark an die feierlichen Versammlungen sowjetischer Betriebe aus Anlaß eines offiziellen Feiertags, eines Jubiläums, einer Inbetriebnahme von etwas, einer Aufnahme in den Betrieb, der Verleihung eines Ordens oder der Roten Wanderfahne... Es fehlten nur noch die Porträts der Klassiker des Marxismus sowie der Partei- und Regierungsführer, eine Leninbüste, rote Fahnen und Losungen. Aber uns, die wir jahrelang trainiert waren, den Anblick der Attribute unserer Feiern zu genießen, fiel es nicht schwer, ihr Nichtvorhandensein in der Vorstellung zu ergänzen. Unsere Vorstellung wurde noch dadurch verstärkt, daß die Anwesenden mit stürmischem Applaus und Sicherheben die Grußbotschaft eines Schriftstellers russischer Erde an das »Zentrum« feierten. In der Botschaft wurden dem »Zentrum« und der ganzen sowjetischen Emigration (sowie gleichzeitig den Präsidenten aller westlicher Länder, den Vertretern aus Kultur sowie gewöhnlichen Bürgern) genaueste Anweisungen gegeben, was zu tun und wohin die Menschheit zu führen sei. Die Anweisungen liefen auf die folgenden beiden Ecksteine des Programms zur Rettung Rußlands, und das heißt – der gesamten Menschheit hinaus: 1) lebe nicht in der Lüge; 2) schreibe das Wort »Gott« mit großen Buchstaben. Darauf wurde eine Botschaft des Großen Dissidenten aus der Sowjetunion verlesen und ebenfalls mit stürmischem Beifall und Sich-Erheben entgegengenommen. In der Botschaft war die Rede davon, daß die Lage folgenschwer sei. Darauf wurden andere Botschaften verlesen. Sie wurden mit Applaus entgegengenommen, aber ohne Sich-Erheben. Der Witzbold, der neben mir saß, sagte, es fehlten bloß noch die Grußbotschaften vom ZK und KGB. Nicht so eilig, sagte ich, kann alles noch kommen. Und ich hatte mich nicht geirrt. Der Professor verlas Auszüge aus sowjetischen Zeitungen unter dem Vorwand »Wie unsere Feinde unsere edle Tätigkeit zum Wohle … bewerten«. Im Saal begann ein Lärmen, daß die Anwesenden zur Ordnung gerufen werden mußten. Die Dame, die als Vorsitzende fungierte, sagte vorwurfsvoll, daß man sich hier schließlich nicht auf einer Parteiversammlung in einem sowjetischen Betrieb befände. Unter den Anwesenden waren die Vertreter der westlichen Spionagedienste sowie antisowjetischer Organisationen zu sehen. Ich bemerkte mindestens an die zehn Leute, bei denen ich hundertprozentig sicher war, daß sie KGB-Leute waren, und mehr als zwanzig, bei denen meine Überzeugung mehr als fünfzig Prozent betrug.

Dann trat die Dame mit einem ausführlichen Referat über die Aufgaben des »Zentrums« auf. Das Referat war im vorhinein ausgearbeitet, sie verlas es, wobei sie unwillkürlich den derzeitigen Generalsekretär des ZK der KPdSU nachahmte. Was nicht nur ich bemerkte. Aber es war schon nicht mehr lustig. Wo sind wir? fragte mich der Witzbold. Auf einer Parteiversammlung?! Sie dürfen ruhig höher greifen, sagte ich. Auf einer Bezirksparteikonferenz – mindestens.

Meine Herrschaften, begann die Dame ihr Referat und lächelte zufrieden, als sie die gefährliche Stelle hinter sich hatte. Im Gefühl großer Verantwortung für das Schicksal der Menschheit, des Fortschritts und der Demokratie beginnt unser »Zentrum« seine Tätigkeit... Nachdem sie die internationale Lage und die Situation in der Sowjetunion geschildert hatte, legte die Dame gewissermaßen Rechenschaft über die Tätigkeit der Sowjetemigration während der letzten Jahre ab (während der vergangenen fünf Jahre, wie der Witzbold bemerkte). Sie hob hervor, daß die russische Emigration mit jedem Jahr an Macht gewinne, daß sich ein vieltausendköpfiges Kollektiv von Kämpfern gegen das Sowjetregime gebildet habe, daß die antisowjetischen Druckerzeugnisse um das Dreifache an Umfang zugenommen und die Zahl der Begegnungen, die antisowjetischen Problemen gewidmet sind, um das Zehnfache angestiegen seien, daß die Organisation bei der Arbeit mit den verschiedenen Gruppen verstärkt und die Zusammenarbeit aller drei Emigrantenströme gefestigt worden sei... Besonders gewaltige Erfolge hätten sich darin gezeigt, daß... Doch indem wir die Erfolge gebührend würdigen, die im Kampf mit dem Sowjetregime errungen wurden (die Dame ging zum kritischen Teil ihres Vortrags über), und behutsam an die positiven Erfahrungen herangehen, müssen wir gleichzeitig auch mit aller Schärfe und in aller Sachlichkeit die Versäumnisse und Mängel offenlegen... Es sei unumgänglich, mit allen Mitteln zu erhöhen... sind entschlossen zu überschreiten... die vorhandenen Reserven aufzudecken... die behördlichen Barrieren zu überwinden... Gegenüber Rationalisierungsvorschlägen aufgeschlossen sein... In die Sache eindringen... Anregungen aufgreifen... Komplex... Das Leben allein diktiert uns neue Methoden... Von gemeinsamem Elan getrieben, rief die Dame zum Schluß aus, werden wir, die sowjetischen Emigranten, Opfer des Sowjetregimes und Kämpfer für die Menschenrechte, unnachgiebig und konsequent kämpfen um... Den Titel eines Unternehmens für antikommunistische Arbeit, beendete der Witzbold den Satz reichlich laut. Man zischte in unsere Richtung.

Nach der Sitzung begaben sich die angesehenen Personen ins Restaurant, um das Ereignis zu würdigen. Natürlich auf Kosten des »Zentrums«, das heißt auf Kosten der Steuerzahler des Ortes. Der Schriftsteller war nicht eingeladen. Er war gekränkt. Und führte sich auf wie ein Moskauer Wahrheitskämpfer, der nicht ins Parteibüro gewählt worden ist, wie ein Beleidigter, der seine Überlegenheit über die um ihn herum darin sieht, daß sie ihn beleidigt haben.

– Warum hat man Sie nicht eingeladen? sagte er, als er mich in der Menge der Nichteingeladenen erblickte. Das ist höchst seltsam. Ich habe mich so für Sie eingesetzt. Obgleich man hier nicht gerade besonders auf mich zählt. Kommen Sie lieber mit zu uns, meine Frau bewirtet uns besser als jedes Restaurant.

Die Soldaten des Sonderbataillons kehrten in Schlauchbooten und wie immer in leuchtend orangefarbenen Rettungswesten in ihre komfortablen Kasernen zurück.

– Sehen Sie nur! rief der Schriftsteller. Was ist das?!

– Soldaten.

– Was haben die da an?

– Rettungswesten.

– Wozu? Hier geht das Wasser doch nur bis zu den Knien.

– Um möglichst kampfgemäß ausgerüstet zu sein.

– Und warum haben sie dann keine Waffen?

– Das sind doch westliche Soldaten. Was sollen die mit

Waffen. Sie glauben, schon irgendwie am Leben zu bleiben.

– Und warum sind die Westen so leuchtend hell?

– Damit der Gegner sie aus der Ferne bemerkt und das Feuer einstellt.

– Sie machen Witze.

– Nicht im geringsten. Hier bewegt alle nur ein Problem: wohin für den Fall, daß die Sowjetarmee kommt und wie auf die vorteilhafteste Weise vor ihr kapitulieren.

– Seltsam. Für uns stellte sich nie das Problem, wie unter den Deutschen leben. Wir haben gegen sie gekämpft. Und als erstes haben wir die überflüssigen Selbstverteidigungsmittel wie Gasmasken, Helm und Seitengewehr von uns geworfen. Wie unser Politruk zu sagen beliebte, der Soldat hat nur das bei sich zu haben, was ihm erlaubt, schneller in den Tod zu rennen.

– Gut gesagt.

– Er ist gefallen, dieser Politruk. Ich war dreimal verwundet – im Kampf für die Sowjetunion. Aber wenn heute die Sowjetarmee hier angestürmt käme, würde ich als Freiwilliger gegen sie kämpfen.

Die Frau des Schriftstellers servierte uns ein typisch Moskauer Abendessen. Der Schriftsteller sagte, nur gut, daß wir nicht ins Restaurant gegangen seien: er bekäme vom Essen im Restaurant Sodbrennen. Dann sahen wir uns im Fernsehen einen völlig belanglosen, aber technisch glänzend gemachten Film an. Der Schriftsteller sagte, für die westliche Kunst sei die Diskrepanz von Form und Inhalt überhaupt charakteristisch. Grandios in gar nichts, das sei sein Wesen. Und bei uns in Moskau sei es umgekehrt: armselig im Grandiosen.

Als ich nach Hause ging, war keine einzige Menschenseele auf den Straßen zu sehen. Nicht weit von der Pension holte mich ein Polizeiwagen ein, fuhr einige Zeit langsam neben mir her, um dann plötzlich in großer Geschwindigkeit davonzufahren. Die Ordnungshüter hatten offenbar beschlossen, daß ich keine Gefahr für ihre demokratische Gesellschaft darstelle.

Das Wesen der Sache

Die Nacht zieht sich schlaflos hin. Um die Zeit totzuschlagen, rufe ich mir die Gespräche mit dem Inspirator in Erinnerung.

Man braucht die Macht unseres Spionagenetzes im Westen gar nicht aufzubauschen, sagte der Inspirator. Man braucht unseren Einfluß auf den Westen grundsätzlich nicht größer zu machen, als er ist. Man braucht gar nicht zu glauben, daß der Westen so leichtgläubig, so verwundbar und schutzlos ist. Dort gibt es genauso Leute mit Sachverstand, die sich mit »sowjetischen Dingen« befassen. Kurz gesagt, lassen wir doch dieses Detektivspielen und den ideologischen Unsinn und urteilen wir nüchtern und vernünftig. Der Westen ist ein Koloß. Und wenn dieser Koloß in irgendeiner Richtung ins Rollen kommt, dann wäre keinerlei den Westen betreffende Sowjetpolitik und kein Aufklärungsdienst im Westen in der Lage, ihn aus dieser Richtung abzuwenden. Das Problem besteht für uns darin: rollt dieser Koloß im großen ganzen in die für uns erwünschte Richtung oder nicht, und wenn ja, was können wir tun, damit er auf seinem Weg diejenigen wegfegt, die diese Bewegung verhindern wollen. Unsere Tätigkeit kann nur dann Erfolg haben, wenn sie im Einklang mit den objektiven Tendenzen der Geschichte steht – darum geht es. Wir müssen mit voller Entschiedenheit klären, ob das so ist oder nicht. Wir verfügen über jede Art von Angaben darüber, was in der Welt vorgeht, und das in Hülle und Fülle. Man kann sich jeder Sorte Spezialisten und Sachverständiger kaum erwehren. Je mehr Angaben und Spezialisten, desto gringer die Gewißheit, ob wir auch ausreichend richtig und umfassend begreifen, was vor sich geht. Wir brauchen momentan dringend einige wenige Leute, die für diese Sache geeignet sind und die unser Vertrauen verdienen. Was wir brauchen sind wirkliche Genies auf diesem Gebiet.

Uns steht der größte Kampf in der Geschichte bevor, sagte der Inspirator. Von ihm wird es abhängen, ob wir in Zukunft für weitere Jahrhunderte bleiben werden oder aber als ein vorübergehender Zickzack, ein zeitbedingtes Kuriosum von der Bühne der Geschichte abtreten. Wir setzen alles auf eine Karte. Unsere Kräfte sind nicht unbegrenzt. Noch können wir den Weg wählen: entweder wir kapseln uns ab und werden zu einer Festung, die sich verteidigt, oder wir ergießen uns über den ganzen Planeten und dringen in alle seine Poren ein. Die Wahl des

Weges hängt davon ab, ob wir den Gang der Geschichte richtig begreifen oder nicht, ob wir unserer Geschichtskonzeption vertrauen oder nicht. Augenblicklich handeln wir noch nach vergangenen Zielsetzungen, das heißt mechanisch, aufs Geratewohl. Und wenn nun plötzlich dieser Weg in die Katastrophe führt? Wir beginnen, die Zuversicht zu verlieren und Angst zu bekommen. Wir sind bereits nicht mehr in der Lage, genial ausgeklügelte und berechnete Pläne zu Ende zu führen. Wir fangen an, sie nur widerwillig in Angriff zu nehmen, und werfen sie mit Vergnügen auf halbem Wege hin. Nimm doch nur mal die Operation »Afghanistan«. Und auch die Operation »Emigration« werden wir schwerlich zu Ende führen. Vielleicht schaffen wir's, die Operation »Polen« durchzuhalten. Aber die ist auch die primitivste. Und da werden auch noch Stimmen da oben laut und fordern, »diesem Sabbat ein Ende zu setzen«. Im Augenblick brauchen wir etwas in der Art, wie es zu ihrer Zeit Marx, Lenin und Stalin zusammen gemacht haben. Die Ironie der Geschichte besteht darin, daß heutzutage so was nur geheim gemacht werden kann. Die intellektuellen Funktionen des historischen Genies können heute nur Geheimagenten wie du und mittlere Beamte der Organe wie ich erfüllen. Dafür wird in vielen Jahren...

In vielen Jahren, dachte ich, wird als Genie dieser Sorte derjenige anerkannt werden, der im passenden Moment zumindest den hundertsten Teil dessen äußert, was heute ein richtiges Genie äußern kann. Außerdem wird es für uns auch das Problem der Wahl des Weges nicht mehr geben:

wir sind zu dem verdammt, was unabhängig von uns und manchmal auch ohne unseren Willen geschieht. Und Genies braucht man dann nur noch dafür, um seine müßige Neugier zu befriedigen. Ich habe sie voll und ganz befriedigt. Mir ist alles klar, übrigens für viele Jahre im voraus. Letztlich ist ein Genie in unserer Zeit eine Vereinigung vieler Durchschnittsmenschen, die primitive Funktionen erfüllen. Der Computer – das ist die Verkörperung des Genies unserer Epoche. Und wie immer sind es Degenerierte und Scharlatane, die sich der Produkte des Genies bedienen. Die Schüler in den Schulen von heute wissen nicht einmal, was eine Multiplikationstabelle ist, können aber alle mit Computern umgehen, die kaum größer sind als eine Streichholzschachtel. Die Sowjetführer können nur mit Mühe Silbe für Silbe fremde Texte lesen und sind erst recht nicht in der Lage, den Umgang mit Schulcomputern zu erlernen. Aber sie lösen epochale Probleme.

Der Bau

Es gibt nur einen lichten Punkt am düsteren Horizont meines Lebens (ich fange an, mich schön auszudrücken, das ist symptomatisch!) – das ist mein Bau. Er ist besonders schön früh am Morgen, wenn die Sonne aufgeht. Er wird dann so leuchtend fröhlich, daß man vor Entzücken weinen möchte. Das wird bestimmt ein Tempel für eine neue, reine Religion. In ihm wird ein junger und jauchzender Gott wohnen.

Hoffnungen

Am Morgen rief die Dame an. Die Leitung des »Zentrums«, sagte sie feierlich (mir schien, als hörte ich »das Parteibüro«), hat die Absicht, Sie mit heranzuziehen. Vorläufig natürlich ohne Bezahlung. Auf gesellschaftlicher Grundlage sozusagen (hier kicherte sie auf moskauerisch). Ich solle den Mitarbeitern des »Zentrums« einen soziologischen Einführungskurs halten. Außerdem bereiten wir einen Band mit Aufsätzen vor. Könnten Sie nicht auch einen Beitrag liefern? Ein Honorar zahlen wir vorerst nicht.

Nachdem ich meine letzten Pfennige für Schreibutensilien ausgegeben hatte, setzte ich mich an meinen Aufsatz. Ich arbeitete voller Begeisterung und vergaß über der Arbeit sogar das Essen. Am nächsten Tag war der Aufsatz fertig.

Der Aufsatz

Um die real existierende kommunistische Gesellschaft zu verstehen (und um eben diese handelt es sich in der Sowjetunion), muß man ein geübter Dialektiker sein. Aber die dialektische Denkweise ist entweder rundweg vergessen, oder sie dient in karikierter Form als Gegenstand des Spottes für jede Sorte gebildeter Nichtskönner und Snobs, oder aber sie ist in verdummter und banalisierter Form als fester Bestandteil in die Staatsideologie eingegangen. Die Vernachlässigung der dialektischen Denkmethode ist das erste ernsthafte Hindernis auf dem Weg, den realen Kommunismus kennenzulernen.

Heutzutage gibt es eine Unmenge Leute, die sich über die Sowjetgesellschaft (und die kommunistische oder sozialistische überhaupt) Gedanken machen, über sie sprechen und schreiben. Aber alle sind sie im Sumpf alltäglicher Leidenschaften, im Sumpf der Eitelkeit und des Eigennutzes versunken. Sie verteidigen diese Gesellschaft um den Preis des Verlustes an Wahrheit, andere wieder kritisieren sie um eben diesen Preis. Sie betrachten sie mit den Augen des Betroffenen, andere wieder mit den Augen von Nutznießern. Die einen wollen sich anhand gewisser passender Themen als besonders moralisch und als kluge Köpfe produzieren, andere wieder wollen ein Stückchen von den Segnungen des Systems ergattern, indem sie die Finger auf die Wunden dieses Systems legen, eine dritte Gruppe wieder legt Programme für Neuordnungen vor und gibt das, was wünschenswert ist, als möglich und tatsächlich vorhanden aus. Niemand will diese Gesellschaft einfach nur aus intellektueller Neugier betrachten, ohne irgendeiner a priori vorhandenen Doktrin zu huldigen, ohne den Standpunkt irgendeiner (sei es auch »progressiven«) sozialen Kategorie von Menschen einzunehmen, ohne irgendwelche Programme zur Erlösung der Menschen vom Übel dieser Gesellschaft und zur Errichtung irgendeines »wahren Sozialismus (Kommunismus) mit menschlichem Antlitz« vorzuschieben. Diese Unfähigkeit zu einer gewissen desinteressierten intellektuellen

Neugier ist das zweite ernsthafte Hindernis auf dem Weg zum Verständnis des realen Kommunismus.

Mit diesem kurzen Aufsatz versuche ich, die Ansicht eines dialektisch denkenden Menschen von der realen kommunistischen Gesellschaft darzulegen, für den diese Gesellschaft weder ein Segen noch ein Übel ist, der ihr nicht vorschreiben will, wie sie gemäß ihrer politischen Demagogie oder ihrem Größenwahn zu sein hat, und der sie als objektiv vorhandenes Faktum nimmt, das zumindest überflüssige intellektuelle Aufmerksamkeit verdient.

Folgen

Der Aufsatz löste im »Zentrum« Tumult aus. Der Professor erklärte, das sei eine Provokation für das KGB. Die Dame sagte, eine solche Gemeinheit hätte sie nicht von mir erwartet. Der Aufsatz wurde verurteilt. Um aber für das »Zentrum« den Anschein demokratischer Gesinnung zu wahren, wurde er dem Enthusiasten zur Begutachtung übergeben.

Der Enthusiast kam zu mir mit gewichtiger Miene, ohne sein gewöhnliches Kichern, als liege mein Geschick in seiner Hand. Er sagte, man habe ihm meinen Aufsatz gegeben mit der Bitte, ihn durchzulesen und seine Meinung dazu zu sagen. Er lehne meine Konzeption kategorisch ab. Und wenn ich den Aufsatz nicht radikal überarbeite, sehe er sich gezwungen, ihn zurückzuweisen. Ich fragte ihn, wie das denn mit der Meinungsfreiheit sei? Wie er denn den wahren Sozialismus mit allen bürgerlichen Freiheiten wie auch der Freiheit des Wortes bauen wolle, wenn er selbst eine solche Intoleranz gegenüber einer anderen Meinung an den Tag lege, wobei er sich auch noch in einer Gesellschaft mit allen diesen bürgerlichen Freiheiten befinde? Wir, sagte er (man beachte das »wir«!), hindern Sie nicht, Ihre Meinung an irgendeiner anderen Stelle zu veröffentlichen. Und wir werden Sie auch nicht Repressalien aussetzen wie in der Sowjetunion. Aber unsere (bereits »unsere«!) Zeitschrift (bereits »Zeitschrift«!) hat ihr politisches Gesicht (hat bereits, obgleich noch gar nicht erschienen!). Wir können nicht...

Freiheit des Wortes

Ich übersetzte meinen Aufsatz ins Deutsche und schickte ihn an eine Zeitschrift, die für ihre »Objektivität« bekannt ist. Nach zwei Wochen bekam ich eine Absage. Mich interessierte, worum es ging. Wie sich herausstellte, hatte man sich an das »Zentrum« gewandt und um seine Meinung gebeten. Die Dame hatte ihnen ein geradezu pogromartiges Gutachten des Enthusiasten zukommen lassen. Ich erinnerte ihn an seine letzten Worte, daß »sie« mich nicht hindern würden, meine freie Meinung woanders zu publizieren. Zunächst zeigte er sich verwirrt, begann zu kichern und irgendwas Unzusammenhängendes zu stammeln. Dann nahm er im Bewußtsein der Wichtigkeit seiner Person die Pose eines allmächtigen Giganten an. Kampf ist Kampf, sprach er. Wir machen vor nichts halt, sondern öffnen der Welt die Augen für... Ich hörte mir nicht mehr an, wofür diese Zwerge der Welt die Augen öffnen wollten: ich wäre sonst zu spät zu meinem nächsten Verhör gekommen. Du stehst allein da, dachte ich unterwegs, und deshalb bist du hier zu diesem erbärmlichen Dasein verurteilt. In der Sowjetunion hättest du dir erlauben können, ein unabhängiger Einzelgänger zu sein, weil du dich dem offiziellen Kollektiv angeschlossen hättest, der offiziellen Partei, der offiziellen Gesellschaft, die offen und völlig legitim sich die Funktionen einer Mafia anmaßen. Das ist persönlich nicht beleidigend. Da die sowjetische Mafia allmächtig ist, ist sie manchmal gegenüber Leuten, wie ich es bin, großherzig. Und da die lokalen Mafias eingeschränkt sind in ihrer Macht und schwach, sind sie unerbittlich schonungslos und verletzend.

Und ich strich die Dame und den Professor von meiner Sowjetagentenliste.

Alltag

Der Alliance des Enthusiasten mit dem »Zentrum« war kein Glück beschieden. Er überschwemmte sie mit seiner Makulatur. Sie wehrten sich heroisch. Er beschimpfte darauf den Professor, die Dame und »dieses ganze Gesindel«. Beteuerte, daß sie ihn gezwungen hätten, meinen Aufsatz schlechtzumachen, und schlug vor, den Aufsatz in der Zeitschrift von Madame Anti unterzubringen. Er habe eine Idee, mit ihr zu einem Kompromiß zu kommen. Es werde natürlich irgendwelche Divergenzen mit ihr geben. Das sei hier schließlich der Westen, und nicht Moskau. Freiheit des Wortes! Ich sagte, eine antikommunistische Zeitschrift, die eine Theorie des wahren Kommunismus entwickelt – das wird eine Weltsensation. Nur ein Problem stelle sich: was soll man als den wahren und was als den unwahren Antikommunismus betrachten, und erweist sich nicht der wahre Kommunismus als unwahrer Antikommunismus? Der Enthusiast sagte verächtlich »hm« und eilte davon, um die erste gemeinsame Programmnummer der Zeitschrift zu planen. Wer schlägt wen von den beiden an Geistesgestörtheit? Sollten die sowjetischen Paranoiker die westlichen bereits übertreffen?

Schlacht gegen das Regime

– Der Große Dissident ist in den Hungerstreik getreten, verkündete der Enthusiast stolz.

– Im Augenblick steht es in der Sowjetunion schlecht mit der Versorgung, so daß die Initiative des Großen Dissidenten vom ganzen Volk aufgegriffen werden wird, sagte der Zyniker.

– Ich mache keine Witze, zeigte sich der Enthusiast beleidigt. Er ist zum Zeichen des Protests in den Hungerstreik getreten.

– Gegen die sowjetische Intervention in Afghanistan?

– Gegen die Weigerung der Obrigkeit, seiner Schwägerin die Ausreise in die USA zu genehmigen.

– Dummkopf der. Die sowjetischen Dissidentengeneräle haben die Opposition zu kleinlichen Stänkereien umfunktioniert. Der Große Dissident gleicht einem Riesen, der mit einer Nähnadel kämpft. Aber wogegen, das weiß er selber nicht.

Der Zyniker hatte den Nagel auf den Kopf getroffen. Vor vielen Jahren hatte man sich im Intellektuellenkomitee überlegt, wie man die großen Dissidenten zwingen könnte, sich mit nichtigem Zeugs zu befassen, sich für Nichtigkeiten einzusetzen. Mißt man die Anliegen des Großen Dissidenten an der Größenordnung des Landes und seinen historischen Problemen, dann erscheint die Bemerkung des Zynikers über den Riesen mit der Nähnadel statt eines Schwerts höchst treffend. Die Tragödie der sowjetischen oppositionellen Bewegung besteht darin, daß sie an den Maßstäben der Geschichte gemessen immer inadäquat bleibt. Und der Westen, der die nichtigen Angelegenheiten der Dissidenten zu unbeschreiblicher Größe aufbläst, verstärkt noch diese Unangemessenheit.

Wegen des Hungerstreiks des Großen Dissidenten sind Journalisten in der Pension erschienen. Die »Pensionäre« zeigen sich mit Ausnahme des Zynikers begeistert. Ich habe mich vor dem Interview gedrückt. Am nächsten Tag erscheint das Interview mit den »Pensionären« in den Zeitungen, aber ohne die Antworten des Zynikers. Und das nennt sich Freiheit des Wortes! schimpfte der Zyniker.

Noch ein paar solcher Fälle, und ich werde grimmiger Verteidiger des Sowjetsystems.

Herz und Hirn der Geschichte

Im Westen glauben sie, Hirn und Herz unserer historischen Bestrebungen bilden die oberen parteistaatlichen Führungskräfte, sagte der Inspirator. Das ist ein grober Fehler. Herz und Hirn unserer Geschichte, das sind du und ich und Millionen anderer Vertreter der intellektuellen Elite. Wir sind über die Gesellschaft verteilt und hinter den Kulissen des sichtbaren historischen Spektakels verborgen. Wir sind viele. Aber uns fehlt die organisierte Einheit und elitäre Solidarität. Aber ohne eine herrschende monolithische Elite sind große historische Probleme nicht zu lösen. Es gibt nur eine einzige Kraft im Lande, die fähig ist, diese Elite zu bilden: das sind wir – die Organe! Nur haben wir zu wenig Zeit und eine zu schlechte Reputation. Wir müssen uns beeilen und unseren moralischen Status mit Gewalt verändern. Zu diesem Zweck müssen wir zu stalinistischen Methoden zurückkehren. Die westlichen Kretins fürchten unsere »Habichte«, »unverbesserlichen Stalinisten« und »Greise« und setzen ihre Hoffnung auf die »Tauben«, »Liberalen« und »Jungen«. Dabei sollte man genau umgekehrt – uns fürchten. Die Seele des Stalinismus waren übrigens auch die Jungen.

Aber wo sind sie, diese jungen Genies, denke ich. Sind spurlos verschwunden. Ihre Namen werden niemals auf den Blättern der Geschichte erscheinen. Wir verwenden titanische Kräfte darauf, daß sich die Gesellschaft zumindest einen winzigen Teil unseres Genies zunutze macht – Genie ist überhaupt Dienst am Menschen. Die Gesellschaft tut es widerwillig, bestraft uns jedoch für unser Talent mit Begeisterung.

Denk nur nicht, daß ich Stalinist bin, sagte der Inspirator. Ich will nur sagen, daß man bis zum heutigen Tage den Stalinismus entweder von außen (mit den Augen westlicher Beobachter) oder vom Standpunkt des persönlichen Machtapparates Stalins und seines Repressionssystems her betrachtet hat. Es wird Zeit, den Stalinismus von unten zu betrachten, das heißt als eine Massenerscheinung, als einen großen historischen Prozeß der Erhebung von Millionen Menschen aus den untersten Volksschichten zu Bildung, Kultur, Schöpfertum und Aktivität. Viele sind umgekommen, das stimmt. Aber weit mehr haben überlebt, haben ihre Lebensweise von Grund auf verändert, sind aufgestiegen und haben, verglichen mit vorher, ein interessantes Leben gelebt. Es war ein in der Geschichte präzedenzloser kultureller, geistiger und schöpferischer Aufschwung riesiger Bevölkerungsmassen. Es war ein schöpferischer Prozeß in allen grundlegenden Aspekten des Lebens. Er ist noch nicht gebührend gewürdigt worden. Ich glaube, es wird Jahrhunderte brauchen, um diesem Prozeß in aller Objektivität und in vollem Maße Gerechtigkeit widerfahren zu lassen. Das, was wir heute vor uns haben, ist verglichen mit der Stalinzeit armselig, graues Mittelmaß, trostlos. Aber wir, ich und du, sind keine Historiker, sondern Repräsentanten des öffentlichen Lebens und Denker, sagte der Inspirator. Ich habe aus folgendem Grund angefangen, über den Stalinismus zu sprechen. Wenn ein neuer Stalin mir mindestens für zwei, drei Jahre die volle Gewalt in meinem Tätigkeitsbereich antrüge, aber gleichzeitig darauf hinwiese, daß ich nach diesen zwei, drei Jahren erschossen werde, würde ich diesen Vorschlag annehmen. Ich würde gern wenigstens nur einmal im Leben und wenigstens für eine kurze Zeitspanne mein Denken und Wollen in irgendein Flüßchen der großen Geschichte einfließen lassen. Unter Stalin war das möglich. Heute nicht. Ich weiß, daß es hierbei nicht um die Persönlichkeit Stalins geht, sondern um den Charakter der Epoche selbst, die unter anderem auch Stalin hervorgebracht hat. Aber wir haben uns angewöhnt, Epochen und unerfüllbare Hoffnungen mit Persönlichkeiten zu verbinden.

Schöpferisches Laboratorium

Heute sprach der Schriftsteller mit mir, als habe man ihn zum Sekretär des Parteibüros oder zum Vorsitzenden des Bezirkskomitees gewählt. Und er hatte hierfür wahrhaftig triftige Gründe: man hatte ihn interviewt – für eine Zeitschrift. Übrigens ging es in dem Interview nicht um Druck und Last der Zensur in Moskau und nicht um die Freiheit des Schaffens im Westen, sondern um sein, des Schriftstellers, schöpferisches Laboratorium.

– Habe wahrhaftig genug von der Politik, sagte er stolz

und blickte zur Decke, schließlich bin ich Künstler. Meister des Wortes. Ist mir doch wichtiger, über meine schöpferischen Verfahren zu sprechen. Wissen Sie, welche Frage für mich völlig unerwartet kam? Die Frau des Schriftstellers, die in der Küche unser Gespräch mitverfolgte, lachte ebenfalls. Erraten Sie bestimmt nicht, sagte sie. Sie haben gefragt, kam ihr der Schriftsteller zuvor, ob ich Doping anwende. Und er hat sie gefragt, drängte sich die Ehefrau entschieden dazwischen, was ist das – Doping? Stellen Sie sich vor, wie die gelacht haben, sagte der Schriftsteller, schnell das Gespräch wieder an sich reißend. Haben gesagt, daß wir Russen alle sehr witzig sind und daß meine Antwort eine Sensation für ihre Leser sein wird. Sie haben gesagt, sie würden das auf dem Umschlagblatt ihrer Zeitschrift bringen – zusammen mit seinem Foto, unterbrach ihn die Ehefrau. Dann haben sie noch gesagt, unterbrach sie der Schriftsteller, daß ich wie alle Russen Wodka trinke. Und ich habe sie gefragt... Und er hat sie gefragt, unterbrach ihn seine Frau, ob Wodka etwa Doping sei? Das ist schließlich ein russisches Nationalgetränk – wie eure Coca-Cola.

Erfolg

– Haben es gedruckt, das Gesindel! schreit der Enthusiast und schwenkt ein Emigrantenblättchen mit seinem Aufsatz. Der erste ernstzunehmende Beitrag in der Wissenschaft der Welt über die sowjetische Dissidentenbewegung! Lesen Sie!!

– Entschuldigen Sie, kann ich nicht. Ich habe den Entschluß gefaßt...

– Weiß ich, akzeptiere ich aber nicht. Ist auch nicht kollegial.

– Also gut, ich kapituliere.

Ich überflog flüchtig das Machwerk des Enthusiasten. Von der ersten Zeile an war mir das Bild klar: typisch sowjetische Augenwischerei. Nach diesem Prinzip werden sämtliche sowjetischen Rechenschaftsberichte verfaßt. Und obgleich in dem Aufsatz alles irgendwie stimmte, kam es letztlich doch auf eine typisch sowjetische Lüge heraus.

– Meisterhaft! Die Minuten des Sowjetsystems sind gezählt.

– Sie müssen aber auch immer Witze machen!...

– Ich mache keine Witze, ich bin traurig. Mir tut es leid, daß die kommunistische Gesellschaft nur so kurz das Leben genießen konnte und bald schon ganz und gar verschwinden soll.

Die Meinung des Zynikers

Der Enthusiast ist überzeugt, daß mindestens tausend Kopien des Blättchens mit seinem Artikel in die Sowjetunion gehen und sein Einfluß auf die »Befreiungsbewegung« dort noch stärker wird. Der Zyniker sagte, er sei mit der Verlautbarung des Enthusiasten einverstanden, und zwar als Kennzeichen für das System der Einschleusung antisowjetischer Literatur in die Sowjetunion. Mehr als das, er sei sogar überzeugt, daß das KGB keine besonderen Hindernisse in den Weg legen werde, da es den Wert solcher Makulatur gut kennt und weiß, welchen Einfluß sie tatsächlich auf die »Befreiungsbewegung« habe, nämlich Enttäuschung, Niedergeschlagenheit, Verachtung und Verärgerung (»die sind da völlig verblödet«, heißt es). Und der Einfluß des Enthusiasten auf diese »Bewegung« wachse, aber eben in dieser Richtung. Er, der Zyniker, würde an Stelle des KGB in Moskau ein spezielles Bulletin herausgeben, in dem er die »Werke« von Weisen wie dem Enthusiasten ohne jeden Kommentar abdrucken würde. Das Bulletin würde er »Paranoiker im Dienst des Kommunismus« nennen. Im übrigen sei dieser Idiotismus ganz im westlichen Geist abgefaßt. Augenblicklich verlieren hier alle den Verstand wegen irgendwelcher Prophezeiungen eines gewissen Nostradamus. Tausende von Büchern und Aufsätzen werden gedruckt. Die reinste Epidemie an Schwindelei und Scharlatanerie. Aber ein Buch mit einer ernsthaften Analyse realer Perspektiven und mit ernsthaften Prognosen zu lesen, dazu bringst du die hier nicht.

Verzweiflung

Daß der Zyniker Nostradamus erwähnte, hat eine Herzenswunde in mir angerührt. Wieviel Geld doch die Welt für Scharlatanerie und Spekulationen dieser Art verschleudert! Und schon der tausendste Teil dieser Mittel würde ausreichen, um eine wissenschaftliche Theorie auszuarbeiten, die es gestattet, zuverlässige Prognosen für die Zukunft zu stellen. Keine idiotischen Prophezeiungen der Art, an welchem Tag und an welcher Krankheit dieser oder jener Sowjetbürokrat abkratzen und wer ihn ablösen wird, sondern Voraussagen lebenswichtiger Tendenzen und der Lage größerer Bevölkerungsgruppen, Länder und Vereinigungen von Ländern. Ich wette und bin aus rein intellektueller Neugier bereit, mit einer kleinen Gruppe guter Mitarbeiter eine solche Theorie zwecks Voraussage wichtigen Vorgehens der Sowjetführung sowie der Evolution der Sowjetgesellschaft überhaupt für die nächsten zehn, zwanzig Jahre sowie ein elektronisches Modell der Sowjetunion aufzustellen, das es erlauben würde, eine allgemeine Theorie im Hinblick auf konkrete Tatsachen zur Anwendung zu bringen. Aber...

Aber, höre ich die spöttische Stimme des Inspirators, einer stößigen Kuh gibt Gott keine Hörner. Gut, daß sich bei dir da nichts ergibt. Wir haben damit von vornherein gerechnet. Aber wenn ihr doch von vornherein gewußt habt, daß ich darauf kommen werde, warum habt ihr mich hierher gelassen? frage ich. Weil wir nicht alle Idioten sind, sagt er. Weil wir wissen, daß psychische Erscheinungen beim Menschen nicht etwas ein für allemal Festgelegtes, Unverrückbares, Unveränderliches sind. Schade, daß ich dir nicht einen unserer Agenten zeigen konnte, der bei uns als ein Muster von Tapferkeit, Hingabe, unwandelbarem Glauben an unsere Ideale und anderen Tugenden gilt.

Er könnte dir im Einzelnen erzählen, was diese Eigenschaften im wirklichen Leben, das heißt über eine Zeit von vielen Jahren bedeuten. Er ist geschnappt worden, hat aber standgehalten und uns nicht verraten. Aber die Perioden der Mutlosigkeit und der Bereitschaft zum Verrat waren bei ihm nicht seltener als die Perioden des Aufschwungs und Wunsches, Treue zu wahren. Er könnte dir sagen, daß diese seine Eigenschaften wie Tapferkeit und Ergebenheit nur eine der Seiten und Tendenzen in seinem psychischen Leben waren und zudem noch das Resultat aus dem Zusammentreffen gewisser Umstände. Einmal hat er den festen Entschluß gefaßt aufzugeben und zum Feind überzulaufen. Aber der Gegner selbst vereitelte das Vorhaben. Dieser Agent wurde letzten Endes kraft der Umstände zum Helden. Es gibt entgegengesetzte Beispiele, wo Agenten mit höheren, wie es scheint, moralischeren Qualitäten als dieser Agent zu Verrätern wurden und die Selbstbeherrschung verloren. Kurz gesagt, im Bewußtsein des intellektuell beschlagenen, kultivierten und gebildeten Menschen, des Intellektuellen also, kommen im Laufe der Zeit alle logisch denkbaren Gemeinheiten zum Vorschein. Wichtig ist, daß die Zahl der verschiedenen Situationstypen, in denen sich der Intellektuelle befindet, und die Zahl der möglichen äußeren Realisierungen seiner inneren Zustände nicht groß ist. Das läßt sich leicht im vorhinein ausrechnen und voraussagen. Nun, auf diese Dinge verstehst du dich selber am besten.

Schlacht gegen das Regime

Die Regierungschefs der westlichen Staaten haben sich an Breschnew gewandt mit der Bitte, der Schwägerin die Ausreise inden Westen zu gestatten. Die »Pensionäre« haben sich triumphierend die Hände gerieben: da haben sie aber den Sowjetmachthabern einen reingejubelt! Der Zyniker sagte, daß, wenn die sowjetischen Machthaber dieser Bitte nachkommen, er aufhören werde, sie zu achten. Der Enthusiast erklärte, daß, wenn der Zyniker weiterhin vorhabe, die Sowjetmachthaber zu achten, er ihn nicht mehr achten und ihm auch nicht mehr die Hand geben werde.

Sicht von oben

Das war lange, bevor man mich zur Operation »Emigration« herangezogen hatte. Der Inspirator und ich saßen im »National«, tranken Wein und redeten über Gott und die Welt. Ich beschimpfte unsere höhere Obrigkeit wegen ihrer Unfähigkeit, (wie es schien) einfache Probleme zu lösen. Alles, was so vor sich geht, sähe ganz anders aus, wenn man es nicht von unten, sondern von oben betrachten würde. Wenn du willst, verschaffe ich dir die Möglichkeit, die Welt von oben zu betrachten. Auf einer der ZK-Datschen wird der bessere Teil unserer intellektuellen Elite zusammenkommen. Es werden Filme über sämtliche Lebensbereiche des bedeutendsten Teils unseres

Planeten gezeigt werden, vor allem solche, die im Auftrag der Sonderdienste des Westens gedreht wurden und die sich unser Spionagedienst verschafft hat, aber auch Produkte unseres eigenen Spionagedienstes. Man wird einen ganzen Informationszyklus ohne irgendwelche ideologischen Korrekturen und Zensuren bringen. Dann werden die Teilnehmer des Symposiums anhand der Informationen, die sie erhalten haben, Probleme von epochaler Bedeutung diskutieren. Sollte diesem Experiment Erfolg beschieden sein, werden dergleichen Symposien regelmäßig durchgeführt werden.

Ich sagte natürlich zu. Schon nach drei Tagen verfügten wir über Informationsmaterial, wie wir es im ganzen Leben vorher nicht zusammenbekommen hatten. Denn viele der Teilnehmer des Symposiums fuhren regelmäßig ins Ausland. Wir waren fassungslos und im wahrsten Sinne des Wortes am Boden zerstört von dem, was wir hörten und sahen. Erst nach einer Woche fand ich meine frühere Gelassenheit und Fähigkeit zu nüchterner Überlegung wieder. Am Ende des Symposiums kam ich zu folgendem Schluß: Wenn man die Welt von oben betrachtet, kann man sehen, daß ein Kampf riesiger Menschenmassen ums bloße physische Überleben stattfindet. Das kommunistische System, Menschen zu organisieren, erscheint in seiner sowjetischen Verwirklichung von diesem Standpunkt aus gesehen als das beste. Das beste nicht für das Leben der Menschen innerhalb des Systems, sondern für das Überleben einer gegebenen Gemeinschaft im Kampf gegen andere. Verglichen mit dem Westen ist es ein homogenes und zentralisiertes System. Und verglichen mit Japan (und zum Teil auch China) ist es natürlich und stützt sich auf natürliche Eigenschaften der menschlichen Natur. Es erfordert kein so hartes Training von Körper und Geist wie in Japan. Es kann ohne harte Arbeitsdisziplin, ohne Präzision und Genauigkeit in allem, was getan wird, existieren. Ein System wie das japanische erfordert Zuverlässigkeit und Sicherheit jedes einzelnen Elements, erfordert Überprüfbarkeit sämtlicher Voraussetzungen für ein reibungsloses Funktionieren. Unser System besteht aus der Präzisionslosigkeit seiner Elemente, und das unter unkontrollierbaren Voraussetzungen seines Funktionierens. Wir haben unsere Kontroll-, Organisations- und Sicherheitsmethoden. Dennoch sind diese freier und menschlicher als die Methoden im System japanischen Typs und näher an den geistigen Errungenschaften der westlichen Zivilisation. Wir sind dennoch nach Westen hin ausgerichtet. Unsere Führung geht trotz allem auf die einzig richtige Art und Weise vor. Sie fördert bei sich zu Hause die Entwicklung eines Produktions- und Kulturtyps, der den Möglichkeiten der Menschen entspricht. Sie trachtet danach, im Westen all das an sich zu bringen, was selbst zu produzieren wir nicht in der Lage sind. Nicht wie Japan den Westen nachahmen, sondern sich eben das dort Angefertigte nehmen. Japan konkurriert mit dem Westen, wir nicht. Wir nützen ihn aus. Unsere Führung ist letztlich bestrebt, vor allem die militärische Macht des Landes auszubauen, wobei sich alles andere diesem Ziel unterzuordnen hat. Das Land auf einen künftigen Krieg vorbereiten und auf der Welt alles tun, was ihr den Sieg in diesem Krieg ermöglicht – das ist die epochale Aufgabe unserer Führung. Und der ökonomische und kulturelle Wettbewerb mit dem Westen – der kommt, sobald wir den Westen zerschmettert haben.

Da hast du also die Welt auch mal von oben gesehen, sagte der Inspirator. Was wäre denn deiner Meinung nach für uns von Nutzen – unter Berücksichtigung dessen, was du erfahren hast? Eins, sagte ich, und zwar: noch hartnäkkiger und konsequenter all das tun, was wir bisher getan haben. Aber ein ganz klein bißchen die Qualität dessen, was getan werden muß, erhöhen. Du hast den Nagel auf den Kopf getroffen, sagte der Inspirator. Wir beiden, ich und du, sind hier die einzigen vernunftbegabten Leute. Weißt du, sogar unsere höhere Obrigkeit verliert den Kopf, wenn man sie auch nur im geringsten mit der Realität konfrontiert. Und sie gibt dann einen Stuß von sich – nicht besser und nicht schlechter als das, was die hier versammelten besten Köpfe unserer Gesellschaft zusammenquasseln. Unseren Führern da oben muß man die Wissenschaft vom epochemachenden Führungsstil ganz von vorne beibringen, im übrigen – zynisch, ohne ideologische Hülle. Und wir brauchen einen neuen Stalin. Sonst ziehen wir in unserer Weltschlacht den kürzeren wegen der Unfähigkeit, die Sache zu Ende zu führen – trotz Erfüllung unserer genialen Pläne. Wenn dein neuer Stalin am Horizont auftaucht, laß es mich wissen, sagte ich. Ich werde ihm selbstlos dienen, ohne auch nur einen Deut meiner Fähigkeiten für mich persönlich zu nutzen. Ich bin auch bereit, mich dafür erschießen zu lassen. Leider, sagte er, ist das vorläufig noch nicht möglich, und unsere Fähigkeiten reichen nicht aus, um für Bürokraten mittleren Ranges Pseudorechenschaftsberichte zu schreiben.

Wahrheit und Lüge

Der Schriftsteller besitzt eine ganze Bibliothek antisowjetischer, enthüllender, sowjetologischer, kremlologischer und anderer Literatur dieser Art. Seine Kenntnisse und Urteile über die Sowjetgesellschaft schöpft er in der Hauptsache aus dieser Literatur und nicht etwa aus seiner Lebenserfahrung. Letztere erwies sich bei ihm als überaus armselig, so wie bei allen anderen Regimekritikern und Enthüllern (mit wenigen Ausnahmen) auch. Ich bin immer wieder betroffen über diese Blindheit von Leuten, die sich in einem Ozean von Tatsachen des sowjetischen Lebens baden, aber so gut wie nichts begreifen. Da habe ich zum Beispiel das Buch eines bekannten, in Dissidentenkreisen in Moskau höchst populären Sowjetregime- und Stalinismuskritikers in Händen. Die rote Armee, schreibt dieser ehemalige sowjetische Parteibeamte, wollte nicht kämpfen (zur Zeit des Krieges mit Deutschland), das Volk lechzte nach einer Niederlage der eigenen Regierung. Und weiter: die Hinfälligkeit Stalins fiel mit der Hinfälligkeit des Regimes zusammen. Und dergleichen Dummheiten und absurdes Zeug auf so gut wie jeder Seite. Wie beurteilen Sie das, frage ich den Schriftsteller. Stuß natürlich, sagt er. Ich war seit den ersten Kriegstagen an der Front. Wir haben uns in den Kampf gestürzt. Aber solche Schnitzer sind nur Bagatellen. Die Hauptsache ist doch die Beschreibung der Macht- und Systemstruktur... Noch so ein Stuß, sage ich. Das sage ich Ihnen als Spezialist. Solche Bücher zielen auf Ignoranten mit einer ganz bestimmten Geisteshaltung ab. Das intellektuelle Niveau dieser Leute ist nicht höher als das Niveau eines ganz gewöhnlichen Parteiapparatschiks. Und ihre Rolle besteht objektiv gesehen darin, die Gehirne des westlichen Spießers im Hinblick auf die Sowjetgesellschaft zu vernebeln. Was kann man da machen? sagt der Schriftsteller. Entlarven Sie, sage ich, aber klug und begründet. Sie haben sechzig Jahre in Rußland gelebt. Haben an der Kollektivierung teilgenommen, am Krieg, nach dem Krieg am Kampf gegen den Stalinismus... Schreiben Sie über das alles, aber wahrheitsgetreu. Druckt sowieso keiner, sagt er. Und wenn es gedruckt wird, werde ich als Sowjetagent in Grund und Boden gestampft. Was solls, dann lügen Sie eben, sage ich. Kommt nichts dabei raus, seufzte er.

Schicksalsentscheid

Der Nörgler hat sich erhängt. Wir merkten es erst nach drei Tagen, als Gestank aus seinem Zimmer drang. Wir wurden gebeten, über diesen Fall zu schweigen, um das harmonische Bild der Emigration nicht zu stören. Aber man brauchte uns gar nicht erst zuzureden. Wir vergaßen den Nörgler noch am selben Tage ganz von allein. Als habe es ihn nie gegeben. Ich strich den Nörgler von meiner Sowjetagentenliste und aus meinem Gedächtnis.

Schlacht gegen das Regime

Die Sowjetmachthaber haben der Schwägerin gestattet, die Sowjetunion zu verlassen. Der Zyniker erklärte, er sei enttäuscht. Er hätte gedacht, die Sowjetmachthaber seien richtige Tyrannen, und nun zeige sich, daß sie ganz einfach Schlappschwänze sind. Der Enthusiast drückte dem Zyniker die Hand. Und ich strich den Zyniker von meiner Sowjetagentenliste.

Und zur selben Zeit

Der Westen frohlockt über den großen Sieg der demokratischen Kräfte. Wie sollte er auch nicht frohlocken! Die Schwägerin hat die Erlaubnis bekommen, die Grenzen des ungeliebten Vaterlands zu überschreiten! Welch grandioses Ereignis! Und was geht zum selben Zeitpunkt im tiefsten Innern des Sowjetdaseins vor? Das ist dem Westen egal. Aus seiner Sicht gibt es gar kein tiefes Inneres im Sowjetdasein, kann es gar nicht geben. Was kann denn tiefer sein als der Wunsch der Schwägerin, die Folterkammern des Bolschewismus hinter sich zu lassen?! Und wenn zur selben Zeit einige wahre, aber niemandem (außer dem KGB) bekannte Kämpfer gegen das »Regime« »unter Aufhebens« liquidiert worden sind, dann zählt das nicht. Da der Westen davon nichts weiß (und auch nicht wissen will), kann man das als überhaupt nicht passiert betrachten.

Vor einigen Jahren gab es einen ähnlichen Fall. Damals führte ein anderer Großer Dissident einen heroischen Kampf um die Möglichkeit, nach Frankreich telefonieren zu können. Drei Stunden nach dem entschiedenen Protest der Weltöffentlichkeit erhielt der Große Dissident die Erlaubnis, mit Paris zu telefonieren. In seinem Telefongespräch beteuerte er, daß man ihm in der Tat dieses Telefongespräch verboten hat. Der Westen hat damals auch ob seines Sieges frohlockt. Und in einer Stadt in der Provinz wurde zur selben Zeit eine »Terroristengruppe« liquidiert. Über diese Angelegenheit unterhielt sich mit mir ein bekannter KGB-Untersuchungsrichter bei einem Zechgelage. Er wußte ebenfalls zu berichten, Mitglieder der Gruppe hätten versucht, Kontakte mit westlichen Journalisten und Dissidentenführern aus der Hauptstadt aufzunehmen. Aber die hätten sie für Provokateure des KGB gehalten. Sehr bequeme Einstellung! Unsere führenden Dissidenten konnten nicht einmal den Gedanken daran zulassen, daß es außer ihnen in Rußland noch jemanden gibt, der in der Lage ist, gegen das »Regime« zu kämpfen, dazu noch uneigennützig und ohne darauf zu spekulieren, daß es im Westen publik wird.

Schicksalsentscheid

Der Zyniker hat in einer Kleinstadt in Norddeutschland Arbeit gefunden. Wir tranken den ganzen Tag darauf. Sobald ich eine Wohnung habe, schreibe ich, sagte er zum Abschied. Kommen Sie mich besuchen. Werde jetzt Geld genug haben. Werden einen trinken zusammen – wie sich's gehört, nach Moskauer Art. Werden schwatzen. Nur nicht den Kopf hängen lassen! Bald wird sich auch Ihr Schicksal entscheiden.

Schlacht gegen das Regime

Auf den ersten Seiten der Zeitungen Einzelheiten über den Hungerstreik des Großen Dissidenten. Irgendwo auf der zehnten Seite die Nachricht, daß die Sowjetunion die Waffenlieferungen in die Länder Afrikas, die den Sozialismus aufbauen, verstärkt und noch zwanzigtausend Mann nach Afghanistan geschickt hat.

Der Witzbold sagt, der Große Dissident hätte doch hungern gelernt. Jetzt könne er seine Erfahrungen nützen und einen neuen Hungerstreik verkünden anläßlich... Anläßlich der Forderung, die Sowjettruppen aus Afghanistan abzuziehen! brüllte der Enthusiast. Wozu sich mit solchen Banalitäten aufhalten? sagte der Witzbold. Es gibt einen viel wichtigeren Grund: die Glühbirne im Korridor ist durchgebrannt.

Verhör

– Wie kann man das Sowjetsystem von innen heraus schwächen und zerstören?

– Gestatten Sie, daß ich Ihnen zunächst ein Gleichnis erzähle und dann mit meiner Idee komme. Ich könnte mich wie Christus auf das Gleichnis allein beschränken. Aber, wie die Erfahrung der Geschichte gezeigt hat, selbst die nächsten Schüler Christi begriffen den Sinn seiner Gleichnisse nicht, und die nachfolgenden Generationen legten sie schief und krumm aus. Bei uns Russen hat sich schon seit den Zeiten des Fabeldichters Krylow eine gute Gewohnheit eingebürgert: selbst den allereinfachsten Gleichnissen eine gemeinverständliche, einfache und klare Erklärung hinzuzufügen. Stimmt schon, auch das hilft wenig: die Leute begreifen so oder so nicht. Aber dafür ist das Gewissen rein.

Es lebte einmal eine brave, intelligente Sowjetfamilie. Der Mann und die Frau waren Wissenschaftler. Die Wohnung, versteht sich, war klein und eng. Ihre Eltern starben, und in der kleinen Wohnung wurde es freier und weiter, heller und fröhlicher. Aber es gab eine gewaltige Unannehmlichkeit für das beinahe glückliche Paar: die hochbetagte Großmutter. Die Großmutter war um die neunzig und dachte gar nicht daran zu sterben. Die Alte war gesund und zäh, daß einem übel werden konnte. Sogar Zähne hatte sie noch. Gesunde Zähne – wie ein Pferd. Und es war mit ihr einfach nicht auszuhalten.

Und die intelligenten Ehegatten beschlossen, die unerträglich gewordene Großmutter verhungern zu lassen. Nicht auf einmal, nein, allmählich. Sie berechneten eine entsprechende Ration. Der Mann arbeitete in einem bekannten Institut, das diese Ration mit elektronischen Apparaten errechnete. Und sie begannen, ihr Vorhaben in die Tat umzusetzen. Was mit der Alten passierte – so etwas kriegt man in keinem Horrorfilm zu sehen. Gelb und ausgemergelt irrte sie, mit ihren Pferdezähnen klappernd, Tag und Nacht auf der Suche nach irgend etwas Eßbarem durch die Wohnung. Aber ... Aber der erwartete Effekt trat nicht ein. Es verstrichen drei Monate und wieder drei Monate. Und noch einmal drei Monate. Aber die Alte wurde eher noch zäher. Sie führten sie einem Arzt vor. Der untersuchte die Großmutter und ließ die liebevollen Enkel wissen, daß sie völlig gesund sei, daß sie als ägyptische Mumie noch tausend Jahre dahinleben könne.

Und Angst und Schrecken ergriff das Paar. Was sollten sie tun? Sie hatten von einem Weisen Mann gehört, der unheilbare Krankheiten heilte und Ratschläge in ausweglosen Situationen gab. Ach, ihr! sagte der Weise Mensch. Wißt ihr, was die stärkste Kraft auf der Welt ist? Das Gute! Ihr müßt eure Großmutter liebevoll umsorgen, ihr eure ganze Aufmerksamkeit widmen, ihr ein Huhn kaufen, noch besser – eine Ente. Soll sich's nur schmecken lassen. Und ihr könnt in Frieden leben. Das Paar fluchte in den höchsten Tönen auf den Weisen Mann. Aber was sollten sie machen? Sie beschlossen, die Probe aufs Exempel zu machen, schließlich hatten sie sowieso nichts mehr zu verlieren. Und sie befolgten den Rat des Weisen. Und schon nach drei Tagen trugen sie die geliebte Großmutter zu Grabe.

– Heißt also, daß der Westen recht daran tut, wenn er an die Sowjetunion Nahrungsmittel und technische Einrichtungen liefert?

– Christus hatte recht: sie haben Ohren, aber hören nicht. Die Hilfe des Westens verbessert nicht die Lage der Sowjetbevölkerung, sie erleichtert ihren Machthabern die Bemühungen um eine Stärkung der militärischen Macht des Landes. Die Sowjetgesellschaft ist ein komplexeres Gebilde als diese Alte. Welches Maß und welche Kombination von Gut und Böse man der Sowjetgesellschaft zukommen lassen muß, um ihre sehnlichsten Träume zu befriedigen – das wäre erst noch zu errechnen, im übrigen unter Berücksichtigung der Natur und des Zustands dieser »Alten«. Westliche Sowjetologen, Kremlologen, Mitarbeiter von Spionagediensten, Journalisten, Regimekritiker und Dilettanten aus den Reihen der Emigration haben die Lösung dieser Aufgabe nicht in der Schublade.

– Und wer hat sie in der Schublade?

– Wenn sich so ein Mensch findet, kriegt er eins in die Schublade. Nehmen Sie das als ein Wortspiel.

– Läßt sich im »Zentrum« diese Aufgabe lösen?

– Niemals und unter gar keinen Umständen.

– Könnten Sie vielleicht diese Angelegenheit organisieren?

– Könnte ich schon, aber man wird es mir nicht gestatten.

– Wer?

– Alle, die an dieser Sache beteiligt sind. Und die sind – Legion.

– Aber ohne die Beteiligung einer großen Zahl von Leuten läßt sich heutzutage nichts Ernsthaftes zustandebringen.

– Richtig. Aber hierfür ist die intellektuelle Diktatur einiger weniger, dafür aber wirklich Fähiger und vom Streben nach wissenschaftlichem Erfolg Besessener vonnöten.

– Das ist eine rein sowjetische Idee. Hier haben wir aber eine Demokratie.

– Dergleichen Demokratie gibt es auch in der Sowjetunion mehr als genug. Aber an richtiger Diktatur besteht auch dort ein großes Defizit.

Abermals über die Zukunft

Im »Zentrum« findet ein Symposium statt, das der sozialpolitischen Ordnung Rußlands nach dem Sturz der Sowjetmacht gewidmet ist. Spezialisten aus aller Welt sind zusammengekommen. Ich habe mich aus Langeweile auch hinverlaufen. Geriet in den Vortrag eines der führenden Theoretiker der Emigration. Die Hauptthese des Vortrags: Rußland muß (sic: muß!) zum »Nach-Februar«-, aber auch »Vor-Oktober«-Zustand zurückkehren. Stürmischer Applaus inspirierte den Vortragenden zu neuen Dämlichkeiten. Die Privatwirtschaft hat unzweifelhaft Vorzug vor der öffentlichen, warf er seine »unumstößlichen« Argumente in den Saal. In der Sowjetunion befindet sich zum Beispiel alles in allem nur ein Prozent des bebauten Bodens in Privatbesitz, und darauf wird mehr Gemüse erwirtschaftet als auf den Kolchosen und Sowchosen. Was kann überzeugender sein?! Die zentralisierte Leitung der Wirtschaft steht der Entwicklung der Industrie und dem Fortschritt der Technologie im Wege. Das System der Planwirtschaft ist am Ende. Die Pläne werden nicht erfüllt. Im Lande herrscht Chaos. Die marxistische Ideologie hat Bankrott gemacht. Keiner glaubt mehr an den Marxismus. Ideologische Zersetzung entzweit die Geschlossenheit der Gesellschaft. Allgemeine Korruption ist zur treibenden Kraft menschlichen Verhaltens geworden. Verschwunden sind die ideologischen Kämpfer für den Kommunismus. Der Verfall der Kultur...

Mir wurde übel. Unauffällig schlich ich mich aus dem Auditorium. Irgendein Typ hängte sich an mich. Da muß man emigrieren, um sich solche Idioten anzuhören, sagte er. Die glauben, wenn auf einem bestimmten Stück Boden soundsoviel Gemüse erwirtschaftet wird, dann wird auf einem zwei-, drei-, viermal größeren Stück zwei-, drei-, viermal mehr rausgewirtschaftet werden. Die Kräfte des Menschen sind begrenzt. Auf einer zweimal größeren Parzelle produziert er vielleicht nur anderthalbmal mehr. Und von einem gewissen Moment an spielt die Vergrößerung des zu bearbeitenden Bodens überhaupt keine Rolle mehr oder dann mit entgegengesetztem Effekt. Mit der Größe des Bodens muß auch die Zahl der Leute, die man zur Bewirtschaftung braucht, wachsen. Und die damit verbundenen Probleme der Aufbewahrung, des Absatzes, der Lieferung, der Konkurrenz?!

Über welchen ideologischen Zusammenbruch des Sowjetsystems sprechen die? fuhr der Typ fort. Hier sind Millionen Menschen jeden Augenblick bereit, sämtliche Werte der westlichen Zivilisation zu verraten. Ich bin jetzt zehn Jahre hier. Und bin noch keinem einzigen Verteidiger dieser Werte begegnet. Solche ideellen Verteidiger des Westens können nur aus unseren Reihen, aus den Reihen der Sowjetmenschen hervorgehen.

Es gibt keinen Ausweg

Wir sind auf die Straße hinausgetreten. Da haben Sie die Zukunft des Westens, sagte der Typ und zeigte auf einige Gruppen von Studenten. Ob der Westen es schafft, die unter Kontrolle zu kriegen? Im übrigen ist das seine Sache. Wir haben unsere eigenen Sorgen. Hier gibt es eine Unmenge Spekulanten, was die russische Thematik anbelangt, aber Russen gibt es unter ihnen so gut wie keine. Die westliche Gesellschaft akzeptiert keine echten Russen. Hier findet Gott weiß wer Anerkennung, bloß kein richtiger Russe. Vor den Russen hat man hier irgendeine geheime Angst. In der Tiefe ihrer Seele wünschen die Westler, daß wir auf dem Matrjoschka-Balalaika-Samowar-Tschastuschka-Krakowiak-Niveau bleiben. Und sie werden ausgesprochen böse, wenn wir uns in irgendeinem Punkt überlegen zeigen. Sie versuchen das dann zu verschweigen, runterzumachen oder in den Dreck zu ziehen. Und bei uns zu Hause tun wir selber alles, um zu verhindern, daß aus denen, die uns am nächsten stehen, etwas Bedeutendes wird.

Da quasseln sie über Rußland, setzte der Typ seinen Wortschwall ungehindert fort, aber was wissen sie schon vom wirklichen Rußland? Wenn man den russischen Menschen einen Bastschuhler nennt, stellen sie einem die Frage: Was ist das, ein Bastschuh? Irgendwann einmal haben wir in den entlegensten Winkeln Rußlands eine Umfrage veranstaltet. Die meisten der Befragten antworteten, sie hätten noch nie Bastschuhe gesehen. Bis vor gar nicht so langer Zeit waren alle Russen überzeugt, daß die Kartoffel seit Menschengedenken auf russischem Territorium gewachsen sei. Man hatte den Eindruck, der russische Mensch sei als das Resultat der Entwicklung unserer tierischen Vorfahren vom Fleischfresser zum Kartoffelesser entstanden. Noch ein paar Jahre, und in Rußland wird die Meinung Triumphe feiern, daß die Kartoffel nur in Amerika wächst, und zwar auf den Bäumen, während Rußland Panzer, Raketen und Sputniks produziert.

Das russische Volk hat bereits seine Zukunft bekommen. Und deshalb ist ihm die Zukunft gleichgültig. Es besitzt bereits seine historische Orientierung. Nur eine Katastrophe kann diese Orientierung ändern. Und überhaupt, das Schicksal des russischen Volkes ist kein russisches Problem. Es ist das Problem derer, die Angst haben, daß das russische Volk seine verborgenen Kräfte an den Tag legt und sich den ihm zustehenden Platz in der Geschichte der Menschheit erkämpft.

Diese Schwätzer halten sich für Russen. Aber um ein Russe zu sein, reicht es nicht, Russisch sprechen zu können, in russischer Umgebung aufgewachsen zu sein und russische Schriftsteller zu lesen. Man muß mehr aufweisen können: das Schicksal eines russischen Menschen. Aber genau das wollen sie eben nicht. Sie ziehen das Schicksal eines auf russische Themen spezialisierten »Westlers« vor.

Man glaubt, wir Russen seien nostalgisch. Aber hier geht es nicht um Nostalgie, sondern um etwas anderes. Worum, dahinter bin ich bis heute nicht gekommen. Kaum befand ich mich hier im Westen, als ich zu fühlen begann, was für mich Rußland gewesen ist und was ich verloren habe. Unwiederbringlich verloren habe. Wenn ein Wunder passiert und ich zurückgekehrt wäre, wäre das dennoch keine Wiederherstellung meiner früheren Verbindung mit Rußland gewesen. Einmal abgebrochen, kann diese Verbindung niemals wiederhergestellt werden. Ich bin überzeugt, daß der Schmerz dieses Abbruchs der Verbindung noch stärker wäre, wenn ich zurückgekehrt wäre. Hier bleibt einem wenigstens die vage Hoffnung, daß man die Vergangenheit zurückrufen kann. Und ist sie zurückgekehrt, wird man auch von dieser letzten Hoffnung Abschied nehmen. Inzwischen verstehe ich die Emigranten, die damals in ihr sicheres Verderben nach Rußland zurückgekehrt sind – ungeachtet all der schrecklichen Tatsachen und Warnungen. Mit dem Verstand begreife ich, daß dieses Rußland, nach dem ich mich hier in Sehnsucht verzehre, in Wirklichkeit längst nicht mehr existiert. Aber das mindert die Sehnsucht nicht im geringsten. Im Gegenteil, es macht sie nur noch größer: zu ihr gesellt sich die Sehnsucht nach der unwiederbringlich verflossenen Vergangenheit. Ich weiß, daß unser russisches Leben auch in der Vergangenheit ein Alptraum war. Aber dieses Eingeständnis macht mich noch sehnsüchtiger. Und kein einziger Lichtblick in der Zukunft.

Wir gingen durch die engen Gäßchen der Stadt. Sie waren mit Autos vollgestopft. Ein eleganter Mercedes, der im Halteverbot geparkt hatte, wurde von der Polizei abgeschleppt. Komisch, sagte der Typ, im Westen gibt es Autos die Menge, dafür gibt es keinen Platz, wo man sie parken kann. Bei uns gibt es wenig Autos, dafür hat man Platz zum Parken, so viel man will. Was ist schlechter?

Ich hörte mir den Typ an und registrierte mit Genugtuung, daß ich nicht allein dastehe mit meinem Schicksal. Wir tauschten unsere Telefonnummern aus. Am nächsten Tag rief ich unter der Nummer an, die er mir gegeben hatte. Man sagte mir, daß dieser Typ dort nicht wohnt.

Dein Fehler

In Moskau hatte ich den Versuch gemacht, eine wissenschaftliche Theorie der kommunistischen Gesellschaft aufzustellen. Im übrigen nicht für die breite Masse, sondern für den Dienstgebrauch innerhalb eines begrenzten Kreises der intellektuellen Elite. Das Manuskript wurde mir weggenommen. Es wurde eine gründliche Hausdurchsuchung nach Manuskripten vorgenommen. Ich mußte etwas unterschreiben und mich verpflichten, nicht mehr in dieser Richtung weiterzuarbeiten und meine Ideen nicht zu verbreiten. Diese Maßnahme wurde deshalb ergriffen, weil bei uns Dokumente mit dem Stempel »Für den Dienstgebrauch« binnen kurzem Gemeingut zu sein pflegen und meine Theorie die Rolle einer antisowjetischen Propaganda spielen könnte. Mein Grundgedanke, daß die Nachteile unserer Gesellschaft die notwendige Folge und Bekundung ihrer Vorteile sind, wurde für wissenschaftlich haltlos und ideologisch unzulänglich befunden. Wenn die Grundlagen der Gesellschaft gut sind, haben auch die auf dieser Grundlage gewachsenen Erscheinungen des Lebens gut zu sein. Heißt also, unsere Mängel und Nachteile sind vorübergehend und haben keinerlei Bezug zum Wesen unserer gesellschaftlichen Ordnung selbst. Ich gestand meine Fehler ein und stellte meinen Denkapparat für einige Jahre auf »Aus«.

Nachdem ich den Vorschlag des Inspirators angenommen und die Erlaubnis erhalten hatte, nach eigenem Gutdünken zu handeln, beschloß ich, den, wie es schien, einmaligen Vorfall für meine persönlichen Interessen zu nutzen. Ich gab allen Leuten, mit denen ich hier in Berührung komme, unverzüglich zu verstehen, daß ich eine eigene, objektive Theorie von der Sowjetgesellschaft besitze und besser als andere die wissenschaftliche Erforschung dieser Gesellschaft organisieren kann. Das war ein nicht wiedergutzumachender Fehler. Hierfür braucht man nämlich auch eine mobilisierende Lüge und nicht die

Pessimismus säende Wahrheit. Meine hiesigen Richter übergehen bei meinem Grundgedanken von der Einheit der Vor- und der Nachteile des Kommunismus die Betonung auf Nachteile und sehen lediglich die Konstatierung der Vorteile. Von ihrem Standpunkt aus gesehen gehen üble Folgen auf üble Ursachen zurück, weshalb der Kommunismus keine wirklichen Vorteile haben kann. Heißt also, meine wissenschaftlich objektive Theorie ist prosowjetische Propaganda.

Schicksalsentscheid

Der Enthusiast hat eine Sozialwohnung bekommen – eine Zweizimmerwohnung für lächerliches Geld. Jetzt droht er damit, noch einen Haufen Verwandte und Freunde aus Moskau nachkommen zu lassen: das KGB schmeißt mit Wonne noch ein paar Parasiten, Schizos, Rentner und, wie sich von selbst versteht, eigene Agenten aus dem Land. Und die Deutschen mit ihrem »kranken Gewissen« sind so weit gekommen, daß sie nicht mehr in der Lage sind, das zu verhindern. Sämtliche »Pensionäre«, die gerade im Hause waren, halfen dem Enthusiasten beim Umzug. Er machte unterdessen in aller Gemütsruhe einen Ausverkaufsbummel durch die Stadt. Und er brachte es fertig, sich aus Moskau eine ganze Bibliothek kommen zu lassen, darunter die gesammelten Werke von Marx, Engels und Lenin. Mit der Abreise des Enthusiasten wurde es in der Pension stiller und öder.

Der Witzbold

Von unserem »Wettrennen« in der Pension sind nur noch der Künstler und seine Frau sowie der Dissident mit seiner Frau, die Ehepaare also, die ich so gut wie nie zu Gesicht bekomme, und der Witzbold geblieben. Der Witzbold wartet auf sein Visum für die Ausreise in die Vereinigten Staaten. Ich bummle mit ihm durch die Stadt, und wir versaufen alles, was wir in der Tasche haben. Er erzählt komische Moskauer Geschichten. In der Art zum Beispiel:

Ich wohnte in Moskau im reinsten Dissidentenviertel, sagte er. Unser Haus war fast hundertprozentig, das heißt nur mit wenigen Ausnahmen von Dissidenten bewohnt. Das KGB inszenierte bei uns so einige Stückchen, hauptsächlich idiotische natürlich. Haben Sie eine Erklärung dafür, warum die da solche Idioten sind? Hätten die Sache mir überlassen sollen, ich hätte innerhalb eines halben Jahres aus diesen Dissidenten eine kommunistische Arbeitsbrigade gemacht. Auf unserem Treppenflur wohnte ein Typ, der zu den erwähnten Ausnahmen gehörte. Sekretär des Parteibüros bei seiner Behörde. Eine Etage tiefer wohnte N. Beim KGB beschloß man, eine Provokation gegen N. anzuzetteln, ihm Dollars unterzuschieben, eine Hausdurchsuchung zu machen und ihn wegen Devisenvergehens anzuklagen. Die KGB-Agenten irrten sich aber im Stockwerk (bei uns ist das nicht verwunderlich) und schoben die Dollars dem Parteisekretär unter. Die Frau des Parteisekretärs fand beim Großreinemachen die Dollars. Als rechtschaffene Kommunisten behielten sie den Fund für sich und stürzten am nächsten Tag damit in die »Berjoska«. Dort wurden sie festgenommen. Beim KGB war man sehr aufgebracht über sie. Der Sekretär fiel bei den nächsten Wahlen ins Parteibüro durch. Und N. forderte von dem Parteisekretär eine entsprechende Entschädigungssumme, da die Dollars eigentlich ihm zugedacht waren. Wenn er sie in seiner Wohnung gefunden hätte (und er hätte sie sicher gefunden!), hätte er bestimmt nicht einen solchen Bock geschossen wie der Parteisekretär. Irre, nicht?

Der Bau

Der Bau ist fertig. Jetzt kann ich mit eigenen Augen sehen, was absolute Vollkommenheit ist. Aber was wird wohl in diesem Zauberschloß, diesem Tempel, dieser Wohnung Gottes, diesem Raumschiff, diesem Palast der Schönheit und des Glücks untergebracht werden?

Maria

Der Schriftsteller jammert, er hätte eine schöpferische Krise.

– Ich brauche nur ein interessantes, brisantes Thema, sagt er, und in ein paar Monaten steht ein Roman, daß ...

– Ich kann Ihnen eine Moskauer Geschichte erzählen.

Die können Sie zu einem Roman aufblasen, beißender als Kafka. In Moskau wohnte ein Wissenschaftler. In seiner Jugend verliebte er sich in eine Frau, die ihn aber nicht wollte. Sie hieß Maria. Er versuchte, sich zu erhängen, wurde aber gerettet. Während er da so hing, empfand er sexuelle Befriedigung. Frauen hatte er bis zu diesem Zeitpunkt keine gehabt (und hatte auch später keine). Darauf erfand er eine Maschine. Eine besondere: eine Liebesmaschine nämlich. Er nannte sie »Maria«. Immer, wenn er sexuelles Verlangen verspürte, ging er zu seiner »Maria«, hängte sich hin, befriedigte seine Leidenschaft, und »Maria« rettete ihn. Und so lebte er dreißig Jahre mit ihr. Er war ihr restlos ergeben. Bedachte sie mit zärtlichen Worten. Schenkte ihr Blumen. Erklärte ihr seine Liebe. Manchmal stritt er mit ihr. Warf ihr vor, sie sei kalt. War eifersüchtig. Verdächtigte sie der Untreue.

– Woher weiß man das?

– Aus seinem Tagebuch. Sein Lieblingsschüler und nächster Mitarbeiter las zufällig einige Seiten aus dem Tagebuch und kam hinter die Existenz der »Maria«. In einem passenden Augenblick nahm er selber Kontakt zu »Maria« auf. Danach tauchten in dem Tagebuch des Lehrers immer häufiger Klagen über »Marias« Kälte auf. Und auf einmal begann sie, sich gänzlich von ihm abzuwenden. Sie zog den jungen Schüler dem alten Lehrer vor. Es kam der Tag, an dem »Maria« ihren Liebhaber, dessen sie überdrüssig geworden war, nicht retten wollte.

– Das ist ganz im Stil der kybernetischen Utopie.

– Sie haben recht. Diese Definition habe ich speziell im Interesse der Literatur erfunden.

– Und was ist in Wirklichkeit passiert?

– Der Schüler war neidisch auf seinen Lehrer und wollte seine Stelle haben. Als er »Maria« entdeckte, machte er ein winziges Detail an ihr kaputt.

– Das ist was für einen banalen Krimi. Für Literatur zweiter Klasse. Für ernsthafte Literatur kannst du aus dieser Geschichte nicht mal eine Seite rausquetschen.

– Wenn dir der Stoff nicht zusagt, kann ich dir einen anderen, höchst aktuellen vorschlagen, sagen wir mal, wie man den Westen verteidigen soll oder, was dasselbe ist, wie man ihn unterwerfen soll.

Wie den Westen verteidigen

Was kann der Westen der Sowjetarmee entgegenhalten, wenn sie hier angejagt kommt? Erstens mal gegen jeden Panzer ein Dutzend Tribünen, von denen die Verteidiger des Westens frei kritisieren werden... nein, nicht Moskau, Gott bewahre!... ihr Sozialsystem und ihre Regierungen natürlich. Sollen die Sowjetsoldaten sehen, was das hier für eine Freiheit ist! Zweitens: entlang sämtlicher Grenzen des Westens einen Ausverkauf zu superherabgesetzten Preisen organisieren... oder besser noch – Verteilung von Sachen und Erzeugnissen, die den Sowjets nicht einmal im Traum erschienen sind. Sollen sehen, was für einen hohen Lebensstandard wir hier haben! Schließlich kommen als Vorhut der westlichen Armeen Scharen von Terroristen, die Gott weiß wofür kämpfen, Studenten und rebellierende Kinder. Die Sowjets kriegen Wesen zu Gesicht, die statt Gesichtern Damennylonstrumpfmasken haben, und fangen an, vor Angst zu zittern. Dann stürzen die Studenten los, um die unterbelegten Panzer als Wohnraum zu besetzen, und die Sowjetarmee macht halt. Und wenn sich die Rotte der Kinderchen mit wildem Geheul auf die Panzer stürzt, sie umkippt und mit Flaschen voll Treibstoff beschmeißt, dann flüchtet die Sowjetarmee in Panik nach Sibirien. Und auf dem befreiten Terrain führen russische Emigranten (das heißt Juden unter lettischem Schützengeleit) die Monarchie und Rechtgläubigkeit wieder ein.

Wie den Westen unterwerfen

Andererseits kann man Westeuropa mit bloßen Händen einnehmen. Dafür muß man nur so gut irgend möglich die Kontakte mit dem Westen ausdehnen. Die Emigration verzehnfachen. Sie durch das Dissidentenelement konsolidieren. Hierfür muß eine Massenproduktion von Dissidenten im Lande in Gang gesetzt werden. Man muß eigene Lehranstalten für Dissidenten schaffen, Höhere Lehranstalten eingeschlossen. Allgemein verständliche Broschüren und Bücher herausgeben zum Thema »Wie werde ich Dissident«. Das Dissidententum über Presse und Fernsehen propagieren. Spezielle Symposien und Kongresse organisieren, in gegebenen Abständen Erfahrungsaustausch. Für Dissidentenanfänger kostenlosen Fremdsprachenunterricht sowie Unterricht in Kontaktaufnahme mit Vertretern ausländischer Spionagedienste. Nach Ablegen der Abschlußprüfung die Dissidenten zum Praktikum in Besserungs- und Arbeitslager unter verschärften Bedingungen abkommandieren. Nach Verbüßung der vorgesehenen Frist das Zeugnis »Diplomierter Dissident« erteilen und die Besitzer solcher Diplome nach Westeuropa oder in die USA abschieben. Bei Abschiebung in den Westen den Dissidenten volle Handlungsfreiheit lassen. Das andere kommt dann ganz von allein. Nach zehn Jahren hebt der Westen abwehrend die Hände, ist mit egal welchen Bedingungen einverstanden, wenn wir nur endlich unsere Emigration und die beidseitig gewinnbringenden Kontakte mit dem Westen abbauen. Hier ist es dann so weit, daß wir ihnen unser kommunistisches System anbieten.

Der Schriftsteller sagte, diese Sujets seien auch nur etwas für Literatur zweiter Klasse, für Satiriker und Humoristen. Er aber mache ernste Literatur. Er müsse tiefer graben. Er müsse in die tiefsten Geheimnisse der menschlichen Seele dringen. Er träume davon, eine tiefschürfende Analyse des Überlebens eines genialen Schriftstellers zu geben, der im Exil lebt und bar jeder...

Intellektuelle Elite

Ich gehe meinen gewohnten Weg nach Hause – den Fluß entlang. Der Fluß führt fast kein Wasser mehr, so daß die Soldaten des Sonderbataillons ihre Boote auf Rädern fahren lassen müssen. Mir ist, als ginge der Inspirator neben mir und entwickle seine wahnwitzigen Ideen.

Die Intelligenz, sagt er, ist heutzutage heterogen, denn sie ist inzwischen eine Massenerscheinung. Dein Schriftsteller ist ein typischer Vertreter der ebenso talentlosen wie eitlen und habgierigen Masse von Intelligenzlern. Er ist dabei noch besser als viele andere. Er ist kein Dummkopf. Und als richtiger Russe hat er Schwieriges durchgestanden und durchlitten. Nur ein sehr kleiner Teil der Intelligenz stellt tatsächlich Gehirn und Genius der Gesellschaft dar – die intellektuelle Elite also. Wenn man sich die Mechanismen unserer Gesellschaft einmal so richtig anschaut, wird man garantiert auf Produkte stoßen, die auf Aktivitäten der intellektuellen Elite zurückgehen. Die große Masse der Intelligenz ist freilich daran interessiert, diese Tatsache nicht publik werden zu lassen, da sie die Elite in erster Linie ausbeutet und auf ihre Kosten ein Parasitendasein führt. Sie reißt sich die Leistungen dieser Elite unter den Nagel und verfälscht auf diese Weise die gesamte kulturelle Situation der Gesellschaft. Sie hat einen mächtigen Verbündeten – die Machthaber des Staates. Die Staatsmacht hütet dieses Geheimnis ebenso sorgfältig, da sie sich als Staatsmacht widerrechtlich die Funktion des Intellekts aneignet: die Staatsmacht hat nicht nur tatkräftig und entschlossen, sondern auch weise dazustehen. Was wäre mit unserer Armee, wenn jeder wüßte, daß der Plan einer bevorstehenden Schlacht von einer Gruppe junger Offiziere mit einem Hauptmann an der Spitze ausgearbeitet würde, der nicht einmal in der Lage ist, das Kommando »Im Gleichschritt Marsch!« zu geben?!

Nehmen wir die stalinistische Repressionsmaschinerie. Die Leute, die das Ganze entlarven, schieben alles Stalin und seinen Handlangern in die Schuhe. In Wirklichkeit aber war sie ohne die Intelligenz und letzten Endes ohne die intellektuelle Elite überhaupt nicht möglich. Sie ist von höchst raffinierten Intelligenzlern geplant, kalkuliert, zustandegebracht und in Gang gesetzt worden. Ich gehörte einer Kommission an, die diesen Aspekt der stalinistischen Repressionen unter die Lupe nahm. Wenn ich dir erzählen würde, wer von unserer Intelligenz und in welcher Form mit Hand angelegt hat, du würdest es nicht glauben. Ein Glück für die Geschichte, daß diesbezügliche Spuren sorgfältig getilgt worden sind. Und unseren Nachkommen bleibt bloß noch, über die tatsächliche Rolle, die die Intelligenz bei den Verbrechen der Stalinära gespielt hat, Mutmaßungen anzustellen. Im übrigen läßt sich die Rolle der Intelligenz bei ihrer ideologischen Rechtfertigung gar nicht mehr verbergen. Die stalinistischen Repressionen sind eine Sache der Vergangenheit. Und das Leben geht weiter. Und in einem so riesigen Organismus, wie es unser Land ist, kommen ständig gewaltige Mechanismen zur Lösung nicht minder wichtiger Probleme, als es die Probleme der Stalinzeit gewesen sind, zustande. Meinst du, diese Probleme ließen sich seitens der öffentlichen Behörden lösen? Augenblicklich bereitet sich das Land auf einen Weltkrieg vor. Unmöglich, sich auch nur vorzustellen, was für eine gigantische Gehirnleistung damit verbunden ist. Und wer vollbringt sie? Wer generiert die Ideen?

Wie sich von selbst versteht, tritt als Vermittler zwischen Elite und Gesellschaft die große Masse der Intelligenz auf. Wir haben unsere gesamte Intelligenz dazu gekriegt, zu unserem Nutzen zu arbeiten. Auch der westlichen Intelligenz bedienen wir uns in einem präzedenzlosen Ausmaß. Hier ein kleines Beispiel aus vielen tausend Beispielen dieser Art. Im Westen erschien das Buch eines Kritikers unserer Gesellschaft, gleichzeitig kam die Übersetzung des Buches des Akademiemitgliedes N. heraus. Unsere Botschaftsangehörigen wissen im voraus, wer diese Bücher rezensieren wird – was das anbelangt, haben wir zahllose und reibungslos funktionierende Informationsquellen, die uns nicht einen Pfennig kosten. Es kann sogar vorkommen, daß wir selber geeignete Leute vorschlagen, wobei man uns bereitwillig entgegenzukommen pflegt. Es kommt so etwas wie die zufällige Begegnung eines Diplomaten mit dem künftigen Rezensenten zustande. Der Diplomat läßt durchblicken, daß man in Moskau beabsichtige, ein Buch des Rezensenten in Übersetzung herauszubringen. Alles andere läuft dann von selber. Es erscheint eine schlechte Rezension über das Buch des Regimekritikers und eine glänzende über das

Buch des sowjetischen Akademiemitglieds. Was das für ein Buch ist, weißt du selber.

Zweifel

Aber überschätzen wir nicht die Rolle der intellektuellen Elite bei unserer großangelegten Attacke gegen den Westen? sage ich, mich in Gedanken an den Inspirator wendend. Die Gegenwartsgesellschaft ist eine intellektuelle Überflußgesellschaft. Gewöhnliche Leute, die die Intellektuellen für dumm und ungebildet halten, verfügen im Grunde über einen Intellekt, der völlig ausreicht, um sämtliche Probleme des heutigen Lebens zu lösen. Was das Verstehen dieser Probleme anbelangt, sind ihnen die Intellektuellen nicht im geringsten voraus. Eher umgekehrt. Sie sind den Praktikern des Lebens nur im Phrasendreschen überlegen. Würden die Führungsposten der Gesellschaft mit Intellektuellen besetzt, würde es viel schlechter werden, da ihnen das Gefühl für die Realität und der gesunde Menschenverstand abgehen. Für die ist ihr Gerede wichtiger als die realen Gesetze und Tendenzen der gesellschaftlichen Prozesse. Das psychologische Prinzip der Intellektuellen ist folgendes: wir könnten alles aufs beste organisieren, aber man läßt uns nicht. Und die tatsächliche Lage ist folgende: sie könnten das Leben nur unter Bedingungen aufs beste organisieren, die praktisch nicht zu verwirklichen sind, und deshalb sind sie nicht einmal fähig, auf dem Niveau der von ihnen so verachteten

Führer der Gesellschaft zu handeln. Die faktischen Führer haben sich dem Lauf des Lebens gefügt, und deshalb tun sie wenigstens etwas. Die Intellektuellen sind damit unzufrieden, daß ihnen der Lauf des Lebens nicht gehorcht. Sie halten ihn für falsch. Sie sind gefährlich, denn sie machen einen gescheiten Eindruck, während sie in Wirklichkeit professionell gesehen die größten Dummköpfe sind.

Nehmen wir zum Beispiel das Problem: ist eine Gruppe von Genies in der Lage, geniale Regierungspolitik zu konzipieren? Ich behaupte: nein. Warum? Konzeption und Absicht ist eine Sache. Ihre Verwirklichung eine andere. Genies planen abstrakt, das heißt ungeachtet der »belanglosen« alltäglichen Umstände. Ohne das wären sie keine Genies. Ist zum Beispiel ein Genie aus dem Dunstkreis des KGB-Chefs in der Lage, die Tatsache in Betracht zu ziehen, daß Sowjetspione auf einem gewissen Gebiet Westeuropas saufen, betrügen, intrigieren und Pfuscharbeit leisten, kurz gesagt – sich wie normale Sowjetbürger benehmen? Nein, natürlich nicht. Wer von dergleichen Erscheinungen ausgeht, hat keine Chance, zu den Genies gezählt zu werden. Der praktisch verantwortlich zeichnende Chef der entsprechenden KGB-Abteilung, der von sämtlichen Genies für einen Formalisten und Idioten gehalten wird, kennt aus eigener Erfahrung den Preis für das Agentennetz in dem ihm unterstellten Gebiet. Er erklärt sich mit den genialen Plänen der Intellektuellen einverstanden und handelt, wie er es für richtig hält. Und hat dann zumindest irgend etwas aufzuweisen. Wer also ist das eigentliche Genie?

Du sagst, die westliche Intelligenz dient uns? Ich glaube, es lassen sich tausend Beispiele der Art wie zum Beispiel das mit den Rezensionen anführen. Aber das sind Bagatellen. Tausend Mäuse machen noch lange keinen Elefanten.

Völlig klar, höre ich die giftige Stimme des Inspirators. Wozu auch? Elefanten brauchen wir nicht. Was wir brauchen, sind Mäuse. Oder noch besser – Ratten. Millionen von Ratten. Übrigens: gebildete und intelligente Ratten.

Verdacht

Jede Denkmaschine wird, ohne daß sie Nahrung zum Nachdenken bekommt, unbrauchbar. Das betrifft auch mich. Ich verliere meinen Halt und meine soziale Orientierung. Stürze mich von einem Hirngespinst ins andere, ohne in der Lage zu sein, irgendeinem von ihnen den Vorzug zu geben. Im Augenblick kommt es mir so vor, als ob das alles leeres Gerede sei, daß im Grunde ein niederträchtiges und schmutziges Spiel im Gange ist. Aber nicht ich bin es, der spielt. Man spielt mit mir. Die Spieler, das heißt die sowjetische und die westliche Spionageabwehr. Für letztere bin ich eine wichtige KGB-Figur, die mit einer Sondermission in den Westen gekommen ist. Erstere gibt letzterer zu verstehen, daß ihr Verdacht begründet ist.

Für letztere bin ich geeignet als ein Objekt, an dem sie ihre professionelle Meisterschaft demonstrieren kann, und um die Zustimmung ihrer Obrigkeit zu gewinnen. Für erstere bin ich als Mittel geeignet, die Aufmerksamkeit von ihren real vorhandenen Figuren abzulenken. Und als Rauchschleier. Ich bin bloß eine Karte in einem Spiel, das ein Spieler dem anderen zugeschoben hat, damit er die Karte sticht und mit seinem scheinbaren Sieg zufrieden ist. Diesem Spieler reicht ein Scheinsieg völlig, aber sein Gegner ist zu einer Scheinniederlage bereit, um den faktischen Sieg zu verbergen. Beiden geht es nicht um die objektive Wahrheit und Gerechtigkeit, sondern um ihr eigenes, von ihnen selbst als Erfolg bewertetes Vorgehen. Von mir persönlich hängt in diesem Spiel nichts ab. Ich konnte in der Tat sagen und tun, was ich wollte. Mein Schicksal war allein durch die Tatsache, daß ich für diese Rolle ausersehen war, im voraus bestimmt.

Genau, höre ich die Stimme des Inspirators. Einen geeigneten Schauspieler für eine gegebene Rolle finden, dazu bedarf es eines guten Regisseurs.

Vorhaben

Jetzt möchte ich: aus dem fremden Spiel ausbrechen und außenstehender Beobachter werden. Sehen und begreifen – mehr brauche ich nicht. Ich bin von Beruf und aus Berufung einer, der begreift. Das gesamte Leben, das ich hinter mir habe, kann mit einem Wort, dem Begriff

»Nachdenken« bezeichnet werden. Hier ist mir von den gewohnten Phänomenen meines Lebens praktisch so gut wie nichts geblieben. Ich bin ein Erkenntnisorgan als solches geworden. Und es hat sich gezeigt, daß ich eben gerade in der Rolle des reinen Denkens den Menschen am allerwenigsten von Nutzen bin. Außerdem ist ein Homosos nur als Teilfunktion des Kollektivs eine Persönlichkeit. Meine Rolle des reinen Denkens hat sich als Rolle im sowjetischen Kollektiv entwickelt. Ich kann als einer, der begreift, nur existieren, wenn ich dem vollgültigen Sowjetkollektiv verhaftet bleibe.

Wir wissen das, höre ich die Stimme des Inspirators. Als außenstehender Beobachter wirst du das, was vor sich geht, besser begreifen. Und wenn du es überhaupt nicht mehr aushältst, werden wir dir die Hand zu brüderlicher Hilfe aus unserem Sowjetkollektiv reichen.

Schicksalsentscheid

Der Künstler hat eine Teilzeitarbeit in einer Firma gefunden, die Christbaumschmuck herstellt. Wie er sagt, als verantwortlicher Künstler. Spielt sich auf, völlig klar – so einen Sowjetposten gibt es hier nämlich gar nicht. Er und seine Frau haben heimlich ihre Siebensachen und die unverkauften Bilder zusammengesucht. Sind auf und davon, ohne sich zu verabschieden.

Spion des Jahrhunderts

Früh am Morgen kam der Inspirator mit dem Dienstwagen bei mir an, was er nur in Ausnahmefällen macht. Im Westen, sagte er, während wir aus der Stadt herausfuhren, wird jede unbedeutende Null zu einer großen Persönlichkeit hochgejubelt. Ein Künstler, der von Malerei keinen blassen Schimmer hat, wird zu einer Jahrhundertgröße erklärt, ein widerlich aussehendes Frauenzimmer zu einer Miß Welt, ein fader Filmregisseur zu einem großen Neuerer, ein nichtssagender Schreiberling zu einem überragenden Weisen. Genau so sieht es in unserer Spionwelt aus. Wer ist hier nicht alles zum bedeutendsten Spion des Jahrhunderts erklärt worden! Und wenn man einmal der Sache auf den Grund geht und zutage fördert, was diese Spionagegenies eigentlich geleistet haben, kann man sich nur noch an den Kopf fassen. Wer wirklich ein Genie war, das läßt sich erst nach einem Jahrhundert feststellen. Und damit unsere Epoche sich von Schutt und Müll freimacht und ihre wahren Genies aufdeckt, braucht es ein Jahrtausend – zu viel Müll und Schutt hat sich angesammelt. Aber Schluß mit Reden. Heute werde ich dir den allerunbedeutendsten Sowjetspion im Westen zeigen.

Eine Stunde später befanden wir uns auf einer Datschasiedlung und arbeiteten uns mühsam durch Schmutz und Schlamm zu einem kleinen Häuschen durch, das verloren zwischen luxuriösen neuen Datschen stand. Ein unansehnlicher Alter kam auf uns zu. Bald schon saßen wir auf einer Terrasse mit morschem Holzboden, tranken den

Wodka, den wir mitgebracht hatten, und aßen von der ebenfalls mitgebrachten Wurst. Der Inspirator bat den Hausherrn, irgend etwas aus seinem Leben zu erzählen. Der winkte ab: er habe nichts getan, was zu erzählen sich lohnen könnte. Eben davon sollen Sie erzählen, insistierte der Inspirator. Der Alte begann widerwillig.

Vor dem Kriege gab es in Deutschland eine Menge Sowjetspione. Und sie schafften Informationen aus allen Bereichen der deutschen Gesellschaft in gigantischen Ausmaßen heran. Diese Informationen mußten bearbeitet und nach Moskau geschafft werden. Technische Hilfsmittel wie heute gab es nicht. Ebensowenig entsprechende Verbindungen. So daß sich wegen der schlechten Organisation der Bearbeitung des Informationsmaterials sowie der Weitergabe der Informationen ein Fiasko ankündigte. Unser gesamtes Spionagenetz schien vom Zusammenbrechen bedroht. Und da fiel irgendwem irgendwo ein komischer Kauz in einem Forschungsinstitut ein. Der Kerl konstruierte und reparierte knifflige Apparaturen, löste nebenbei in Windeseile halsbrecherische mathematische Aufgaben im Kopf, über denen selbst gestandene Doktores der Wissenschaften monatelang brüten mußten, behielt auf einen Blick ganze Zeitungsseiten im Kopf und verstand sich noch auf allerhand andere »Kunststücke«, mit denen er den Wissenschaftlern des Instituts die Zeit vertrieb. Diesen Burschen schnappte man sich, brachte ihn zu der entsprechenden Dienststelle, wo er umgehend die nötigsten Anleitungen erhielt, schaffte ihn nach Deutschland und versteckte ihn im wahrsten Sinne des

Wortes unter der Erde. Auf diese Weise verbrachte er zwei Jahre bis zum Krieg und den ganzen Krieg hindurch in einem Keller irgendwo nicht weit von Berlin. Zu seinen Aufgaben gehörte es, den ungeheuren Strom an Spionageinformationen zu sichten, seinen Umfang auf das Wesentliche zu reduzieren und so rationell wie möglich zu kodieren. Schon nach ein paar Monaten hatte er es zu einer solchen Fertigkeit gebracht, daß er im Handumdrehen Wert und Wichtigkeit eines Dokuments einstufen konnte, aus vielen Tausenden von Seiten diejenigen auslas, die sich lohnten, und die darin enthaltenen Informationen manchmal in ein paar wenigen Zeilen zusammenfaßte. Nach dem Krieg wollte man ihn für alle Fälle erschießen, überlegte es sich dann aber doch anders. Bis 1958 saß er in der Lubjanka in Einzelhaft. Dann ließ man ihn frei, gab ihm eine jämmerliche Pension und dieses Häuschen. Er kann sich an nichts mehr von dem, was ihm in den Jahren damals durch den Kopf gegangen ist, erinnern. Auch nicht an sein System der »Informationsverpackung«.

Ob die mich wohl für eine ähnliche Rolle auserkoren haben, dachte ich, als ich die Geschichte des Alten vernommen hatte. Deine Aufgabe wird komplizierter sein, erriet der Inspirator meinen Gedanken. Hierbei wird Bildung verlangt, Gelehrsamkeit und routinierte wissenschaftliche Arbeit. Und dein Kopf, natürlich. Du wirst doch auch schon für eine denkende Maschine gehalten. Aber mit einem Häuschen bei Moskau brauchst du nicht zu rechnen.

Unsre Aktivitäten im Westen zeitigen ihre Ergebnisse,

sagte der Inspirator auf dem Rückweg nach Moskau. Aber zu welchem Preis? Das sind Lügenmärchen, daß uns das Ganze keine Kopeke kostet. Im Gegenteil, das kostet uns einiges. Es fehlt nicht mehr viel, und wir sind ruiniert. Unsere ganze Arbeit im Westen muß von Grund auf verändert werden. Unsere Führung davon überzeugen, das ist unsere Aufgabe hier. Deine Aufgabe ist es, zu diesem Zweck das, was man weder aus Zeitungen, Zeitschriften, Büchern noch aus Geheimdokumenten erfahren kann, dort in Erfahrung zu bringen. Schade, daß wir keine Zeit mehr haben, Einzelheiten zu besprechen... Wozu die Eile, fragte ich. Die Operation »Emigration« hat sich erschöpft, sagte er. Der Befehl lautet, kurzen Prozeß zu machen. Und das zu einem Zeitpunkt, wo wir maximalen Nutzen aus ihr ziehen könnten! Was soll's, höchste Zeit. Laß uns Abschied nehmen. Es fällt mir schwer, mich von dir zu trennen: ich habe dich geliebt und liebe dich wie einen Bruder. Aber verstehe mich richtig: du bist mein Haupttrumpf. Und vielleicht mein letzter. Leb wohl!

Schicksalsentscheid

Der Schriftsteller hat eine feste Stelle in einem antisowjetischen Verlag bekommen. Er ist im siebenten Himmel vor Freude. Das Gehalt ist zwar miserabel, dafür aber sicher. Und die Arbeit ist die reinste Bagatelle – Manuskripte lesen und begutachten. Eine Bagatelle, wenn man an den Zeit- und Kraftaufwand denkt, aber von Bedeutung (nach seinen Worten), wenn man den Einfluß auf das Schicksal der russischen Literatur hier im Westen bedenkt. Jetzt kann er sich in aller Ruhe ernstem literarischem Schaffen widmen. Jetzt kann er Berge versetzen. Mit einem Wort, kein Grund mehr, in düsteren Pessimismus zu verfallen. Schwierige Zeiten gehen früher oder später zu Ende.

Dich erwartet im besten Falle auch so was Ähnliches, dachte ich, als ich das begeisterte Meckern des Schriftstellers hörte. Auch du wirst letzten Endes ein in jeder Hinsicht erbärmliches Minimum kriegen und wirst deiner Umgebung und dir selber einreden, daß es keinen Grund zu Pessimismus gibt und daß schwierige Zeiten früher oder später vorbeigehen.

Auf dem Weg in die Pension kam mir eine Idee: wie, wenn ich dem Schriftsteller einen Streich spielte – irgendwas zusammenschreibe und an seinen Verlag schicke? Unter Pseudonym, natürlich. Er ist trotz allem ein anständiger Kerl. Ich will ihn nicht in eine prekäre Lage bringen. Und in einer einzigen Nacht schrieb ich eine Erzählung. Der Inhalt ist folgender. Ein Sowjetagent kommt als Dissident in den Westen. Ist bemüht, gute Arbeit zu leisten. Dafür muß er Agent der westlichen Geheimdienste werden. Beim KGB verdächtigt man ihn des Verrats und will ihn liquidieren. Die westlichen Geheimdienste sehen darin ein hinterlistiges Spiel des KGB und wollen den Agenten ebenfalls aus dem Weg schaffen. Daraufhin greift er zu einem letzten Mittel: er beginnt Pfuscharbeit zu leisten, zu lügen, sich herauszuwinden, kurz gesagt, sich wie ein normaler Homosos zu benehmen. Im Endergebnis wird er von sämtlichen Spionagediensten der Welt als ihr Mann akzeptiert und sowohl in Moskau als auch im Westen befördert. Da heutzutage im Westen nicht einmal Regierungssitzungen, Beerdigungen oder Terroristenakte ohne Sexszenen dargestellt werden, stattete ich meine Erzählung mit entsprechenden Szenen aus. Beinahe auf jeder Seite schläft der Held mit einer schönen Unbekannten (Länge einssiebzig, Taille sechzig, Hinterteil hundertsechzig, Busen je zwei Kilo), wobei übrigens nicht er sie, sondern sie ihn benutzt, hingerissen von der russischen Ausdauer und Standhaftigkeit. Jetzt, sagt sie, verstehe ich, warum die Russen im Krieg gegen Deutschland durchgehalten haben.

Ich schickte meine Erzählung an den Verlag. Wartete. Tage vergingen. Wochen. Der Schriftsteller ging auf eine »Vortragsreise«. Besondere Hoffnungen hatte ich auf die Erzählung nicht gesetzt. Es war eher ein Scherz. Der Scherz war nicht gelungen. Geschah mir ganz recht. Und ich vergaß meinen literarischen Anfang völlig.

Probleme

Der mir am nächsten stehende Mensch ist augenblicklich die Pensionswirtin. Sie hilft mir bei den Dingen des Alltags (Wäsche, Essen) und erzählt so allerhand von ganz gewöhnlichen Leuten, was vom soziologischen Standpunkt aus gesehen von erstklassiger Bedeutung ist, worauf hier aber niemand achtet. Gerade erklärt sie mir, wie man bei der Benutzung der öffentlichen Verkehrsmittel sparen soll. Nach ihrer Rechnung kommt sie auf eine Einsparung von fünfzig Pfennig pro Woche, zwei Mark pro Monat, vierundzwanzig Mark im Jahr, zweihundertvierzig Mark in zehn Jahren... Zweitausendvierhundert Mark pro Jahrhundert, beende ich ihre Berechnungen. Wir Russen haben da noch viel wirksamere Einsparungsmethoden erfunden: wir gehen zu Fuß. Dabei sparen wir in der Woche fünf Mark, pro Monat zwanzig Mark... In hundert Jahren kommt da eine ganz schöne Summe zusammen. Ein ganzes Haus kann man sich dafür kaufen. Die Pensionswirtin nimmt meine Worte ernst. Laut offizieller Statistik besitzen hier siebzig Prozent der Haushalte alles in allem nur eine einzige Zahnbürste: sie sparen. Hier wird bei allem so gespart, daß es einem übel wird. Und wir, wir verjubeln alles von einem Zahltag zum andern, ohne der Zukunft so eine bedrückende Bedeutung beizumessen. Was ist besser? Wenn die sowjetischen Machthaber ein klein bißchen klüger wären, könnten sie im Laufe von ein paar Jahren den Lebensstandard der Bevölkerung so weit heben, daß jegliche Zweifel hinsichtlich der Vorzüge des einen oder anderen Lebensstils entfielen. Eben das ist die mächtigste sowjetische Waffe, aber die Sowjetführung ist noch nicht fähig, sie zu nutzen.

Schicksalsentscheid

Der Witzbold hat die Aufenthaltsbewilligung für die USA bekommen. Jetzt wird alles okay werden, sagte er zum Abschied. Kommen Sie in die Staaten. Da faßt man viel schneller Fuß. Ich fürchte, man läßt mich hier nicht weg, sagte ich. Wer? wunderte er sich. Die, sagte ich. Wer die? fragte er. Weiß ich nicht, sagte ich, die sind immer und überall die.

Westen

Die Zusammensetzung der »Pensionäre« ist eine völlig neue, abgesehen von mir und dem Dissidenten und seiner Frau. Bekanntschaften mit neuen »Pensionären« will ich nicht anknüpfen. Sie gehen mir ihrerseits aus dem Weg. Offenbar hat sie irgend jemand darauf hingewiesen, daß man mit mir vorsichtig umgehen muß. Mit dem Dissidenten und seiner Frau habe ich auch keinerlei Kontakt. Morgens huschen die beiden lautlos durch den Vorraum auf die Straße und spät am Abend wieder in ihr Zimmer. Das ist alles. Ganze Tage lang wälze ich mich auf dem Bett herum und sehe fern. Verlasse das Haus höchstens, um Zigaretten zu holen oder irgendwas zu mir zu nehmen. Und wegen der Verhöre, natürlich. Habe das Fernsehen als wertvollen Faktor für einen Soziologen, der den Westen kennenlernen will, schätzen gelernt. Hier zum Beispiel das, was ich alles an einem einzigen Tag erfahren habe. Ein Vertreter der Kirche ruft zu geistiger Einheit auf, in der er einen Weg zur Rettung sieht. Idiot, sage ich, wenn schon ein Rettungsweg, dann nicht in der Einheit, sondern in der Trennung. Was not tut ist: Klarheit in allen Dingen und nicht Unklarheit und Verwischung. Was not tut, sind klare und deutliche Formen und nicht verschwommene Konturen. Lieber aufrichtige Feindschaft als geheuchelte Freundschaft.

Noch ein sowjetisches Tänzerpaar hat beschlossen, nicht in die Sowjetunion zurückzukehren. Da die Nichtheimkehrer zu einer normalen Erscheinung geworden sind, sollten die Sowjetmachthaber sie offiziell anerkennen. Die Fragebögen, die die Sowjetbürger vor Antritt der Reise ins Ausland ausfüllen müssen, sollten einen Zusatzpunkt erhalten: Beabsichtigen Sie oder nicht, im Westen zu bleiben, in welchem Land und mit welcher Begründung?

Eine Diskussion über einen Mörder, der eine fünfköpfige Familie umgebracht hat: ist er für zurechnungsfähig zu halten oder nicht? An der Diskussion sind Kapazitäten aus Wissenschaft, Medizin, Justiz, Literatur und Journalistik beteiligt. Eigentlich gibt es hier keinerlei Probleme. Fünfzig Jahre war der Mörder ein normaler Mensch, und plötzlich tauchen Zweifel auf. Hätten einfach die Folgen des Verbrechens im voraus in Betracht ziehen sollen: Todesstrafe gibt es nicht, es wird ein Hin und Her geben mit einer Abklärung seines psychischen Zustands (lies – Sanatorium) und was dergleichen mehr ist. Und für alle, die in irgendeiner Weise in dem Fall bemüht worden sind, ist es von Vorteil, daß er sich hinzieht; denn das heißt Artikel in den Zeitungen, Auftritte im Fernsehen, Honorare.

Ein Rentner ist vor annähernd drei Jahren in seiner Wohnung gestorben, was man aber erst jetzt im Zusammenhang mit einer notwendig gewordenen Reparatur der Wasserleitung entdeckt hat. Fast drei Jahre war der Mann tot, während sämtliche zum Leben gehörigen Geldgeschäfte über die Bank weiterliefen. Wäre die Wasserleitung nicht kaputt gegangen, hätte es womöglich noch ein paar Jahre gedauert, bis man gemerkt hätte, daß er tot ist. Wieder eine Diskussion. Die einen meinen in dem Ganzen die Qualität des Banksystems zu erkennen, die anderen – einen Mangel des Kapitalismus.

Ein siebenjähriges Mädchen ist entführt worden. Die Entführer fordern zwei Millionen Lösegeld. Ein General ist entführt worden. Bis zu diesem Zeitpunkt ist aus irgendeinem Grunde noch keine Lösegeldforderung eingegangen. Auf einem Bahnhof ist eine Bombe explodiert. Mehr als fünfzig Tote. Interessant: westliche Terroristen besetzen keine sowjetischen Botschaften, töten weder Sowjetbeamte noch Sowjetdiplomaten, überhaupt – rühren an nichts, was mit der Sowjetunion in Zusammenhang steht. Warum das so ist? Westliche Klugscheißer sehen darin einen Beweis dafür, daß die Terroristen im Auftrag Moskaus handeln. Wenn dem so wäre, würde Moskau als erstes ein Spektakel in Form eines Anschlags auf irgendwas, das mit der Sowjetunion zu tun hat, veranstalten.

Schülerrevolte. Der Grund: ein Mädchen hat Selbstmord gemacht, weil man ihr die Zensur um eine Note herabgesetzt hat. Die Schüler der oberen Klassen fordern Liberalisierung des Schulsystems (obgleich sie sowieso schon machen, was sie wollen) und Erleichterungen im Stoffplan (obgleich der Plan hier im Vergleich zu Moskauer Schulen einfach lachhaft ist). Wie sich von selbst versteht, fordern sie die Demilitarisierung (!!) Westeuropas und die Abschaffung des Militärdienstes überhaupt. Die Schüler der unteren Klassen beklagen sich, daß die Preise für Bonbons und Kuchen erhöht worden sind. Wenn die Regierung weniger Geld in die Aufrüstung und mehr in die vordringlichen Bedürfnisse der Bevölkerung investieren würde, sagte ein siebenjähriger Steppke, wären Süßigkeiten billiger. Die Runde der Journalisten und anderer Erwachsener, die mit den Kindern diskutieren, spendete stürmischen Applaus.

Wir

Nachts höre ich Gespräche aus dem Zimmer, wo früher der Künstler mit seiner Frau gewohnt hat. Ich will die Leute hier nicht mit Namen nennen. Worüber mögen wohl Sowjetmenschen sprechen, die sich unter irgendwelchem Vorwand aus der schlecht mit Nahrungsmitteln versorgten, armseligen russischen Provinz in den märchenhaft hellen, grellen Überfluß des Westens aufgemacht haben? Aber hin und wieder ist ihren Worten ein unheilvoller Hinterton zu entnehmen.

– Ohne daß man die Sprache kann, ist es mies hier.

– Werden wir schon lernen. Und auch ohne werden wir durchkommen. Iwan hat zehn Jahre hier rumgehangen und konnte nicht mal einen Wodka in deren Sprache bestellen.

– Iwan ist auch beinahe mächtig reingefallen, weil er die Sprache nicht konnte, er hat mir selber davon erzählt. Er hat höchst wichtige Geheimdokumente ergattert und wollte sie nach Moskau schicken. Hat sie eingepackt. Ist auf die Post gegangen. Und da haben sie das Paket nicht angenommen, haben ihm irgendsoein Formular zugeschoben und gesagt, er soll es ausfüllen. Er hat das Formular durchgeguckt und so viel verstanden, daß er seinen Namen hinschreiben soll, seine Adresse und noch irgendwas. Ein Fragebogen, dachte er nach sowjetischer Gewohnheit. Und kam zu dem Schluß, man habe ihn reingelegt. Geriet in Panik. Beschloß, Geständnis abzulegen. War auch nicht weiter schlimm. Das passiert vielen, und dann fangen sie sich wieder. Er ging zur Polizei. Öffnete das Paket und zeigte die Dokumente. Wies mit dem Finger auf sich: Ich, sagte er, sowjetisch Spion. Bei der Polizei sagten sie, daß das nicht in ihr Ressort fällt. Und wo der Sicherheitsdienst zu finden ist, wußte keiner. Eine Menschenmenge sammelte sich an. Irgendeiner sagte, hier gäbe es zwei Sicherheitsdienste – einen zivilen und einen militärischen. Wenn die Dokumente militärische Geheimnisse enthielten, müsse man sich an letzteren wenden, wenn sie aber Geheimnisse die Industrie betreffend enthielten, müsse man sich an ersteren wenden. Es entbrannte eine hitzige Diskussion über Politgeheimnisse: sind sie nun militärisch oder zivil? Zum Glück fand sich ein anständiger Kerl, der ein paar Brocken Russisch konnte (hatte er bei uns in Gefangenschaft gelernt). Er machte Iwan begreiflich, worum es ging und was zu tun sei. Die Streifbandsendung war zu schwer, nichts weiter. Man konnte sie aber einfach zweiteilen und die beiden Teile einzeln schicken. Aber das käme ganze vierzig Pfennig teurer. Wäre unpraktisch. Besser das Ganze als Paket schicken und ein anderes Formular dafür ausfüllen. Und dabei käme man sogar noch zehn Pfennige billiger weg. Weißt du, was das Kränkendste war bei der ganzen Sache? Iwan sagte, er sei sich damals wie der reinste Idiot vorgekommen, die Leute hätten ihn von oben herab angeschaut – wie einen typisch russischen Schwachkopf.

– Kein Unglück! Wir werden denen schon noch zeigen, was wir für Schwachköpfe sind.

Resümee

Habe mich wieder mal auf Zeitungen gestürzt. Und wieder mal könnte ich kotzen, wenn ich lese, was so alles über den Sowjetblock zusammengeschrieben wird. Sie wählen Fakten aus, die a priori ihrer Einstellung entsprechen, und interpretieren diese Fakten nach den Vorstellungen, die sie von der sozialistischen Gesellschaft haben – und ihren diesbezüglichen Wünschen. Wenn von mir heute verlangt würde, einen Rechenschaftsbericht für das

KGB zu schreiben und in einigen wenigen Zeilen meine hauptsächlichsten Eindrücke mitzuteilen, würde ich mich auf das Folgende beschränken: Der Westen kann nicht nur einfach das Wesen unserer Gesellschaft nicht begreifen, er will es ganz bewußt nicht. Die sowjetischen Behörden und Dienste, die sich mit dem Westen befassen, können das ruhig als Axiom für ihre Tätigkeit bis zum nächsten Weltkrieg annehmen. Sämtliche westlichen Spezialisten für den Sowjetblock zusammengenommen sind prinzipiell nicht in der Lage, das Lebens- und Kriegspotenzial des Sowjetblocks richtig einzuschätzen. Sie sind lediglich in der Lage, zwischen verschiedenen Extremen hin- und hergeworfen zu werden, zufällig und von Zeit zu Zeit auf richtige Ideen zu stoßen, die eigenen richtigen Vermutungen richtig zu bewerten und zu nutzen. Die offizielle Sowjetideologie ist, was das Verständnis der sozialen Wirklichkeit anbelangt, der Wahrheit näher als alles, was ich hier im Westen gesehen habe. Sie ist nur durch Propagandainteressen schlecht formuliert und ruiniert, was dem westlichen unkontrollierten Geschwätz gestattet, von oben auf sie herabzusehen. Ursprüngliche Wahrheit sieht oft im Vergleich mit einem hoch entwickelten Irrtum wie eine Mißgeburt aus. Die Sowjetideologie hat, indem sie nach Stalin dem Einfluß des Westens nachgegeben hat, einiges hinsichtlich der äußeren Wortform gewonnen, an innerem Gehalt jedoch viel verloren. Unsere Moskauer Vorstellungen vom Westen sind im großen und ganzen richtig, und man soll nicht in der Absicht in den Westen reisen, den Westen kennenzulernen, sondern mit dem Ziel, sich selbst kennen und seine eigenen Möglichkeiten abschätzen zu lernen.

Schicksalsentscheid

Die Allerunauffälligsten in der Pension waren der Dissident und seine Frau. Und auf einmal begegnete man ihnen überhaupt nicht mehr, weder im Vorraum noch auf dem Weg zur Toilette oder zur Mülltonne. Ich würde mich nicht wundern, wenn sich ausgerechnet der Dissident als der Große Fisch Im Trüben Wasser entpuppte, den ich irgendwann einmal dem Zyniker gegenüber erwähnt habe. Er ist schon reichlich fad und langweilig. Und unauffällig. Während die hiesige Spionageabwehr mit mir rummärt, ist dieser Große Fisch still und unauffällig entwischt und hat seine bescheidene Tätigkeit als Krebszelle im Körper der westlichen Gesellschaft begonnen. Wir kriechen wie Grabgewürm in den Körper des Feindes. Und ich träume nun auch von dem Zustand eines Wurmes, der seine Umgebung verschlingt und sie mit seinen Exkrementen vergiftet.

Das wahre Gesicht

Ich habe ihnen gesagt, daß mir die Verhöre zum Hals raushängen. Sie haben gesagt, daß sie noch nicht hinter mein »wahres Gesicht« gekommen seien. Dahinter, sagte ich, wird man nie kommen. Das Problem ist logisch unlösbar. Nimmt man eine Menge Handlungen vieler Leute und eine Menge innerer Zustände, die ihnen entsprechen, kann man anhand eines Einzelnen zuverlässig über die anderen urteilen. Das »wahre Gesicht« einer Masse von Leuten findet seinen Ausdruck in der Masse ihrer Handlungen. Bei Einzelpersonen und ihren Handlungen hingegen ist diese Kongruenz gewöhnlich nicht zu beobachten. Ich bin ein Vertreter der Masse. Als Individuum habe ich kein Gesicht. Aber Sie haben doch irgendwelche geheimen Absichten, sagten sie. Was für Absichten kann schon ein Wurm haben, der an einem Haken festgemacht ist? sagte ich. Absichten haben Fischer und Fisch. Gut, sagten sie. Tatsächlich Zeit... wie heißt das noch auf russisch? ...kurzen Prozeß zu machen. Wir haben eine letzte Frage: geben Sie eine kurze schriftliche Beschreibung des Sowjetmenschen.

Den Homosos beschreiben! Ich soll eine Aufgabe lösen, für deren Lösung man in einigen Jahrzehnten oder sogar Jahrhunderten als hervorragender Wissenschaftler anerkannt werden wird. Und was für eine Auszeichnung kriege ich dafür? Na gut. Hier geht es schließlich nicht, wie es so schön heißt, um ne Scheibe Speck, sondern darum, daß man mich in Ruhe läßt. Will also versuchen, diese epochale Aufgabe zu lösen.

Homosos

Homosos, das ist Homo sovieticus oder der Sowjetmensch als Typ eines Lebewesens und nicht als Bürger der UdSSR. Nicht jeder Bürger der UdSSR ist ein Homosos. Nicht jeder Homosos ist Bürger der UdSSR. Situationen, in denen sich die Menschen wie ein Homosos verhalten, begegnen einem in den verschiedensten Epochen und in den verschiedensten Ländern. Aber der Mensch, der mehr oder weniger über den gesamten Eigenschaftenkomplex eines Homosos verfügt, ihn systematisch an den Tag legt, ihn von Generation zu Generation weitergibt und der in einer gegebenen Gesellschaft als ihr typischer Vertreter und als Massenerscheinung auftritt, ist ein Produkt der Geschichte. Es ist ein Mensch, der durch die Existenzbedingungen der kommunistischen (sozialistischen) Gesellschaft hervorgebracht worden ist, der als der Träger der Lebensprinzipien dieser Gesellschaft erscheint, der in seiner gesamten Lebensweise seine innerkollektiven Beziehungen wahrt. Zum ersten Mal hat sich in der Geschichte ein Mensch in Moskau und dessen Einflußsphäre in der Sowjetunion (in Moskowien) in einen Homosos verwandelt.

Der Homosos ist ein Produkt der Anpassung an bestimmte soziale Bedingungen. Deshalb kann man ihn außerhalb seiner gewohnten Umgebung nicht verstehen, so wie man Fische, die auf Sand oder in die Pfanne geworfen worden sind, aufgrund ihrer Reaktionen auf die ungewohnte Umgebung nicht als Wesen, die im Wasser schwimmen, beurteilen kann. Man muß charakteristische und typische Situationen aus dem normalen Leben der Homosos-Masse nehmen und die Frage stellen: Wie verhält sich der normale Homosos in so einer Situation? Und aus den Antworten auf diese Fragen erhält man die Beschreibung des Homosos als eines besonderen Typs Mensch, der einem besonderen Typ von Gesellschaft entspricht. Nehmen wir zum Beispiel die modernen Homosossen, wie sie heutzutage in Moskowien leben. Die Lebensmittelpreise sind erhöht worden. Wird nun so ein Homosos Protestdemonstrationen veranstalten? Natürlich nicht. Der Homosos ist gewöhnt, in vergleichsweise schlechten Verhältnissen zu leben, ist bereit, Schwierigkeiten zu begegnen, ständig in der Erwartung, daß es noch schlechter wird, und den Anordnungen der Obrigkeit ergeben. Wie verhält sich ein Homosos, wenn er offen (das heißt in seinem Kollektiv oder auf Versammlungen) seine Einstellung zu Dissidenten zum Ausdruck bringen muß? Natürlich billigt er das Vorgehen der Machthaber und verurteilt dasjenige der Dissidenten. Ein Homosos ist bestrebt zu verhindern, daß jemand die gewohnten Verhaltensformen verletzt, er katzbuckelt vor der Obrigkeit, zeigt sich immer mit der Mehrheit seiner Mitbürger solidarisch, soweit sie sich den Machthabern ergeben zeigen. Wie reagiert ein Homosos auf die Militarisierung des Landes und auf die zunehmenden sowjetischen Aktivitäten in der Welt, die interventionistischen Tendenzen eingeschlossen? Er unterstützt seine Regierung voll und ganz, denn er verfügt über ein ideologisiertes Standardbewußtsein, ein Verantwortungsgefühl für sein Land als Ganzes, Opferbereitschaft und die Bereitschaft, andere zu Opfern zu verdammen. Natürlich ist der Homosos auch zu Unzufriedenheit mit seiner Lage fähig, ja sogar zu Kritik an den Zuständen im Land und am Regime. Aber – in entsprechender Form, wo sie am Platz ist und in Maßen, ohne die Interessen des öffentlichen Organismus spürbar zu gefährden. Und hierfür lassen sich charakteristische Situationen und charakteristische Handlungen von Homosossen anführen. Aus einer Serie solcher charakteristischer Fragen und Antworten auf diese Fragen erhält man die Beschreibung eines Menschen, der der sozialistischen (kommunistischen) Gesellschaft adäquat ist und bequem hinsichtlich seiner Ungeteiltheit und Interessen insgesamt.

Der oben angeführte Vergleich des Homosos mit einem Fisch ist einseitig. Der Homosos ist im Unterschied zum Fisch selber Träger und Beschützer seines sozialen Umfelds. Doch entspringt dieser Umstand nicht der Eigenschaft des Homosos als eines Individuums, sondern seiner Eigenschaft als Vertreter einer Masse von Homosossen, die zu einem einzigen Ganzen zusammengefaßt sind. Homososse erschaffen und halten mit vereinten Kräften eine gewisse Anzahl fundamentalster Prinzipien ihrer Organisation aufrecht, Prinzipien, die sie als vernünftig anerkennen. Auf der Grundlage dieser Prinzipien erwächst ihr höchst soziales Milieu, an das sie sich von Generation zu Generation anpassen. Als Individuen passen sie sich an sich selbst wie an eine Masse von Individuen an, die ein soziales Superindividuum bildet. Das soziale Milieu des Homosos ist ohne den Homosos selbst ebensowenig denkbar wie er ohne sein soziales Milieu.

Der Homosos ist nicht nur ein Komplex von Mängeln und Fehlern. Er hat auch zahlreiche Vorzüge. Genauer gesagt, er besitzt Eigenschaften, die Vorzüge oder Mängel sind – je nach Umständen und Wertungskriterien. Ein und dieselbe Eigenschaft erscheint unter den einen Umständen als gut, unter anderen dagegen als schlecht. Für die einen ist sie schlecht, für die anderen gut. Was den einen gut scheint, scheint den anderen schlecht. Unter den Homosossen finden sich sämtliche allgemein menschlichen Charaktere, doch in spezifisch sozialistischen (kommunistischen) Formen und Proportionen. Da sich in ihm die Eigenheiten seines sozialen Ganzen wiederspiegeln, ist der Homosos gleichzeitig nur eine Teilfunktion dieses Ganzen. Die verschiedenen Funktionen des kommunistischen Kollektivs sind in seinen einzelnen Mitgliedern verkörpert, die überwiegend zu Trägern dieser Funktionen werden. Daher die verschiedenen Homosossenformen innerhalb der homogenen Gattung Homosos.

Die Homosossengesellschaft hat ihre eigenen Kriterien für die Beurteilung der Eigenschaften und Handlungen ihrer einzelnen Mitglieder. Diese Kriterien stimmen in vieler Hinsicht nicht mit den entsprechenden Kriterien in Gesellschaften anderen Typs überein. Sie sind situationsbedingt. Von daher gesehen ist der Homosos in einem Maße wendig und biegsam, daß er völlig ohne Rückgrat erscheint. Er verfügt über eine vergleichsweise große

Schwingungsweite sozialpsychologischer Zustände und Einschätzungen. Aber er verfügt auch über die Fähigkeit, einen bestimmten Durchschnitts- und Normalzustand wieder herzustellen. Ein Homosos ist zum Beispiel in der Lage, aufmerksam Ihren Worten zu lauschen, in denen Sie den Finger auf die Wunden der Sowjetgesellschaft legen, und sich voll und ganz mit Ihnen einig zu erklären. Aber daraus brauchen Sie noch lange nicht zu folgern, daß es Ihnen gelungen sei, ihn zu überzeugen und zu Ihrem Glauben bekehrt zu haben. Er wird Ihnen auf der Stelle selber auch noch eine Menge Beispiele im Sinne Ihrer Äußerungen bringen und sogar noch viel schärfere Worte über seine Gesellschaft finden. Deshalb hört er aber noch lange nicht auf, ein Homosos zu sein. Er bleibt das, was er war. Nur ein verschwindend geringer Prozentsatz von Homosossen beißt auf solche Propaganda an. Dieser Prozentsatz ist von vornherein einkalkuliert – dergleichen Abweichungen sind in jeder größeren Menschenmasse normal. Ein Homosos kann sich zum Beispiel in völliger Aufrichtigkeit einverstanden erklären, mit Ihnen zusammenzuarbeiten. Aber buchen Sie das nur nicht gleich als Erfolg. Er wird Sie genauso schnell und mit der gleichen Aufrichtigkeit denunzieren. Auch hier gibt es natürlich Ausnahmen. Aber eben auch Ausnahmen, die man zahlenmäßig a priori einkalkulieren kann. Für die Homosossengesellschaft ist diese Zahl praktisch nicht der Rede wert. Dieser Art Abweichungen von der Norm werden in den Homosossenkollektiven und von den Machthabern sehr bald entdeckt und kurzerhand liquidiert. Die Gesellschaft befreit sich von ihnen, um Platz für zu gegebener Zeit neu auftretende heimliche Abweichungen dieser Art zu schaffen.

Betrachtet man das Verhalten des Homosos vom Standpunkt irgendeiner abstrakten Moral, erscheint er als ein völlig unmoralistisches Wesen. Der Homosos ist kein moralisches Wesen – das stimmt. Aber es stimmt nicht, daß er unmoralisch ist. Er ist in erster Linie ein ideologisches Wesen. Und auf dieser Grundlage kann er – je nach Umständen – moralisch oder unmoralisch sein. Die Homosossen sind keine Bösewichte. Unter ihnen gibt es viele gute Menschen. Aber ein guter Homosos, das ist einer, der keine Möglichkeit hat, anderen Leuten Böses zu tun, oder aber keine besondere Notwendigkeit dafür verspürt. Wenn er aber die Möglichkeit erhält oder sich gezwungen sieht, Böses zu tun, dann tut er es gekonnter als ein unverbesserlicher Bösewicht.

Vorläufig haben die Eigenschaften des Homosos ihre höchste Vollendung bei Sowjetmenschen mit einem vergleichsweise hohen Niveau an Kultur und Bildung erreicht, aber auch bei sozial besonders aktiven Bevölkerungsschichten, insbesondere im Verwaltungsbereich, in Wissenschaft, Propaganda, Kultur und Bildung. Diese hochentwickelten Homosossen haben Einfluß auf die gesamte übrige Bevölkerung des Landes, aber auch auf Kreise außerhalb. Die Seuche des Homosossismus breitet sich in Windeseile und unaufhaltsam über die ganze Welt aus. Es ist die tiefgreifendste Krankheit des Menschen, denn sie dringt bis an die Grundfesten des menschlichen

Wesens. Spürt ein Mensch in sich den Homosos und hat er das Gift des Homosossismus gekostet, ist es schwerer, ihn von dieser Krankheit zu befreien, als einen notorischen Alkoholiker oder Drogenabhängigen von seiner Sucht abzubringen.

Der Homosos ist keine Verfallserscheinung. Im Gegenteil, er ist das höchste Produkt der Zivilisation. Er ist ein Übermensch. Er ist universal. Wenn nötig, ist er zu jeder Niedertracht fähig. Wenn möglich, ist er zu jeder Tugend fähig. Es gibt keine Geheimnisse, für die er keine Erklärungen fände. Es gibt keine Probleme, für die er keine Lösungen fände. Er ist naiv und bieder. Er ist nichtssagend. Er ist allwissend und allgegenwärtig. Er ist voller Weisheit. Er ist ein Teilchen des Weltalls, das das ganze Weltall in sich trägt. Er ist zu jedem und allem bereit. Er ist sogar zu Gutem bereit. Er hofft darauf, ohne jedoch daran zu glauben. Er baut auf das Schlechte. Er ist Nichts, das heißt Alles. Er ist ein Gott, der Teufel spielt. Er ist ein Teufel, der Gott spielt. Er ist in jedem Menschen.

Mensch! Betrachte dich selbst, und du wirst zumindest den Embryo dieser Krone der Schöpfung in dir selbst erblicken. Du (selbst) bist auch ein Homosos.

Lebe

Die Sorge des Westens vor einer sowjetischen Bedrohung zeigt sich darin, daß immer häufiger Soldaten im Fernsehen gezeigt werden. Sie äußern sich immer hartnäckiger dahingehend, daß sie nicht sterben wollen, daß sie leben wollen, daß sie zur Friedensbewegung gehören. Der Krieg hat noch gar nicht angefangen, und sie fordern schon Frieden. Noch ist niemand umgekommen (wenn man den Tölpel nicht zählt, der sich mit Bier hat vollaufen lassen und der es fertiggebracht hat, an einem trockenen Ort zu ertrinken), und sie jammern schon was von Lebensdurst. Den Wunsch zu leben braucht man nicht zu erlernen. Man braucht weder Verstand noch Mut, um dieses primitive Lebensgefühl zu empfinden, das heute mit Mitteln der Massenverdummung zu einer epochalen Ideologie hochstilisiert wird. Die Todesangsthysterie ist ein ideologisches Mittel zur Manipulierung von Menschen – im übrigen westlicher Menschen, denn bei Sowjetmenschen wirkt dieses Mittel nicht. Sie ist ein eindeutig sowjetisches Mittel, genauestens durchdacht von allen Abteilungen des sowjetischen Machtapparates und auf höchster Ebene als allgemeine Direktive bis zum nächsten Weltkrieg gebilligt.

Ich sehe nichts Schlechtes darin, daß ihr leben wollt, wende ich mich in Gedanken an die Soldaten, die für den Frieden kämpfen. Aber es ist unwürdig für einen Mann, darüber nachzudenken und erst recht, laut darüber zu sprechen. Wenn die Verteidiger einer Gesellschaft nur an ihre eigene Haut denken, ist das ein Zeichen für den intellektuellen und moralischen Verfall dieser Gesellschaft. Und das Geschwätz über den Frieden ist das billigste und aussichtsloseste Mittel zur Erhaltung des Friedens. Die alte Regel »Willst du Frieden – mach dich auf den Krieg gefaßt« hat auch in unseren Tagen ihre Gültigkeit bewahrt: »Willst du leben, mach dich auf den Tod gefaßt.«

Mach dich auf den Tod gefaßt

Heutzutage ist dieses Problem für jeden von uns aktuell. Selbst im Falle eines Atomkrieges werden Millionen von Menschen ausreichend Zeit haben, um sich bewußt zu werden: das ist das Ende. Wir Homosossen haben, was das angeht, reichlich historische Erfahrungen. Wir sind an dieses »Ende« gewöhnt und bereit, ihm als einem ordnungsgemäßen Erlaß des teuren ZK der KPdSU zu begegnen, der darauf abzielt, unseren Lebensstandard auf eine neue, unerreichte Stufe zu heben. Und wir sind bereit, diese Erfahrung mit euch zu teilen.

In der Sowjetunion wird folgende Methode angewandt, um Alkoholiker zu kurieren. Es wird eine bestimmte Medizin verabreicht. Wenn ein Mensch dieses Medikament einnimmt und irgend etwas Alkoholisches trinkt, muß er sterben. Die Alkoholiker werden im voraus davon in Kenntnis gesetzt. In der Mitte der Medikamenteneinnahmekur wird so etwas wie ein Pseudotod inszeniert – man gibt ihnen ein wenig Wodka, damit sie sich von der Realität der Todesdrohung überzeugen können. Und sie beginnen tatsächlich zu sterben. Aber man läßt sie nicht zu Ende sterben, sondern rettet sie. Aber vergebens, wie gewisse Spezialisten versichern. Nach Einnahme einer vollen Dosis des Medikaments kann man einen Menschen nicht mehr retten, selbst wenn er nur ein Gramm Alkohol zu sich nimmt. Richtig, es hat noch keinen einzigen Fall gegeben, daß ein Alkoholiker danach gesund geworden wäre. Einige haben das Ende der Wirkung der Medizin in die Länge gezogen und haben angefangen, mit doppelter Energie zu trinken. Die meisten haben es fertiggebracht, lange vor Ablauf dieser Frist mit Trinken anzufangen. Aber nicht das ist der Clou der Sache. Einige haben sich daran gewöhnt, nur dann zu trinken, wenn sie sich in einer Art Todessituation wahnen. In Moskau soll eine geheime Gesellschaft der »Anhänger für Trinken an der Grenze des Todes« gegründet worden sein. Soziologen haben Befragungen bei Leuten durchgeführt, die so einen Pseudotod erlebt haben. Auf die Frage, ob es nicht schrecklich gewesen sei, haben sie mit Lachen geantwortet. Die meisten haben versichert, das Unangenehmste bei der ganzen Prozedur sei die Rückkehr ins Leben gewesen – ins nüchterne Leben versteht sich.

Einen solchen Pseudotod kann man auch westlichen Schülern und Soldaten vormachen und nicht zuletzt – Staatsbeamten. Natürlich muß man ihnen vorher Wodkatrinken beibringen. Aber das ist, wie das Beispiel unseres großen Landes gezeigt hat, kein Problem. Statt einer Gaspipeline kann man eine Wodkapipeline von Sibirien nach Westeuropa legen. Im Westen wird man keinerlei Protest dagegen erheben. Kriegen eher noch doppelt dafür bezahlt. Und im Hinblick auf die Eroberung des Westens ist eine Wodkapipeline auch noch zweimal effektiver.

Sollte es gelingen, ihn einzunehmen, wird der Westen selber auf allen vieren nach Moskau gekrochen kommen, um seinen Kater auszukurieren.

Was die theoretische Vorbereitung des Todes anbelangt, kann ich mit einigen allgemeinen Prinzipien dienen, die ich aus meiner persönlichen Erfahrung als Homosos gewonnen habe.

Hinsichtlich der Zukunft der Menschheit darfst du beruhigt sein. Der Mensch ist ein Geschöpf, das unter egal welchen Umständen überlebt. In den letzten zweihundert Jahren ist die Bevölkerung Chinas um das Zwanzigfache angewachsen und die Rußlands um das Zehnfache. Und wieviele Menschen dort ausgerottet worden sind! Nach einem zukünftigen Weltkrieg wird sich die Weltbevölkerung mit Ausnahme der weißen Europäer und der weißen Amerikaner verdoppelt haben. Freue dich darüber. Und krepiere in demselben Glauben an die lichte Zukunft wie es die russischen Alkoholiker tun, die man mit modernen Methoden von einem unheilbaren nationalen Schicksal zu heilen versucht.

Pfeife auf die Freundschaft. Ein guter Freund von mir hat Denunziationen über mich und andere verfaßt, und zwar so, daß der Verdacht auf mich gefallen ist. Mein bester Freund, der Inspirator hat mich seinen maniakalischen Plänen geopfert. Merke: je fester die Freundschaft, desto schlimmer ihr Verrat.

Finger weg von der Liebe. Ich habe einmal im Leben geliebt und bin geliebt worden, aber es war eine Qual. Wir haben die Unfähigkeit wahrer Liebe einer im andern verkörpert, und der gegenseitige Haß hat sich auf ewig in unserem Herzen festgefressen. Merke: je reiner und stärker die Liebe, desto kränkender die Enttäuschung.

Laß deinen aufgeblasenen Ehrgeiz. Irgendwann einmal habe ich im Auftrag des ZK mit einer kleinen Gruppe von Mitarbeitern und geringem materiellem Aufwand eine höchst komplizierte und interessante wissenschaftliche Untersuchung durchgeführt. Ich habe diese Untersuchung mit großer Begeisterung betrieben. Ich bin der Meinung, daß es das beste gewesen ist, was ich auf wissenschaftlichem Gebiet geleistet habe. Eine Sonderkommission, der bekannte Wissenschaftler angehörten, erklärte sie für ausgezeichnet. Das Akademiemitglied N. sagte, wenn diese Untersuchung veröffentlicht werden könnte, würde sie als einer der in der Geschichte der Soziologie großartigsten Beiträge in alle Lehrbücher der Soziologie kommen. Die Ergebnisse meiner Untersuchungen kamen zu den Geheimdokumenten – ohne daß mein Name überhaupt erwähnt wurde. Ich bekam eine Prämie: ein Monatsgehalt. Danach erfüllte ich noch viele ähnliche Aufträge, ohne eine Prämie oder ein Lob dafür zu bekommen. Merke: je mehr du tust, desto weniger hast du davon.

Vertraue niemandem. Ich habe keinen einzigen Menschen gekannt, der mich oder andere nicht vor meinen Augen in irgendeiner Weise betrogen hätte. Merke: je mehr du den Menschen vertraust, desto zynischer wirst du betrogen. Wenn du das begriffen hast, wirst du sehen, daß du allein bist. Nur läßt sich in der Einsamkeit nicht lange leben.

Lerne verlieren. Je mehr du verlierst, desto leichter

gehst du in den Tod. Ich habe alles verloren. Ich gehe nicht, ich schwebe. Ich jage dahin mit dem Gefühl der Schwerelosigkeit.

Lerne nichts zu besitzen. Ich habe diese Wissenschaft in der Vollendung zu beherrschen gelernt. Ich habe im Leben so wenig besessen, daß ich es gar nicht nötig hatte zu lernen, nichts zu haben. Man sehe sich den Enthusiasten an, und man wird angesichts seines Schicksals erschaudern. Früher hatte er eine einzige Hose, die er zehn Jahre getragen hat. Und er war ein beherzter Kämpfer gegen das Sowjetregime. Jetzt hat er einen Schlafanzug, drei Paar Hosen und einen elektrischen Rasierapparat. Und schon zuckt er beim kleinsten Geräusch zusammen – aus Angst vor einem heimtückischen Anschlag Moskaus auf sein kostbares Leben.

Mach dir keine Gedanken über die, die nach uns kommen. Unseren Nachkommen ist unser Schicksal völlig egal. Selbst unsere besten Absichten werden unsere Nachkommen als Vergewaltigung auslegen und unsere besten Errungenschaften als Dummheit und Unbedarftheit. Man sehe sich wieder den Enthusiasten an. Er holt einen Haufen eigener und fremder Verwandter hierher. Merkt euch, was ich sage: bald wird man ihn unter den Kämpfern für die Umwandlung Westeuropas in eine »atomfreie Zone« finden und seine rotznasigen Enkel unter den Zweitkläßlern, die Radau machen und die Kürzung der Verteidigungsausgaben um eine Milliarde DM zwecks Senkung der Preise für Süßigkeiten und Schleckereien um einen Pfennig fordern.

Lerne, dich von außen zu betrachten, und es wird dir komisch vorkommen, daß ein so jämmerliches Wesen es fertigbringt, eine so ungeheure Todesangst in sich zu entwickeln. Dann wirst du sehen, daß Todesangst überhaupt nichts mit Lebensdurst zu tun hat. Wer wirklich nach Leben dürstet, fürchtet den Tod nicht. Wer auf den Tod wartet, fürchtet ihn. Wisse: den Toten ist egal, daß nach ihrem Tod Leben bleibt.

Und vergiß nicht, dir jedesmal einzuhämmern und ins Gedächtnis zu rufen, daß du bereit bist zu sterben. Und zwar ohne tragisches Pathos, ganz ruhig, ja sogar mit einem spöttischen Lächeln. Sag dir, wir müssen sowieso alle sterben. Was mich anbelangt, bin ich, wenn es sein soll, auf der Stelle bereit. Ich habe sowieso alles erlebt und begriffen. Und habe so und so nichts zu verlieren. Mir ist nichts geblieben, nichts, was mir teuer, heilig, nichts, was geheimnisvoll wäre. Ich bin bereit, dem Leben die ihm adäquate Summe zu zahlen. Ich halte diese Summe für recht und billig. Aber...

In eben diesem »aber« besteht das Wesen unserer Todesdoktrin. Die Bereitschaft, dem Tod menschenwürdig zu begegnen, und Demut angesichts des Todes sind Gegensätze. Im ersten Fall kämpft der Mensch bis zum letzten Augenblick um sein Leben, in letzterem gerät er in Panik und kapituliert. Ich werde eine kleine Geschichte erzählen, die ich höchst persönlich in Moskau von einem unbekannten Säufer gehört habe. Anfang des Krieges, sagte er, war unsere Einheit zerschlagen und eingekreist. Uns war klar, daß wir dem Untergang geweiht waren. Wir müssen uns ergeben, sagten die einen, ist sowieso aus mit uns. Wir müssen bis zum Letzten kämpfen, entschieden die anderen, ist sowieso aus mit uns. Wir versuchten erstere umzustimmen, aber ohne Erfolg. Sie waren vor Todesangst wie gelähmt. Sie warfen die Waffen von sich und stürzten sich auf den Feind – um sich zu ergeben. Einen Teil von ihnen erlegten wir selbst als Feiglinge und Verräter, die anderen schnappten die Deutschen. Wir aber kämpften. Donnerwetter, haben wir uns damals geschlagen! Wieviel Feinde wir ins Jenseits befördert haben! Und so mancher von uns hat überlebt. Und warum? fragte spöttisch ein kritisch gestimmter Typ. Aus Prinzip, antwortete der Säufer, aus reiner Manneswürde. Und sei es nur deshalb. Untergehen, aber mit Musik. Einfach so, Recht und Billigkeit des Todes anerkennen und die Bereitschaft zum Tode in sich schaffen und zum Schluß dieses bemerkenswerte, lebensbejahende »aber« aussprechen. Sag dir auf russisch: »Untergehen, aber mit Musik!« Und kämpfe um dein Leben. Bitte nicht, bettle nicht, sondern kämpfe!

Schicksalsentscheid

Der Schriftsteller ist zurückgekommen. Ich ging nach Moskauer Gewohnheit unaufgefordert zu ihm hin. Eine Menge Leute war bei ihm. Es wurde gegessen, getrunken und durcheinandergeschrien. Dann bat der Schriftsteller um Ruhe und begann laut und hörbar ... meine Erzählung vorzutragen. Ich beobachtete die Reaktion der Gäste. Manchmal lachten sie. Hier und da zeigten sie sich empört. Dann wieder seufzten sie. Fragten, wer der Autor sei. Ein unbekannter Autor, sagte der Schriftsteller. Wird es gedruckt werden? fragte irgend jemand. Auf gar keinen Fall, sagte der Schriftsteller. In literarischer Hinsicht ist die Erzählung schwach. Die ideologische Ausrichtung gefällt uns gar nicht. An dieser Stelle fielen mir Moskauer Benotungen vom Typ »wissenschaftlich (künstlerisch) nicht überzeugend, ideologisch unzulänglich« ein. Und ich konnte mich vor Lachen nicht halten. Man warf mir vorwurfsvolle Blicke zu.

Sobald ich im Westen war, deklamierte der Schriftsteller, begriff ich, daß der Westen hinter uns zurückgeblieben ist. Die Sehnsucht nach Größe der Literatur existiert nicht hier, sondern in Rußland. Rußland sammelt seine Kräfte, und es findet ein neuer, gewaltiger literarischer Aufbruch statt. Wir sind verpflichtet, ihn vorzubereiten. Deshalb müssen wir schonungslos dergleichen – Sie erlauben – Produkte (er hielt mein Manuskript in die Höhe) unterbinden, die das Niveau der russischen Literatur erniedrigen. Wir, meine Herrschaften, haben immerhin die Schule des Sowjetischen Schriftstellerverbandes durchlaufen!

Ein ehemaliger sowjetischer Filmregisseur, ein Kriegsveteran sagte, die Sexszenen in der Erzählung seien gut gelungen. Wenn er Geld hätte, würde er daraus einen sensationellen Film machen. Aber der Westen würde ja grundsätzlich die verborgenen sexuellen Möglichkeiten des russischen Volkes unterschätzen. Gleich nach dem Krieg hätte sich mal ein angesäuselter russischer Pionier in ein Bordell verlaufen – die Bordells waren damals noch nicht beseitigt. Der Pionier erklärte, er ginge da nicht weg, bis er nicht alle... nun ja, sagen wir Weiber ohne Ausnahme durchprobiert und ihnen zu einer »ersten Entladung« verholfen hätte. Was er damit meinte, wurde klar, als... nun ja, sagen wir die Weiber mit Geheul und Wehgeschrei aus dem Bordell gerannt kamen, die Scham mit beiden Händen bedeckt. Wir Russen werden schon noch zeigen, wer wir sind! Wir werden uns schon noch den uns zustehenden Platz in der Kultur der Welt einnehmen!

Soll ich sowas auf meine Liste mit Sowjetagenten setzen, dachte ich. Nein, lohnt nicht. Aus diesem Abschaum der Sowjetgesellschaft läßt sich unmöglich ein gutes Agentennetz und unsere »fünfte Kolonne« im Westen aufbauen. Dafür braucht man Homosossen höherer Qualität.

Ende der Überprüfung

Meine Verhörer waren heute ungewöhnlich leutselig. Sie bewirteten mich mit Kaffee und Zigaretten. Sagten, die Überprüfung sei nun beendet und mir bliebe jetzt nur noch, die Entscheidung über mein Schicksal abzuwarten. Sie hofften, daß auf mich die bestmögliche Lösung warte. Es war ein wenig traurig: diese Verhöre waren ein wichtiger Teil meines Lebens gewesen in all der Zeit. Zum

Abschied erzählte ich ihnen die Geschichte, wie in Moskau ein Westspion entlarvt wurde, der für eine Unsumme Geld supergeheime Pläne für irgendeinen militärischen Streich aufgetrieben hatte, die sich als im Westen längst überholt und zudem von einem Sowjetspion für noch mehr Geld abgekauft erwiesen. Sie lachten Tränen. Klopften mir auf die Schulter. Sagten, wir Russen seien doch »tolle Jungs«. Und was passierte mit diesem Westspion? fragten sie. Wurde gegen den Sowjetspion ausgetauscht, sagte ich.

Die Soldaten des Sonderbataillons ließen die Luft aus ihren Booten und Rettungswesten, legten sie ordentlich zusammen und machten sich zum Abendessen bereit. Bald werden die einen von ihnen in eigenen Autos zu ihren Mädchen oder Verwandten fahren, andere wieder werden an Demonstrationen der Friedensbewegung teilnehmen und wieder andere sich in seidenen Schlafanzügen aufs Ohr legen. Soldaten in schicken Schlafanzügen, das ist der sichere Schutz des Westens.

Die Überprüfung ist beendet. Das Schwierigste liegt hinter mir. Ich muß mir nicht mehr den Kopf über unlösbare Probleme zerbrechen, nicht mehr Unbeweisbares beweisen und Unwiderlegbares widerlegen. Zu welchem Ergebnis mögen wohl ihre trefflichen Computer nach Verarbeitung dieser unermeßlichen Summe von Informationen, die sie von mir und über mich bekommen haben, gekommen sein? Ich könnte dieses Ergebnis im vorhinein voraussagen und ohne diese titanischen Anstrengungen, die man dafür verschwendet hat, um sie zu bekommen. Schade, daß ich ihnen das nicht als wissenschaftliches Experiment vorgeschlagen habe. Im übrigen würden sie mir das Resultat des Experiments sowieso nicht mitteilen oder aber mir sagen, ich hätte mich geirrt. Sie können doch nicht zulassen, daß irgend so ein unbedeutender Homosos in der Lage ist, mit ihrer vortrefflichen Technik, der Verkörperung ihres großartigen kollektiven Intellekts zu konkurrieren. Sie sind überzeugt, daß im Wettstreit zwischen Mensch und Maschine die Zukunft der Maschine gehört. Sie kennen die Homosossen nicht. Wir sind nämlich überzeugt, daß im Wettstreit zwischen Homosos und Maschine die Zukunft dem Homosossen gehört. Was für eine Entscheidung ihnen wohl bei Folgerungen wie in meinem Falle vorgeschrieben sein mag? Sich meiner als einer gewissen Kategorie bedienen? Mich mir selbst überlassen? Hindernisse bis hin zur Liquidierung einbauen? Aber das ist schließlich deren Sache und nicht meine. Ich habe meine Rolle gespielt.

Fieberphantasie

Erst spät kehrte ich in die Pension zurück. Der Pensionswirt wollte lange nicht aufmachen. Ich drohte mit der Polizei. Er ließ Gnade vor Recht ergehen, wies aber darauf hin, daß dies das letzte Mal sei. Wir sind hier nicht in Rußland, hier herrscht Ordnung!

In der Nacht wurde ich von Fieberträumen gequält. Der Inspirator erschien. Du hast deine Rolle gut gespielt, sagte er. Noch ein bißchen Geduld, und du kommst da raus. Du wirst ein großer Mann werden. Du wirst Bevollmächtigter Vertreter der Sowjetmacht in Westeuropa werden. Und wenn die meine Rolle auch so beurteilen? fragte ich. Was dann? Der Inspirator entschwand, ohne geantwortet zu haben.

Es wurde hell. Mir fiel mein Bau ein, und ich stürzte ans Fenster. Der Bau erstrahlte im Himmelsblau in einer Schönheit ohnegleichen, daß es mir den Atem nahm. Aber was war das? An einer Stelle, wo es jedem ins Auge springen mußte, stachen klar und deutlich die Buchstaben BANK hervor.

München 1981

George Orwell im Diogenes Verlag

George Orwell, eigentlich Eric Arthur Blair, wurde 1903 in Bengalen, Nordostindien, geboren. In England besuchte er als armer Stipendiat eine Eliteschule. Seinen Dienst in Burma kündigte er aus Protest gegen die britischen Kolonialmethoden. Er gesellte sich zum Proletariat in London und Paris, dessen Leben er in Reportagen und Büchern beschrieb. Engagement im Spanischen Bürgerkrieg, schwere Verwundung. Danach Redakteur in London und Korrespondent in Deutschland und Frankreich. Er starb 1950 in London.

»George Orwell verdanken wir die schärfste Kritik des britischen Imperialismus und die bitterste Abrechnung mit dem englischen Klassensystem.«
Süddeutsche Zeitung, München

Farm der Tiere
Ein Märchen. Aus dem Englischen von Michael Walter. Mit einem Nachwort des Autors
Auch als Diogenes Hörbuch erschienen, gelesen von Hans Korte

Im Innern des Wals
Erzählungen und Essays. Deutsch von Felix Gasbarra und Peter Naujack
Daraus die Erzählung *Einen Elefanten erschießen* auch als Diogenes Hörbuch erschienen, gelesen von Jochen Striebeck

Mein Katalonien
Bericht über den Spanischen Bürgerkrieg. Deutsch von Wolfgang Rieger

Rache ist sauer
Essays. Deutsch von Felix Gasbarra, Peter Naujack und Claudia Schmölders

Erledigt in Paris und London
Deutsch von Helga und Alexander Schmitz

Auftauchen, um Luft zu holen
Roman. Deutsch von Helmut M. Braem

Tage in Burma
Roman. Deutsch von Susanna Rademacher

Der Weg nach Wigan Pier
Deutsch und mit einem Nachwort von Manfred Papst

Denken mit George Orwell
Ein Wegweiser in die Zukunft. Ausgewählt von Fritz Senn und Christian Strich. Deutsch von Felix Gasbarra und Tina Richter (vormals: *Gerechtigkeit und Freiheit*)